鲁迅著译编年全集

王世家 止庵 编

人民出版社

鲁迅著译编年全集

拾

目　录

一九二九　甲

一九二九
甲

一月

一日

日记 昙。上午马巽伯来,未见,留矛尘所寄茶叶二斤。夜画室来。

二日

日记 昙。无事。

《十月》首二节译者附记

同是这一位作者的“非革命”的短篇《农夫》,听说就因为题目违碍,连广告都被大报馆拒绝了。这回再来译他一种中篇,观念比那《农夫》是前进一点,但还是“非革命”的,我想,它的生命,是在照着所能写的写:真实。

我译这篇的本意,既非恐怕自己没落,也非鼓吹别人革命,不过给读者看看那时那地的情形,算是一种一时的稗史,这是可以请有产无产文学家们大家放心的。

我所用的底本,是日本井田孝平的译本。

一九二九年一月二日,译者识。

原载 1929 年 1 月 20 日《大众文艺》月刊第 1 卷第 5 期。
初未收集。

三日

　　日记　晴。上午得矛尘信。

四日

　　日记　晴。下午陶光惜来，未见。晚真吾来。夜黄行武来，未见，留陶璇卿所寄赠之花一束，书面一帧。

五日

　　日记　晴。上午得王仁山信。午后得小峰信并《北新》，《语丝》及版税泉一百元。得陈泽川信。得裘柱常信。收侍桁所寄『ダレコ』一本，价二元。

六日

　　日记　星期。晴。上午得侍桁信并『有岛武郎著作集』三本，约泉三元三角。下午达夫来。

致 章廷谦

矛尘兄：

　　在去年十二月卅一日的来信未到之前两天，即"国历"一月一日上午，该巽伯已经光降敝寓了，惜我未起，不能接见，当蒙留下"明前"与"旗枪"各一包无误。至于《赌徒日记》，则至今未见，盖小峰老板事忙易忘，所以不以见示，推想起来，当将印入第二期矣。《奔》5 洪乔之事，亦已函告他，但能否不被忘却，殊不可知，此则不能不先行豫告者耳。

　　赌徒心理的变幻，应该写写的，你"颇有经验"，我也并不觉其

"混账"——惟有一节,却颇失敬,即于"至尊"之下,加以小注,声明并非香烟,盖不佞虽不解"麻酱",而究属老支那人,"至尊"之为∴和∷,实属久已知道者也,何至于点火而吸之哉。

《全上古……文》,北京前四年市价,是连史纸印,一百元。今官堆纸而又蛀过(虽然将来会收拾好),价又六十五,其实已经不廉,我以为大可不必买。况且兄若不想统系底研究中国文学史,无需此物倘要研究实又不够。内中大半是小作家,是断片文字,多不合用,倒不如花十来块钱,拾一部丁福保辑的《汉魏六朝名家集》,随便翻翻为合算。倘要比较的大举,则《史》,《汉》,《三国》;《蔡中郎集》,嵇,阮,二陆机云,陶潜,庾开府,鲍参军如不想摆学者架子,不如看清人注本,何水部,都尚有专集,有些在商务馆《四部丛刊》中,每部不到一元也,于是到唐宋类书:《初学记》,《艺文类聚》,《太平御览》中,再去找寻。要看为和尚帮忙的六朝唐人辩论,则有《弘明集》,《广弘明集》也。要而言之,《全上古……文》实在是大而无当的书,可供陈列而不适于实用的。

青龙山者,在江苏勾[句]容县相近,离南京约百余里,前清开过煤矿,我做学生时,曾下这矿洞去学习的。后来折了本,停止了。Kina 当是 Kind 之误。"回资啰……"我也不懂,盖古印度语(殆即所谓"梵语"乎),是咒语,绍兴请和尚来放焰口的时候,它们一定要念好几回的,焰口的书上也刻着,恐怕别处也一样。

冬假中我大约未必动,研究之结果,自觉和灵峰之梅,并无感情,倒是和糟鸡酱鸭,颇表好感。然而如此冷天,皮袍又于去夏在"申江"蛀掉,岂能坐车赴杭,在西子湖边啃糟鸡哉。现在正在弄托尔斯泰记念号,不暇吃饭也。

《游仙窟》似尚未出,北新近来殊胡里胡涂,虽大扩张,而刊物上之错字愈多矣。嘤嘤书屋久不闻嘤嘤之声,近忽闻两孙公将赴法留学,世事瞬息万变,我辈消息不灵,所以也莫名其妙。上海书店有四十余家,一大队新文豪骂了我大半年,而年底一查,拙作销路如常,捏捏脚膀,胖了不少,此则差堪告慰者也。

迅　启上　一月六夜

斐君兄均此致候不另。

　　Miss 许亦祈我写一句代候。

七日

　　日记　晴。上午寄矛尘信。寄侍桁信。寄淑卿信。午后寄中国书店信。往内山书店买书五种，共泉八元六角。

八日

　　日记　晴。上午寄石民信。收未名社所寄《影》两本，《未名》两期。收杨维铨信并诗稿。下午托广平往北新寄小峰信。梁得所来，未见。

九日

　　日记　晴。午后季市来。收侍桁寄来『ドン・キホーテ』一部二本，价四元。

十日

　　日记　晴。下午得马珏信。假真吾泉五十。寄侍桁《而已集》一本。晚往内山书店。孟馀及其夫人来。付朝华社泉五十。

《雄鸡和杂馔》抄*

［法国］J. Cocteau

艺术是肉之所成的科学。

真的音乐家,将自由的天地给算术;真的画家,将几何学解放。

青年莫买稳当的股票。

艺术家摸索着,开一扇秘密的门,但也能够不发见这门隐藏着一个世界。

水源几乎常不赞成河流的行程。

奔马之速,不入于计算中。

艺术家不跳阶段。即使跳上,也是枉费时光。因为还须一步一步从新走过。

后退的艺术家骗不了谁。他骗自己。

真实太裸体了。这不使男人们兴奋。

妨碍我们不将一切真实出口的感情底的狐疑,做出用手掩着生殖器的美神来。然而真实却用手示人以生殖器。

一切的"某人万岁"中,都含着"某人该死"。要避中庸主义之讥,应有这"某人该死"的勇气。

诗人在那辞汇中,常有太多的言语;画家在那画版上,常有太多的颜色! 音乐家在那键盘上,常有太多的音符。

先坐下,然后想。这原理,不成为蹩脚们的辩解才好。真的艺术家,是始终活动着的。

梦想家常是拙劣的诗人。

倘剃发,要剃光。

你说,因为爱,从右到左来了。但是,你不过换了衣裳。不也将皮肤换过,是不行的。

最要紧者,并非轻轻地在水面游泳,而是展开波纹,扑通地连形影都不见了。

小作品。——世上有一种作品,那一切重要,全在于深。——口的大小,是不成问题的。

招大众之笑者,未必一定是美或新。然而美或新者,一定招大众的笑。

"将公众责难于你之处，养成起来罢。这才是你呀。"将这意见好好地放在心里。这忠告，是应该广告似的到处张贴的。

在事实上，公众所爱的是认识。他们憎恶被淆乱。吃惊，使他们不舒服。作品的最坏的运命，是毫不受人们责难——不至于令人起反对那作者的态度。

公众不过是采用昨天，来做打倒现在的武器。

公众。——使用昨天而拥护今天，豫感明天的人们（百分之一）。破坏着昨天，拥护着今天，而否定明天的人们（百分之四）。为了拥护他们的今天的那昨天，而否定今天的人们（百分之十）。以为今天有错处，而为明后天约定聚会的人们（百分之十二）。为要证明今天已经过分，而采用昨天的前天的人们（百分之二十）。还未悟艺术是连续的事，而以为因为明天将再前进，艺术便止于昨天了的人们（百分之六十）。对于前天，昨天，今天，都不容认的人们（百分之百）。

在巴黎，谁都想去当演员。以看客为满足者，一个也没有。人们在舞台上拥来拥去，客座上却空着。

公众问："你为什么这样做的呢？"创作家答道："就因为你未必这样做的缘故。"

类似者，是固执于一切主观底变形的一个客观底的力。类似与相似，不可混同。

有现实的感觉力的艺术家，决不要怕抒情底的事。客观底的世界，无论抒情使它怎样跟着转身，在那作品中总保存着力。

我们的才智善于消化。深受同化的对象，便成为力，而唤起较之单是不忠实的模写，更加优胜的写实。将 Picasso（译者案：西班牙人，从印象派倾向立体主义的画家）的绘画和装饰底的布置混同起来，是不行的，将 Ballad（译者案：合乐而唱的叙事短歌）和即兴之作混同起来，是不行的。

独创底的艺术家，不能模写。就是，他只是因为是独创底，所以

8

不得不模写而已。

　　假使鸟儿能够分别葡萄，那么，有两种葡萄串子。能吃的好的和不中吃的坏的。

　　不要从艺术作艺术。

　　　　原载1928年12月27日《朝花》周刊第4期、1929年1月10日《朝北》周刊第6期。

　　　　初未收集。

十一日

　　日记　晴。上午得子英信。下午小峰来并赠笔五支，《新生》一部二本，即以书转赠广平。夏莱蒂来并交稿费二十。

十二日

　　日记　晴。下午小峰送来鱼圆一碗。

十三日

　　日记　星期。晴。上午得协和信。下午杨维铨来。夜画室来。

十四日

　　日记　昙。午后同柔石，方仁往大马路看各书店。下午雨。

十五日

　　日记　晴。上午寄小峰信。得曙天信。下午刘衲来。收教育部去年十二月分编辑费三百。得李秉中信。夜真吾来，赠玫瑰酥糖九包。

十六日

日记　晴。下午达夫来。夜雨。

十七日

日记　昙。下午得小峰信并版税泉百，又《语丝》及《奔流》。方仁为从日本购来《美术史要》一本，又从美国[购]来《斯坎第那维亚美术》一本，共泉二十。

十八日

日记　昙。上午收侍桁所寄丸善书目一本，下午转寄季市并《奔流》，《语丝》；以刊物分寄陈翔冰，子佩，羡蒙，淑卿。收侍桁代购之『アルス美術叢書』三本，值六元。学昭赴法，贤桢将还乡，晚邀之饯于中有天，并邀柔石，方仁，秀文姊，三弟及二孩子，广平。夜微雪。

《奔流》编校后记（八）

这一本校完之后，自己觉得并没有什么话非说不可。

单是，忽然想起，在中国的外人，译经书，子书的是有的，但很少有认真地将现在的文化生活——无论高低，总还是文化生活——绍介给世界。有些学者，还要在载籍里竭力寻出食人风俗的证据来。这一层，日本比中国幸福得多了，他们常有外客将日本的好的东西宣扬出去，一面又将外国的好的东西，循循善诱地输运进来。在英文学方面，小泉八云便是其一，他的讲义，是多么简要清楚，为学生们设想。中国的研究英文，并不比日本迟，所接触的，是英文书籍多，学校里的外国语，又十之八九是英语，然而关于英文学的这样讲义,却至今没有出现。现在登载它几篇,对于看看英文,而未曾留心到史底关系的青年,大约是很有意义的。

先前的北京大学里,教授俄,法文学的伊发尔(Ivanov)和铁捷克(Tretiakov)两位先生,我觉得却是善于诱掖的人,我们之有《苏俄的文艺论战》和《十二个》的直接译本而且是译得可靠的,就出于他们的指点之赐。现在是,不但俄文学系早被"正人君子"们所击散,连译书的青年也不知所往了。

大约是四五年前罢,伊发尔先生向我说过,"你们还在谈 Sologub 之类,以为新鲜,可是这些名字,从我们的耳朵听起来,好像已经是一百来年以前的名字了。"我深信这是真的,在变动,进展的地方,十年的确可以抵得我们的一世纪或者还要多。然而虽然对于这些旧作家,我们也还是不过"谈谈",他的作品的译本,终于只有几篇短篇,那比较长些的有名的《小鬼》,至今并没有出版。

这有名的《小鬼》的作者梭罗古勃,就于去年在列宁格勒去世了,活了六十五岁。十月革命时,许多文人都往外国跑,他却并不走,但也没有著作,那自然,他是出名的"死的赞美者",在那样的时代和环境里,当然做不出东西来的,做了也无从发表。这回译载了他的一篇短篇——也许先前有人译过的——并非说这是他的代表作,不过借此作一点记念。那所描写,我想,凡是不知道集团主义的饥饿者,恐怕多数是这样的心情。

一九二九年一月十八日,鲁迅。

原载 1929 年 1 月 30 日《奔流》月刊第 1 卷第 8 期。
初收 1935 年 5 月上海群众图书公司版《集外集》。

十九日

日记 晴。晚真吾来。夜失眠。

二十日

日记 星期。小雨。晨收侍桁所寄『小さき者へ』一本，值八角。下午交朝华社泉五十。寄小峰信。寄侍桁信。钦文来并赠茗三合，白菊华一包。晚真吾来。夜雪峰来。

《近代木刻选集》(1)小引

中国古人所发明，而现在用以做爆竹和看风水的火药和指南针，传到欧洲，他们就应用在枪炮和航海上，给本师吃了许多亏。还有一件小公案，因为没有害，倒几乎忘却了。那便是木刻。

虽然还没有十分的确证，但欧洲的木刻，已经很有几个人都说是从中国学去的，其时是十四世纪初，即一三二〇年顷。那先驱者，大约是印着极粗的木版图画的纸牌；这类纸牌，我们至今在乡下还可看见。然而这博徒的道具，却走进欧洲大陆，成了他们文明的利器的印刷术的祖师了。

木版画恐怕也是这样传去的；十五世纪初，德国已有木版的圣母像，原画尚存比利时的勃吕舍勒博物馆中，但至今还未发见过更早的印本。十六世纪初，是木刻的大家调垒尔（A. Dürer）和荷勒巴因（H. Holbein）出现了，而调垒尔尤有名，后世几乎将他当作木版画的始祖。到十七八世纪，都沿着他们的波流。

木版画之用，单幅而外，是作书籍的插图。然则巧致的铜版图术一兴，这就突然中衰，也正是必然之势。惟英国输入铜版术较晚，还在保存旧法，且视此为义务和光荣。一七七一年，以初用木口雕刻，即所谓"白线雕版法"而出现的，是毕维克（Th. Bewick）。这新法进入欧洲大陆，又成了木刻复兴的动机。

但精巧的雕镂，后又渐偏于别种版式的模仿，如拟水彩画，蚀铜版,网铜版等,或则将照相移在木面上,再加绣雕,技术固然极精熟了,但已成为复制底木版。至十九世纪中叶,遂大转变,而创作底木刻兴。

所谓创作底木刻者,不模仿,不复刻,作者捏刀向木,直刻下去——记得宋人,大约是苏东坡罢,有请人画梅诗,有句云:"我有一匹好东绢,请君放笔为直干!"这放刀直干,便是创作底版画首先所必须,和绘画的不同,就在以刀代笔,以木代纸或布。中国的刻图,虽是所谓"绣梓",也早已望尘莫及,那精神,惟以铁笔刻石章者,仿佛近之。

因为是创作底,所以风韵技巧,因人不同,已和复制木刻离开,成了纯正的艺术,现今的画家,几乎是大半要试作的了。

在这里所介绍的,便都是现今作家的作品;但只这几枚,还不足以见种种的作风,倘为事情所许,我们逐渐来输运罢。木刻的回国,想来决不至于像别两样的给本师吃苦的。

一九二九年一月二十日,鲁迅记于上海。

原载 1929 年 1 月 24 日《朝花》周刊第 8 期;同时印入 1 月 26 日上海朝花社版"艺苑朝华"之一《近代木刻选集》(1)。初未收集。

托尔斯泰之死与少年欧罗巴

[苏联]卢那卡尔斯基

生长于现今正作主宰的老年欧罗巴的怀中,而正在发展的少年欧罗巴,未来的欧罗巴,一闻那维系着古代的好传统和未来的好希望的巨人之死,便热烈地——虽然还不能说是完全融洽——呼应了。这是毫不足怪的。谁能不敬重艺术家托尔斯泰呢?

但是,在少年欧罗巴的盛大的托尔斯泰崇拜之中,在思索底的人们里,也写着许多的文章,即使未必能唤起惊奇之念,但至少,是引向认真的思想的。

造成少年欧罗巴的建筑物的脊梁,基础的圆柱,那自然,是马克斯主义的广泛深远的潮流。这一方面的理论家们,因为依据了纯净的严格,将自己们所承认的纯正的真理,从一切的混杂,一切别的文化底潮流(即使这是亲近的,怀着同感的)区别开来,便屡屡被讥为炫学。近来,关于托尔斯泰的教义——首先,是关于教义,并非关于艺术——在这世界里,已经接到了颇辛辣的否定底的意见,且加指摘,以为他是有着使自己成为和科学底社会主义的正反对之点的。无产阶级思想的表明者和那前卫底分子,将默默地经走过托尔斯泰的墓旁呢,还是不过冷冷地显示自己和这人并无关系呢,这是可以想到的事件。然而这样的事件却并不发生。

自然,无产阶级对于美底价值,不能漠不相关,是并无疑义的。无产阶级无论在怎样的阶级,时代,社会的艺术里,都曾将这看出。然而在许多俄国劳动者发来的电报之中,所说的不仅是关于作为艺术家的托尔斯泰,不,较多的倒是作为社会实行家的托尔斯泰。

从在国会中的社会民主党的党派所发的电报,也是一样的意思。而且不但以自己之名,却用世界无产阶级之名,表了吊意的党派,是不错的。

实在,考茨基(K. Kautsky)写着关于作为值得崇高的荣誉的伟大作家的托尔斯泰,同时也分明怀着不只是单单的艺术底一天才这一种意见。

莱兑蒲尔在有责任的议会的演说上,关于作为军国主义之敌的托尔斯泰,就是,关于这个处所,也陈述了他的社会底教义,而且这样地起誓道:"来讲这伟人的事,是自以为光荣的。"

做着奥地利国会的议长的反犹太主义者,拒绝对于托尔斯泰的尊崇,为了他的名誉,做一场最初的雄辩的演说的,是社会主义者。

在法兰西议会里的托尔斯泰纪念会之际的大脚色,迦莱斯(Jean Jaurès)的说明,也许是更加精密了。"在荒野上,有着'生之泉'。人们常常去寻它。在这泉,是交错着无量数的许多路。托尔斯泰是这样的生之泉。质素的基督教徒们和我们社会主义者,是走着不同的路的,但我们在叫作莱夫·托尔斯泰这爱之泉的旁边,大家会见了。"

将向着我们的同胞的这去世了的伟人,表示社会主义世界所取的敏感的,有爱情的态度的记录,无涯际地继续下去,固然也好罢。然而关于托尔斯泰的教义和声名不下于他的马克斯的教义的根本底对立,却谁也不愿说,而也不能说。对于重要的这一致,遮了眼睛,是不行的。不加分析,而接近托尔斯泰主义去,是不行的。因为他不是人类的前卫的全然同盟者,同时也不是敌人。

其实,科学底社会主义,是由于现在组织的苛刻的矛盾状态而生的。莱夫·托尔斯泰也将这些苛刻的矛盾,天才底地加以张扬。社会主义将这些矛盾的解决,求之于使因阶级,国家而生的人类的区别,告一结局那样的调和的社会组织,靠着劳动的组织之中。莱夫·托尔斯泰也一样地寻求调和的组织,一样地描写人们的劳动的协和的将来,一样地排斥阶级差别,一样地爱下层社会,而嫌恶上流社会(自然,这嫌恶,并非对于个个,而是对于金权政治,贵族政治的原理这东西本身的)。

科学底社会主义,将个人主义看作置基础于私有财产之上的社会底无政府状态的一种。

社会主义豫言着集团主义,同志底感情,广泛的,英雄底的世界观,对于狭小的小店商人底的那些,将获胜利,而排斥着个人主义。自有其丰富而紧张的个性的莱夫·托尔斯泰,个人主义的苦闷者的莱夫·托尔斯泰,是将自己的一生,献于和个人主义的争斗了。

科学底社会主义,将国家看作分离着的利己主义者们和阶级底矛盾的社会的自然的组织。

托尔斯泰对于国家,也抱着一样的意见,先见到倘在别样的条件之下,国家是将成为无用的东西。

惟这些,是两者的思想底建筑物之间的最重要的类似点。

自然,那差异,也是根本底的。

科学底社会主义,是现实底。

科学底社会主义,将个人主义,私有财产,资本等,看作在人类文化发达上的不可避的局面。因为要从这苦楚的局面脱出,社会主义则惟属望于现在社会的内底的力量的发展;或则客观底地,将这些的相互关系剖明;或则竭力尽瘁于将以未来的理想的负担者而出现的阶级的自觉。科学底社会主义是主张从人类进到现在了的道上,更加前进的;是主张一面助成着旧世界的破坏,新世界的成熟,而积极底地,参加于文化生活的一切方面的。

作为社会哲学者的托尔斯泰——却是清水似的理想主义者。他竟锋利地将神圣的聪明的理想,和罪深的愚昧的现实相对立。为自己的爱的理想,探求了那外面底形式的他,也在过去的事物上,自然底经济关系的平凡的真理上,借用着这形式。他主张从人类进化的大路断然离开,而跳到一种新的轨道上去。据他的意见,他是不相信那前去参加着现实的愚劣邪恶的混乱的,这一种意义的人类的积极性的。首先,应该学习不做那一看好像自然,而其实是有害的许多事。这事情,并不如有些人们所想,就是表明着托尔斯泰的教义是消极底。他的教义,是积极底的。然而是观念底地,积极底的。托尔斯泰将言语的力量看得很大,至于以为可以靠不断的言语的说教,先将无智的人类的醉乱的行列阻止,然后使这行列,和赞美歌一同,跟在进向平和与爱的王国去的整齐的行列的后面。

在这里,也生出别的根本底的不同来。

和个人主义战斗,马克斯是用社会底道程,即社会构成的改造的,但托尔斯泰却用个人主义底道程。在他,是只要个性将自己本身牺牲,在自己的身中,在自己的怀中,将自己的个人主义,烧以爱之火,作为那结果,全社会便变了形状了。

托尔斯泰——是豫言者。他和那对于使游牧民的性情,因而堕落的文明的潮流,曾经抗斗的以色列的豫言者们,是血族的弟兄。他们也曾将人们叫回,到真理去,到人性去,到小私有财产底牧歌——在这里,所有物已经不是所有物,是为神的法则所统,而是神的临时的颁赏——去。托尔斯泰的社会上的教师显理·乔治(Henry George),以摩西的法则为最好的律例,赠了赞歌,是不亦宜哉的。托尔斯泰者——和那凭着《新旧约》所赞美的平等之名,虽引弓以向教会,也所不惧,而对于蓄财的增加,筑了堤堰的伟大的异端者,是血族的弟兄。他和那在旧的组织之中,不知不觉将回忆加以理想化,而持着人道底的态度的圣西门(St. Simon),布鲁东(Proudhon),嘉勒尔(Carlyle),洛思庚(Ruskin)等,反对着资本主义之不正的新的斗士,是血族的弟兄。

然而,假如科学底社会主义的同人,虽然不赞成这样的人们,而对于他们,还不得不献尊敬的贡品者,这不可忘记,乃是因为同人之中,用了像托尔斯泰所有的那样无比的武器,就是艺术底天才的武器,武装着的人,一个也没有的缘故。我们且停止将作为艺术家的托尔斯泰,从作为思想家的托尔斯泰拉开罢。其实,是内底平安的渴望,要解决那强有力的个性的矛盾的欲求,其实,是对于自己和周围的人们的凭着真理和真实和公明之名的冷酷——使托尔斯泰成了艺术的巨人的。他的艺术作品,一无例外,都是道德底,哲学底论说。他常常,对于新的,客观底地是极有价值的,但为他所不懂的东西,打下自己的铁槌去,要打碎一切。但是,看罢——这些打击,并不足为害。

有可活的运命者,是不会因批评而死的。而旧的世界,却反而因为托尔斯泰的强有力的讽刺的箭,而颤抖,动摇了。他用了美的光,将虚伪的观念和颓废的居心,加以张扬,照耀。然而这样的文字,也不过呼起深的怜悯来。对于在自己里面的自己的阶级和自己的传统的狭隘,不能战胜的伟大灵魂的误谬*,在这里,我们就极容易觉察。但托尔斯泰将对于个个的目的的平庸的,好的本质的胜利,以及人类和宇宙的一致,却用了他以前的怎样的诗人也做不到的,征服一切那样的热情,加以赞美的。

这力量,即所以使托尔斯泰在理念和感情两方面,较之他的一切伟大的侪辈,升得更高。惟此之故,所以在一切的这些,经济底地反动底的革命家们中,在这些没有发见直向自己的理想之路的爱与和谐的骑士们中,在这些,实在虽是朋侪,而被误解为仇敌的人们中,托尔斯泰遂较之别的什么人,都为较近于欧罗巴社会的前卫底的阶级的前卫底的人们的心脏。

少年欧罗巴,那自然,要比我写在篇首那样的潮流为更广。而且已经,自然——有着两个作家,作为这少年欧罗巴的正当的代表者而出现,他们已将托尔斯泰在精神的王国中的位置和所谓空间底之大,比谁都高明地下了定义了。其一个,年纪也较老,在那作为艺术家的灵魂中,也有着许多文化底老衰的毒。但是,虽然如此,他却凭了多样的,有光辉的天禀的别方面,和现在的,在我们的文明化了的世界里,惟我们所独有的最年青最新鲜的东西,非常相近的。我在这里是说亚那托尔·法朗士(Anatole France)。别的一个,应该算进那一面的阵营里去,是颇为暧昧的。但他也由那灵魂的超群的琴弦,和新的音乐,将来社会的音乐相呼应——那是该尔哈德·好普德曼(Gerhart Hauptmann)。

法朗士在托尔斯泰之中,看见了伟大的先见者;还抱着这样的意见,以为在市人的脑中,被想作带疯的乌托邦似的他的教义中的许多东西,乃是作为很完成了的人类生活的一种形式的敏感的豫觉而出现的。和这同时,他——这是最重要的事——还将托尔斯泰来比荷马(Homeros)。

将一种散文诗似的东西,呈之托尔斯泰的好普德曼,是加了两个别样的名目:萨服那罗拉(Savonarola)和佛陀。

读者诸君,和这些文化界的三明星同时相接的人,是应该怎样伟大呢,试来加以想象罢。荷马——这是客观性本身,是用了灿灿之明,使现实反映出来的直觉底的天性,是在现实在那财宝之中,为了反照,而见得更加伟大,辉煌,安静这一个意义上,将现实改变形容的直觉底的天性。萨服那罗拉呢,恐怕是完全相反的本质,就是,热情底的主观主义,直到了恍惚境的空想主义,要将一切的客观底美,隶属于主观底道德,形式——灵魂的欲求的最明白的表现罢。他的世界里的事故,总见得是有些苍白,丑恶,偶然的。但相反,他却将"失掉了平心的运命到伟大地步,和几乎失掉了情热的乔辟泰"(译者注——荷马的形容。重译者按:乔辟泰是希腊的大神),变为满于爱的——同时也是较之正在死刑的缢架上,苦着就死的人的模样,不能变得更好的那样可怕的——神的意志了。

倘若在和以上的两极的同距离之处,能够发见天才,那自然,是佛陀了。他对于生活的美之前的欢喜,对于紧张的斗争底的意志的激发,都取一样的态度;对于竟愚蠢到想以各种嬉戏来诱佛陀的幻的摩耶(重译者按:摩耶夫人是佛母),对于在自己的方向,最为崇高的一切的情热,也一样地送以哀怜和嫌恶的微笑。

触到荷马和萨服那罗拉和佛陀——这事,那意义,就是说无限。

自然,托尔斯泰并没有荷马那样的淳朴底的客观性,也没有透明那样的平静,也没有艺术家底率直。

诚然,荷马并不是一个人,是将年纪青青的民族的尝试,聚集在自己的六脚诗中的代代的诗人们(他们互相肖似着)的集合体。但是,从托尔斯泰的许多诗底表现里,他的创造,就如自然的创造一般,在他,也有着好像那形象这东西,就贯通着客观底实在的一切美和力之中那样的辉煌的真理的太阳,直接底的明观力,吹拂着弥满的生命的风。托尔斯泰又如实地包含着全民众的内面外面的两生活。在那表现的广阔之点,令人想到荷马。

自然,托尔斯泰在那说教之点,热情底地,是不及萨服那罗拉。

在他,没有暗黑之火,没有遭遇灵感,遭遇恶魔的恍惚境。

但无论如何,非常类似之点的存在,是无可疑的。在无论怎样的地上权力的禁止之前也不跌绊;向着真理和公正之探求的那毫不宽假的强直;对于神的那热烈的爱;从这里流出来的那信仰的公式的保守者的否定;对于兼顾二者的精神底的,凭着永远的生命的充实之名的,外面底文化生活的单纯化的那欲求;并未排斥艺术,但只准作为宗教底道德的仆从的那态度:就都是的。

而应当注目的事,是恰如萨服那罗拉的宗教底道德主义,在那说教之中,却并未有妨于他之登雄辩术的绝顶,以及他虽然跪在传道士波契藉黎的足下,也并未有妨于他描写许多的杰作,并且生活于别的艺术底巨人蒲阿那罗谛(译者注——是密开朗改罗)的心中一样,托尔斯泰的宗教底道德主义和他的美的一切一面性,也没有妨害他写《复活》和其他的杰作。自然,不消说得,萨服那罗拉和托尔斯泰,在对于艺术的那宗教底态度上,纵使是怎样一面底的罢,——他们却依然站着,较之"为艺术的艺术"的论究者,还是决然,作为拔群的艺术家。

托尔斯泰恰如活着而已经知道了涅槃的境地的佛陀一般,既非亚细亚式地善感,也不是不知道悲哀。然而托尔斯泰的神,总显得仿佛一切东西,都娇憨地沉没融化下去的辉煌的深渊模样。托尔斯泰的爱,常常很带着对于平静的渴望,以及对于人生的一切问题,困难的一面底解决的渴望的性质。

所以托尔斯泰不是荷马,不是萨服那罗拉,也不是佛陀。然而在这无涯际的灵魂中,却有使法朗士和好普德曼想起上述的三巨人来的血族的类似点。再说一回罢,同时触着三个的项上的事——那意义,就是说,是伟大的人。

在托尔斯泰之中,集中着许多各样的有价值的东西。因此,裁判他的时候,裁判者也会裁判了自己。我对于少年意太利,尤其愿意用一用这方法。

我自然并非说,加特力教底的,保守底的,有产者底的旧的意太利,"可尊敬的"月刊杂志和大新闻的意太利,知道了托尔斯泰之死,没有说什么聪明的好的话。然而由那旧的意太利的理论家们说了出来的有限的聪明的,好的话,却全落在平平常常的赞辞里了。惟巴比尼(Giovanni Papini),则将我们检阅少年意太利军在托尔斯泰的墓前行进时,可以由我们给以有名誉的位置的好赞辞,写在那论文里。

托尔斯泰之死,即成了诚实的,而且全然灿烂的论文的基因。这论文,是增加巴比尼的名誉的,较之凭了同一的基因而作的意太利中的所有文章为更胜。假使纸面能有余地,我们是高兴地译出那全篇来的罢。但我们只能耐一下,仅摘出一点明白的处所。巴比尼是将意太利的一切御用记者们,堂堂地骂倒了——

"凡平常的公牛一般的愚钝,事件是关于牛和驴子的时候,几乎就不注意,一旦出了事,便立刻在你们的前面,满满摆开不精致的角来。

"可以借百科辞典之助,用了一等葬仪公司的骈文一般的文体,颠来倒去,只说些催起一切呕吐那样的,应当羞愧的,'旧帐'底的唠叨话的么?我停止了拚命来竭力将圣人的出家,一直扯落到家庭口角的突然的一念去的唠叨话罢。但是,对于文笔小商人们利用了这机会,而向托尔斯泰抛上笑剧演员和游艺家的绰号的事,怎么能不开口呢?假使托尔斯泰是空想家,是游艺家的事,能慰藉值得你们的侮辱的偏隘,那么,我们又何言乎了。然而对于装着无暇和年迈的空想家相关的认真的人们的脸,而在唠叨的你们,却不能宽恕的。托尔斯泰是吐露了难以宽容的思想。但这在你们,是'愚蠢的事',——你们即使怎样地挤尽了那小小的脑浆,也不能一直想到这处所的——。

"即使怎么一来,能够想到这处所了,你们也没有足以吐露它的勇气罢,——假使因此而永远的生命,便在你们之前出现。

我来忠告一下。虽然很有使你们的新裤子的迭痕,弄得乱七八遭的危险性,但总之,跪到那写了愚蠢事情的作家,说了不可能的事的使徒的他的灵前去罢。"

巴比尼在这暴风雨般的进击之后,陈述着作为理想底的人类的生活的托尔斯泰的生活的内面底意义。他将自己的许多的思想,综合在下文似的数行中——

"这——是人呀。看哪——这,是人呀!他的生活的开始,是英雄底,战斗底,充满着事件。那是委身于赌博和情欲,然而战斗不止的封建底的人的生活。然而从这兵士里,出现了艺术家。他,艺术家,开始了创造者的神圣的生活,他,使全世界的死者们复生,将灵魂插入数百新的创造之中,使大众的良心振动,给一切国民读,登一切人之上,终至于见到世界上没有和自己并行者了。自此以后,乃从艺术家之后,出现了使徒,豫言者,人类的救世主,温和的基督教徒,现世的幸福的否定者。

"他在获得了所遗留下来的那么多的东西之后,怎么能不将一切东西,全都辞退呢?"

巴比尼的论文的这处所,令人想起黑格尔(Hegel)的宗教哲学中的有名的处所。就是,伟大的哲学者,是将人的一生,分为下文的四阶段,而描写着的。

尚未觉醒的未来,开始逍遥起来的淳朴的幼年时代。生命的加强了的欢喜和伴着难制的热情的苦恼的,浑浊的,苦闷的青年期。

有平静的信念的伴着创造底劳役的成年期。获得了在一切个别底的事物之上的普遍性的认识的老年期,拥抱一切,否定了个人主义的残滓,好像温情的教师的老年期。

这和由安特来夫(Andreev)所表现的"人的一生",全不是两样的东西!其实,老年是往往并非作为灵魂的神性化的第四的最高阶段而显现的,——这屡屡,是力的可悲的分解,是肉体的不可避的溃灭,同时是灵魂之向废墟的转化。然而,老人的灿烂的典型,密开朗改罗(Michelangelo),瞿提(Geothe),雩俄(Hugo),托尔斯泰——是显示着黑格尔的结构,较之极度可悲的变体底的现实,尤为可信的。

刚在地上萌芽了的社会主义的机关志《少年意太利》的少年作家们,也向托尔斯泰挥上了臂膊。说,他是早在先前死掉了的了。老年者,是永远的死,而托尔斯泰的哲学,是这伟大的天才的腐败的结果,是心理的老衰,云云。但是应该和这些尚未成熟的少年们,一并宽恕了这样的裁判。他们是充满着力的。

倘若刚刚将脚踏上了第一阶段的他们,已经懂得了第四阶段的心理,那么,这不是好事情。论文《对于托尔斯泰之死的生命的回答》的作者,青年安契理斯(D'Ancelis),对于作为艺术家的托尔斯泰,是抱着尊敬之念的。他和一般的人类的成长相比较,而认知托尔斯泰的不可测之高,以为大概惟有被托尔斯泰所裁判了的莎士比亚,在自己所创造的世界的丰富这一点上,和他为近,更以下文那样的话,结束了文章——

"这使徒,也是正当的,而且是嘉勒尔底意义上的'英雄'。他作为英雄而生,作为英雄而死了。然而人类并无需宣说生活之否定的英雄。

"却反对地,必需强有力的,不屈的艺术家。惟这个,是寻问这老人的苦闷之迹的时候,所以感到我们的心脏的跳动,恰如在年迈的父亲的卧榻之侧的儿子的心脏一样的原因。"
这实在是可以据以收束小论的很好的记录。

第一篇论文,是托尔斯泰死去的翌年——一九一一年——二月,在 *Novaia Zhizni* 所载,后来收在《文学底影象》里的;现在从《马克斯主义者之所见的托尔斯泰》中杉本良吉的译文重译。重译这篇文章的意思,是极简单的——

一,托尔斯泰去世时,中国人似乎并不怎样觉得,现在倒回上去,从这篇里,可以看见那时欧洲文学界有名的人们——法国的 Anatole France，德国的 Gerhart Hauptmann，意太利的 Giovanni Papini，还有青年作者 D. Ancelis——的意见，以及一个科学底社会主义者——本论文的作者——对于这些意见的批评，较之由自己一一搜集来看更清楚，更省力。

二，借此可以知道时局不同，立论便往往不免于转变，豫见的事，是非常之难的。这一篇上，作者还只将托尔斯泰判作非友非敌，不过一个并不相干的人；但到一九二四年的讲演（译载《奔流》七及八本上），却已认为虽非敌人的第一阵营，而是"很麻烦的对手"了，这大约是多数派已经握了政权，于托尔斯泰派之多，渐渐感到统治上的不便的缘故。到去年，托尔斯泰诞生百年纪念时，同作者又有一篇文章叫作《托尔斯泰记念会的意义》，措辞又没有演讲那么峻烈了，倘使这并非因为要向世界表示苏联未尝独异，而不过内部日见巩固，立论便也平静起来：那自然是很好的。

从译本看来，卢那卡尔斯基的论说就已经很够明白，痛快了。但因为译者的能力不够和中国文本来的缺点，译完一看，晦涩，甚而至于难解之处也真多；倘将仂句拆下来呢，又失了原来的精悍的语气。在我，是除了还是这样的硬译之外，只有"束手"这一条路——就是所谓"没有出路"——了，所余的惟一的希望，只在读者还肯硬着头皮看下去而已。

一九二九年一月二十日，鲁迅译讫附记。

原载 1929 年 1 月 15 日《春潮》月刊第 1 卷第 3 期（延期出版）。

初收 1929 年 10 月上海水沫书店版"科学的艺术论丛书"之六《文艺与批评》。

译后附记未收集。

二十一日

　　日记　雨。上午得和森信。下午得侍桁信。往内山书店买文艺书三种四本,共泉十七元五角。晚真吾来。杨维铨来。

二十二日

　　日记　昙,冷。上午得淑卿信,十七日发。收未名社所寄《烟袋》两本。下午雨。章铁民等来,未见。陈空三等来,未见。晚得小峰信并本月《奔流》编辑费五十元,《痴人之爱》一本。

二十三日

　　日记　昙。午后寄侍桁信。下午钟子岩来,未见。

致 孙 用

孙用先生:

　　蒙寄译诗,甚感。但极希望　先生许我从中择取四首,于《奔流》中发表,余二首附回,希　谅察为幸。

鲁迅　一月廿三日

二十四日

　　日记　微雪。午后寄语堂信。复杨晋豪,卜英梵,张天翼,孙用信。下午语堂来。达夫来。得江绍原信。托柔石从商务印书馆买来 *The Best French Short Stories* 及《三馀札记》各一部,十一元三角。

一九二八年世界文艺界概观[*]

［日本］千叶龟雄

一 南欧,法兰西

一九二七年度的诺贝尔奖金,给与意太利的女作家台烈达(Grazia Deledda)夫人了。她的作品《遁往埃及记》,似乎便是得奖的中心。她在一八七五年生于萨尔什尼亚的渥罗,发表了处女作《萨尔什尼亚人之血》,时年方十五,送给罗马的一种日报,便被登载了。学历是完毕了小学校程度,在二十四岁,后来和一个退职的陆军部员结婚,现今住在罗马。她倘不写些什么,是要焦躁的。每天午膳后,午睡片时,于是规则底地,组织底地,一定写四页,一个月是一百二十页,从十九岁起到二十七岁为止的九年之间,计写了短篇小说三卷,长篇小说七卷。到现在,已有三十部了。她常被称为不带罗曼色彩的法国的乔治珊德(George Sand),或者以为和俄国作家相似。米拉诺的妇女杂志《妇人公论》曾出特刊,以祝台烈达的光荣,此外也还有各种的祝贺。

但农契阿(Gabriele D'annunzio)的《没有睫毛朋友和别的人生研究》出版了。这是接续四年前印出的《锤子的火花》的,但还是这一本,显示着罗曼底的,忧郁而善感的作者。内容是普拉多大学时代的作者的一个朋友的传记底叙述,全书分为数部,在战争故事里,或则宣扬飞艇及发动机的音乐,或则抒写钢琴家巴赫的演奏,而突然又弄出和为爱之奇迹所救的作者的爱人的对话来,有人批评说,要之,这是趣味深长地显示着人间底方面,即为彼我所苦的但农契阿的一面的。这诗人的崇拜者孚尔绥拉,目下正在编他的作品目录,两卷已经出版。搜罗着关于他的作品的一切文献,有是一种"难得的但农契阿的文献"之称。

未来派的主将玛里内谛(Marinetti)，旅行了西班牙。到处都受欢迎，但目的是在赴马德里的会议。从巴尔绥罗那市起，由未来派的绘画陈列和评论，极其热闹。

　　披兰兑罗(Luigi Pirandello)的新作悲剧 *La Nova Colonia* 在罗马登场，但已有定评，谓为失败之作。第一夜，即被埋葬在看客的怒号和唿哨里，原因是作者的无趣的讥讽。也说，又其一，是因为十五个男人被操纵于一个女性那样的脚色，从棒喝国民的男尊女卑主义看来，是不容易理会的。但也有辩护，以为大约不过是在雨中等得太久了，买了票的没趣味的人们的没价值的报复。

　　据意太利的一个批评家说，则同国的文坛，目下正被极端理智底的，或唯美主义弄得发烦，因为作品里毫无情绪，趣味，道德，以及别的兴味，读者厌倦之极了。作为那解放的一方面，凡有光明底，幽默底的作品，便无端的受欢迎。康拔尼尔和兰赛，是这倾向的优秀的代表者，从去年以来，发表的前一个的《倘月亮给我幸福》和后一个的《昔昔利人的学样》，占着一年中的出色的畅销。

　　罗马国立歌剧场的开场式，是在意太利的音乐上，开了一大记录的。或以为意太利的艺术中心，现在已将由米拉诺移向罗马。既然是那么壮大的建筑，所以总经理则请斐拿亚来斯的珂伦歌剧场的渥维阿·司各得，歌人舞人，也聚集了世界知名的人们。志在完全复活古罗马的古典底精神，披兰兑罗的作品以及别的，都网罗在戏目里。在舞台上，有一个大盾，用金字雕着慕沙里尼，皇帝，罗马知事波典扎尼之名。自然，这是说明着由慕沙里尼之流的热心的后援而成就的。

　　法兰西学院奖，那照例给与五十岁以下的新进作家的奖金，是给了《在北纬六十度的茄伦》的作者培兑尔了。同时也决定了卢诺多奖和斐米那奖的授与者。培兑尔原也在得卢诺多奖之列，但已不算，只给了恭果尔。培兑尔本年四十四岁，是和《文明》的作者杜哈美尔一同学医的医生。凡得到恭果尔奖的作品，平均可销五万至十万部。

据摩兰(Paul Morand)所记,法国的文坛上,是由从俄国回来的著作家和思想家的俄国观,颇极热闹。从中最被注目的,是杜哈美尔(Georges Duhamel)的之类,虽然尚无成书,但也说,杜哈美尔对于新俄似乎未能满足。为了戈理基的归俄庆祝,前往俄国去了的巴北塞的俄国观,仿佛也很为大家所期待模样。

老大家蒲尔什(Paul Bourget)在久停笔墨之后,出了一本集合短篇四种的作品,《打鼓的人及其他》,都用大学生和宗教关系为材料的,人以为这就在说明他之不老。

多日漫游黑人地方,搜集着材料的摩兰,回来后出了一本《麦奇·诺亚尔》。这也和《活佛》一样,以运用奇特的材料有名。

接连写了《迪式来黎》,《雪莱》以及别的传记,大受英国杂志攻击的穆罗亚,对于这些又大做猛烈的驳论,至于劳现在是死了的戈斯翁的抚慰,其惹起英、法两国的兴味如此。

兄恭果尔(E. Goncourt)委托于恭果尔学院,说是死后二十年发表的给当时艺术界同人的信札万余封,到了一八九六年的他死后三十年以上,也还未发表。这里面也有左拉的信数百封。左拉的子婿正在大提抗议,以为向来竟不和自己们商量,而拒绝发表,是不对的。其所以不发表的理由,似乎是因为于许多地方有不便。

写了《撕掉亚尔丰梭八世的假面》而永远被逐出故国西班牙,在南法的曼敦做着大作《世界的青春》的作家伊拔涅兹(Blasco Ibánez),因为气管支肺炎和糖尿病,于一月二十八日以六十一岁去世了。两个儿子什格弗里和马理阿一闻急病,便从巴尔绥罗那奔来,但已经来不及。雕刻家培伦式丹取了死面和手型后,葬于南法的忒拉弼克。

亚耶拉(Ramon Pelz de Ajara)被选为西班牙学士院的会员。他是有世界底盛名的作家,虽然还在壮年,却已有小说,诗,批评,论文,戏剧等二十余卷的著作。他的倾向,是自由主义,是传统破坏主义。这是西班牙学士院的特色,和别国的软软的古色苍然的学士院所以不同之处云,这事的报告者这样地记着说。

有西班牙的"蔼来阿诺拉·调绥"之称的名女优马理亚·该垒罗死掉了。她二十年间,现身舞台,为西班牙国民的趋向的中心,时势虽有推移,名声却不动。在葬仪上,有名的培那文德(J. Benavente)立在枢旁;讣告死去的这一夜,是马德里全剧场的男女演员,都挂了丧章,站在舞台上。

二 德意志,奥大利

好普德曼(Gerhart Hauptmann)作了 *Til Eulenspiegel* 这一篇戏曲。欧连斯比该耳这人,是十四世纪顷实有的人,好普德曼将他作为世界大战时的飞行将校,战毕回乡以后,做了恋爱以及别的出奇的冒险底行为。其中也有反对战争的意见。总之,是作者自己的大战感想的诗底叙述。此外又做了关于《哈谟烈德》的戏曲一篇,他的意思以为莎士比亚的《哈谟烈德》,是伊利沙泊时代的戏子和监督任意改作了的伪作;那《新哈谟烈德》中,只有五百行是作者自己的,二千五百行则莎士比亚的原文照样,批评家痛骂他,说"从莎士比亚的说白,听到永久的东西的低语,但从好普德曼,听到纸章的低语"云。另外,还有一种新作叫《幽灵》。

德意志文学协会选出了五个新会员,都是诗界,小说界的代表者,其中有弗兰克(Leonhart Frank)和翁卢(Fritz von Unruh)。

士兑曼(Hermann Sudermann)于初春出了《疯教授》,以显示其未老,但十月十七日的柏林电报,却报道两星期前以卒中卧病,正在莤司典堡的疗养院保养了。他是七十一岁的高龄,本已半身不遂的,得病时,正在作新的剧曲。

妥垒尔(Ernst Toller)后来不很作文,夏期是漫游英吉利。他对来宾说,"现在正在尝试勇敢的体验。戏曲,是在搜求最明确地把握社会问题,关于劳动阶级的题材。除俄国外,无论如何,好演员总要数德国。英美虽然用了煽动底的无赖剧,来搅乱德国的剧场,但仍有好戏曲存在"云云。他自己也在想作一种戏曲。

因为是音乐家修培德(Franz Schubert)的生后一百年,从德意志本国起,连英美,也都举行了纪念音乐会。在本国,是出版了《修培德的信札及其他》等类的新书。

捷克斯洛伐大统领玛萨理克(Masaryk)为记念他七十岁生辰,将十万捷克法郎寄赠德国作家协会的 Kuenstler Konkordia(艺术家联合),作为著作家的生活和权利上的活动之用的基金。玛萨理克也是文学者,有各种政治上的著作,是谁都知道的。

乌发电影公司和英国的戈蒙电影公司开始结了交易的合同,此外还同意了演员的交换。乌发是向来在荷兰、比利时、佛兰西、奥大利、佑戈斯拉夫、俄国等推广销路,于英美是只和美国交易的。这回的交易,近来各国都当作一个问题;也有人看作是对于美国电影的极端过剩输入的攻守同盟的一面。

奥国的作家穆那尔(Frank Molnar)漫游美洲,作演讲及向报章投稿;他的关于朋友的结婚和别的轻快的讽刺很使美国人喜欢。

世界大战以前,久已征服了全欧的吉迫希(Gipsy)音乐,近来为美洲的"茄斯"所挤,连在那本据的匈牙利的都市,也被挤出了咖啡馆和热闹处所,四千个吉迫希乐人,在国内谋不到工作者十分之一,别的是没法想而奏着美洲的"茄斯"。因为这样子,是匈牙利的传统底俗唱的那吉迫希音乐的危期,所以报上曾抗议,以为应该赴诉于蒲达沛斯德的国立音乐院,想些什么保护法。

蒲达沛斯德的最高法院,对于路易·哈特凡尼男爵,下了禁锢十个月,罚金五万四千元,禁止政治行动五年的宣告。哈特凡尼男爵是有名政治家,而作为著作家尤有名,这回是因为用论文诽谤匈牙利的国政,并且用论文以及别的东西,向外国去宣传了的刑罚云。

三　北欧诸国

久在意太利的棱连多养病的戈理基（Maxim Gorky），因为要亲到诞生六十年以及文坛生活三十五年的纪念祝贺会，于五月二十八日，以六年的久别，归了故国墨斯科。他在这里受过盛大的欢迎，视察了南俄各处，八月上旬到高加索。秋天为止在俄国，十月间再回棱连多去，仍然写那三部作《四十年》。也发表过几篇新俄印象记，仅最近的电报，却道他因为盲肠炎在卧病，病势恶化，陷于危境了。然而后来并无详报。大概没有什么大要紧罢。

发现了一封陀思妥夫斯基的信，是寄给叫作亚历舍夫的彼得格勒的提琴家的。这可以看作他的现代社会主义观，所以有兴趣。撒但对着基督，说"世界的害恶，都起于生活的斗争"的时候，基督答道，"人是不能单用面包来活的。"陀思妥夫斯基说，"在他自身和他言语中，抱着最高美的理想的基督，是相信将这理想灌注于人们的灵魂里，最为要紧的。只要懂得这，人们便可以成为同胞，借着互相亲睦地劳动而致富裕的罢。倘反之，单是给与面包，则无聊会使他们互相敌视。所以怀着灵魂底光明，是比无论什么都好得多"云云。这是一八七八年的日子。

以《小鬼》这杰作，成了象征派的代表者的梭罗古勃（Fiodor Sologub），在列宁格勒凄凉地完结了七十五年的生涯。在革命底俄国也延命了十年，但总不和社会的进行一同走，在这期间，毫不写什么著作。

在列宁格勒建设着新文化宫。建设费计需六十万卢布，告成之日，可容几万人，以作种种新文化的道场云。

九月十日举行了托尔斯泰伯爵诞生百年庆典。那一天，从墨斯科，列宁格勒，Yasnaya Polyana 的各都市起，连英，法，美，德的各都市，也举行着这纪念，但现在的劳农政府也祝着托尔斯泰的百岁，却尤为人们所注意。十日之夜,人民教育委员长卢那却尔斯基是主席,与会者数千人,卢那却尔斯基先讲《托尔斯泰伯和革命》,其次是毕力涅克(Boris Pilnick),加美涅夫夫人(Olga Kameneva)的讲演之外,又有奥国的作家宰格(Stefan Zweig)讲《在外国的托尔斯泰的感化》等。托尔斯泰博物馆里,则有关于他的纪念出版物展览会,陈列品二千,是成于二十五个国语的。

俄国歌剧的演员沙力宾(Fiodor Shariapin),被俄国政府禁止他住在故国的别墅里了。理由是因为他从资本主义国的亚美利加取了许多钱,去登台,但在俄国,却因为报酬少,从不出演,所以已经不能认为民众艺术家了。沙力宾的《吾生的几页》,已从俄文翻成英文,在美国出版,保罗·摩兰也赞为出色的历史。

据墨斯科中央劳动局教化事业司的报告,则劳动者是百分之六十读俄国作家的作品,三十五读外国作家。店员阶级却相反,百分之五十六读外国作品,四十四读俄国作品。劳动阶级所读,古典底作品百分之二十一,革命前的非古典底作品十二,新文学六十六。新作家的东西中,Gladkov 的《水门汀》,Leonev 的《巴尔斯基》(獾子),Neverov 的《面包市》,Serafimovitch 的《铁之流》等居第一位;古典底作品中,则戈理基的《母亲》及《亚尔泰玛诺夫事件》为拔群,其次是都介涅夫的《新地》,《父与子》,《贵族的窠》,《猎人日记》,托尔斯泰的《战争与平和》,《安那·凯来尼娜》,《复活》,陀思妥夫斯基的《罪与罚》,契诃夫及刚卡罗夫的作品,果戈尔的 *Taras Bulba*。外国的东西,是 London, Sinclair, Kellermann, Hugo, Farel, O. Henry, France 等。

显理·伊孛生的诞生一百年,从本国诺威起,到处都有纪念。然而跟着起来的,是问"今日的伊孛生"是怎样。对于时代的先驱者伊孛生,能否永作将来的导师的问题,例如"虽是五十岁的作者,一时驰世界底名声的《傀儡家庭》,说起来,也该决然加上一八七九年的日子"(一个法国批评家说)那样的话,是大概的回答。

作为伊孛生以后的戏曲家,克莱格近时有声于诺威文坛了。他的处女作是《前进的船》,仅在一九二七年的年底出版,便已翻成了九国语。秋季发表了诗一卷,戏曲两篇。戏曲之一寄赠了国民剧场,别一篇是卑尔根的国民剧场。前者是《巴拉巴斯》,后者是《少年之恋》。《巴拉巴斯》有一个副题,曰《二千年前的巴列斯坦和今日的支那和明日的印度的戏曲》,是连缀了八场的长场面的东西,所写的是基督底人生观和世俗底见解的争斗。上场的结果极佳,作者的将来为大家所注目。

比利时的默退林克(Maurice Maeterlinck),更从生物的生命,进而凝冥想于四次元的世界了。其结果,近时所发表的一部,是《时空的生活》。"默退林克不是数学家。是诗人,是梦想家,是带着强烈的神秘底倾向的思想家,所以和海伦霍支(Hermholz)及恩斯坦因(Einstein)学说来比较,是不行的。但在以英国的辛敦(Hinton)和俄国的乌司班斯基(Uspensky)为基础,而将好像焦尔威奴(Jules Verne)的小说模样的题材,构成为默退林克式之处,却富于非常的空想味和魅惑的创造性"云。

四　英吉利,亚美利加

英国文坛的耆宿哈代(Thomas Hardy),于一月十一日,以八十八岁逝世了。英国皇帝和皇后以手书悼他的长逝,英,美的报章也都表最高级的吊意。遗骸葬于在艺术之士,是最高名誉的威斯忒敏司达寺的 Poet's Corner 中,和作家狄更司并列。从首相巴特温,工党首领麦唐纳起,以至戈斯,萧,迦尔斯华绥,吉伯龄和别的人,几乎无不送葬。除作为 Wessex Novels 的作家之外,大戏曲《达那斯谛》和别的杰作,都将永为英国文学的宝玉。

在他所主宰的《日曜时报》上,吊唁了哈代之死的戈斯(Edmund Gosse),也死掉了,享年七十八岁。他是诗人,但以批评家见知于世,那艺术底理解之精透,有世界底盛名。在绍介欧洲文艺及作家这一端,其裨益英美,延及日本文坛者,真不知凡几许。在《日曜时报》上,则挥其健笔,纵横批判着社会和文艺。他之死,就可以用他吊哈代的话,说"是世界文学的大损失"的。

和法兰西的萨拉·培尔那尔,意太利的蔼来阿诺拉·调绥并列,为现代三大女优的英国的亚伦·迭黎逝去以来,戏剧界就越加觉得寂寞。她八岁时在王女戏园出手,登台计六十余年,不但作为莎士比亚剧本的演者而已,他剧也都擅长。作为名优亨利·亚文的合演者,别人无出其右云云,是《亚文传》作者所明说的。黎特也惊叹,以为"极端地有着高雅和轻浮,而将这善于调和的她的性格,也殊少有"云。死时年七十八,皇和后都送了恳切的吊电。

她最初和有名的画家华支(G. F. Watts)的结婚,终于破裂了,但此后的结婚,却有有名的演员克莱格(Gordon Craig)那样的儿子,老境是极其平和的。

培黎(Sir James Barrie)的有名的 *Peter Pan*,一向未曾印行,在九月里,和他的关于舞台监督的长论文,合起来从 Hodder and Stoughton 公司出版了。

司各德(Walter Scott)到一九三二年是逝世一百年,但纪念会的委员,已经任命。

《天路历程》的著者班扬(John Bunyan)的诞生三百年纪念会,庆祝得颇盛大。人们到埃耳斯多·格林的他的雕像前举行祈祷,这是他少年时代跳舞,撞钟,掷棒的地方。

吉伯龄(Rudyard Kipling)于十月间作为乔治皇帝和马理皇后的宾客,迎往苏格兰的幡尔摩拉城了,朝野皆惊异。帝后是近来有些疲劳,也不想打猎,所以向各方面在招宾客的,吉伯龄则因为失了维多利亚女皇的欢心,所以久已不近宫禁。

作为印度的女诗人,最为伟大的萨罗什尼·那图(S. Naidu),由印度国民议会的选举,做了市长。西蒙士赞美说:"倘若对于美的欲求,使莱阿那尔陀成为画家,则这也使萨罗什尼成为诗人"者,便是这女诗人。

英国的历史小说家,作为大众作家,最为时行的惠曼(Stanly Weyman),于四月十日死掉了。一八八三年在杂志《孔希尔》上登载小说是开手,著作非常多。遗产九十九万四千八十圆,大约自有英国文坛以来,这是作为小说家的最高数目罢。先前的记录,是狄更斯的八十万圆,凯尔启士的七十一万圆,托罗罗普的七十万圆,哈代大约也是七十万圆之谱。

爱尔兰的诺贝尔奖金的收受者,神秘诗人耶支(William Butler Yeats),发表了新诗集曰《塔》,在表示着他依然健在。

培那特·萧(George Bernard Shaw)将《为女人们的社会主义及资本主义指南》在英、美同时出版,豫计着非常的销行。美国版的序文上,是照例的冷嘲,但一面也有作鲠的批评家,以为从绥维安协会的初步,发达得并没有多少。

辛克莱儿(Upton Sinclair)将《波士顿》这长篇小说,连载于美国的一月号起的 Bookman 上,成着批评的中心。其一部份,已于十月印行,作为第一部;在文体和构想上,都是较之先前的辛克莱儿更加生长了一段的大著作。是愤慨于无政府主义者萨珂和樊什支以杀人罪被刑,那国际底问题,因而着笔的。名为《波士顿》者,就因为他们的生活背景,为波士顿市,和这相关联,而波士顿市的全权阶级的暴虐,尽情暴露了的缘故。有新闻记事特地声明,说并非为了前作《石油》,在波士顿市禁止了出售之故云。

听说剧作家渥尼勒(Eugene O'Neill)寄给小山内薰,说要到日本来,大约竟要成为事实了。他目下似乎正在从巴黎向极东旅行,一到,便像定在东洋住到一九二九年六月。他现在正在写一篇需时三年乃至五年的大戏曲。

Harpers 出版公司又将华垒斯的《少年们的班侯》从新出版了。据广告说,Ben Hur 印行以来,销完三百万部,不久便编为剧本做成电影,于是又销完一百万部,有关系的都颇发了财。这是近时的可以特笔的事云。

为收买玛克·土痕(Mark Twain)的住宅之故,捐集了四十万元的钱。土痕纪念会,为纪念这滑稽作家起见,要保存土痕旧宅,其中还豫备建筑汤谟梭耶室和土痕作品的图书馆。

据杂志 Sphere 说,关于悬赏小说的英,美两国读者的不同,近年来极其明确了。总之,在美国,悬赏小说当选者大抵是这成为出名的阶段,作品也能销行;但英国却相反,悬赏小说家即刻被忘却,作品的时价也不高。这就可知近两三年,悬赏在美国非常流行的倾向。

（译自日本《文章俱乐部》十三卷十二号。）

原载 1928 年 12 月 13 日、20 日、27 日,1929 年 1 月 3 日、10 日、17 日、24 日《朝花》周刊第 2、3、4、5、6、7、8 期。署名 L. S. 译。

初未收集。

《蕗谷虹儿画选》小引

中国的新的文艺的一时的转变和流行,有时那主权是简直大半操于外国书籍贩卖者之手的。来一批书,便给一点影响。*Modern Library* 中的 A. V. Beardsley 画集一入中国,那锋利的刺戟力,就激动了多年沉静的神经,于是有了许多表面的摹仿。但对于沉静,而又疲弱的神经,Beardsley 的线究竟又太强烈了,这时适有蕗谷虹儿的版画运来中国,是用幽婉之笔,来调和了 Beardsley 的锋芒,这尤合中国现代青年的心,所以他的摹仿就至今不绝。

但可惜的是将他的形和线任意的破坏,——不过不经比较,是看不出底细来的。现在就从他的画谱《睡莲之梦》中选取六图,《悲凉的微笑》中五图,《我的画集》中一图,大约都是可显现他的特色之作,虽然中国的复制,不能高明,然而究竟较可以窥见他的真面目了。

至于作者的特色之所在,就让他自己来说罢——

"我的艺术,以纤细为生命,同时以解剖刀一般的锐利的锋芒为力量。

"我所引的描线,必需小蛇似的敏捷和白鱼似的锐敏。

"我所画的东西,单是'如生'之类的现实的姿态,是不够的。

"于悲凉,则画彷徨湖畔的孤星的水妖(Nymph),于欢乐,则画在春林深处,和地祇(Pan)相谑的月光的水妖罢。

"描女性,则选多梦的处女,且备以女王之格,注以星姬之爱罢。

"描男性,则愿探求神话,拉出亚波罗(Apollo)来,给穿上漂泊的旅鞋去。

"描幼儿,则加以天使的羽翼,还于此被上五色的文绫。

"而为了孕育这些爱的幻想的模特儿们,我的思想,则不可不如深夜之暗黑,清水之澄明。"(《悲凉的微笑》自序)

这可以说,大概都说尽了。然而从这些美点的别一面看,也就令人所以评他为倾向少年男女读者的作家的原因。

作者现在是往欧洲留学去了,前途正长,这不过是一时期的陈迹,现在又作为中国几个作家的秘密宝库的一部份,陈在读者的眼前,就算一面小镜子,——要说得堂皇一些,那就是,这才或者能使我们逐渐认真起来,先会有小小的真的创作。

从第一到十一图,都有短短的诗文的,也就逐图译出,附在各图前面了,但有几篇是古文,为译者所未曾研究,所以有些错误,也说不定。首页的小图也出《我的画集》中,原题曰《瞳》,是作者所爱描的大到超于现实的眸子。

一九二九年一月二十四日，鲁迅在上海记。

最初印入 1929 年 1 月 26 日上海朝花社版"艺苑朝华"
之二《蕗谷虹儿画选》。

初未收集。

二十五日

日记 昙。夜达夫来约饮。

二十六日

日记 昙。午达夫招饮于陶乐春，与广平同往，同席前田河，秋田，金子及其夫人，语堂及其夫人，达夫，王映霞，共十人。夜雨。

《近代木刻选集》(1)附记 *

本集中的十二幅木刻，都是从英国的 *The Bookman*, *The Studio*, *The Wood-cut of To-day*（Edited by G. Holme）中选取的，这里也一并摘录几句解说。

惠勃（C. C. Webb）是英国现代著名的艺术家，从一九二二年以来，都在毕明翰（Birmingham）中央学校教授美术。第一幅《高架桥》是圆满的大图画，用一种独创的方法所刻，几乎可以数出他雕刻的笔数来。统观全体，则是精美的发光的白色标记，在一方纯净的黑色地子上。《农家的后园》刀法，也多相同。《金鱼》更可以见惠勃的作风，新近在 Studio 上，曾大为 George Sheringham 所称许。

司提芬·蓬（Stephen Bone）的一幅，是 George Bourne 的 *A Farmer's Life* 的插图之一。论者谓英国南部诸州的木刻家无出作者之右,散文得此,而妙想愈明云。

达格力秀(E. Fitch Daglish)是伦敦动物学会会员,木刻也有名,尤宜于作动植物书中的插画,能显示最严正的自然主义和纤巧敏慧的装饰的感情。《田凫》是 E. M. Nicholson 的 *Birds in England* 中插画之一;《淡水鲈鱼》是 Izaak Walton and Charles Cotton 的 *The Compleate Angler* 中的。观这两幅,便可知木刻术怎样有裨于科学了。

哈曼·普耳(Herman Paul),法国人,原是作石版画的,后改木刻,后又转通俗(Popular)画。曾说"艺术是一种不断的解放",于是便简单化了。本集中的两幅,已很可窥见他后来的作风。前一幅是 Rabelais 著书中的插画,正当大雨时;后一幅是装饰 andré Marty 的诗集 *La Doctrine des Preux*(《勇士的教义》)的,那诗的大意是——

> 看残废的身体和面部的机轮,
>
> 染毒的疮疤红了面容,
>
> 少有勇气与丑陋的人们,传闻
>
> 以千辛万苦获得了好的名声。

迪绥尔多黎(Benvenuto Disertori),意太利人,是多才的艺术家,善于刻石,蚀铜,但木刻更为他的特色。*La Musa del Loreto* 是一幅具有律动的图象,那印象之自然,就如本来在木上所创生的一般。

麦格努斯·拉该兰支(S. Magnus-Lagercranz)夫人是瑞典的雕刻家,尤其擅长花卉。她的最重要的工作,是一册瑞典诗人 Atterbom 的诗集《群芳》的插图。

富耳斯(C. B. Falls)在美国,有最为多才的艺术家之称。他于诸艺术无不尝试,而又无不成功。集中的《岛上的庙》,是他自己选出的得意的作品。

华惠克(Edward Worwick)也是美国的木刻家。《会见》是装饰与想像的版画,含有强烈的中古风味的。

书面和首叶的两种小品,是法国画家拉图(alfred Latour)之作,自 *The Wood-cut of To-day* 中取来,目录上未列,附记于此。

最初印入 1929 年 1 月 26 日上海朝花社版"艺苑朝华"
之一《近代木刻选集》(1)。
初未收集。

蕗谷虹儿的诗*

萌　芽

小　曲

我不能说什么话，
她也不能说什么话，
两人默默地摘了花……。

蝴蝶一双跳了舞，
小鸟儿一对来唱了歌，
雄花和雌花呀开着花……。

她是默默地给我花，
我也默默地送她花，
分离是多么凄凉呵……。

旅　人

小　曲

固然是风说，闻郎在俄疆，
念及身世事，中怀生悲凉。

郎在萨哈连，飘流一何远，

街名是雪暴,闻郎无侣伴。

固然是风说,竟成漂泊人,
也进酒场去,呼酒开寒樽。

一见天上月,乘云入黑暗,
便念旅中郎,天涯在流转。

月 光 波

散文诗

月,从煌煌的大空,将那光的网,投在地面上。

我的心,战栗于这海底之夜,舍沉重的体质,而浮游于月光。

"月呀! 将那光的网,赶快,赶快,收上去罢……。将我,我的心,献在你今宵的收获里……。"

金合欢树之别

散文诗

唉唉,那时候,——怅惘于噩梦之夜,将脸埋在你的怀中,在港头滔滔咽泪,青船似的弱下去了。

唉唉,那时候的难遣的旅愁上,并无水色的冷静,在听到你胸中的波涛和港头的小调里,闭了我的双睛……。

唉唉,那时候的金合欢树,开着甘美的花,在淡紫的港头的夜里,立尽了黎明,——为我的飘流下泪……。

(在土岐港)

傀儡子的外套

童　谣

用些红毛线,
编起小外套,
给小娃儿穿罢。
小娃儿是冷了呀,
显着冷冷的脸呀。

用些蓝毛线,
编起小手套,
给小娃儿带罢。
小娃儿是冷了呀,
显着冷冷的手呀。

幻 影 船

小　曲

遥遥地,
幻的帆影
招来的船,
在我胸中的
梦的波路。

唉,险呀,

胸中渐渐地
涌起波涛，
幻影的船呀，
可怜要沉没了。

站在那
船的头上的
是谁呢，
伸着双手
喊救的那人？

唉唉，梦的
水底，却正是
心的深处呵，
不忘记
沉在那里的人。

宵　星

昨夜的祈祝时，倚身树上，
便眼泪盈盈，
仿佛在悲怀中流尽了。

泪盈盈追想母亲的
面影时，在夜天上，
许是母亲的瞳人罢，
一颗星微笑着消隐了。

春　天

和上方的都女子一同咏春

少女扬着美丽斑斓的
围巾，招呼朋友。

公子挥霍了长袖，
舞着回答她的舞蹈。

鷖鸟展开那狂舞的翎毛，
踏着春草，在欢娱中醉倒。

啭鸟被花朵围环，
静静地吟咏。

樱花缭乱成明霞，
将落英流向春风，如梦。

温室的窗

雪片，
像是银色的蝴蝶，
从远天里
翩翩飞降。

哀哉，
迷惘的一只蝴蝶，
慕着红花，飞近温室，
要进窗去

——忽地消亡。

唉唉，
窗的玻璃上，
……滴落着的
悲哀的蝴蝶的
眼泪……闪闪生光。

紫花地丁

花卉们都外向，
闹蜻蜓，吸春光，
乐高飞的云雀的烽火，
在春风中跳舞，使小鸟儿歌唱，
还和那装模做样的红蛙儿，
"哈哈春呀"的一同谑浪。

春的野上，
不管这享乐的争开，
独有紫花地丁悄然低首，
芳容被泪影沉埋。

病在野间的小鸟

春在那里的野间呢，愿也快来探访这荒野，
来拥抱旅中卧病，思慕你的孱弱的小鸟罢。

伤于无爱的严冬，毕生一意要会春天的

逃来的为相思瘦损的小鸟,独在野间抱病了。

春在那里的野间呢,愿也快来探访这荒野,
饰病的小鸟的梦以繁花,卧房以锦绣罢。

倘夜露溶开花蜜,可润焦渴的小鸟的喉咙,
聚起群芳的花粉来,也会医好破的毛羽的。

春在那里的野间呢,愿也快来探访这荒野,
饰病的小鸟的梦以编花,以锦帐罢。

原载 1929 年 1 月 26 日上海朝花社版"艺苑朝花之二"
《蕗谷虹儿画选》。

初未收集。

二十七日

日记 星期。雨。午后林和清来,未见,留札而去。

二十八日

日记 雨。无事。

谨 启

诸位读者先生:

《北新》第三卷第二号的插图,还是《美术史潮论》上的插图,那
"罗兰珊:《女》"及"莱什:《朝餐》",画和题目互错了,请自行改正,或

心照。

　　顺便还要附告几位先生们：著作"落伍"，翻译错误，是我的责任。其余如书籍缺页，定刊物后改换地址，邮购刊物回件和原单不符，某某殊为可恶之类，我都管不着的，希径与书店直接交涉为感。

一月二十八日，鲁迅。

　　原载 1929 年 2 月 16 日《北新》半月刊第 3 卷第 4 号。
　　初未收集。

二十九日

　　日记　雨。上午寄白薇信。下午画室来。得小峰信并《北新》［半］月刊。

三十日

　　日记　昙。上午寄马珏信并照相一枚。从商务印书馆买来 G. Craig《木刻图说》一本，六元一角。下午往内山书店买『世界美术全集』第二十集一本，一元六角。达夫来。夜望道来。

托尔斯泰与马克斯*

［苏联］卢那卡尔斯基

一　资产阶级的主力少数主义

　　同志诸君！叫作《托尔斯泰与马克斯》的今天的我的题目，我并非偶然选定的。现在，我们的俄国——别的各国，那形态却有些不同——在决定人类的分野的根本底诸观念之中,马克斯主义和托尔斯泰主义,是被表现在对蹠底的地位上。

自然,对马克斯主义的一切之敌,都归在托尔斯泰主义的阵营内,是决非妥当的。

马克斯主义云者,如大家所知道,是无产阶级的观念,是阶级理论,是在支配阶级和劳动阶级的斗争上,劳动阶级所把持着的武器。有产阶级领率了那一切的枝条,以及为了无智,社会底地易于分裂的倾向,而落在有产阶级的权势之下的那些民众,正和马克斯主义对立着。从托尔斯泰主义看起来,有产阶级是最少有可以责难之处的。——有产阶级者,如大家所知道,是帝国主义底的东西。有产阶级者,虽当最近的战争在地上涂了血,时日还不多,却已在暗地里整顿着新的武装和谋略。有产阶级者,一任那放恣的意志,要以准备在人类头上的其次的战争,怎样地惹起未曾有的深刻的结局,使全世界陷于破灭的底里,在这里是已经没有多说的必要了。

我们马克斯主义者,就是,首先,是革命底的,唯一真正的马克斯主义者,共产主义者的我们,和这掠夺底的有产阶级的,意识底地固执在各种地位上的一伙人,应该彻底底地战斗。在有产阶级的背后,并没有思想底的什么的力量。帝国主义底有产阶级,对于自己的存在,自己的倾向,以及自己正在造作的罪恶,是寻不出辩护这些的理由的。到最近,有产阶级将疏辩自己的野兽底的面貌的事,以及将这面貌扮作道德底的东西的事的一切企图,全都放弃了——就是这样说,也不是过甚之辞。自然,随伴底的报事者们,那是虽在现在,也还想将毒药装进民众的脑和心里去,并且想用爱国主义的麻药的。符拉迪弥耳·伊立支(列宁)在帝国主义战(欧洲战争)后不久,所讲的议论之中,曾有悲观说,以为在叫作祖国这各色的国旗之下,有产阶级是从新招兵,许多劳动者是眩惑于爱国主义的口号,又要为了榨取他们自己的人们,演兄弟相杀的惨剧了罢。这是大概不错的。——然而,虽然如此,这仍可以用了认真的观念来斗争,那是无须说得。为了榨取者们的利益起见的劳动者互相的杀戮,要之就只在舆论的沉衰,嵌在对于目的的印板里的习惯的惰性,批判力之不彻底等。但是,即使并不思索这些事,早早晚晚,也会到民众自己看破这意气昂然的野兽的原形的时候的罢,惟这时候,则有产阶级当然成为他们的憎恶的对象了。

实在,在有产阶级,也有可以辩护自己的观念的。这是什么呢?是少数主义^①,即变了形的马克斯主义。社会民主底马克斯主义,乃是有产阶级来遮蔽自己的羞耻部的没有果实的叶子,有产阶级是缺少那挥着什么像自己的主义的东西,积极底地闯到民众面前去的勇气的。——有产阶级因此便迎迓社会主义,又利用马克斯主义者,于是民众就倾听他们好像是自己的话的主张。他们先说起和有产阶级的阶级战,然而这是客套话,只因为临末想要讲革命的休息。他们将歪曲的,所谓进化底马克斯主义这一种宽心的唠叨话,说给劳动阶级听。就是,他将事物的推移,委诸运命之手,而对于无产阶级,则说忍从,节度,整齐之必要的。

少数主义,从这见地说起来,那自然,是我们的最可怕的敌。因此我们为了和他们斗争,费去了非常之多的时光。在民众面前,使少数主义的声望失坠,也便是克服民众,那我们是很知道的。所以我们的战术,是在少数主义的彻底底批判,我们现在正在实行的统一战线的树立,以及从我们的队伍之中,将可疑的分子毫不宽容地加以扫荡——这些一切,那意义,已经就是和在本质上,似是而非的马克斯主义,即少数主义的斗争。

少数主义之力,是强大的,这在事实上,是做着有产阶级的主力的。有产阶级能够从劳动阶级的前卫,社会民主机关之中,开了自

---

　　① Menshevism 意云较少主义,也译少数主义,原是指 Plekhanov 一派的社会民主劳动党少数派的指导原理而言,但也用以称社会民主主义,Kautzky 等的正统派马克斯主义,Kautzky 主义等。——重译者。

己专用的代理店了。他们的利用少数主义有怎样巧妙,只要看世间一切有产阶级中的最聪明而且有着最古的历史的英吉利的有产阶级,竟将政权付给了少数派这一点,就可以明白。他们以为只要资产家的保守的政权,在麦唐纳之手,是决不愁危险的,竟毫不失机。所以将政权交给麦唐纳的事,就成了对于劳动阶级,给了更富于弹力性的欺骗和愚弄的新形式;也成了一种聪明的新政策,是对于政治思想的发达幼稚的民众,竭力给与一个印象,使觉得英吉利是劳动者自己在治理,在英国已经无可更有要求了。在这半世纪间,有产阶级就大抵这样地仗着民众主义的帮助,使民众错乱,借普通选举的幻影,使民众行欺骗底选举。然而选出的阁员,依然是有产者,是承少数派的意旨,而压迫大多数民众的东西。在现在,有产阶级是这样地计划着在用了新的尺做出来的民主主义的旗印之下,来建设使确乎不拔的自己的权力,实证底地确立起来的社会主义底政府,劳动政府的。

二 托尔斯泰主义为马克斯主义的竞争者

同志诸君,托尔斯泰主义在上面说过的我们所谓"随伴底"敌对里面,是占着第二义底的地位的世界观。这在无产阶级,是并没有那么大的影响的,但对于智识阶级,却是给以极深极深的影响的思想。还有一点应该看得紧要,就是,有时候,不但在欧洲,虽在亚洲腹地的农民的较良的阶级里,也有得以成为我们的竞争者的可能性。

托尔斯泰主义要引劳动智识阶级和劳动农民阶级为最重要的同调,以及成为我们的竞争者而出现的事,到了如何程度呢,用两个小小的例子来表示罢。

法兰西现代的大作家罗曼·罗兰(Romain Rolland),是作为许多小说和评论之类的作者,有盛名于欧洲的人。曾有这样的逸话,就是,他二十五岁的时候,将充满着感激的信,寄给托尔斯泰。那时,他信里的意思,是说自己是托尔斯泰的精神底子息,请托尔斯泰的爱顾和教示,因此托尔斯泰看了他的满是真实,而且显着天才的闪光的信,知道寄信人是很了解托尔斯泰自己的,便将长的恳切的回信,寄给罗兰了。

近时我在关于罗兰的论文中,看到了颇有名的这样的句子。那是说,"莱夫·托尔斯泰是世界的智识阶级之父,而当他自己进坟墓时,以自己的地位,任命于罗曼·罗兰了。"

欧洲大战前,尤其是罗曼·罗兰正在主张着严格的平和主义的大战的最中,对于他,从欧洲和别的诸国寄信来的,以及直接访问他的,非常之多。虽是现在,关于一切政治问题,罗曼·罗兰是还在应对的,但最近有一桩案件——这是发生于西班牙的国粹反动主义者兑·理威拉将军和同国的大哲学者乌那木诺(Unamuno)之间的大争执。政府便将乌那木诺从西班牙放逐到亚非利加,或是什么地方的岛上去了。那时候,罗曼·罗兰便对于兑·理威拉将军发表了一篇智识阶级底气味纷纷的抗议文。我们只要这样想象,就可以没有大错,就是,恰如有些国度的国民,现在的教皇之流的恐吓文字也未必一定成为威压底的东西一样,罗曼·罗兰的抗议,也毫无效验地跑过了兑·理威拉将军的铜一般的前额了。然而世界的报章上,连最为保守的东西上,也登载了罗曼·罗兰的抗议,所以惹起了大大的波纹;他的道德底计量,虽在现在,也还是非常之沉重到这样。

是去年罢,还是大约两年以前呢,罗曼·罗兰曾将一封信寄给法兰西智识阶级一方的代表者的那《火中》的作者巴比塞(Henri Barbusse)。巴比塞是我们的同志,共产主义者,是天才底作家。他写了关于战争的著作,而这还被翻成世界的各国语了,自然,那些书籍的内容,是就战争的惨祸和战争的根本问题,而传其真理的。

巴比塞非难了罗曼·罗兰,那要点,是在说罗兰对于革命暴力的组织化,和对付有产阶级权力的民众底权力的组织化的重要性,没有懂得。他又威喝似的这样说,"连齿尖都武装了的有产阶级,将继续作占有那强韧的组织全部之举的罢,为什么呢,因为用这强韧的组织之力,防止虽一兵卒,也不能脱自己的权力之外而他去,××××××,××××××,使行同胞战的有产阶级,是使民众再陷于先前的困穷的底里,而无论怎样的良言,怎样的说教,怎样的主义,也早不能收什么效果了,要反对这势力,即有产阶级的'这地狱之力',只留着一条路,这便是×××××××××××。不能作×××的准备者,即这组织的破坏者,××从引人类于破灭之底的阶级的手里,将政权夺取××××××,要之,便是人类进步的奸细。"①

对于这个,罗曼·罗兰便直挥着托尔斯泰的理论,为拥护纯无抵抗主义的立场,堂堂然直扑巴比塞了。对于这罗曼·罗兰的反驳,欧洲智识阶级的一部分,便以为惟这无抵抗主义,即对于暴力的无抵抗,是唯一的合法的主张,且从靠了这善意主义,理想主义,有在地上创造"神的平和",事实上芟除战争的可能性这一个信仰上,表示赞成之意。但智识阶级的别一部分,也有仅仅伪善底地,赞和罗曼之说的。他们知道得很清楚,倘依无抵抗主义的理论,则有产阶级的权力,还可以保几年的寿命;在有产阶级,托尔斯泰主义是无上的好的防御机,只要托尔斯泰主义和罗曼主义保住地位,便可以处之泰然的事,他们是很知道的。无抵抗主义作为反抗的形式,是有利的,至少,较之革命底反抗,那当然是较为有利的形式。

这回是举一个在亚细亚的例子罢。在我们,现在特别应该看作重要的,并不只以在欧洲的事象为限,就是在东洋的这些事,那重要性也是相等的。作为列宁所遗留的功绩之一,可以特记的事,是他

---

① 许多空字,是原译本如此的,现在姑且约略译出,极希望看见原文或法文原信的读者,加以指示,俾后来能够修正。——重译者。

指出了无产革命,和亚细亚的农民革命有不可分离的关系这一点。列宁是从那天才底思想,到达这样的归结的。当有产阶级正仗着少数主义战术,使无产阶级的首领者腐化,将他们买收的时候,欧洲的无产阶级对于有产阶级,能扬胜利的凯歌者,是只在这样的一个时机。

这便是做着前驱的各国的社会革命,和殖民地及准殖民地的无产革命相联结的时候。所以我们也应该以对付欧洲一样的注意,去向东洋。

印度的人口计有三亿,和苏维埃联邦共和国人口的两倍半相当,较之亚美利加合众国的这,是三倍以上。这大数的人口,现在是正在酝酿着动摇。印度的革命思想,是向着各方面在动弹了。在印度也有共产主义者,然而印度的产业,还在比较底幼稚的状态。所以在目下,共产主义者还寥寥,但到将来,当以居民的大数为同调的民族运动之际,他们是要显示那活动的能力的罢。所谓居民的大数者,就是在他们的被虐待的境遇上,还在采用排英政策时,农民底集团的前卫。而这农民底集团,是可以分为两个范畴的。其一,是计划着民族底一揆的积极底集团,其大多数,是政治底思想觉醒了的印度国的回教徒;别的一个,是支持印度的旧文化即甘地(Gandhi)的运动的一派。

甘地在印度是得了圣人之称的。他也是印度民众的大指导者。他的战术,是托尔斯泰式战术。不消说,托尔斯泰和甘地之间,是有不同之点的。然而这不过是在枝叶上,以全体而言,甘地实在是印度的托尔斯泰。所以由他说起来,惟有仗着平和底手段,即文化底运动,这才能够得到最后的胜利。而这所谓文化底运动者,虽是其中的称为最过激的手段的,也不过是英国货的不买同盟,或是对于英国的统治权,组织民众的武器底一揆罢了。

到这里,我已经从种种方面,讲过了这两个范畴的例子。由此也可以明白,有些运动,只要和无产阶级的问题无关(虽然我们是以与无产阶级一同,和少数主义的中心思想来斗争为主的),还有,只要并非摆开于无产阶级运动有重要意义的协同战线,则那运动,就应该和蒙了托尔斯泰主义影响的运动,受一样的待遇。所以在这里,便生出剖明托尔斯泰主义和马克斯主义的关系的兴味来了。

作为社会底现象的托尔斯泰主义,并不是新的东西。新的社会形式,即资本的集中,著大的富的膨胀,商业和产业的生长既然出现,而且普及于一个国度里的时候,则和托尔斯泰主义相似的运动,便自然发生起来,现在我将这样运动之行于旧时代和见于最近的历史的两三例,举出来看看罢。

称托尔斯泰为豫言者,是可以的。他和见于圣书中的豫言者是一模一样。因为他和他们,虽然隔了几千年的时代,然而不过在反复着同一条件之下,反复着他们所反复了来的事情。

这些警世家,即圣书底豫言者,一早从伊里亚,蔼勒绥的传说时代起,到现代的世间止,那出现竟没有中绝,是因为什么理由呢?那说明,是这样的。早先,原是游牧民族的犹太人,经历时代,便渐渐定居于一处地方,于是他们就从事农业,蒙了周围的文化底影响,蒙了从一方面,是农业经济上必然底的现象的土地集中化的过程,从别一面,是大规模的商品交换的影响,终于显出种种的阶级底分歧来了。于是犹太人的生活便成为贵族底,这就化为君主政治,到底造成了靠着穷困同胞的牺牲以生活的阶级。这阶级,采用了商业底农业国的道德,同时也通行了适合于农业底商业生活样式的宗教,即通行于西部亚细亚的拜地农作的宗教。这宗教在那狂热和淫佚,以及带着对于穷人的欺骗底,而且诱惑底倾向这一点上,是稗勒和爱斯泰尔德的信仰。① 然而是富于许多文化底美底要素和华丽巧致的宗教底仪式的宗教。

---

① Baal et Astarte,斐尼基的男女两神,代表怀孕和生殖力的。——重译者。

犹太的富豪，既为这所谓"异端"的宗教底华丽方面所蛊惑，同时也脱离单纯的原始底生活样式了。然而接着这事而起的，是寡妇孤儿的榨取，那住屋的夺取，奢侈，欢乐和饮酒之风，和这些一同，也流行了使用各种的香料，黄金，装饰品；赞美女性所具的优美，典雅，淫荡；终至于倡道复归于异民族之神的信仰了。

由以上的所讲，已经完结了我们的对蹠底阶级，即胎生期底资本主义的说明。然而这资本主义，那自然不消说，是极其原始底的，交易底性质的东西，并非在真的意义上的资本主义。而这游牧底集团，对于新发生的这压抑底秩序，竭力反对了。稍富的人，固然能有仗着政治底手段，来直接反抗的机会，但下层民众，对于支配阶级的道德，却不过在嘴上说些不平。在先前，相对底平等主义，对于邻人的好谊，生活的简易化这些事，曾经怎样正当地施行过，民众是知道的。于是以为这些是民众的真的生活，而且是惟一合法的事情，我们的神，民众的神，即古代以色列人的民族联盟的军神，是嘉纳这真理的，其他一切的企图，则和我们的神相违背，而主张过去的生活之唯一合法了。

往时，神的豫言者之所以被尊敬的理由，是因为用了平常人的话，即对于民众，不能给与一些反响。所以无论怎样的雄辩家，也不直接向民众诉说。民众不过由豫言者在半发癫痫中说出来的奇迹底的言语，知道他的精神。因为倘不这样，民众就不相信辩士和豫言者的话。他们的意思，是以为凡有一切，都由 animism（万有神道），即视之不见的伟大的力，作用于实现而生的。

无论如何，这是重大的反抗。但到底，达成了怎样情形呢？岂止不是现状维持呢，倒是成了使历史的车，向后退走的倾向。然而这时候，和神的名是不相干，但将这过去加以分析，赞美，换在更好的位置上，并将过去加以理想化，不放在自己的背后，而反放在前方，换了话来说，就是，只好将一看是理想化，圣化了的旧的秩序，作为理想的对象了。

　　然而这理想，是小有产者底，小市民底，小农民底的满足。但是，在各人还都住在陋屋里，连这也做不到的人，便�在无花果树下，而且大家都靠着自己的劳力而生活着的时代，则希温（Zion）山边，曾经度着由完全的邻人爱而生活，因此也充满着神的真理和生活的平和的事，却也不难推想的。所以豫言者们，也没有论及社会底理想和意向的必要。那有这样的必要呢？他们说过平等，说过分田，说过小经济，然而这是中农民的理想，是称为榨取者，则还太幼稚，然而达得最高了的中农经济的理想。作为饱满的，而且度了仗着邻人爱的平和生活的结果，他们对于全地上的革命，是也抱着相同的见解的。据那时的他们的意见，则是怀着狼可以和羔羊一同饲养，狮子决不来害小儿那样的思想。倘是这样，那么，这地上，是成了平和的乐园了的罢，为什么呢，因为由自己的劳动以营生活的邻人爱，据他们的意见，是根本底，而且唯一的，万世不易的神的真理的缘故。

三　卢梭和嘉勒尔的社会观

　　现在，更用新的现代的例，来讲一讲这事情罢。这是在法兰西的例子。法兰西革命的原因，如诸君所知道，是资本主义发达的结果。革命勃发以前，法兰西的有产阶级，不但已经发达到动摇了两个最高阶级（贵族和教士阶级）的基础和支配力那样程度而已，这两个阶级，对于农民阶级和中产市民阶级，是同为可怕的重压物的。法兰西革命在那本身中，就带着复杂的倾向。这就是，大有产阶级成了支配阶级，想自由地支使宪法，和这相对，别一面则小有产阶级虽然不过暂时，但压迫了大有产阶级，并且引小资本家及几乎没有资产的近于无产阶级的民众为同调，将实现一七九三年的宪法的事成功了。这在民主主义的发达上，是给了非常之大的影响，而且促其进步的。将这解说起来,便是在教士阶级和剥了金箔的贵族之下,有着大有产阶级的层,在大有产阶级之下,有着在或一程度上,可以称为"国民"的无差别的民众,要说为什么称为无差别的民众,那便因为在这里面,混淆着农民阶级的利害和一切形态的都会无产阶级的利害。

革命已经准备的时候,大有产阶级是利用了大家以为舆论指导者的生活有些稳固的上层智识阶级,作为自己的代辩者的。充当了这样的智识阶级的前卫之辈,是以博学负盛名的学者,如服尔德(Voltaire),迪特罗(Diderot),达朗培尔(D'Alembert),海里惠谛(Helvetius),呵尔拔夫(Holbach)等,他们相信文明和文化,以为将来的产业底富的增加,科学底智识,农业的进步,是可以绝灭那由于中世纪底偏见的阶级差别的不合理,创造以新的科学为基础的人生,于是就得到这地上的繁荣的。

然而小有产阶级,却并不这样想。他们对于向科学和艺术的这样夸大的期待,还抱着很大的不满,因为科学和艺术,不过是一种结约,现实底地,是毫没有什么好东西给他们的。不独如此而已,这些还反而助长制造品的膨胀,成为大商业和大资本的发达,这大资本,则成了他们的阶级压迫的盾牌了。

一切文明的本体,在壮丽的旅馆中,在模范庄园中,或则在大产业经营的建筑物中,在大有产阶级的大商店中。瑞士的一个钟表匠,费一生于书记或别的半从仆的生活,脱巡警的拘捕,而寻求着亡命的天地的小有产阶级直系出身的卢梭(Jean Jacques Rousseau),是毕生没有出这阶级的圈外的,然而标举了圣书底豫言者的别派,说出这样的话来——

"这是撒但的作为,这是凯因的规定。"而且你们的富,你们的名誉,你们的文明,你们的艺术,你们的学问——这些一切,都不是必要的东西,所必要者,只有地上惟一的真理。那么,所谓真理者,究竟是指什么呢?依他的回答,便是平等。是造立经济底平等。由平等的经济个体,结起相互契约来,以创成国家底组织,国家尊重各人的平等,这么一来,则少数者的一单位,岂不成了对于大多数者,更无抗辩的权利了么?然而承认大多数者的原则底的支配权,平等人的支配权的这组织,依卢梭的意见,是真正的地上的极乐。这里有装入他的理想底内容的理由,他主张人们应该依照自然受教育,应该复归到自然所生照样的圆满无双的人——以前是文明使他堕落了的——去,并且从此又生出更新的女性的模范来,生出作为母性,是单纯而宽大,并且对于自己所受的任务,是用鲜花似的典丽——那时的有产阶级和贵族阶级上层的文明底女性,是没有灵魂的偶人——加以处理的作为朋友的女性来。卢梭将他自己的神的本相,分明地这样说,"有谁在我的心里说,人们应该平等,我们由活泼的劳动,由和自然的融合,而享受大的慰安,这是神的声音,是在不需什么教会的各人心里的神的声音。如果人们中止了榨取邻人,而成了在地土上作工的劳动者,则他在自己的心里,听到神的声音的罢。"

这回,来讲一个英吉利的例子罢。

还没有到制品时代,商业资本时代,只是铁的前进时代,即机械产业,工场产业勃兴未久的时候,在铁的堆积之下,被挤出了仓舍去的农夫,手工业被夺了的小手工业者们,便叫出怨嗟之声来。当这时,奋然而起的,是英吉利的豫言者嘉勒尔(Thomas Carlyle)。然而他的话,和卢梭的话是一样的。他向机械产业者说,"你们对着地主,城主,或则封建底的羁绊,扬着反抗的声音。但在封建时代,地主之不得不扶养农夫者,乃是和父对于子的一样的关系,而农夫是几与家畜相等,愈怠于饲育,即愈不利于饲主的。然而你们现在的态度,却过于不仁。你们以这不仁的态度,只在暂时之间,便榨取完穷人,或则吸尽了你们榨取过的地主的全身的汁水,要将这改铸为金币。你们胡乱搜集小孩,将他们的生命抛在机器里,要造出贱价的薄洋布来。你们有什么权利,能说你们是自由主义者,是求自由的人呢?和'旧'相斗争的你们的根据,是什么呢?'旧'者,比'现在'还要好些,因为那时人们是神一般过活。但是,神是什么呢？神的规定是什么呢？那就是邻人爱。在已有定规的世界上,无需叫作竞争这一种不仁的关系。也无需叫作簿记,减法,利益之类的东西,以及强凌弱,和令人以为这是当然似的优胜劣败的争斗。应该回到人类关系的原始组织去。应该回到有机底存在,相互爱去。"

据嘉勒尔说,则这些一切,都以宗教底精神为前提,然而,无论什么,凡一切,都应该从被机器声,放汽声,数钱声弄得耳聋了的人们的内底感情,誊写出来。

四　作为社会底理论的托尔斯泰主义

我还可以无限量地引用这样的许多例,然而诸君也知道着,当文化的黎明期将要过去的时候,或者那历程将要急激地到来的时候,旧时代是总从那中心里,生出时代的天才儿来的。他们站在旧传统中,以反抗旧世界,但对于旧传统,则在离开事实的看法上,以最理想化了的形式来眺望。

倘从这观点,来略略观察作为社会底理论的托尔斯泰主义,我们便即刻发见这样的事,就是,纵使托尔斯泰主义是取缔反动的护民官,对于反动的革命家,即揭起反抗资本主义的革命旗子的,但倘将不用未来而用过去的名义,或者用了称为未来而不过是变形底过去的名义,来挑发反资本主义的一揆的人们,都大抵归在豫言者的范畴里,则要而言之,可以说,托尔斯泰主义在那观物的方法上,是豫言者底的。

托尔斯泰比较了都会和农村,将理想底价值放在农村上,是事实。这大地主——托尔斯泰是大地主——对于有产者的一切东西,都抱着彻底底的反感;在他,凡是产业,商业,有产者底的学问,以及有产者底的艺术,无不嫌憎。他从小市民阶级,小官僚阶级——他由大地主的感情，最侮蔑这阶级——起，直到大肚子的商人，学术中毒的医学博士，技师，丰姿楚楚的贵妇人，以行政底手段自豪的大臣们止，都一样地怀着反感，他们是和他所希望的完全的融和的世界，相距很远的人们。

托尔斯泰的社会否定说，可以说是原始底的；还有，他自己的个性否定说，这在结果上，是带社会底性质的，但这在他的哲学观之中，已经讲过——到后来，要讲到的罢，他的社会否定说，是对于无为徒食者，放肆的资本家，智识阶级而放肆的官吏的一种地主底抗议，这位伟大的地主的"老爷"，是在寻求可以过显辛①那样生活法的理论的。显辛呢，作为诗人斐德是做脚韵诗，作为显辛，是农奴制主张者。斐德·显辛和托尔斯泰，都不避忌和站在反动底见地的别的地主老爷们相交游。对于这些地主老爷们，即使怎样地说教，也是徒劳，而且不能给与一点什么内底的满足，是连托尔斯泰自己，也由那伟大的聪明性，自己明白的。关于这内底满足，在今天的演讲上，我还想略略讲一讲。

他，赞美农村，同时也认识了农村的两个极端的对照的存在。这就是地主和农夫。

赞美地主，是无论如何不可能的，因为这成了赞美寄生虫——掠夺者。地主是贪着别人的劳力而生活的。一面高扬着地主主义，老爷主义，又怎能讲平等主义呢，惟这老爷主义，乃是掠夺底，榨取底的色采浓厚的东西，在托尔斯泰，惟这老爷主义，是他的憎恶的有产阶级的主要的标记，根本底的咒诅的对象。然而农夫却和这相反的。农夫对于坐在土堤上，和自己们讲闲话的善良忠厚的老爷们，全然很亲密；他们懂得老爷们也在一样地想，年成要好，银行是重利盘剥的店，是吸血机器；又在道德底的以及经济底的方面，只要没有

---

① Shenshin 是一八〇〇年代的有名的诗人斐德(Fet)的本名。一八六〇年的农奴解放反对者。——译者。

直接接触到地主和农夫这种阶级差别底之处,是也能够大家懂得互相的调和点的。

作为那理想论,托尔斯泰使之和有产者底的都会相对峙者,是小家族的集合体这农民阶级。在这里,各人是和那家族一同,仗着自己的劳力过活,也不欺侮谁,从生到死,种白菜,吃白菜,又种白菜,而尽他直接的义务。

这有益的纯农民底生活法,还由了内底光明和内底充实而得丰裕。我们知道,惟有这样的人,是并不欺侮谁,送平和于这地上,而且同时履行着神的使命,即要表现那平和,爱,和睦的共存生活的伟大真理的使命的。他将平和实现了,而他的灵魂,是充满着大安定——就是神的安定——的意识。他已经不畏死,为什么呢,因为在他那里,已经没有了叫作自己,叫作自己的个性这东西,所以他既非个人主义者,也不是掠夺者。他植物一般过活,而在那完全的伟大的自然的怀抱里,静静地开花。他是生于"万有神",而入于"万有神"的怀里的。惟有这个,是真的幸福;惟有这个,是可以称颂的社会组织。

托尔斯泰描写乌托邦时,是作为艺术家而用隐喻的,他用了伟大的那天禀,描写了将来的革命。这就表现在《呆子伊凡的故事》中。呆子伊凡说,"我无论如何,不愿意争斗。"虽是别国人侵入了呆子伊凡的国度里,来征服它,他们也不想反抗。他们说,"请,打罢,征服罢,将我们当作奴隶罢,我们是不见得反抗的,胜负不是已经定了么?"

这思想的过于乌托邦底,是谁也立刻知道的。而且在那里面,藏着什么内底的,根本底的谬误,根本底的矛盾,也全然明白。关于这事,大概后来还要讲到的。所谓谬误者,是因为人类之中,也有贪婪者,也有吝啬者,所以戒吝啬的说教和无抵抗主义的说教,为贪婪的人们,倒反而成了机会很好的说教了。来侵略呆子伊凡的国度的别国人,会非常高兴,这样说的罢——

"好,我要骑在你颈子上叫你当马,并且榨取你和你的孩子们。"

那个甘地,在印度作反不列颠政府的说教,是非常之好的事情,但他所说的反抗的形式却很拙,他向民众说,"你们曾经受教,以为一说到抵抗,便是手里拿起武器来,然而你们是应该用'忍耐'这一种武器来抵抗的。"于是甘地便解除了印度的"呆子伊凡"的武装,将他们做成真的呆子了。甘地的宣传不买不列颠的绸纱和原料,不列颠政府是愤怒了的,然而时时等着利用甘地的机会,所以不买绸纱和别的一切苦痛,是都含忍着的,因为这在不列颠政府,倒成了将一切苦痛,转嫁于印度的"呆子伊凡"之上的好口实。

然而托尔斯泰是没有想到那无抵抗主义,会造出这样的结果来的,他相信很好的乌托邦,由此能够实现。

我在这里来讲一个明显的例子罢。

在托尔斯泰,是有内底焦躁和分裂的。因为他是伟大的艺术家,又非欺瞒自己,妄信别人的话那样的凡庸的评论家,所以他是知道得太知道了地,知道他作为未来的理想,所描写的社会底画面的内容,是已经过去的事,他在那有名的小说《鸡蛋般大的麦子的故事》中,就将这事分明地告白着。

人们发见了鸡蛋一般大的一种莫名其妙的东西的故事,诸君是记得的罢。人们都不知道这是什么,去请老人来,羸弱的跛脚的老人来到了,从他的身上,索索地掉下着泥沙。

问他这是什么呢,"我不知道,"他回答说,"但父亲还康健,叫他来罢,会知道也说不定的。"人们又迎父亲去。他是一个开初谁也不相信他是跛脚老人的父亲那样,又壮健又活泼的农夫。他进来了,而且看了,说,"这不知道呀,但问我的父亲去试试罢,他是还康健的。"将他的父亲叫来了。这是很少壮的汉子,无论怎么看,总是一个青年,要到阴间去,似乎距离还很远。他将这拿在手里,看了,于是讷讷地说，"是的，这是麦子，这样的麦，古时候是有过的。"

"但是，怎么会有那样出奇的麦子的呢？"

"古时候没有什么天文学者，也不弄叫作学问这个玩意儿，可是种田人的日子是过得好的，土地也很肥的。"

托尔斯泰就这样地暗示着空想底的，这世上未曾存在过的黄金时代，然而这是空想，他自己却分明知道的。托尔斯泰又描写着一种社会底幻想，以为呆子伊凡有一天总能够将那征服者，掠夺者弄得无可奈何。其实，呆子伊凡的神经，是见得好像比征服者的神经还要强韧似的。譬如基督的教训里，也有"他们打你左边的脸，便送过右边的脸去，打了右脸，又送过左脸去，打了左脸，又送过右脸去"这些话。这样地打着之间，打者的手就总会痛得发木，并且说的罢——"这畜生，是多么坚忍的小子呀，全没有用——"

于是打者的心里终于发生疑惑，搔着头皮，说——

"莫非倒是我错么？岂不是挨打的小子，倒是有着支配力的么？要不然，从那里来的那坚忍呢？"

在托尔斯泰，也有和这相似之处。他相当能够仗这样的无抵抗主义，叫醒使用暴力的人们的良心，用了由忍从的行为所生的好话，在恶人的心里，呼起真的神的萌芽的。

符拉迪弥尔·梭乐斐雅夫（Vladimir Soloviev）——是伟大的神秘哲学者，几乎是正教信者，从这个关系说起来，和我们是比托尔斯泰距离更远的右倾底人物——曾和托尔斯泰会见，有过一场剧论。

对于托尔斯泰的主张无论何时何地，都不能容许暴力，他反问道——

"好，假如你看见一个毒打婴儿的凶人，你怎么办呢？"

"去开导他。"这是托尔斯泰的回答。

"假如开导了也不听呢？"

"再开导他。"

"那汉子是在你的面前,给婴儿受着苦的呵。"

"那是,神的意志了。"

这回答,以托尔斯泰而论,是自然的。就因为无论如何,总不许用暴力。用了由信仰发生的狂热,宗教底狂热,以说服人们,也并非不可能的。

愤慨于托尔斯泰的这样的言说者,也不独一个梭乐斐雅夫。雪且特林①也在有名的故事《鲫的理想主义者和鼠头鱼》中,对托尔斯泰给了出色的讽刺。他将有刺鱼类的鼠头鱼,来比精明的现实主义者,用理想主义者的鲫鱼,当作总向鼠头鱼讲些高尚问题的哲学家。鼠头鱼说——

"戳破你的肥肚子。你的话一来,只是就要作呕。讲这些话,不是无聊么? 现在,瞧罢,梭子鱼来找着了我们的港湾,也说不定的呵。"

"所谓梭子鱼者,是什么呢?"鲫鱼问。"名目我是知道的,那么,就是那小子也佩服了我的信仰,到我这里来了。"

这时候,梭子鱼出现了。鲫鱼向他问,"喂,梭子君,你可知道真理是什么呀?"

梭子鱼吃了一惊,呼的吸一口水之际,已将鲫鱼吞掉了,就是这样的故事。

这是真实。是常有的事。以为能够从平和底宣传,得到平和的乌托邦的信仰,在事实上,是全然不能信的。

像托尔斯泰那样伟大的人物,怎么会不觉到别有根本底的问题的呢? 他是想了的,凡是人,都带着神的闪光,善的闪光,而且人们对于这闪光,是应该有能够灵感到它的能力,作用于它的能力,惟有这样,这地上才能由他和他的门徒们,改造为平和的世界。他作为

---

① Shchedrin,有名的讽刺作家,描写农奴制的黑暗面的。Gogol 的直系弟子。一八二六年生,八九年卒。——译者。

社会改革者,是这样想着的。从我们看起来,他还不只是社会改良家。他高捧福音书;崇奉孔子,和别的贤哲们,尤其是福音书和基督。他坚信着基督的历史底人格。

对于丝毫也没有改良人类的基督和福音书和最初的使徒们,托尔斯泰为什么崇奉到这样的呢,这只好说是古怪。到现在为止,已经过了大约两千年的岁月,然而人类呢,借了托尔斯泰自己的话说起来,则依然犯罪,不逊,沉湎于一切罪恶中。所以纵使托尔斯泰再来宣说他的教理两千年,我们还能期待什么大事件? 比托尔斯泰相信基督的那力量还要强的东西,尚且不可能的事,怎么能用别的力量,做到地上的改造呢! 只要世界存在,社会底不合理也存在,说教者是不绝地接踵而生,重复说些鲫鱼的话,但世间对于这,不是置若罔闻,便是将它"吞掉",于是只有梭子鱼的王国,屹然地继续着它的存在了。

五　托尔斯泰的矛盾和谬误

现在,我还要从别方面,讲几句关于托尔斯泰主义的话。

以上所说的事,假使作为社会理论,而加以说明,那是要变成呆气的。然而这并非社会理论,不过是想发见自己的精神底平和的渴望,和发见达到这精神底平和的路程,并且对于凡有渴望这精神底平和的一切人们,也加以接引的手段的一种愿望罢了。

托尔斯泰不但作为绅士,并且,作为教养最高的绅士,为这充满肮脏的文化的恶臭所苦,他也为更可怕的恶病——个人主义所苦。托尔斯泰的个性,是最为分明的,这使他成了伟大的艺术家,而在作为伟大的艺术家的他那里,就发见和普通的人,在那外底印象的多少上,在感情经验的深浅上,都有非常之不同。他是欲望的伟大的人。人生,对于他,是给与非同小可的满足的。

在托尔斯泰,生活的事,知道寒暑的事,愉悦口鼻的事,观赏周围的自然的事,是怎样地欢快;还有,将那被人采摘,劚掘的植物,由于求生的努力,因而反抗的情形,是怎样满足地描写着的雄辩的例子,我是能够引出许多来的,但现在且不引它罢。

求生的欲望,自信之坚强,凡这些,是托尔斯泰的本质底东西。而这身子小小的人,委实也给人以精力的化身一般的印象。能仿佛托尔斯泰的面貌者,大约莫过于戈理基(Maxim Gorki)了。他用了大艺术家的工巧,将和在油画的"神甫"的老人不同的活的托尔斯泰,那就是情欲炎炎,嘴边湛着永远的猥亵,精力底的,带着一种不便公言的表情,显着对于思想异己者的憎恶之感,而作势等着论战的对手的,满是矛盾的托尔斯泰,描写得更无余剩了。[①] 说到托尔斯泰的矛盾,他是曾想怎样设法矫正自己的矛盾,得了成功的,但这也不过暂时,他的内部便又发生不可收拾的凌乱了。

然而便是戈理基,对于托尔斯泰的人物描写,也至于不敢领教了,曾经说过——

"这不是平常人,从那出奇的聪明说起来,从那出格的精神内容的丰富说起来,他乃是幻术师或是什么。"

如果是无论谁,都要活,不想死的呢,尤其是,如果是将个性作为第一条件,而生活于自己独自的世界中的智识阶级者,例如艺术家,律师,医生之类,则便将这生活于独自性的事,来用作否定自己生存这一定的社会底意义的武器。这样的智识阶级者,便比别人加倍地尊重自己的生,而且恐怖死。他对于不怕死的农民,的野兽,的动物,则投以怜悯的眼光。

有着喷泉一般紧张之极的生活的托尔斯泰,也比常人加倍地爱生而怕死的。对于死的猛烈的恐怖,这在他,是比什么都要强有力的刺戟。蛊惑底的这生命之流,如果中止了,怎么办呢,这在托尔斯泰,是重大的问题。一切逝去,一切迁流,一切消融,并无一种现实

---

① 即指《回忆杂记》,有郁达夫译本,载《奔流》第一卷第七本。——重译者。

的存在——就是既没有他托尔斯泰,也没有环绕他的为他所爱的人们,也没有自然,觉得好像实有的自然还是流转,一切在变化,被破坏,而且一切是幻想,是描在烟上的影像——的这恐怖,来侵袭他,又怎么求平和呢。

"我意识着这事,我自己知道我的身体在消融,生命在从我的指缝之间逃走。能够看见这'现实'在怎样地奔出飞掉。以后,一切是虚无,是空洞,是无存在。"

这样的意识,真不知怎样地使他懊恼,他的日记中,总常是写着这件事。他读西欧的作家亚莱克斯尔的日记——这是只写着死之恐怖的日记——的时候,曾经说过:

"惟这是真实的人物,惟这是伟大的问题。能够忘记了死的人,那是废人,是不能抓住问题的核心的钝汉,然而可以说是幸福的人。"

在这里,便是说,对于死之恐怖,无所见无所惧的人们,是不行的;无常的鬼在眼前出现,而坦然不以为意的人们,是不足与语的。在托尔斯泰,于是就发生了寻求绝对不死之道的必要。然而他从什么处所寻出那样的东西来呢?

还有一个智识阶级者的那符拉迪弥尔·梭乐斐雅夫,是将这绝对的不死的东西,求之于形而上学之中的。他曾说,"要相信,相信教会所教的东西。你有着不灭的灵魂,于此还有什么疑,什么迷呢?"

然而托尔斯泰是太聪明的人。以那伟大的精神力,到达了不死的理想的,而还有一点的不安,他也免不掉。

在他的日记的最后的页子上,有这样地写着的——

"今天,信仰不足,神呵,请帮助我不足的信仰罢。"

"早晨,抱着对于神的坚固的信仰醒来了。感谢一切希望似将达成,神所惠赐的助力。"

但在此后两天的日记上,是——

"被袭于可怕的疑惑,执迷⋯⋯"

　　这样的心情,大约是继续到临终的最后的瞬间的罢。

　　这样的疑惑,执迷,是有将这转换到别的方向去的必要的,于是在这智识阶级者,又是地主,又是绅士的他,便做出了征服那个人主义底的东西的大工作,这便是遵从上面所讲那样的路程,而在基督教底理想之中,发见心的安定。他是这样想着的,"在这世间的一切,是刹那,是流转,是死亡;然而也有永久底者,生着根者,不流转者,常不变者。如果能够发见了这样的东西,就应该将全身装进那里去,将全身委之于这永久底者,不流转者,常不变者,便发见了得救。发见这样的永久底东西,就是在自身中发见不灭。应该探求这样的东西。正教教会所教的信仰,是承认不得的,这是流转的,消灭的,传染了一切虚伪的信仰。"

　　诸君也都知道,托尔斯泰是教会和一切教会底仪式的彻底底的反对者。他用了那小小的带绿色的眼睛,冷嘲地观察一切事物。他到剧场去看华格纳尔(Wagner),写下了那印象,但那些一切,不过使他觉得于他自己是呆气的事情——

　　"我怎么竟去看这样无聊的东西,怎么竟以为这是艺术?这都是著色的硬纸板做的。大张着嘴,唱些无聊的事的那优伶们,那都是傀儡,做孩子的玩具,是可以的罢,然而孩子还会厌倦。用锯子截树似的那梵亚琳的声音。这都是昏话。"

　　有着各种芳香的艺术,他也用了这样的描写,将它弄得稀烂。

　　便是对于裁判,他也用一样的看法的。人在裁判人,对于从极复杂的个人底的剧中所发生,或是从社会底自然的法则所发生的行为,人在夺人的生命。裁判官,他们是可怜的官儿,或则和别的官儿讲空话,或则打饱嗳,或则鸣太太的不平,或则剔牙齿,而一面在裁判人——这样的一切事物的顺序,都由托尔斯泰如实地,深刻地描写着。

　　关于教会的他的看法,也一样的。教士们穿着有一时代毕山丁王的臣下所穿的常礼服那样的花衣,做着毫无用处的姿势。这是很古的时候所装的姿势的变形。一切都陈腐,愚蠢。人们不能简单地观察事物,至今还以为在教会里有意义,有一种诗。

这样地观察着事物,托尔斯泰便破坏着在他周围的一切的东西。凡在他周围的,都打得稀烂。君主政体,爱国心,裁判,科学,艺术——全都破坏了。这宛如在《浮士德》(Faust)的舞台面上,妖精合唱道:"伟大者呀,你粉碎了宇宙的全图,恰如玻璃一样"那样子。为探求永久不变的真理起见,托尔斯泰对于竭力要来蛊惑自己的一切东西,用了正确的瞄准和严冷的憎恶,加以突击的事,也可以唱那和《浮士德》的舞台上一样的歌的罢。

然而,究竟,这永久不变的真理,是在那里呢?对于自己本身的个人底观察和社会底观察,教给了他,就是,为了满足自己的情欲,而和别人斗争,在最广的字义上的这斗争,便是恶的主要,使人永远苦恼,失掉他的平衡,而且于他的内部,给以苦痛的,便是这个,云。

托尔斯泰的到达了这结论,是不足为奇的,这是普通的事,佛陀也到达了这结论的。是一样的贵族,而异质的世界的人的他,也照样地观察了社会组织的全苦恼。将为了自己的利己底的目的的斗争停止,还不能借此从这苦恼逃出么?这么一做,平和和安静,便都可以得到了。情欲,是不给人以平和和安静的:就是这样的意思。

人生能够并无情欲的么?能够的。但于此有一个必要的条件。那条件,便是无论如何,要完全离开对于外面底的幸福的一切的爱执,并且将外面底幸福和它的堆积,不再看重,而代以对于邻人的爱。然而这爱,在托尔斯泰是并不大的。我们不能说他热烈地爱了邻人,将他们崇重。当那生涯的最后之际,他说着。本来不应当教诲人的,不能什么路都好。应该救助灵魂,应该反省自己。然而在那生涯的盛年时候,他说过,不将爱来替换对于人们的敌意,是不行的,应该以侮辱别人的事为羞耻,为罪恶。抛掉罢,离开罢,这里就有对于人们的爱。无论为了怎样的幸福,也不要和你的兄弟——别人冲突罢,因为那些一切的幸福,只是架空的东西。这样一来,人们便将不被瞬间底的一切东西所害,在那里面,养出一种平安的生活来。

托尔斯泰竭力要在自己里面,发见这样的平安的生活的时候,他自己就看作那生活,觉得总也渐近了那平安,而且在最好的瞬间,是这样地实在发见了真实的安静。

在这里,是有一种深的真理的。现在的人们,正苦于一切生活上的不安和动摇,那自然是不消说。倘若他能够自己随意将催眠术加于自己,拂下了一切的不安和动摇,那么,暂时之间,内部也实在会有澄明的静寂的罢。这静寂,托尔斯泰是看得非常之重的。并且他仗着将一种暴力,加于自己之上——他告白着这事情——而在那静寂中之所觉到者,便是真的实在,人生的实体,神圣的生活,乃至"在神明里面的生活"了。

人们借了爱,借了和一切周围的东西结约平和,而作为代价,所赢得的这内底安静,便忽然充满了生存的光。这充满的是毫无恶意,而且毫不向着外面底的目的而进行的实在的光。托尔斯泰的社会底理想,就是基督教底的理想,关于这一节,正如他自己也曾说过,是各人大家决不欺侮谁,也不寻求富贵,除了延续自己的生存的事以外,一无所求,而靠了自己的手的劳动,生活下去。托尔斯泰是这样地,扬言着人生是协和底的。他——农夫——知道神,为什么呢,因为神也知道他的缘故。这被理想化了的农夫,必须是仗自己的手养活自己,没有恶意的,平和的邻人。

和卢梭,嘉勒尔,老子,佛陀,以及别的在各个国度,各种时代,将文化底过程的相似的时期,由本身表示出来的许多思想家的思想,连在同一系列的托尔斯泰,然而随意用俄国色彩涂糟了的思想圈,就这样地告了终结。自从发见了这真理以来,托尔斯泰便开始说教了。就是这样,我们暂且按下关于托尔斯泰的说明罢。

六 托尔斯泰主义和马克斯主义的关系

那么,马克斯主义云者,那本身是表示着什么的呢?

马克斯主义是无产阶级所固有的学说。这是适合于无产阶级的阶级底利益,然而正因为这样,所以是完全客观底地,描出着现实的学说。这里是有立刻来叙述这学说,和那在相反的位置上的世界——托尔斯泰的世界——有着怎样关系的必要的。这学说,是十分地容纳文明的,也容纳科学,也容纳艺术,而且连财富,连富的蓄积——资本主义,也十分地容纳。马克斯主义是都会的所产,不是农村的所产。那是看前面,不看后面的,和托尔斯泰,在有一点上——在对于有产阶级的如火的憎恶这一点上——是相交会的。这就因为有产阶级做完了自己可做的事,已经成了有害的存在的缘故。由都会的机制而生的一切矛盾,和在托尔斯泰主义者一样,在马克斯主义者也同样地来解释。从这些内在底矛盾而生的,便是各要素间的斗争。这斗争,固然是引向将来对于旧世界的胜利的契机,然而这并非由于科学,艺术,文明,都会工业等等的抛弃——倒转而被实现的,乃是由于这些事物之在那路上的将来的发展而被实现。这将来的发展,在它后面引出来的,是农民阶级和小有产者的破产,疲惫,还有是人类社会中阶级之最后者的,那一切所有都被剥夺了的无产阶级的发生。

然而,这最后的阶级,是据着将那作为进步的言语的科学,加以具体化了的机械而劳作着的。在开始获得对于自然得到真的胜利的巨大的劳动机关的助力之下,而劳作着的。而且,是对于世界市场,作为庞大的集团而劳作着的。而这事,即所以给一切全世界的无产阶级团结造成一个素地。而又惟这团结,才能够将科学和实用技术,以及文明的全连锁,从利用这些于贪婪的目的,自己的利欲上的诸阶级之手拉开,移到全人类的机关去。那时候,在那机关里武装了的我们,总便能够征服自然了罢。而且也能够消费了比较底仅少的劳力,而获得充足我们的欲求所必要的一切东西了罢。待到这些直接底的生存上的欲求,在各人各是共通的生产财物的所有者这一种平等者的世界的最高阶段上,得到充足的时候,那么,我们便要建设起大家都不带斗争的原因的,而且在已经组织了的生产历程上,出色的各式各样地开出花来的,自由人的文明来了罢。这样的是马克斯主义的世界现。

托尔斯泰主义所能说的最初的抗议,是这样的。就是:你们这样地非难莱夫·尼古拉微支(托尔斯泰)者,因为没有懂得《福音书》以来,虽然已经经过了许多的岁月,而人们纵有一切说教,也不能改造到较好的方向去的缘故。然而你们呢? 虽是你们,大概也该知道要以暴力来创造人类的幸福这一种革命底企图,在先前是很少的。在多数者,能够用了武装的手,将文明从少数者的手里拉开,而创造全新的,人类历史上所未曾有的时代的事,你们为什么还期待着的呢?

这抗议,是不合理的。何以是不合理,何以是死着的呢? 就因为在十九——二十世纪那般的科学的开花,在人类的历史上未曾有过的缘故。加以这样的工场产业,这样的交通路线,都未曾有过,而且在现今的形态上那样的资本主义,也未曾存在过的缘故。人类,并非单纯地生长的,那是从幼稚的状态,转移到成熟的状态去,逐渐生长起来的。在这里,有高扬和低落的一定的波。有文明的发展和崩坏的波。然而我们将人类的过去的行程,历史底地加以检讨的时候,我们却看见在科学和产业之点,人类是愈进愈前,终于到达了未曾站过的顶点。

大概,如果假定为在别的一切时代,社会主义已经得胜,如果这样的奇迹,已经成就,贫民分割了那时的生产机关,分割了富人的财产,那么,世界因此,说起来,大概就更其穷困了。然而现在呢,我们能够说:仗着现在的生产机关的正当的使用,即能得为万人所必要的财物；而且因为人类富裕着，所以要从自然获得必需的食物和别的惠泽的问题，到这时才得解决。人类至今并不富裕者，不过是因为在我们眼前发展得这么迅速的现存的科学和现存的技术，都用到使个个的资本家致富的营利底的目标里面去了的缘故；使用在个个的托辣斯和国家资本等类之间的竞争的集中的里面去了的缘故。于是这抗议，就消灭了。

那时候，还要提出一种抗议来。就算你们由这路径，能够收拾掉口腹的问题罢。然而你们是单存在于这世间，最为粗糙的唯物论者。在你们以为有兴味的，只是大家果腹的事。而这也是你们的最高的理想。但我们是要发见安静的，要在自己里面发见神明的。在你们，这样的事，是一无所有，只有肚饱而已，云云。

我们就回答，这样的事，是从那里也不会发生的罢。从各人无不愿意每天能有东西吃的事情，不会弄出他只为了吃而生活着的结论来，倒是相反，他为了劳动，思索，享乐生命，所以他非吃不可。人类并非为吃而生活，但没有食物，是活不下去的。

一般社会的衣食住的这问题，决定生活的根本条件的这问题，其重要是在最高的程度上的。而托尔斯泰主义者们对于这事，也并未否定。为什么呢，因为我们知道在他们的理想中，也有于本身之上，发见着靠自己的手的劳力，还能敷衍的生存的人。我们也并不以为这些物质底幸福之中，会独自含有本能底目的。所以我们说，待这些问题被解决，不见踪影的时候，而且经济底秩序，当然有了它应有的状态的时候，惟那时候，而人类的最高欲求——在智识，在创造力，在对于别人的爱的欲求，以及依据理论底智识，并且在事实上的自然的征服，才是向着第一的计划，跨了出去的时候罢。

对于这话，又有这样的抗议。你们未尝给与问题的真解决。你们为什么以为经济问题的社会主义底解决，一定将人们引向人类社会的调和去的呢？为什么人们从那时起，便变好了呢？

对于这事，我们也还是全然合理底地，这样地回答。我们也和你们一样,不相信人类是生成的性恶的。假使我们相信,那么,我们便以为所谓"善"者,是用了种种可怕的鞭子,来整顿人们的事了罢。我们要以为与其将人类托付教师,加以教育,倒不如将他作为狂暴的生物,系上锁链,交给那用烧得通红的铁,烧尽他的罪恶的刽子手之为必要了罢。但我们是相信人类里面,有"神的闪光"(托尔斯泰主义的诸君呀,为什么是神的闪光呢?)的。总而言之,是相信人类倘若那欲求得到满足,便显示着并无咒诅别的存在之必要的,有活气的存在的。

在人类,人类是必要的。当除去了怀挟敌意的原因的时候,人之于人,是很好的东西。作为好友,作为同事,作为那爱的对象,作为那孩子等等。在内面底的家族关系上,如果只是家族,更没有不和的外部底原因,那么,你们就会遇到那有崇高之名的友爱这东西的罢。

将人类的生活,设想为兄弟关系,或是有兄弟姊妹的一家族,为什么是不对的呢?

是的,只因为有私有财产和竞争存在的缘故。抛下骨头去,因此人们互相咬起来。然而骨头不够,如果不咬,就只好落伍! 于是在这斗争里,生出巨万的财产来。得了这个的人,就恐怕失掉。为支持自己所占的地位起见,只好步步向上走。那结果,我们所看见的,是全般底的富的蓄积,这是私有财产的掠夺世界所造就的。这事情一停止,则对于你们所称为神的闪光,而我们作为活的东西,称为人类的自然的性质的东西,即毫无什么障害。人类就会结最好的果子了。

不独此也,社会主义底组织,不但表现那敌视底竞争的必然性的消灭而已,也表现共同劳动的巨大的组织。各个人的劳动,使一切人富裕,一切人的劳动,也使各个人富裕。这是因为经济底连带,而造成巩固的基础的。而这连带,又毫没有非怎样设法来破掉不可的危险性。

托尔斯泰主义者们还有下文那样的抗议。那么，好罢，然而你们在想泼血，想将血来泼别人。暂且认这为正当的罢，也且认社会主义是创造新的条件的罢。而且又承认由社会主义将工业从资本家的手里拉下，移作全人类的机关，在这基础上，能够创造一般社会的十足的福祉的罢。那时候，人们也可以营那调和了的生活了罢。然而呵，我所要说的，是得到这个，须用怎样的牺牲？就是近年的事。当国内战争和实施赤色恐怖政策的时候，托尔斯泰主义者们便拿了那平和主义，在住居国内的智识阶级之间大捣其乱。他们说，那里有社会主义呢？那里有一般社会的福祉？你们得到了什么？生活可好起来呀？居民是这样地回答，“反而坏了，坏到百倍了，只有即刻就要好起来的约束，实际上却很坏，我们浸在血里直到喉咙了。”只要履行了这些约束，则为收受一种共产主义底的现实起见，就有施行这些一切可怕的罪恶，这一切的同胞杀戮的必要么？居民便异口同音地叫起来，“没有的，无论如何，没有这必要的。”然而倘若这不是赤色恐怖政策，而是白色的，则即使居民的大半并不这样说，一定从别一面也还是采用了暴力的手段。而况这大半，除了表明着阶级底敌之外，是毫没有什么的。但在这里，我们所说的，是对于从衷心确信着能够稳当地，平和地，合宜地解决这问题的中间派的人们。

对于这个，可以有两种的反驳。第一，是社会生活的诸问题，并不由于各人的意志，那是有着各有其本身的法则的历史底历程的。所以这和托尔斯泰或马克斯的是否愿意如此，并没有关系。然而，一到人类的下积——被轻贱，被侮辱，被蹂躏的下积，蹶然而起的时候，在他们的意识中，发生了“我们是在能够扼住那压榨我们的东西的地位上”这一个念头，而且强大了的时候，那时候，他们便不来倾听平和论者了，径去抓住压榨者的咽喉，并且开始沸腾着可怕的敌意。那时候，就起了问题——为保持自己的衣服的干净，避开斗争呢，还是愿意领悟，在未知谁胜的那斗争之际，即使不过充当后卫，只要是多余者,也还是可以抵当老练者的分量呢,这问题,便起来了。

符拉迪弥尔·梭乐斐雅夫曾将倘有人虐待孩子,对比将取怎样的态度的事,质问过托尔斯泰。但我们是这样地说的。如果人类为了要将包含着现在的几亿万人和将来的几世纪的人类自己,从托尔斯泰主义诸君也在攻击的那不正的世界的恐怖中拖出,而起身去赴最后的战争,又怎么能不去与闻其事呢? 怎么能看见战斗一开,便慌忙起来说些"不要斗了,为什么斗的?"之类的话呢? 这是除了枉然的言语的虚耗和使自己屈服于历史的效验之外,再也没有什么了罢。

但姑且假定为事情都能照我们的心而改换的罢。而且问题的进行,是顺着全依我们的意志的历史底历程的罢。这时候,在人类,也只剩了一两个方法了,就是,仍旧无休无息地,身受着人类在这些下面渐就灭亡的贫乏,疾病,罪恶,无智的不变的无限的重压,而用了先前的步调,在历史的圆圈里爬来爬去呢,还是将生活圈破坏,简直从这里面跳了出来呢? 即使为了采用后者的方法,而不得不付高价的血的牺牲,我们大概也还是选取第二法的。不能在牺牲之前停留,是常有的事。

但在托尔斯泰主义者,在这一端,是显得多么温良呵! 他们是多么尊重个个的人物,个个的生活呵! 他们是多么用了从实生活游离了的他们自己的一切言语,来议论现世,而忘却着他们自己的言语呵!

应该记得,在人类,是有英勇主义(Heroism)的倾向的,而这个,恐怕乃是在人的里面的最为神圣的东西。在人,有将自己并不看作本然底目的,也不看作生存的最后的连锁的倾向;也有以为具有将自己的爱的中心,发挥于伟大的现在正在建设的事业上的能力,将自己看作建设者,看作那建设的础石,看作进向未来的组织的洪流,波动的一分子的倾向。知道了这事,以下的事大概也就明白了。如果社会的外科疗法底历程以外,这一意志对于别一意志的冲突以外,为我们的神圣的革命战线,不被后卫的传染性所破坏的后卫的外科底消毒以外,再没有怎样的历程,再没有怎样的出口,那么,我们就意识着自己的正当,来背十字架的罢。

对别人给以死的宣告者,而自己呢,却并无为伟大的事业而死的觉悟,那么,这是很可憎厌的人。但是,知道着人类是经过了委一切于运命之手那样的危机者,也知道这一失败,后世无数的时代人将只能徘徊于奴隶底的道德,而胜利之际,便阔步于从经济底铁锁解放出来的人类的路了。但我们是做不成这样的被解放的人类的。因此我们并不将自己估价到这样高,然而借了我们的苦恼和我们的斗争,而能成为这样的人者,是我们的子孙,于是我们就要毫不迟疑,选取战斗和胜利了。

在这里,即有我们的中心底的意见的不同,并且有着那理据。两个的世界观,是在这一点上冲突着的。在现代的德国,智识阶级已经遇到了大大的内面底动摇。他们憎恶着将战争和破坏给与了他们的有产阶级。他们寻求着非有产阶级底的路。而他们在最好的部分上,分裂为两条水路了。其一,是向着共产主义的方向的。并且竭力想结成无产阶级的左翼团体,得大众的注目和同情,以振起革命。即使这在十年乃至十五年之间,难于著著见效,即使这是困难的事,而他们还是向着现在的世界,向着人类生活的合理底组织突进,不但用眼去看那在地上的人类的正当的经济组织而已,还想用手去触动。而且正在努力,要将那拦在路上,只为利欲的目的,不使人类大众走到合理底生活去的东西,打得粉碎。

别一边的人们说——我们已经为战争所苦了⋯⋯却还要有一回流血的惨案么?⋯⋯但能否得到胜利呢?究竟有这必要么?从内面底的路宣言反对,探求圣者之道,以冀和别世界相融合,岂不倒是好得多么?我们是有着从无常之门,或从忘我之道,可以到达的别的世界的。他说着恰如唯理论者似的话,因为对于不谈彼岸的世界这一种轻信,未曾告发,所以托尔斯泰占着那中央位置的和神秘主义的游戏,便从这里开头……在自己里面发见神,而离开战争罢!使人子之中有平和罢,别的人们便会自来加入的。

我们遭遇了不能不为各个人,各十人斗争之际,要紧的事,是他们(一般人)怎样地明示着自己的立场。有些人是到世界的法西主义(Pascism)的阵容去,别的人则到少数主义去。这些一切,是正面的敌。第三种的人们,则跑到我们的阵容这边来。然而还有既不向右,也不向左,不冷,也不热,不黑,也不红,只在这人生中,留作无用的东西,并不探求非历史底的路而后退,但也不向前,却走向侧面,走向空虚里去了那样的人们。我们呢,首先,是觉得他们可怜。是个人底地可怜。因为在他们的空想底的自己满足之中,我们看见了欺瞒和幻影的自己满足的缘故。第二,是从社会建设的见地,将他们看作失掉的力,以为可惜。第三,是我们的义务,在于竭力拉得多数的帮手。所以我们应该从他们的眼睛上,揭掉覆盖,勉力使他们对于现在的现实所要求着的事物,张开眼睛来。

要做托尔斯泰主义者,那恐怕是容易的事罢。我调查过他们的许多人,但我并没有从他们里面发见特别的禁欲主义者。一到实在非拒绝兵役的义务不可的时候,那可就起了凄惨的冲突了。话虽如此,他们托尔斯泰主义者们,却从来决没有到达过认真地来震撼这掠夺底社会组织那样的集团底的意志表示。他们大抵避着正面冲突——我是托尔斯泰主义者呀。说出来的话,是极多的好句子。然而归根结蒂,在生活构成的理想上,是极度的凡俗主义。

我曾在瑞士遇见过一个非常出色的托尔斯泰主义者。[①] 据他的意思,他是完全地过着圣洁的生活的。我曾想从最普通的农民的生活里,提出那生活来,但是没有弄得好。大大的菜园,许多的白菜,天天新鲜的白菜汤,不变的菜园的锄掘,关于救助灵魂的会话——此后所得到的,然而是嫌厌之情。为什么呢,因为这是枉然的水的乱打的

---

① 大约是指罗曼·罗兰。——重译者。

缘故。但是他那里，恰如奔赴伟大的教师那里去的那样，聚集去各样的人们。于是吃白菜，喝牛奶，而倾听他的菜气，牛奶气的议论。

总之，这是容易的事。因为在实际上，这就是平和，就是腐败。然而直闯进去，投身于社会底斗争的正中央的事，无休无息地为正寻求伟大的行为和牺牲的历史的铜似的声音所刺戟，而苦于那斗争的矛盾的事，那在精神底崇高之度，较之这一切的反刍动物底的事件，是高到无限的。

当今天讲完了两个世界观的矛盾的概略之际，我说一个基督教底的，辛辣的故事罢。那是主带着尼古拉·米烈启斯基和圣凯襄，在地上走的故事。他们遇见了陷在泥沼里的农夫的车。主说，应该帮农夫去。然而穿着灿烂的天衣的凯襄说，"主呵，我不下沼里去，怎样好做那污了自己的法衣的事呢。"一面尼古拉却走下沼里，费了许多力，抓着轮子，将车拖出来了。他走上来，遍身是泥污。然而那泥，却变了带着一种说不出的光明的辉煌的光。灿然的珠玉，装饰了他的衣服。于是主对尼古拉说，"因为你为了帮助邻人，不怕进污秽里去，一年不妨休息到两回，但凯襄却四年只一回。"

正如这尼古拉·米烈启斯基[①]一样，托尔斯泰主义者们也太要保自己的纯洁。而因为这样，所以不能做真的爱的事业。那事业，不过是作为单在言语上的东西，遗留着。有时候，一面倾耳于我们那样的大雷雨时代，他托尔斯泰主义者们，一面却从人生所要求的巨大的要求退走，嚷着坏话，逃掉了。

我们所希望的，是不要将那在各处抽着新的萌芽的伟大的托尔斯泰之中，有着那道德底论证，有着那艺术底根据，而到现在呢，那稍稍有力的立场，要和无产阶级来结合了的智识阶级，在中途拖住。在无产阶级，智识阶级是必要的。在最初的时期，那必要的程度，恐怕要到没有他们，无产阶级便不能简单地走进新的共产主义底组织

---

① 这里应该是凯襄，但不知道是原文误，还是译本误的。——重译者。

体的里面去。

参与这共产主义底建设的我们，从今以后，也将和一切别的偏见一同，和那表面很出色，而实有害于世的托尔斯泰主义者所怀的偏见，斗争下去的罢。

原载 1928 年 12 月 30 日《奔流》月刊第 1 卷第 7 期、1929 年 1 月 30 日《奔流》月刊第 1 卷第 8 期。

初收 1929 年 10 月上海水沫书店版"科学的艺术论丛书"之六《文艺与批评》。

三十一日

日记 昙。下午高峻峰持寿山函来。达夫来并转交『森三千代詩集』一本，赠粽子十枚。得王崚南信。

二月

一日

日记 雪,午后晴。下午雪峰来。张友松来。晚得杨维铨信。夜濯足。

二日

日记 晴。上午得许天虹信。下午马巽伯来。晚陈望道,汪馥泉来。

三日

日记 星期。昙。无事。

四日

日记 晴。上午寄石民信。徐诗荃来,未见。夜得小峰信并《语丝》及版税泉一百。得孙用信。得张天翼信。

五日

日记 微雪,午晴。无事。

六日

日记 晴。上午寄达夫信。为东方杂志社作信与徐旭生征稿。午后望道来,未见。徐诗荃来,未见。得绍兴县长汤日新信。下午小峰来。望道来。

七日

　　日记　晴。午后得徐诗荃信。下午季市来并赠日历一帖。得侍桁信并稿。夜得张友松信。收教育部一月份编辑费三百。

八日

　　日记　晴。午后往内山书店,得『草花模樣』一部,赠广平。下午友松来。达夫来。

九日

　　日记　晴。下午往内山书店。

十日

　　日记　星期。晴。旧历元旦也。

十一日

　　日记　晴。上午得前田河广一郎信片。午后同柔石,三弟及广平往爱普庐观电影。曙天来,未见,留赠柑子一包,麦酒三瓶。

十二日

　　日记　晴。上午得马珏信。收《未名》二之二两本。

十三日

　　日记　晴。上午收侍桁代购寄之 *Künster-Monographien* 三本,『銀砂の汀』一本。下午赵少侯来。

十四日

　　日记　晴。下午往内山书店买『独乙文学』(3)一本,二元四角。

得侍桁信。

《现代新兴文学的诸问题》小引

作者在日本,是以研究北欧文学,负有盛名的人,而在这一类学者群中,主张也最为热烈。这一篇是一九二六年一月所作,后来收在《文学评论》中,那主旨,如结末所说,不过愿于读者解释现今新兴文学"诸问题的性质和方向,以及和时代的交涉等,有一点裨助。"

但作者的文体,是很繁复曲折的,译时也偶有减省,如三曲省为二曲,二曲改为一曲之类,不过仍因译者文拙,又不愿太改原来语气,所以还是沉闷累坠之处居多。只希望读者于这一端能加鉴原,倘有些讨厌了,即每日只看一节也好,因为本文的内容,我相信大概不至于使读者看完之后,会觉得毫无所得的。

此外,则本文中并无改动;有几个空字,是原本如此的,也不补满,以留彼国官厅的神经衰弱症的痕迹。但题目上却改了几个字,那是,以留此国的我或别人的神经衰弱症的痕迹的了。

至于翻译这篇的意思,是极简单的。新潮之进中国,往往只有几个名词,主张者以为可以咒死敌人,敌对者也以为将被咒死,喧嚷一年半载,终于火灭烟消。如什么罗曼主义,自然主义,表现主义,未来主义……仿佛都已过去了,其实又何尝出现。现在借这一篇,看看理论和事实,知道势所必至,平平常常,空嚷力禁,两皆无用,必先使外国的新兴文学在中国脱离"符咒"气味,而跟着的中国文学才有新兴的希望——如此而已。

一九二九年二月十四日,译者识。

未另发表。

初收 1929 年 4 月上海大江书铺版"文艺理论小丛书"之一《现代新兴文学的诸问题》。

现代新兴文学的诸问题

[日本]片上伸

无产阶级文学在日本文坛的成了问题,仅是地震以前不到一两年之间的事。自此以后,创作方面不消说,便是评论主张方面,无产阶级文学的色彩也渐渐褪落,好像离文坛的中心兴味颇远了。然而这事实,未必一定在显示无产阶级文学的意义或价值,已经遭了否定。也不是那将来的历史底意义,已属可疑,或者确认了无产阶级文学不能成立的意思。无产阶级文学的问题,成为文坛当面的问题的那时的评论和主张,是很有限的,还剩下应该加以考察的许多的要点,也就是成着一时中断的情形,这是至当的看法。在现在的日本的社会上,仔细说,是日本的文坛上,这问题之将成中心兴味,可以说,倒是难于豫期的事;也许暂时之间,总是继续着这情势的罢。然而纵使不过一时,这问题之占了文坛论争的中心题目似的位置的事实,则不但单从无产阶级文学本身的发达上看,就是广泛地从日本文学的历史上看,也不能抹杀其含有颇为重要的意义。只靠一只燕子,春天是不来的。为无产阶级文学的问题,以更加切实的兴味,成为论议的题目,批评的对象起见,则涉及更广的范围的深的锄掘,是必要的罢。但现在且不问无产阶级文学的问题,何时将再成文坛的中心兴味的事,而仅就这问题,加以若干的考察和研究,这事不独为明日的文学的准备而已,在为了对于今日当面的文学,加以一个根本底的解释和批评上,也有十分的必要。以这问题为中心,搜集了可能的材料,试加以可能的考察,这工作,我以为不但为阐明这问题的本身,便是为解说和这问题相关联交涉的各种重要的文学上的问题计,也有十分的意义的。

这一篇,就是以这样的意义为本的考察的尝试之一。

一

从古至今,自文学上的考究评论那样的东西发生以来,现在尚未失其作为问题的意义的主要的文学论上的问题,还是很不少,然而其中,如这无产阶级文学的问题者,恐怕是提出得最新的了。因此也就有着今后多时,还将作为丰富地含有文学论上的问题的兴味和意义,作许多回论辩批判的对象的性质。问题既然是新的,那解说辩论上的材料便颇少。从作品上,从评论上,较之别的文学论上的题目,可作材料者颇缺如。谓之问题是新的者,一是因为无产阶级文学这东西,作为历史上的事实,即使从作品上说,也还出现得很鲜少;二是因此关于这些的考察和批判,也就大抵不免于豫想底的了。因为这缘故,所以现在即使单以这问题为中心,从作品上,从评论上,都竭力聚集起这有限的材料来看,也就成了较之在别的文学上的问题的时候,更有意义的工作。而作为那材料的提出者,则在现在,是不得不首先举出苏维埃俄罗斯的文学来的。

这问题,作为广泛的艺术上的问题的意义,是蒲力汗诺夫的论文里也曾涉及了的,但专作为文学上的重要的实际问题,成为热烈的论争的题目,却应该算是一千九百十八年,新俄形成以后的事。而关于这问题的论争,也至今尚不绝。倘要说,在今日的苏俄的文坛上,成着那中心兴味的问题是什么,那我可以并不踌躇,答道是几多的文学上的论战批判的。在诗这方面,在小说这方面,虽然也时有成为那一时的文坛的问题的作品出现,而远过于这些一时的流行,不独在文坛上,且成为关心文学的许多有识者社会的兴味的中心者,是文学论上的实际上的诸问题,还有和这相关联的各种的论战和批判。从中,关于无产阶级文学的问题,是成着最热烈的论争的题目的,虽在今日,也不能说关于这些的一切的问题,已经见了分明的解决。关于无产阶级文学之论,便是苏俄,大概也还要很费几年工夫的。至于关于这些的周匝的有条理的学问上的研究,则在事实上,几乎未曾着手。虽在可以称为今日世界上的无产阶级文学发祥地的苏俄,在研究这方面,也不过总算动手在搜集材料罢了。从千九百二十五年一月底起,到二月初,在墨斯科的国立俄罗斯艺术科学研究所,由那社会学部和文学部的联合主催而开的革命文学展览会,恐怕是可以看作那组织底的工作的最初的尝试的罢。(千九百二十五年的展览会,专限于俄国文学,将于千九百二十六年春间开催的这展览会,是以西欧文学为主的。)

参加于苏俄的无产阶级文学的论争的人,有马克斯主义者,非马克斯主义者,共产主义者,非共产主义者,右倾派,中庸派,左倾派等,合起来恐怕在二十人以上的罢。就中,如日本也已经介绍的托罗兹基(收在《文学与革命》里的《无产阶级文化和无产阶级艺术》这篇论文以及别的)的主张,倒是被看作属于这右倾派的。正如凡有论争,无不如此一样,在这骚然的许多各别的主张中,也自有可以看见一贯的要点乃至题目的东西。其中之一,而关于这问题所当先行考察者,是无产阶级文学的能否成立。

二

无产阶级文学能否成立的问题,也就是无产阶级文化能否成立的问题。因为文学是无非文化现象的一要素,成为社会的上层构造的。无产阶级文化的成立,如果可能,则无产阶级文学也该认为可以成立。

无产阶级文化成立否定论的代表,是托罗兹基。托罗兹基的意见,以为无产阶级文化这一句话里,是有矛盾,含着许多危险的。凡各支配阶级,都造就了他的文化,因而也造就了那独特的艺术,这是过去的历史所明证的,所以无产阶级也将造就其自己独特的文化和艺术,是当然之理,然而在事实上,一切文化的造就,须要极久的经过,至于涉及几世纪的时光。就是有产阶级的文化罢,即使将这看作始于文艺复兴期,就已经过了五世纪之久。从这样的事实看来,则当那一定的支配阶级的文化被造就时,那阶级不是已濒于将失其政治上的支配力的时期么? 即使不顾别的事项来一想,无产阶级果真有造就他的"无产阶级文化"的时光么? 对于以为社会主义的世界就要实现的乐观说,则为了达到目的的社会革命的过渡期,倘作为全世界的问题而观,就该说并非几天,而是要继续至几年,几十年的,但总之是在几十年之间,并非几世纪的长期,那就自然更不是几千年了。无产阶级不是区别了奴隶制度,封建制度,资本制度等,以为自己的独裁,仅是短期的过渡时代的么? 在这短的过渡期之间,无产阶级可竟能造就自己的新文化呢? 况且这短的过渡期,即社会革命的时代,又正是施行激烈的阶级斗争的时代,较之新的建设,倒是施行破坏为较多。① 所以无产阶级在作为一个阶级而存立的过渡期间,为了那时期之短,和在那短时期中,不能不奉全身心于阶级斗争的两个理由,就无暇造就自己独特的文化。这过渡期一完,人类便进了社会主义的王国,于是开始那未曾有的文化底造就,一切阶级,无不消除,而无产阶级,也不复存在。在这时代的文化,是将成为超阶级底,全人类底的东西了罢。所以要而言之,无产阶级文化不但并不现存,大约在将来也不存在。期待着这样的文化的造就,是毫无根据的。因为无产阶级之握了权力,就只在为了使阶级文化永久灭亡,而开拓全人类底文化的路。②

托罗兹基所说的文化,是"将全社会,至少也将那支配阶级,施以特色的知识和能力的组织底综合","将人类所创造的一切分野,

---

① 《文学与革命》,一九二四年,第二版,一四○——一四一页。

② 同上,一四一页。

都包括渗透,而将单一的系统,加于这些一切分野"的。[1] 对于文化的这解释,将科学,文艺,哲学,宗教,经济,工业,政治等一切,无不包含,可以说,是有最广的意义的。对于托罗兹基的阶级文化否定论,试加驳难者,当然应该认清这广义的文化,是那立论的对象。

三

对于托罗兹基的无产阶级文化否定论,率先加以反驳者,是玛易斯基。玛易斯基是以列宁格勒的杂志《星》为根据的论客,关于这问题的驳论,也就载在那杂志上。[2]

托罗兹基的主张的要点之一,如前所言,是在无产阶级存立的过渡期并不长,不足以造就一定的文化。于是就有对于看作无产阶级文化成立否定的第一原因的这过渡期,检讨其性质的必要了。玛易斯基的议论,就从这里出发的。

据玛易斯基之说,则这所谓过渡期者,是应解作包含着自从社会革命勃发于俄国以来,直到全地球上,至少是地上的大部分上,社会主义的思想得以实现确立的一切期间的。这期间将有多么长呢?那是恐怕谁也不能明答的。只有一事大概可以分明,就是:这时期未必会很短。世界大战以前的马克斯主义者,在这一端,曾经见了各种的幻影;他们恰如遥望着大山峻岭,向之而进的旅客一般。距离渐近,山峰仿佛可以手触,山路也见得平坦了。然而一到那山路,则幻影忽消,绝顶远藏在云际,险难的道上,有谷,有岩,殊不易于前进。在离开资本主义的世界,而向社会主义革命的领域跨进了一步的俄罗斯国民之前,展开着苛烈的现实。那困难,远过于豫料,所以达成的时期,也就不得不更延长。即使仅就俄国而观,过渡期也决

---

① 同上,一五二页。
② 《星》,一九二四年第三号。

不能说短。要使俄国成为实现社会主义的新天地,倘非去掉一切社会底阶级,从中第一是农民阶级的存在,是不行的。为此之故,即又非具备了机械工业经济的各种条件,由此使个人底农业经济不利,课以过重的负担,而集合底国家底经济这一面却相反,有利而负担亦轻不可。列宁所计画的全俄的电化,便是为要接近这目的去的第一步。为实现这理想起见,又必须同时将完善的农具,广布于农民间。电化的计画,是千九百二十年的全苏维埃第八回大会所议决,期以此后十年实现的,但由今观之,其时盖到底难于实现。假使"每一村一副挽引机"的计画,今后二十年间竟能实现,只这一点,也不过是于农业的社会化上,在所必要的机械上经济上的前提,得以成立罢了。要将多年养成下来的和个人底农业经济相伴的心理上的遗传和风习,绝其根株,至少也还得从此再加上几十年的岁月去。而这话,还是假设为在这全期间,绝无战争呀,外国的革命呀,以及别的会动摇俄国的经济生活的事变的。在俄国以外的西欧,美洲,非洲各地,所谓过渡期者,要延到多少长呢?这是大约非看作需要多年不可。在英国和德国那样,大规模的工业已经发达,而农民和小有产阶级比较底无力的国度里,则社会主义的实现,比较的早,也不可知的。然而期望各个国度,孤立底地有社会主义的实现,是不能设想的事。西班牙和巴尔干诸国不俟言,即如法兰西和意太利那样的国度,这过渡期也应该看作很长久。个人主义思想的立脚之处,是在久经沁透于西欧诸国农民之间的土地所有的观念上的,倘将这思想放在眼中来一看,就知道这过渡期的终结,殊不易于到来。在亚细亚,亚非利加诸国中,从各种事情想起来,则尤为不易于来到。尤其是美洲,因为占着特殊的位置,资本主义的根柢是巩固的,所以即使在欧洲,社会主义底革命到处高呼着胜利,而美洲的资本主义,却也许还可以支持。或者资本主义底的美洲和苏维埃俄国之间,要发生激烈的争斗,也说不定的。倘不是美洲的资本主义因此终于力竭,在那里建设起社会主义的王国来的时候,则虽在较适于实现社会主义的欧洲的先进国,也不能有过渡期的终结的。而这过渡期,在农民极多的美洲合众国和别的美洲大陆诸国中,还应该看作拉得颇长久。

因为这样,所以要豫定未来的期间,是极难的,但至少,说这二十世纪之间,是世界底地,从资本主义向社会主义的过渡时代,大概也不是过于夸张罢。自然,这之间,是要经过各种变迁发达的时期的,社会主义实现的时代,恐怕总要入二十一世纪,这才来到。托罗兹基也曾说,世界无产阶级的革命,大抵要涉及二十年,三十年,或者五十年。但据托罗兹基说,则这乃是历史上的最苦闷的罅隙,不应当看作一个独立的无产阶级文化的时代。① 玛易斯基对于这,便举出日本的文化,在半世纪间即全然显示了新容,俄国的文化(文学,音乐,绘画,雕刻,演剧,科学等),在这一世纪间发达而且成熟了的例来,并且说,倘以今日的生活的急速的步调,则半世纪或一世纪的年月,大概是足以形成十分之一的时代的文化的。

四

无产阶级在那所谓短的过渡期之间,能否造就自己的文化的问题,固然也由于那所谓短,是短到多少,而又其一,实也由于无产阶级当造作自己的文化之际,能够将前代相传的文化,加以批判而活用作自己的东西到这样。所以关于前代文化的继承和活用,当考察无产阶级文学的成立和发达之际,是也往往作为议论的题目。还有,倘将无产阶级的文化乃至文学,作为有其制限的性质的,则将怎样地解释呢,看解释如何,而成立所必要的时间这一端,也许自然不成为问题的。所以对于托罗兹基的议论的批判,不仅在考论所谓过渡期之长短如何而已,也应该考察到不同过渡期的长短如何,此外

---

① 《星》,一九二四年第三号,一五四页。

可有别的事由,对于无产阶级的文化或文学的成立,使之不可能(或困难)或可能(或容易)。关于这些,论议倒并非没有的,但因为这和托罗兹基的否定无产阶级文化的成立的第二理由,也有关联之处,所以这里且进叙玛易斯基对于托罗兹基的论难,从那对立上,加一段落罢。

否定无产阶级文化的成立的托罗兹基之论的第二的要点,是说,无产阶级作为一个阶级而存在的过渡期,既然比较底短了,加以在这短期之间,又必须为激烈的阶级斗争而战斗,这时候,较之新的建设,是不得不多做旧时代的破坏的,所以也就到底不暇造就自己的阶级的文化了。这说法,是颇为得当的。所谓过渡期者,在或一程度上,实在也就是为了阶级争斗的冲突破坏的时代。然而在实际上,这争斗,却也非如字面一样,无休无息,一齐施行的东西。从时光说,其间也有休止的时期,从地方说,斗争之处不同,也非全世界同时总是从事于战斗。自然,作为起了阶级斗争的结果,那所谓过渡期的文化,将带些单调,功利,急变的特色,是不能否定的,但无论如何,也不能因此设想,以为亘半世纪或一世纪的新时代,在这时代,竟会绝不造就特殊的什么的文化。试一看在这六七年的穷乏困苦之间的苏俄的涉及政治,经济,科学,风俗,文学的各方面的新的事实,则何如呢?假使这并非六七年,而是涉及半世纪,又假使这非只在文化程度落后的国度里,而是涉及地上文明国一切,又在顺当的外面的事情之下的,则纵使这是过渡期罢,会不生什么新文化,而实现其长成发达的么?在这里,大约是可以看见什么新的文化的罢。而惟这过渡期的文化,岂不是就是革命文化,由那文化的根本底建设者的阶级说起来,也正是无产阶级文化么?在过渡期,虽也有无产阶级独裁容认其存立的别的社会底阶级——例如农民那样的人们,来参加于这过渡文化的造就,但这时代的支配阶级,到处都是无产劳动阶级,所以这就成为其时的文化的基调的。无产阶级的斗争,本来正如珂庚教授的关于这问题之所说,是多面底,涉及思想,艺术,道德乃至生产的手段等人生的一切方面,依一定的原则,据一定的计画而施行。而这样的斗争,也就是一种的文化。因为据托罗兹基,则上文也已引用,是"将全社会,至少也将那支配阶级,施以特色的知识和能力的组织底综合",而"将人类所创造的一切分野,都包括渗透,而将单一的系统,加于这些一切分野"者,即是文化的缘故。在这时候,这就是无产阶级的文化。这样的文化,不但是可能,也实在是不可避的。玛易斯基之论,就归结在这里。

<h1 style="text-align:center">五</h1>

　　倘若无产阶级的文化,不仅从无产阶级的存续期间这一点说,另从那本身所有的特殊的性质,即从无产阶级斗争的意志的表现这一这点看来,也不独使其成立为可能,而且为不可避,则无产阶级文学的成立,也就成为分明是可能,而且不可避的事了。

　　然而关于何谓无产阶级文学的问题,则虽在苏俄的批评家之间,也解说不同,未必相一致。无产阶级文学云者,专是无产者自身所创造的文学之说,也颇为通行的。"无产阶级的诗歌"的弗理契教授和无产阶级文学者的一团"库士尼札"等的解释,即属于此。倘以为无产阶级文学专是无产阶级本身的事,所以那产生,也以专出于无产阶级之手为是的意思,那是谁也不会有什么异议的罢。但如果看作无产阶级的文学,只是成于纯粹的无产阶级之手的东西的意思,则作为一种热烈的极端的主张,是可以容纳的,而在实际上,却要生出疑问。纯粹的无产阶级云者,当此之际,是什么意义呢?必须是工厂里作工的劳动者么?文学的创作和在工厂的劳动,那并立究竟能到怎样程度呢?当作工之间,不是至多也不过能够写些短短的抒情诗之类么?那么,所谓纯粹的无产阶级文学云者,可是说,曾经在工厂作工,而现在却多年专弄文笔的东西的意思呢?倘将无产阶级文学的作者,以严密的意义,限于无产劳动阶级,便生出种种这样的疑问来了。

　　在文化的别部面,较之文学,就有一直先前便成了为无产阶级的东西的,然而这为无产阶级的文化,却未必一定都由无产阶级本身之手所建造。便是作了无产阶级学艺的基础的马克斯,恩格勒,为无产阶级文化大尽其力的拉萨尔,李勃克耐希德,卢森堡,蒲力汗诺夫,人类史上最初的无产阶级革命的指导者列宁,就都是智识阶级中人,连所谓纯粹的无产阶级出身都不是。新兴的阶级,自己所必要的文化要素,是未必定要本身亲手来制造的。有渐就消亡的阶级中的优秀的代表者,而断绝了和生来的境地的关系,决然成为新的社会底势力的帮手的人,新兴阶级便将这样的人们的力量,利用于自己所必要的文化的创造,是常有的事实。在新的阶级的发达的初期,这样的事就更不为奇。这事实,一面是无产阶级文化将旧文化的传统加以批判而活用它,摄取它的意思;还有一面的意思,是说旧文化的存立之间,新文化已经有些萌芽出现的事,是可能的。

　　据萨木普德涅克说,则未必因为他出于劳动者之间,便是无产阶级文学者,即使他出于别的阶级,也可以的,他之所以是无产阶级文学者,是因为他站在无产阶级的见地上(据烈烈威支所引用)。而说这话的萨木普德涅克,却正是从小就作为劳动者,辛苦下来的真的无产阶级出身的诗人。据烈烈威支所言,则实际上,是劳动阶级出身的诗人,而现在还在工厂中劳动,但所作的诗,也有全不脱神秘象征派的形骸的。也有常从劳动者的生活采取题材,而其运用和看法,全是旧时代的东西,和无产阶级底人生观没有交涉的。和这相反,也有那出身虽是智识阶级,而看法和想法,却是无产阶级底的。举以为例者,是台明·培特尼。又也有只从有产阶级的生活采取题材,一向未尝运用劳动者生活的作者,而尚且可以称为无产阶级文学的作者的人。这是因为那作者对于有产阶级的态度,是据着无产阶级的见地的缘故。或者更远溯十六世纪的往昔,譬如取千五百二十五年在德国的农民运动,或宗教改革那样的事实,来写小说罢,但倘若那作者的见地,是无产阶级底,便可以说,那作品是无产阶级文学,那作者是无产文学的作者。所以作者个人的素性和他所运用的题材,是不一定可作决定那作品和作者的所属阶级的标准的。这是单凭那作品的性质。(但不消说,无产阶级文学的大部分,从素性上说,也以劳动者为多,是确实的事实罢,这是极其自然的事。然而和这一同,无产阶级文学者的几成,出于别的社会阶级,大半是农民之间的事,也完全是不得已的。①

无产阶级出身这一种特别券,未必一定能作无产阶级文学的通行券的事,玛易斯基不消说,便是代表苏俄文坛的极左翼的烈烈威支,也以为是对的。就是,据烈烈威支,则无产阶级文学的通行券,应凭那性质而交付;据玛易斯基,则所以区别无产阶级文学和别种文学者,是在那"社会底艺术底的相貌"的。

六

无产阶级文学在远的将来,譬如当二十世纪中叶或终末之际,将有怎样的特色呢,这事在今是到底不能详细像想,而加以叙述的。在现在,不过能够仅将那决定未来的无产阶级文学所该走的路的基本底的三四种特色,提出来看罢了。无产阶级文学的作者,虽不必本身是劳动者,但在那精神上,却至少须是劳动者,那文学,是表现着无产阶级的精神的事,是明明白白的——这玛易斯基之所说,便是即使并非劳动者,也能是无产阶级文学的作者的意思。还有,前时代的有产阶级的文学,是将那中心放在个人主义的思想上的,和它相对,无产阶级文学则将那根柢放在集合主义的精神上。前代的文学,是有神秘,悲观,颓废的特色的,和它相对,在新时代的文学里,则感到深伏的生活的欢喜的源泉。因为新的阶级,不是下山,而

---

① 据烈烈威支的《无产阶级文学创造之道》。

是登山。新时代的文学,是屹立于大地之上,在大众之中,和大众一同生活的。因为所谓过渡期,就是社会上的剧烈的变动接连而发的时期,所以在这时代的文学上,即当然强烈地表现着战斗底的气分。而无产阶级文学,就应该是显出这些一切的特色,使无产阶级的革命底意气,因而高涨的东西。文学是不仅令人观照人生的,因为它是作用于人生的强烈的力。

烈烈威支的说明,也归结于略同之处的。就是,无产阶级文学云者,是透过了劳动阶级的世界观的三棱镜,而将世界给我们看的东西。借了毕力涅克的话来说,便是因为劳动者阶级,是用了无产阶级的前卫的眼睛,来看世界的缘故。而那文学,则是作用于劳动者阶级的心,养其意识和心理的。

在这两者的解释的一致之处之中,最重要的,是在作用于读者之力这一点。这点,自从否定了依据杂志《赤色新地》的瓦浪斯基的"艺术者,是人生的认识,而用具象底感觉底地观照人生的形相的。恰如科学,艺术给人以客观底的其实"①的立说以来,就更加竭力主张了。瓦浪斯基引马克斯,恩格勒,列宁,蒲力汗诺夫,一直到渥尔多铎克斯为证,要证明客观底的真实之可能。对于这,玛易斯基便先从恩格勒的《反调林论》中,引了"如果有人喜欢将伟大的名称,嵌在无聊的东西上,那么要说科学所示的若干(自然并非说一切)永久地是真理,也可以的。然而跟着那科学的发达,先前以为绝对底的种种的真实,也成为相对底的了。所以在最后的审判上的究竟真实,也就和时光的流驶一起,成为极少的东西"这些意思的话,以及"所谓思索的无上统治之类的事,也只出现于很没有统治力而思索的各种人们之间的。硬说是绝对之真的认识,也几乎总包在相对底的种种的迷惘中。前后二者,都只出现于人类发达的连续无限的经过里"这些意思的话,以为一到宇宙开辟论呀,地质学呀,人类历史

---

① 《艺术与人生》,一一一——一二页,《作为人生的认识的艺术及现代》。

呀的学问,因为缺少历史上的材料,是不免永是不十分的未完成的学问的。尤其恩斯坦因的学说,已将恩格勒之所说,全都确证了。更从列宁的《经验批判》里,取出"人类的思索,在那本质上,是能将绝对的真给与我们,而且也在给与的,然而那真,是从相对底真实的总和,迭积起来的东西,科学的发达的一步一步,则于这绝对真的总和上,添以新的珠玉。然而各各的科学上的法则的真实的界限,是相对底的。知识成长起来,这便随而分裂,或是狭窄了。""马克斯和恩格勒的唯物观底辩证法,其中含有相对论,是无疑的,然而容认一切我们的智识的相对性者,并非出于否定绝对的真的意思,是在我们的智识,在那近于绝对真的界限上,带着历史底条件这一种意思上的"这些意思的话,说是科学并不给与绝对真,不过给与着好像迭积起来的小砖一般的相对真;不过用这小砖,逐渐做着进向绝对真客观底真实的认识之路;所以要完全获得这绝对真,借了恩格勒的话来说,是只能由于"人类发达的连续无限的经过",因此在艺术上,便当然不能期待什么客观底真实的。

七

瓦浪斯基的艺术论的方式,是"艺术是具象底感觉底地,认识人生的,而那认识,则给与客观底真实",玛易斯基对于这的批评,也许从一句客观底真实的解释上,有些歧误的。假使瓦浪斯基之所说,是相对底的意思,那么,玛易斯基之论,便成为看错了。然而即使果然是这意思,推察玛易斯基和别的人的真意,也还以为艺术所给与者,并非这样的东西,可期待于艺术者,还别有所在,——至少,无产阶级文学的价值,并不在这样的地方,于其究竟,是在作用于人的力量,动人的力量中:不这样说,是不满足的。布哈林在那《唯物史观的理论》中说,社会人不但想,而且感,那感情,是复杂的,"艺术者,即将这些的感情,或用言语,或用声音,或用运动(例如舞蹈),或用别的手段(有时或用建筑那样极其物质底的手段),表现于艺术底的形象之中,而将这些感情,做成系统。也可以用稍稍两样的话来说明,就是:艺术者,是感情的社会化的手段。或者如托尔斯泰正确地定义了的那样,说是情绪感染的手段,也可以的。"玛易斯基即据了这解释,连那车勒内绥夫斯基在《艺术和现实的美学底关系论》中,说艺术作品的意义,能够是"对于人生的现象的判决"的话,也指为所说的便是艺术的作用力的一种表现,而竭力主张着这意思。自然,虽是玛易斯基,也并非全然否定艺术是人生的具象底感觉底认识的,但这总不过是艺术的副作用,那根本底作用,也还是"感染"。为什么呢?因为作为认识的源泉的艺术,不过是极不可靠极不足够的东西。艺术家的眼,是很主观底的,全不去看看或一部面的人生。将材料一贯而统一起来的艺术家的意志,意识底地或无意识底地,总不免着阶级底特色。那结果,艺术便以一定的看法和倾向,有意识或无意识地,使大众感染了。而这样的艺术,则不得不说,为客观底地认识人生的现象起见,是很无用的。玛易斯基说。

俄国十九世纪的文学,即分明显示着这事实。试一看俄国文学所描写的种种杂多的人物罢,看那些是强的意力之人怎样地少,而弱的怀疑的哈谟烈德式的人物怎样地多呵。阿涅庚,卡兹基,卢亭,芘尔,安特来·波尔恭斯基,乌隆斯基,安那·凯来尼娜,涅弗柳陀夫,阿勃罗摩夫,都是作者用了爱,所描写出来的人物,然而岂不是都孱弱,缺少意力的型式的人物么?虽然偶有巴萨罗夫呀,那《前夜》的亚伦娜呀出现,然而那是很少见的,而且这也不但是属于贵族或地主或智识阶级的人们,便是农民,也被用了这种人物来代表。都介涅夫的呵黎和凯里涅支,托尔斯泰的柏拉敦·凯拉达耶夫,就都是的。英赛罗夫和勖士尔兹,是被写作强的意志的人的,但那是外国人。到戈理基,这传统有些破坏起来了,然而他的出现的二十世纪之初,为象征主义和神秘主义底倾向所笼罩,那时代的文学,也仍然不能脱出颓废底绝望底乃至病底兴奋的生活表现。在仅靠俄国文学以知俄国的现实的外国人的眼中,觉得俄国就是黯淡,只包在弱弱的生活气分里,一面也是当然。但是,出现于十月革命后的俄国的人,和先前文学上所描写下来的那些,却完全是别一种了。新俄的人物的特色,是铁一般的意力和不可抑制的元气。那行动,是果决而敏捷,不许长在怀疑底的状态中。确信自己的真理,有和世界为敌而战的决心。忍苦的锻炼,经历得十足了。世界上最初的无产阶级国家,实在是成于这样的人们之手的。但这样的强的型式的人物,是不会有突然出现于俄国历史上之理的。他们的先驱者在那里呢?在俄国文学上搜求,仅仅是倘要说发见了隐约的先型,倒还可以说得罢了。不妨说,在俄国旧时代的文学上,是很不够认识这性格的。在俄国的现实上,这种强的性格,决不能说少有。十八世纪的拉迪锡且夫,诺维珂夫;入十九世纪而有十二月党员;培林斯基,车勒内绥夫斯基,札恩律支,蒲力汗诺夫,列宁,或则十九世纪的六十年代的农民运动的人们;从十九世纪末到二十世纪的革命运动的战士,例如司提班・哈尔图林等,不能说是缺少着强烈的意力的人。而在俄国文学上,则虽于智识阶级出身的人们,也未尝加以描写,更不必说出自农民劳动者之间的人物了。自然,检阅的障碍,一定也很大的。然而只这一点,该不会便决定了亘一世纪的文学的方向。不是虽有检阅的迫压,总也描写了巴萨罗夫,描写了纳藉达诺夫,写下了萨勒谛珂夫的讽刺剧,出现了托尔斯泰和珂罗连珂的作品和论文了么?

在俄国文学史上,这强烈的性格的表现,为什么缺乏的呢?革命前的俄国文学,是大地主的贵族和小有产阶级底智识阶级的所产,这阶级,是已经渐入于衰退之域了的。作者大抵取自己的阶级生活,用作题材,作者也自然心理底地,分有着那衰退的阶级的生活气分。那结果,作品便专带哀歌的风调,作者的眼,自然只看见接近他身体的颓废,腐朽,解体的现象,而争斗,元气,力,高扬的现象,却几乎都逸失了。

此也应当知道,文学上的人生的认识,是主观底,而有意识或无意识地,从作者的阶级底兴味,受着制限的。这是玛易斯基之论的归结。

八

蒲力汗诺夫曾经立说,谓假使将艺术上的作品的内容,分为思想,心情,题目三项,则无论怎样的作品,都不能是并不包含着一些思想底要素的东西。即使那作品好像毫不措意于思想,只靠着形的技巧而成之际,那"无思想底"的这事本身,即可以看作包含着特殊的思想。就是,那意思,是在表明着一贯的世界观之不必要的。无论作者怎样地愿不愿将一定的思想,显现于作品中,但到底总成了表现着怎样的思想。但是,以无论在怎样的形,作品上没有不表现着思想而论,则是否无论怎样的思想,都适于作品中的表现的呢?据蒲力汗诺夫说,则因为艺术是人和人之间的精神底交通的手段之一,所以由作品而表现的感情愈高,倘别的各条件也相应,则那作品,即愈适于收得作为感应交通的手段之效。悭吝人不能歌咏他遗失了的金钱,是什么缘故呢?就因为即使做了诗,谁也不为那诗所感动的缘故。也就是因为那诗一定不能收得作为他和别的人们之间的感应交通的手段之效的缘故。所以为了艺术,就并非一切思想都有用,而非能使人和人之间的感应交通,可能到最多限度的思想不可了。含有最多的社会底意义的思想,便是这。

然而无论在什么时代,所谓含有最多的社会底意义的思想者,应该并非朽腐的后时的反动思想,而是时代上的进步底的思想。所以为了艺术,最是相宜的思想,应该是尽着在那时代的先驱底思想的责的东西。艺术家对于自己的时代的重要的社会底思潮,倘不了然,则由那艺术家所表现于作品中的思想的性质,即不免非常低落。因此那作品也就跟着成为低调的东西了。现在就将适宜于艺术的思想,定为站在时代的先驱底位置上的思想罢,那么,这先驱底思想的性质,又凭什么来决定呢？这问题,归结之处,是在凭什么来决定一时代的艺术的特色。而决定现代艺术的特色的,又是什么呢？人说,艺术是反映人生的,但为了要知道艺术怎样反映人生,即应该知道人生的构造组织。在近代的文明国,作为这构造组织的最重要的契机之一者,是阶级斗争。社会思想的进行,便自然反映出各阶级和那相互之间的斗争的历史。正如古代的艺术,是生产的技巧的直接之所产一样,现代的艺术,是阶级斗争之所产。要之,如果时代的先驱底思想的性质,由阶级斗争而被决定,那么,艺术上最有意义有价值的作品,便要算以时代的先驱思想为基础的,即时代的先驱底阶级的艺术,即无产阶级的艺术了。

在文学作品上的人生的认识,不出于相对底真实的范围。以广义言,所谓由作者的主观倾向加以贯穿支配者,其实便是那相对底真实,不外乎在各时代的阶级底真实的意思。作品从作者的阶级底兴味,有意识或无意识地受着制限,受着指导的事,上文已经说过了。而那阶级底兴味,若代表着站在那时代的先头的阶级的思想时,则那艺术,也就含有代表那时代的价值和意义,这事,是从上述的蒲力汗诺夫的解释,可以当然引伸出来的。这岂非也在证明艺术之力,是在有意识或无意识中,动大众之心,而加以导诱之处么？玛易斯基更引伸此论,以为艺术如果是有意识或无意识地,表现那时代的先驱底阶级的兴味的东西,那力量结局是在"感染力",则当进向社会主义的王国的过渡期中,在一贯着那时代的特色,即阶级斗争之间,艺术就应该更加焕发前述的意义。当一切文化现象,都带着阶级斗争底特色时,艺术总该是不能独独超然于斗争之外的。不但此也,艺术还应该提其"感染力",为无产阶级的斗争,去作有力的帮手。倘承认艺术超越阶级,则艺术和时代的先驱底思想的关系的问题,便不成立,一切艺术都含有或一意义上的思想的事,也就当然不成立了。倘据瓦浪斯基之说,只将艺术解释为人生的认识,那么,竟至于会这样地归到无阶级文学的否定去的。

九

　　无产阶级文学既是如上面所说那样的意义的过渡期的文学，是阶级斗争的文学，则在现今世界上的无论那一国——虽在形成了无产阶级独裁国家的苏俄，也不过仅仅显示了那萌芽，正是毫不足怪的事。凡新兴的阶级的文化之形成，是要经过两个时期的。第一，是在新阶级未成社会的中心势力以前，旧社会中，已有新文化的萌芽可见。第二，是新阶级成了社会生活的中心势力之后，遂见第一时期的萌芽之长成。然而这前后两期的关系，常常由于各种的事情，尤其是由于那阶级的社会底特质，而不能一样。有产阶级在施行封建制度的社会上，早已能够使那文化发达起来了。到千七百八十九年为止，法国的第三阶级在经济上政治上不消说，便是在哲学科学文学方面，也十分发达了自己的文化。因为法国的有产阶级，借榨取别人的勤劳而生，很有用他丰富的财力，致力于发达文化的十足的余裕的。但无产阶级却和这事情完全不同。无产阶级是被榨取阶级，可不俟言，在带着资本主义底色彩的社会的范围内，无产阶级总是贫穷，到将来恐怕也这样。所以分其力量于自己的文化的发达，在无产阶级，是非常困难的。他们的可以从中分出，用于新文化的力，都要用到为满足他们在生活上最切实最必要，不得已的不能放下的要求上去。如为了职业组合呀，购买组合呀，政党呀那些的组织等。在旧文化的社会里，无产阶级虽只想作一点政治上乃至经济上的文化的基础，也就是并不容易的事情，何况向科学，哲学，文学艺术的方面伸手，那可以说，几乎是不可能的。俄国的无产阶级连自己的卢梭也没有一个，不得不说正是不得已的自然的结果。

　　但是，虽然如此，无产阶级文学的萌芽，却可以溯之颇久以前的。无产阶级政党，是作为劳动运动和社会主义合一的结果而起的事，为恩格勒所曾说，列宁也说过的，无产阶级文学的发达，也可以试来和这原则相比照。在俄国文学上，有前后一贯的系统底的无产阶级文学的出现以前，社会主义底文学是早经存立的了，然而这决不是可以称为无产阶级文学的东西。乌托邦底社会主义思想，渐布于俄国的革命底智识阶级之间，是十九世纪的三四十年代，同时也出现了社会主义思想的文学。如赫尔岑的朋友，俄国最初的社会主义者之一的亡命客阿喀略夫，虽可称为社会主义诗人，却决非无产阶级诗人。在六十年代，有社会主义诗人兼经济学家密哈尔·密哈罗夫。在七十年代，有参加了农民革命运动的许多社会主义底智识阶级的诗人，如拉孚罗夫，穆罗梭夫，斐格纳尔，瓦尔呵夫斯基等便是。在八十年代，有诗人雅古波微支；小说戏剧方面，则有萨勒谛呵夫，有乌司班斯基。还有出色的诗人涅克拉梭夫，虽说稍离了社会主义底智识阶级的文学的本流，但和这潮流尚相近。这些社会主义底智识阶级的文学，因八十年代之终的皇室主义的压迫，仿佛几乎失了光耀似的，但代之而兴者，有最初的劳动者诗人修古莱夫，纳卡耶夫等。然而这些劳动者诗人们，还不是无产阶级底的。他们的出身，是从无产劳动者阶级的，但在那初期的诗中，绝无斗争的意志之类，却横着对神的信仰，神助的希望，向往我家，我马，我村的复归之心。所以其一，是社会主义底的诗，而不是无产阶级底；又其一，是劳动者的诗，而不是社会主义底。这两流，到九十年代，这才要融合于一个的无产阶级底的文学。

在俄国的最初的无产阶级底社会主义诗人，是拉兑因。先前的密哈罗夫，曾说"可悯的被打倒的人民，呻吟而且长太息，伸手向我们，对我们求救"，自然表示着智识阶级和民众的距离，和这相对，最初的无产阶级诗人拉兑因，却道"我们都出于民众，工人家的孩子们"，自述着加在民众的战斗里了。这两者之差，即在显示从六十年代的智识阶级底社会主义，向九十年代的劳动运动的推移的。拉兑因便是虽然属于智识阶级，却置身于无产阶级的立场上而作歌的最初的诗人。出现于千九百五年的这一类的智识阶级出身的无产阶级诗人，是泰拉梭夫，《国际歌》的译者达宁等。前文所举的修古莱夫，纳卡耶夫等劳动者出身的诗人，也渐渐带了社会主义底战斗底倾向，如修古莱夫，竟至于歌道"我们铁匠心少年，幸福之键当锻炼，高高擎起重的锤，再来力打钢胸前！"了。这样地，在八十年以前，而最初的社会主义诗人出，在四十年前，而最初的劳动诗人出，终至于这两派渐相接近，要成为无产阶级文学了。

十

无产阶级文学以稍有组织底之形出现，是在千九百十一年起，至欧洲大战前的千九百十四年顷之间。不消说，在这时代，是还未达到成为一种普遍的社会上文字上的运动之处的，然而已经不是一两人渐渐出现，小说方面则有微微克，培萨里珂及其他，诗人则有萨木普德涅克，腓立伯兼珂，台明·培特尼，该拉希摩夫等，一时辈出了。这时的戈理基，一面自己要接近都会的下层生活，劳动者的生活去，同时也聚集了这些无名的无产阶级的文人，加以保护，且为那诗文集的出版设法，这是不可遗忘的。要之，可以说，这时代，是作为无产阶级文学最初的出发点，含有重要的意义的了。正如烈烈威支所言，无产阶级文学的十分成长发达起来，不过是劳动者阶级成了支配阶级的十月革命以后的事。无产阶级的艺术，是须使劳动者阶级，广大地在现实生活的范围里，活动其创造力之后，这才出现的。而在现实生活的范围里，得见劳动者阶级的创造力的活动，则须他们独立而建设创造其生活，成了社会生活的主人的时候，这才可能。十月革命以后，以列宁格勒，墨斯科和别的地方为中心，聚集起来了的无产阶级诗文人就不少。至千九百二十年，那诗人的大半，便脱离了无产者文化团，作成"库土尼札"（锻冶厂）这一个团体，这遂成了无产阶级文学的中心。说起内乱时代乃至战时共产主义时代的无产阶级文学来，可以说，除这一团体而外，别无所有。立在这团外者，不过就是一个煽动讽刺诗人台明·培特尼罢了。

以"库士尼札"为中心的诗的特色，大抵是抽象底的，而绝叫底地歌咏热情和兴奋，革命的世界底意义，向往解放的热狂，象征底地高唱宇宙的大规模等。这时代，在俄国革命，是暴风雨和混乱的时代。是并无具体底地来描写，细叙之暇的时代。是长的叙事诗和小说，不及写也不及读的时代。抽象底，而宇宙底的大规模之处，则是这时代的特色。千九百二十一年实行新经济政策时，在无产阶级文学上，就有一个危机来到了。当内乱和战时共产主义时代，虽在一切的苦痛和穷乏，但有强的兴奋；有紧张，有燃烧。然而现在，革命入了新的时期，长的，倦的，质实的，重要的，困难的时期就开始。并不解明的灰色的日常生活就开始了。诗人也不得不在这平凡单调的生活中，再去深深地探求革命的意义。然而这工作，较之在革命开初的罗曼谛克的兴奋之日，以宇宙底规模，抽象底地热情底地歌咏革命，却要困难复杂得多了。当这转机，意气沮丧了的是契理罗夫，该拉希摩夫和其他的诗人们。是对于革命的新容的失望。是因为过了革命的一转期，而不能重整无产阶级文学的军容的失坠。一面仍然站在非歌咏革命的兴奋不可的立场，而一面，则内心的真实，却自然而然地不能掩尽其深的失望疲劳之感。这里有难以隐瞒的矛盾。在革命的初期，一般底的革命的兴奋，和诗人各个的内心的心情之间，是有着一致的。这二者自相融合，成为有统一的诗。所以即使是抽象底概括底，而其间自有情绪的条理，有中心生命。现在则要将分裂了的二者，强行统一起来；要在这里做出什么内外一致来。这在许多无产阶级诗人，是困难的事。于是在一面，掩不尽这矛盾，不能不歌咏内心的真实——失望的心情，否则便成为硬来依然重唱向来的基调了。这便是称为和实行新经济政策借来的无产阶级文学的危机的。

而过着了这所谓危机，无产阶级诗文人的许多，不能理解新时代的要求,和新的社会生活相对应,而在文学上,也改正其态度手法的结果,则将一部分的诗文人,即较无产阶级文学更其具象底地描写生活的,不过是"革命的同路人",送到文坛的中央去了。从驯致和助长了这形势的这点,即从推赏辩护了那"革命的同路人"这点,瓦浪斯基是成着众矢之的的。关于无产阶级文学和这"革命的同路人"即毕力涅克,伊凡诺夫等人的关系交涉,也有各种的问题,其中,这也涉及旧时代文学的传统和无产阶级文学的关系的问题的,但在这里,姑且不说这些罢。

十 一

千九百二十二年十二月,比较底年青的无产阶级文学者的一团"十月",组织成就,此外也出现了几个年青的无产阶级文学者团体,宣言和论战,气势渐又兴盛起来。而"十月"一派,则自然而然地成了这青年无产阶级文学者诸派的前卫模样。由实施新经济政策,一时入了危机的无产阶级文学,借新人的出现与其团结,便见得形势重行兴旺了。就是,从千九百十八年到二十年,是无产者文化团,接着是"库士尼札"一派的时代;假如以二十一年为在创作方面和团体底组织方面,都是一个危机,则二十二年之于十月革命后的无产阶级文学,可以说,是划了第三期的。现在将在这时期中,占着诸派的前卫的位置的"十月"一派,据罗陀夫的报告而采用了的思想上艺术上的纲领,载在下面看看罢——

无产阶级者团体"十月"的思想底艺术底纲领

一 从阶级底社会向无阶级底社会,即××××的社会的过渡期的社会主义底革命的时代,已以由苏维埃的组织而建立无产阶级独裁于俄国的十月革命开端了。惟××××××××,这才能使无产阶级为一切关系的统率者,改革者。

二　无产阶级在阶级斗争的经过之间，在经济和政治方面，已能形成了革命底马克斯主义的思想，但在别方面，却未能从各种支配阶级的亘几世纪以来的思想上的影响感化，完全解放。终结了内乱，而在深入经济战线上的斗争的过程中的今日，文化战线是被促进了。这战线，从实行新经济政策的事情看来，更从有产阶级的观念形态的侵入的事实看来，都尤为重要。和这战线的前进一同，在无产阶级之前，作为开头第一个问题而起者，是建设自己的阶级文化这问题。于是也就起了对于感动大众之力，作为加以深的影响的强有力的手段的建设自己的文学的问题。

三　作为运动的无产阶级文学，以十月革命的结果，这才具备了那出现和发达上所必要的条件。然而，俄国无产阶级在教养上的落后，有产阶级底观念形态的亘几世纪的压迫，革命前的最近数十年间的俄国文学的颓废底倾向——这些都聚集起来，不但将有产阶级文学的影响，给与无产阶级文学的创造而已，这影响至今尚且相继，而且形成着将来也能涉及的事情。不独此也，对于无产阶级文学的创造，连那理想主义底的小有产阶级底革命思想的影响，也还不能不发现。这影响之所由来，是出于作为问题，陈列在俄国无产阶级之前的那有产阶级底民主底革命已经成功这一种事情的。为了这样的事情，无产阶级文学便直到今日，在观念形态方面，在形式方面，即都不得不带兼收而又无涉的性质，至今也还常常带着的。

四　然而，和据着新经济政策，在一切方面，开始了以一定计划为本的社会主义底建设一同，又和波雪维克改为不再用先前的煽动，而试行在无产阶级大众之间，加以有条理的深的宣传一同，在无产阶级文学方面，便也发生了设立一定的秩序的必要了。

五　以上文所述的一切考察为本，无产阶级文学的团体"十月"，则作为由辩证底唯物论底世界观所一贯的无产阶级前卫的一部分，努力于设立这样的秩序。而且以为那成就，无论在思想上，在形式上，惟独靠了制作单一的艺术上的纲领，这才可能。那纲领，则应当有用于作为无产阶级文学的将来的发达的基础。

因为以为这样的纲领，是在实际的创作和思想战线上的斗争的过程中，成为究极之形的东西的缘故，团体"十月"在那结束的最初，作为自己的行动的基础，立定了出发点如次——

六　在阶级底社会里，文学也如别的东西一样，以应一定的阶级的要求，惟经由阶级，而应全人类的要求。故无产阶级文学云者，是将劳动者阶级以及广泛地从事于勤劳的大众的心理和意识，加以统一和组织，而使向往于作为世界的改筑者，××××社会的造就者的无产阶级的究极的要求的文学。

七　在扩张无产阶级的××，使之强固，接近××××社会去的过程中，无产阶级文学不但深深地保持着阶级底特色，仅将劳动者阶级的心理和意识，加以统一和组织而已，更将影响愈益及于社会的别的阶级部面，由此从有产阶级文学的脚下，夺了最后的立场。

八　无产阶级文学和有产阶级文学对蹠底地相对立。已经和自己的阶级一同，决定了运命的有产阶级文学，是借着从人生的游离，神秘，为艺术的艺术，乃至以形式为目的的形式等，向着这些东西的隐遁，以勉力韬晦着自己的存在。无产阶级文学则反是，在创作基本上，放下××××马克斯派的世界现，作为创作的材料，则采用无产阶级自为制作者的现代的现实，或是已往的无产阶级的生活和斗争的革命底罗曼主义，或是在将来的豫期上的无产阶级的××。

九　和无产阶级文学的社会底意义的伸长一同，在无产阶级之前，便发生了一个问题，便是大概取主题于无产阶级生活，而将这大加展开的纪念碑底的大作的创造。无产阶级文学者的团体"十月"以为须在和支配了无产阶级文学的最近五年间的抒情诗相并，在那根本上树立了对于创作的材料的叙事诗底戏剧底态度的时候，这才能够满足上述的要求。和这相伴，作品的形式也将极广博地，简素地，而且将那艺术上的手段，也用得最为节约起来。

十 团体"十月"确认以内容为主。无产阶级文学作品的内容，自然给与言语的材料，暗示以形式。内容和形式，是辨证法底反对律，内容是决定形式的，内容经由形式，而艺术底地成为形象。

十一 在过渡时代的阶级斗争的形式的繁多，对于无产阶级文学者，即在要求取繁多的主题而创作。于是将历史上前时代的文学所作的诗文上的形式和运用法，从一切方面来利用的事，便成为必要了。

所以我们的团体，不取心醉于或一形式的办法。也不取先前区分有产阶级文学的诸流派那样，专凭形式底特征的区分法。这样的区分法，原是将理想主义和形而上学，搬到文学创作的过程里去的。

十二 团体"十月"考察了文学上颓废底倾向的诸派，将那有支配力的阶级正到历史底高潮时候所作的原是统一的艺术上的形式，分解其构成分子，一直破碎为细微的部分，而尚将那构成分子中的若干，看作自立的原理的事情；又考察了这些颓废底的诸派，对于无产阶级文学的影响的事实；更考察了无产阶级文学蒙了影响的危险，故作为主义，对于

（甲）将创作上形象，以自己任意的散漫的绘画底的装饰似地，颓废底地来设想的事（想象主义），加以排斥，而赞成那依从具有社会上必然性的内容，通贯作品的全体，以展布开来的单一的首尾一贯的动底的形象。又对于

（乙）重视言语之律，似乎便是目的，那结果，艺术家就常常躲在并无社会底意义的纯是言语之业的世界里，而终至于主张以这为真的艺术作品（未来主义）者，加以排斥，而赞成那作品的内容，在单一的首尾一贯的形象中发展开来，和这一同，组织底地被展开的首尾一贯的律。而且又对于

（丙）将发生于有产阶级的衰退时代，而成长于不健全的神秘思想的根本上的音响，拜物狂底地加以尊重的倾向（象征主义），加以排斥，而赞成那作品的音响底方面和作品形象和律的组织底浑融。

惟将作品作为全体,在那具体底的意义上看,又在那照着正当的法则的发达的过程上看,这才能够到达以历史底的意义而论的最高的艺术底综合。

十三 这样子,我们的团体之作为问题者,并非将那存在于有产阶级文学中,由此渐渐挑选,运入无产阶级文学来的各种形式,加以洗炼,乃在造出新的原理和新的形式的型范来,而加以表现。这是凭着将旧来的文学上的形式,在实际上据为己有,而将这些用了新的无产阶级底内容来改作的方法的。这也凭着将过去的丰富的经验和无产阶级文学的作品,批评底地加以考察的方法的。而作为那结果,则必当造出无产阶级文学的新的综合底的形式来。

十 二

上面所载的纲领,无非是叙述无产阶级文学的意义,将来应取的题材和形式,形式和内容的关系,和前时代文学的关系交涉以及对付的态度等,而申明过渡期文学的性质和方面的。就中,在所说无产阶级文学的将来的题材和形式,当以取于无产阶级的现实为主,较之抒情诗,倒是将向叙事诗底戏剧方面之处,可以看出无产阶级文学发达上的一转机来。与其是用抽象底普遍底的题目题材的革命的颂歌,倒不如借现实的描写以显示革命,或成就了革命的时代的姿容,与其是赞美普遍底抽象底的劳动或劳动者的生活,倒不如显示劳动者的具体底的各个的现实的生活,或在革命的暴风雨中的活人的姿容,来深深地打动无产阶级底情绪之处,就应该是这转机所包含的意义。与其歌地球,咏火星的革命,还是写出活的人来罢,便是一个也好的,斐伽也可以,尼启多也可以,拿了在工厂里做工的活人来罢。与其向宇宙之大,吐露革命的意气,还是在毫末之小,看革命的真的具体底的力的源泉罢。在一切琐事中,有世界革命之力的渊源在。——这是这转机的意义。例如新经济政策,是革命的一个大大的新阵营，为了不因此而失望于革命起见，就必须有广博地对于革命的湛深的理解。制造工业的商品和农业产物的价格之间，作了大的开放，施行那所谓"铗子"政策者，是什么意义呢？在这一件小小的琐事中，莫非并不蕴蓄着和世界革命相关的广大的深心的么？在这里面，莫非并不包藏着和无产阶级革命的斗争相偕的深邃的热和力的么？在这样的无聊的平常的不易收拾的事实里，不能看出内乱和战时共产主义所要求了的以上的深邃的英雄主义来么？无产阶级革命的阵营，是应该重整几回的。而且在那里，也不能总只期望着夺目惊人的奋战和突击。这革命发达的转机，在无产阶级文学之前，终于提出了新的要求，可以说，正是自然的事。在夺目惊人的奋战突击的时代，有赞美力量的必要，必须有鼓舞临阵的人心的进行曲，但当持久之战，却以更加细心的现实底的态度为必要了。对于这转机，也有这样地来解释的。

要求现实的具体底的表现的倾向，在小说方面，见于略息珂，格拉特珂夫，法兑耶夫，里培进斯基诸人的作品上，诗这方面，则当算培赛勉斯基，陀罗宁，藉罗夫，阿勃拉陀微支以及别的许多人。以运用农民生活为主者，有纳威罗夫。纳威罗夫虽是农民出身，但因此便以为那作品和作者并非无产阶级底，那自然决无此理的。因为农民生活由农民出身而守着无产阶级底立场的作者的眼睛，将那黑暗方面，和无产阶级革命后的新生活的萌芽一同观察表现出来，也就是无产阶级文学当然应该包容的一分野。然而可以作无产阶级文学的题材之用的那现实，却决不限于劳动者和农民的生活的范围。智识阶级，新经济政策暴富儿，教士，小商人，还有反革命而去了的国外的侨民，和革命的变迁很有关系的苏维埃联邦内的异民族，而且还有革命的过去的历史底事实——这些一切，都可以运用，作为无产阶级文学的题材的。尤其是最后这一项，即革命史上的事实，在将革命的传统底精神，传达感染于人这一端上，则更为最重要的题材云，烈烈威支说。

十三

　　作为无产阶级文学的问题，还有考察其形式方面的必要。新的酒，是应该装在新的皮袋里的。新的形式，是应该以什么为基础，怎样地来创制呢？旧时代的文学在多年之间，几经变迁而造下来的各种的形式，在或一意义上，可以说，于构成新的形式上，都有用的。凡当一个阶级新兴时，在那年青阶级的文学上，有内容胜于形式，形式不能整然的倾向，是大抵不免的事实。这事实，大概不待蒲力汗诺夫的指摘，凡通晓文学史的大体者，恐怕无不知道的罢。就俄国文学的例来看，则十八世纪前半期的康台弥耳及其他宫廷诗人的作品，内容虽然新锐，而在形式上，又何其逡巡于波兰文学的影响之下呢？岂不是说自康台弥耳之后，经一代的诗宗兑尔什文到普式庚，而俄国宫廷贵族阶级的诗，这才渐渐到达了那形式的圆熟浑成么？而这经过，是费了几十年。在无产阶级文学之际，也可以视同一例。对于无产阶级文学，是往往以那形式之不备和技巧之拙劣，作为责难之点的，然为无产阶级文学在今日之没有普式庚，不过是可以和十八世纪前半的俄国文学上，只有了康台弥耳的事略略视同一例的事实。虽说是外来的，有了宫廷贵族文学的传统的背景的康台弥耳，到普式庚，而至于圆熟浑成尚且费了几十年。则无产阶级文学的形式——从对于旧文化的革命而产生的无产阶级文学，至今还未确立自己的形式，正是毫不足怪的事。然而现在，较之十八世纪乃至十九世纪的初头，是生活的步调迅速得多了的时代。尤其是在革命后的俄国，从一切方面的生活事象上，这事实就更加深切地可以感知。也许不妨想，从康台弥耳到普式庚的过程，是可以更其缩短的罢。但总之，现在的无产阶级文学之没有他的普式庚，是确实的。或者也可以从无产阶级文学的本质着想，以为倘不接近社会主义时代，便没有无产阶级的普式庚出现的罢。然而现在的形式技巧之不备,不足以否定无产阶级文学的意义,也就明明白白了。

要之:在过渡时代的无产阶级文学,倘于利用先前的一切形式的事,加以拒绝,是不行的。无产阶级文学的内容,大概总要自然地创作改革那形式和技巧;因了许多实际上的尝试,而生出新的综合底形式技巧来。现在为止的许多形式技巧,应该不过是为了使将来的无产阶级文学的形式技巧,臻于浑成的应入坩锅的材料和要素。据烈烈威支说,却是,作为原则,则在这些许多旧文学的形式技巧中,是大抵将一阶级正在年青,键康,力的旺盛时代所作的形式技巧,取以利用,加以摄取的。就外国文学的相互的关系交涉而观,新兴阶级多受别国的新兴阶级的文学的影响,衰退阶级大概常受别国的同是衰退的阶级的影响,也是一般的原则底事实。

将无产阶级文学的成长,和形式的问题连结起来一思索,便自然不得不触着文学的种目的问题了。上文已曾说及,在无产阶级文学的第一期,即从千九百十八年至二十年的内乱战时共产主义时代,那文学上的种目,专是诗,而尤其是抒情诗。革命的欢喜,世界革命的抱负,奋斗的踊跃和劳动的赞美,在诗里,是专在吟咏内面的气分的高扬的。然而以无产阶级文学成长的一转机为界,感到了具体底地表现活的人物的行动的必要时,抒情诗便渐渐退至第二段,散文的形式竟占了中心的位置了。对于散文的形式,从中尤其是小说,据所谓形式派的批评家锡克罗夫斯基和别的人们说,则文学的种目的型范,已经分崩起来。和这相对,无产阶级文学派的批评家,却以为这文学的种目的型范的分崩,文学是不会因此衰退的,不过是和有产阶级的解体一同,显示着有产阶级文学的已在解体罢了。当三四百年前,有产阶级还是年青的新兴阶级的时代,在文学方面,也曾构成了新种目的型范的。小说便是这新种目的型范。是出现于散文这一个大种目之中的一种新的种目的型范。例如见于《吉呵德先生》的那样,虽然还未能从"短篇之集大成"这一种形式全然脱离,但那构成的倾向,却在到处都在集合钩连,作成一种有条理的东西之处。在薄凯企阿的《十日谈》中，在嘉赛的《侃泰培黎故事》中，是都有努力的痕迹，想将散漫的东西，用什么楔子，来贯串为一的，但还未能将这些归结于一个的中枢。到《吉呵德先生》，而这集合底构造的意向，这才算是分明得以实现了。聚集着许多断片，但作为全体，是求心底的。和这相反，一入有产阶级的解体期，则在文学上的种目的型范上，同时也开始解体，构成作品的各部分，都带起远心底倾向来了。那近便的明显的例子，便是毕力涅克。在毕力涅克的作品里，各个断片，都在要远心底地独立起来。这问题，是可以看作含有颇为重大的意义的。无产阶级文学要造出自己的新的小说的型范来，大概也如在一般的形式问题之际一样，原则底地，是只好上溯前时代的阶级在新兴期中所造作的作品，加以学习的罢。与其学习略前的时代，倒不如远就古典之源，却是更好的路罢。而那特色，大约是专在构造之为求心底，以及有着主题和行动的展开这些事罢。惟那主题和行动的展开，则自然是应该依据无产阶级思想的立场的。而且那展开，又须以较之三百年前，迅速得多的步调进行，大约也是不消赘说的事。

就诗歌方面而观，也如小说一般，可见构造的解体底远心底现象。如上面所载的"十月"一派在纲领中说过那样，"文学上颓废底倾向的诸派，将那有支配力的阶级正到历史底高潮时候所作的原是统一的艺术上的形式，分解其构成分子，一直破碎为细微的部分，而尚将那构成分子中的若干，看作自立的原理"这一种事实，在纲领中也曾一一指摘，正是想象派和未来派所共有的现象。锡尔息涅微支（想象派）曾经主张，以为言语的思想底方面，仅于哲学者有兴味，言语的音响底方面，仅于音乐家有兴味，在诗人，惟形象为必要，诗者，毕竟可以是无思想无音响底的"形象的目录"的。在诗，倘乏于形象，则即使所含的思想怎样地深奥而真实，韵律的构造怎样地超妙，也不能认为艺术品云。克鲁契涅夫（未来派）则只醉心于诗的音响底方面，而那思想底方面，却完全将它否定了。凡这些，是都可以看

113

作这文学上的解体底衰退的现象的。（克鲁契涅夫曾经为了此文的作者和构成派的女诗人英培尔，特行朗诵过凯门斯基的《士额拉·安巴》和别的诗。我于将诗做成音乐的企图，是极其明白地感到了，然而没有懂得那诗的心情。但我相信，这也并非因为听者是外国人的缘故。）反之，作为主题，思想，形象，音响，无不浑然成为一个组织，综合而成一完全的艺术品的例，烈烈威支则举着普式庚的《青铜的骑士》，艺术上的构成要素的集中底组织底统一的综合，应该是将来的无产阶级诗的特色，和散文（小说）是同一的。然而这也并非说，不当从最近时的有产阶级文学即颓废底倾向的文学，承受什么东西，而全然加以拒绝的意思。这些各倾向所具的倒是近于张大了的构成分子的特色，大概是应当看作品的内容，取了它来，而将这作为新的组织中的一要素，加以陶冶，活用的罢。

十 四

以上，不过是据根苏维埃俄国评论坛诸家关于无产阶级文学之所说，叙述了那问题的轮廓和作为特色者的二三。关于无产阶级文学，则尚有和称为"革命同路人"的小有产阶级底革命派的文学的关系，以及与"同路人"相涉的文艺政策的问题，更有无产阶级文学的团体底组织的问题，或者那成为无产阶级文学论的根据的马克斯派文学观等，可以合起来叙述一回的事还很不少。然而即此一篇，已经长到豫定以上了，所以这回也就此为止。如果含在以上的粗略的论述之中的评论和事实，能够于解释这问题的性质和方向，以及和时代的交涉等，有一点裨助，那么，这一篇之用，也就很够了。

还有，上文所叙之中，如已经一一记明了姓氏那样，从许多人们的论文引用的处所，是颇为不少的，但因为那些书籍的大部分，现在不在身边，所以只靠了不充足的记忆和摘本，自信对于论说的主旨，有所误传的事，是一定没有的，只是自由地将那表现加以更张之处，却也不少,并且一一记明出处的方便,也得不到了,特为声明于此。这些事项,大约将来会有再写的机会的罢。

　　　未另发表。
　　　1929 年 4 月由上海大江书铺出版单行本,为"文艺理论小丛书"之一。

十五日

日记　晴。下午收侍桁代购寄之 *Gustave Doré* 一本,计值十二元。得刘衲信。晚林若狂持白薇稿来。

致 孙 用

孙用先生:

　　来信收到,诗句已照改了,于《奔流》九期上可以登出。

　　译诗能见寄一观,或择登期刊,都可以的。惟绍介全部出版稍难,因为现在诗之读者不多,所以书店不大踊跃。但我可以向北新问一问,倘他们愿印,当再奉告,此后可以直接交涉也。

　　　　　　　　　　　　　　　　　鲁迅　二月十五日

十六日

日记　晴。午后寄其中堂信。寄小峰信。寄淑卿信。寄陈毓泰,温梓川信并还稿。寄疑今信并还稿。寄许羡蒙《语丝》。林语堂来。下午往内山书店。晚寄陈望道,汪馥泉信并译稿。疑今信复退回,因觅不到住址。夜雪峰来。

十七日

日记　星期。晴。下午步市,在一鞋店买『日本童話選集』第三辑一本,『ラムラム王』一本,共泉五元八角。寄侍桁信。寄小峰信。

"革命军马前卒"和"落伍者"

西湖博览会上要设先烈博物馆了,在征求遗物。这是不可少的盛举,没有先烈,现在还拖着辫子也说不定的,更那能如此自在。

但所征求的,末后又有"落伍者的丑史",却有些古怪了。仿佛要令人于饮水思源以后,再喝一口脏水,历亲芳烈之余,添嗅一下臭气似的。

而所征求的"落伍者的丑史"的目录中,又有"邹容的事实",那可更加有些古怪了。如果印本没有错而邹容不是别一人,那么,据我所知道,大概是这样的——

他在满清时,做了一本《革命军》,鼓吹排满,所以自署曰"革命军马前卒邹容"。后来从日本回国,在上海被捕,死在西牢里了,其时盖在一九〇二年。自然,他所主张的不过是民族革命,未曾想到共和,自然更不知道三民主义,当然也不知道共产主义。但这是大家应该原谅他的,因为他死得太早了,他死了的明年,同盟会才成立。

听说中山先生的自叙上就提起他的,开目录的诸公,何妨于公余之暇,去查一查呢?

后烈实在前进得快,二十五年前的事,就已经茫然了,可谓美史也已。

二月十七日。

原载 1929 年 3 月 18 日《语丝》周刊第 5 卷第 2 期。

初收 1932 年 9 月上海北新书局版《三闲集》。

十八日

日记 晴。上午得白薇信。得友松信并稿。

十九日

日记 晴。上午复白薇信。寄小峰信。午后季市来,赠以《艺苑朝华》二本。下午夏康农,张友松,友桐来。夜雨。

二十日

日记 小雨。午后真吾来。下午达夫来。晚往内山书店。得白薇信。得小峰信并版税泉一百及《北新》二之三期。得翟永坤信。得史济行信。得石民信。得陈永昌信。得陈泽川信。得彭礼陶信。

二十一日

日记 昙。上午复白薇信。寄小峰信。午后复石民,刘衲,彭礼陶,史济行,陈永昌信。以《艺苑朝华》及《奔流》等寄仲珏,淑卿,钦文,璇卿。下午得素园信。下午收盐谷节山所寄赠影明正德本《娇红记》一本,内山书店送来。得小峰信并《语丝》五十一期。晚移至十九号屋。

致 史济行

天行先生:

见寄两信,均收到了。有人讲"新文学",原也好的,但还是钞

117

"旧"的《语丝》,却更不好,而且可笑。

《语丝》并不停刊。

我与艺大,毫无关系。去做教务长的谣言,这里也有。我想,这是他们有意散布的,是一种骗青年的新花样。

迅　上　二月廿一日

二十二日

日记　昙。下午往内山书店。

二十三日

日记　昙。下午衣萍,曙天来并还泉卅。夜风。

二十四日

日记　星期。昙。下午小峰来。夜雪峰来。

二十五日

日记　昙。上午得有麟信。午后往内山书店。得季市信。下午刘衲来。雨。晚得小峰信并代取之款八十元,《游仙窟》五本。

致《近代美术史潮论》的读者诸君

《近代美术史潮论》的读者诸君:

在现在的中国,文学和艺术,也还是一种所谓文艺家的食宿的窠。这也是出于不得已的。我一向并不想如顽皮的孩子一般,拿了一枝细竹竿,在老树上的崇高的窠边搅扰。

关于绘画，我本来是外行，理论和派别之类，知道是知道一点的，但这并不足以除去外行的徽号，因为所知道的并不多。我所以翻译这书的原因，是起于前一年多，看见李小峰君在搜罗《北新月刊》的插画，于是想，在新艺术毫无根柢的国度里，零星的介绍，是毫无益处的，最好是有一些统系。其时适值这《近代美术史潮论》出版了，插画很多，又大抵是选出的代表之作。我便主张用这做插画，自译史论，算作图画的说明，使读者可以得一点头绪。此外，意识底地，是并无什么对于别方面的恶意的。

　　这意见总算实行了。登载之后，就得到蒙着"革命文学家"面具的装作善意的警告，是一张信片，说我还是去创作好，不该滥译日本书。从前创造社所区分的"创作是处女，翻译是媒婆"之说，我是见过的，但意见不能相同，总以为处女并不妨去做媒婆——后来他们居然也兼做了——，倘不过是一个媒婆，更无须硬称处女。我终于并不藐视翻译。至于这一本书，自然决非不朽之作，但也自立统系，言之成理的，现在还不能抹杀他的存在。我所选译的书，这样的就够了，虽然并非不知道有伟大的歌德，尼采，马克斯，但自省才力，还不能移译他们的书，所以也没有附他们之书以传名于世的大志。

　　抱着这样的小计画，译着这样的小册子，到目下总算登完了。但复看一回，又觉得很失望。人事是互相关连的，正如译文之不行一样，在中国，校对，制图，都不能令人满意。例如图画罢，将中国版和日本版，日本版和英德诸国版一比较，便立刻知道一国不如一国。三色版，中国总算能做了，也只两三家。这些独步的印刷局所制的色彩图，只看一张，是的确好看的，但倘将同一的图画看过几十张，便可以发见同一的色彩，浓淡却每张有些不同。从印画上，本来已经难于知道原画，只能仿佛的了，但在这样的印画上，又岂能得到"仿佛"。书籍既少，印刷又拙，在这样的环境里，要领略艺术的美妙，我觉得是万难做到的。力能历览欧陆画廊的幸福者，不必说了，倘只能在中国而偏要留心国外艺术的人，我以为必须看看外国印刷的图画,那么,所领会者,必较拘泥于"国货"的时候为更多。——这些话,虽然还是我被人骂了几年的"少看中国书"的老调,但我敢说,自己对于这主张,是有十分确信的。

只要一比较,许多事便明白;看书和画,亦复同然。

倘读者一时得不到好书,还要保存这小本子,那么,只要将译文拆出,照"插画目次"所指定的页数,插入图画去(希涅克的《帆船》,本文并未提及,但"彩点画家"是说起的,这即其一例),订起来,也就成为一本书籍了。其次序如下:

(1)全书首页　(2)序言　(3)本文目次

(4)插画目次　(5)本文首页　(6)本文

还有一些误字,是要请读者自行改正的。现在举其重要者于下:

甲　文　字

页	行	误	正
XX	五	樵探	樵采
11	十二	造创	创造
14	一	并永居	而永居
23	八	Autonio	Antonio
28	二	模样	这样
32	七	在鲁	在卢
61	一	前体	前面
63	三	河内	珂内
66	八	Nagarener	Nazarener
74	四	他热化	白热化
82	八	回此	因此
86	七	质地开始	科白开场

92	五	秦祀	奉祀
95	五	间开勤	洵开勒
95	九	一统	一流
109	十二	证明	澄明
114	三	煎煎	熊熊
115	十二	o Slrie	Sélrie
116	三	说解	误解
125	二	恐佈	恐怖
130	四	冷潮	冷嘲
135	二	言要	要将
138	四	豐姿	丰姿
139	六	觉者	观者
145	四	去怎	又怎
146	十	正座	玉座
146	十二	多人物	许多人物
147	一	台库	台座
151	一	比外	此外
152	一	证明	澄明
158	十一	希勒	希勒
159	八	auf	auf-
161	九	稳约	隐约
171	十	图桂	圆柱
177	六	Vineent	Vincent
197	一	Romanntigue	Romantique
197	四	Se,	se
197	四	part	á part
197	六	Iln ous	Il nous
197	六	aw	au

197	九	quon	qu'on
198	五	Copie，	Copié
198	六	il n'élait	il n'etait
198	十	jái	J'ai
198	十二	dén	d'eu
200	八	Sout	Sont
200	九	exect	exact
200	九	réculte	résulte
200	九	sout	sont
200	十一	dovarat	devrait
201	一	le	la
201	四	Voila	Voilà

乙　插画题字

误	正
萨昆尼的女人	萨毗尼的女人
托罗蔼庸庸	托罗蔼雍
康斯召不勒	康斯台不勒
穆纳:卢安大寺	卢安大寺
卢安大寺	穆纳:卢安大寺
凯尔	凯尔波
罗兰珊:女	莱什:朝餐
莱什:朝餐	罗兰珊:女

抄完校勘表，头昏眼花，不想再写什么废话了，就此"带住"，顺请

文安罢。

鲁迅。二月二十五日。

原载 1929 年 3 月 1 日《北新》半月刊第 3 卷第 5 号。
初未收集。

二十六日

日记 昙。午后得淑卿信,十九日发。收未名社所寄《格利佛游记》(二)二本。收其中堂书目一本。夜得石民信并《良夜与恶梦》一本。雨。

二十七日

日记 雨。午后钦文来并赠兰花三株,酱鸭一只。杨骚来。

二十八日

日记 晴。下午往内山书店买杂书五本,共泉三元七角。

三月

一日

日记　风,雨。上午达夫来,未见,留稿而去。寄季市信并英译《三民主义》一本。夜达夫及映霞来。濯足。

二日

日记　晴。上午内山书店送来从芸草堂购得之画谱等四种,共泉十元五角。得钦文信。下午往内山书店取『世界美術全集』第二十一本一册,一元七角。

三日

日记　星期。昙。下午复钦文信。复石民信。寄小峰信。

哈谟生的几句话

《朝花》六期上登过一篇短篇的瑙威作家哈谟生,去年日本出版的《国际文化》上,将他算作左翼的作家,但看他几种作品,如《维多利亚》和《饥饿》里面,贵族底的处所却不少。

不过他在先前,很流行于俄国。二十年前罢,有名的杂志 *Nieva* 上,早就附印他那时为止的全集了。大约他那尼采和陀思妥夫斯基气息,正能得到读者的共鸣。十月革命后的论文中,也有时还在提起他,可见他的作品在俄国影响之深,至今还没有忘却。

他的许多作品,除上述两种和《在童话国里》——俄国的游记——之外,我都没有读过。去年,在日本片山正雄作的《哈谟生传》里,看见他关于托尔斯泰和伊孛生的意见,又值这两个文豪的诞生百年纪念,原是想绍介的,但因为太零碎,终于放下了。今年搬屋理书,又看见了这本传记,便于三闲时译在下面。

那是在他三十岁时之作《神秘》里面的,作中的人物那该尔的人生观和文艺论,自然也就可以看作作者哈谟生的意见和批评。他踩着脚骂托尔斯泰——

"总之,叫作托尔斯泰的汉子,是现代的最为活动底的蠢才,……那教义,比起救世军的唱 Halleluiah(上帝赞美歌——译者)来,毫没有两样。我并不觉得托尔斯泰的精神比蒲斯大将(那时救世军的主将——译者)深。两个都是宣教者,却不是思想家。是买卖现成的货色的,是弘布原有的思想的,是给人民廉价采办思想的,于是掌着这世间的舵。但是,诸君,倘做买卖,就得算算利息,而托尔斯泰却每做一回买卖,就大折其本……不知沉默的那多嘴的品行,要将愉快的人世弄得铁盘一般平坦的那努力,老嬉客似的那道德底的唠叨,像煞雄伟一般不识高低地胡说的那坚决的道德,一想到他,虽是别人的事,脸也要红起来……。"

说也奇怪,这简直好像是在中国的一切革命底和遵命底的批评家的暗疮上开刀。至于对同乡的文坛上的先辈伊孛生——尤其是后半期的作品——是这样说——

"伊孛生是思想家?通俗的讲谈和真的思索之间,放一点小小的区别,岂不好么?诚然,伊孛生是有名人物呀。也不妨尽讲伊孛生的勇气,讲到人耳朵里起茧罢。然而,论理底勇气和实行底勇气之间,舍了私欲的不羁独立的革命底勇猛心和家庭底的煽动底勇气之间,莫非不见得有放点小小的区别的必要么?其一,是在人生上发着光芒,其一,不过是在戏园里使看客咋舌……要谋叛的汉子,不带软皮手套来捏钢笔杆这一点事,是总应该做的,不应该是能做文章的一个小畸人,不应该仅是为德国人的文章上的一个概念,应该是名曰人生这一个热闹场里的活动底人物。伊孛生的革命底勇气,大约是确不至于陷其人于危地的。箱船之下,敷设水雷之类的事,比起活的,燃烧似的实行来,是贫弱的桌子上的空论罢了。诸君听见过撕开苎麻的声音么? 嘻嘻嘻,是多么盛大的声音呵。"

这于革命文学和革命,革命文学家和革命家之别,说得很露骨,至于遵命文学,那就不在话下了。也许因为这一点,所以他倒是左翼底罢,并不全在他曾经做过各种的苦工。

最颂扬的,是伊孛生早先文坛上的敌对,而后来成了儿女亲家的毕伦存(B. Björnson)。他说他活动着,飞跃着,有生命。无论胜败之际,都贯注着个性和精神。是有着灵感和神底闪光的瑙威惟一的诗人。但我回忆起看过的短篇小说来,却并没有看哈谟生作品那样的深的感印。在中国大约并没有什么译本,只记得有一篇名叫《父亲》的,至少翻过了五回。

哈谟生的作品我们也没有什么译本。五四运动时候,在北京的青年出了一种期刊叫《新潮》,后来有一本《新著绍介号》,预告上似乎是说罗家伦先生要绍介《新地》(*Neue Erde*)。这便是哈谟生做的,虽然不过是一种倾向小说,写些文士的生活,但也大可以借来照照中国人。所可惜的是这一篇绍介至今没有印出罢了。

三月三日,于上海。

原载 1929 年 3 月 14 日《朝花》周刊第 11 期。
初收拟编书稿《集外集拾遗》。

四日

日记　微雪,下午晴。往内山书店,又往北新分店。

五日

日记 晴。上午寄大华印刷公司信。寄小峰信。得季市信。下午借朝华社泉五十。晚林和清及其子来。通夜校《奔流》稿。

六日

日记 晴。上午寄林语堂信。寄高峻峰信。午后寄淑卿信。寄季市信。寄盐谷节山信。往内山书店买月刊两种。得大华印刷局笺,即复。寄小峰信。下午寄日本其中堂书店信并金十二圆。晚得小峰信并版税泉百。得钟贡勋信。

七日

日记 晴。午后同真吾,方仁往中美图书馆买 Drinkwater's *Outline of Literature* 一部三本,二十元;J. Austen 插画 Byron's *Don Juan* 一本,十五元。

八日

日记 晴。午后往内山书店买『ソヴエトロシア詩集』一本,七角。得钦文信并信笺四十余种。从商务印书馆向德国函购 *Das Holzschnittbuch* 一本,三元二角。夜邀柔石,真吾,方仁,三弟及广平往 ISIS 电影馆观 *Faust*。

九日

日记 晴。上午得张天翼信并稿。得缪崇群信并稿。下午寄钦文信。寄矛尘信。寄达夫信。晚陈望道来。

致 章廷谦

矛尘兄:

久违了。这回是要托你仍在"翁隆盛"买三斤茶,计开:——

上上贡龙	一斤	二元二角四分
龙井雨前	一斤	一元三角六分
龙井芽茶	一斤	一元二角

但这回恐怕未必这样凑巧,马巽伯又要到上海来,由他拎到寓所。我想,该茶叶店如也可以代寄,那就托他们代寄罢。否则,如无便人,托你付邮。

迅　上　三月九日

斐君兄均此致候

十日

日记　星期。昙。下午达夫来。夜杨维铨,林若狂来。

《近代木刻选集》(2)小引

我们进小学校时,看见教本上的几个小图画,倒也觉得很可观,但到后来初见外国文读本上的插画,却惊异于它的精工,先前所见的就几乎不能比拟了。还有英文字典里的小画,也细巧得出奇。凡那些,就是先回说过的"木口雕刻"。

西洋木版的材料,固然有种种,而用于刻精图者大概是柘木。同是柘木,因锯法两样,而所得的板片,也就不同。顺木纹直锯,如箱板或桌面板的是一种,将木纹横断,如砧板的又是一种。前一种较柔,雕刻之际,可以挥凿自如,但不宜于细密,倘细,是很容易碎裂的。后一种是木丝之端,攒聚起来的板片,所以坚,宜于刻细,这便是"木口雕刻"。这种雕刻,有时便不称 Wood-cut,而别称为 Wood-engraving 了。中国先前刻木一细,便曰"绣梓",是可以作这译语的。和这相对,在箱板式的板片上所刻的,则谓之"木面雕刻"。

但我们这里所绍介的，并非教科书上那样的木刻，因为那是意在逼真，在精细，临刻之际，有一张图画作为底子的，既有底子，便是以刀拟笔，是依样而非独创，所以仅仅是"复刻板画"。至于"创作板画"，是并无别的粉本的，乃是画家执了铁笔，在木版上作画，本集中的达格力秀的两幅，永濑义郎的一幅，便是其例。自然也可以逼真，也可以精细，然而这些之外有美，有力；仔细看去，虽在复制的画幅上，总还可以看出一点"有力之美"来。

但这"力之美"大约一时未必能和我们的眼睛相宜。流行的装饰画上，现在已经多是削肩的美人，枯瘦的佛子，解散了的构成派绘画了。

有精力弥满的作家和观者，才会生出"力"的艺术来。"放笔直干"的图画，恐怕难以生存于颓唐，小巧的社会里的。

附带说几句，前回所引的诗，是将作者记错了。季黻来信道："我有一匹好东绢……"系出于杜甫《戏韦偃为双松图》，末了的数句，是"重之不减锦绣段，已令拂拭光凌乱，请君放笔为直干"。并非苏东坡诗。

一九二九年三月十日，鲁迅记。

原载 1929 年 3 月 21 日《朝花》周刊第 12 期。后印入 1929 年 2 月 26 日上海朝花社版"艺苑朝华"之三《近代木刻选集》(2)（延期出版）。

初未收集。

十一日

日记　晴。上午得侍桁信。杨维铨来。下午往内山书店。夜雪峰来。

十二日

　　日记　晴。上午得马珏信。下午高峻峰来,交以稿费八十。寄石民信并还介绍稿。得矛尘信。

十三日

　　日记　晴。下午吕云章送来矛尘所代买茗三斤。

十四日

　　日记　晴。上午得钦文信。下午秋芳来。

十五日

　　日记　晴。下午得小峰信并《奔流》编辑费五十元及《语丝》等。

致 章廷谦

矛尘兄:

　　前天得来信。次日,该前委员莅寓,当蒙交到茶叶三斤。但该委员非该巽伯可比,当经密斯许竭诚招待,计用去龙井茶价七斤,殊觉肉痛。幸该[委]员系由宁回平;则第三次带茶来沪之便人,决非仍是该委员可知,此尚可聊以自慰者也。

　　鼻君似仍颇仆仆道涂,可叹。此公急于成名,又急于得势,所以往往难免于"道大莫能容"。据我看来,如此紧张,饭是总有得吃的,然而"着实要阔起来",则恐未必,大概总是红着鼻子起忙头而已。

　　李公小峰,似乎很忙,信札不复,也是常事。其一,似乎书局中人,饭桶居多,所以凡事无不散漫。其二,则泰水闻已仙逝,李公曾前去奔丧,离沪数天,现已回来。但不知泰山其尚存否乎? 若其未崩，则将来必又难免于忙碌也。总之，以北新之懒散，而上海新书店之蜂起，照天演公例而言，是应该倒灶的。但不料一切新书店，也一样散漫，死样活气，所以直到现在，北新依然为新书店魁首，闻各店且羡而妒之，呜呼噫嘻，此岂非奇事而李公小峰的福气也欤！

例如《游仙窟》罢，印了一年，尚无着落。我因听见郑公振铎等，亦在排印，乃力催小峰，而仍无大效。后来看见《文学周报》上大讲该《窟》，以为北新之本，必致落后矣。而不料现在北新本小峰已给我五本了居然印行，郑公本却尚未出世，《文周》之大讲，一若替李公小峰登广告也者。呜呼噫嘻，此实为不佞所不及料，而自悔其性急之为多事者也。

石君之炎，问郎中先生以"为什么发炎？"是当然不能答复的。郎中先生只知道某处在发炎，发炎有时须开刀而已，炎之原因，大概未必能够明白。他不问石君以"你的腿上筋为什么发炎"，还算是好的。

这几句是正经话了：且夫收口之快慢，是和身体之健壮与否大有关系的。石君最好是吃补剂——如牛奶，牛肉汁，鸡汤之类，而非桂圆莲子之流也——那么，收口便快了但倘脓未去尽，则不宜吃。这一端，不大思索的医生，每每不说，所以请你转告他。

听说，已经平和了，报上所说，全是谣言。敝寓地域之水电权，似已收回，现在每月须吃海潮灌在水中的自来水一回，做菜无须再加盐料。今日上半天无水，下午有了，而夜间电灯之光，已不及一支洋蜡烛矣。

迅　启上　三月十五日

斐君兄均此致候

十六日

日记　晴。上午往内山书店买『西欧图案集』一本，五元五角。『詩卜詩論』一本，一元六角。徐旭生来。午后寄矛尘信。晚张梓生来。

十七日

日记　星期。晴。晚同柔石,方仁,三弟及广平往陶乐春,应小峰招饮,同席为语堂,若狂,石民,达夫,映霞,维铨,馥泉,小峰,漱六等。夜风。

十八日

日记　晴。上午得李霁野信。下午李宗武来,不见。得衣萍信。

十九日

日记　晴。午后往内山书店买书三本,共泉十一元。

二十日

日记　晴。上午得李宗武信。夜杨维铨来。雪峰来。伏园,春台来。

二十一日

日记　晴。上午得其中堂信片。得淑卿信,十五日发。

二十二日

日记　晴。上午收未名社所寄《黄花集》两本。下午收其中堂所寄《唐国史补》及《明世说》各一部,共泉五元六角。夜达夫来。

致 李霁野

寄野兄:

三,十三日来信收到。

柏烈伟先生要译我的小说,请他随便译就是,我并没有一点不愿意之处,至于那几篇好,请他选定就是了,他是研究文学的,恐怕会看得比我自己还清楚。

　　至于在罗太太那里的照相,是那几张,则连我自己也忘记了,大约还是两三年前的事罢。想法去讨,大可以不必。这种东西,我本无用,她也无用,一任罗太太抛入字纸篓去罢。

　　和北新交涉款项的事,我想最好是不要叫我去交涉。因为关于交易的事,我一向都不在内,现在忽而出现,引起的麻烦恐怕比豫想还要多。他们从此也可以将各种问题,对我交涉。那时我还是推脱,还是也办理呢? 这么一来,便成为事情的夹层中的脚色了。

　　关于未名社,我没有什么意见要说。离北平远,日子也久了,说起来总不免隔膜。但由我所感到,似乎办事的头绪有些纷歧。例如我离京时,约定对于《未名半月刊》,倘做不出,便寄译文的,我就履行这话。但后有信来,说不要译文,那么,我只好不寄了,因为我并无创作。然而后来又有责我不做文章的信,说我忘却了未名社,其实是我在这里一印《奔流》,第一期即登《未名丛刊》的广告的,何尝忘记。还有,丛芜忽有《独立丛刊》寄给我,叫我交小峰,后来又讨回去了,而未名社也不见有这书印出,也不知道是怎么一回事。这些都是小事情,不足为奇,不过偶然想到,举例而已。

　　《未名丛刊》中要印的两种短篇,我以为很好的,——其中的《第四十一》,我在日译本上见过——稿子可以不必寄来,多费时光。听说未名社的信用,在上海并不坏,只要此后有书,而非投机之品,那该总能销行的罢。去年这里出了一种月刊叫《未明》,是影射《未名》的,但弄不好,一期便完了。

　　《小约翰》二版大约还未卖完罢。倘要三版时,望通知我,我要换一张封面画。

迅　上　三月廿二夜

致 韦素园

素园兄：

二月十五日给我的信，早收到了。还记得先前有一封信未复。因为信件多了，一时无从措手，一懒，便全部懒下去了。连几个熟朋友的信，也懒在内，这是很对不起的，但一半也因为各种事情曲折太多，一时无从说起。

关于 Gorki 的两条，我想将来信摘来登在《奔流》十期上。那纪念册不知道见了没有，我想，看看不妨，译是不可的。即如你所译的卢氏论托尔斯泰那篇，是译起来很费力的硬性文字——这篇我也曾从日文重译，给《春潮》月刊，但至今未印出——我想你要首先使身体好起来，倘若技痒，要写字了，至多也只好译译《黄花集》上所载那样的短文。

我所译的 T. iM，篇幅并不多，日译是单行本，但我想且不出它。L. 还有一篇论 W. Hausenstein 的，觉得很好，也许将来译它出来，并出一本。

上海的市民是在看《开天辟地》（现在已到"尧皇出世"了）和《封神榜》这些旧戏，新戏有《黄慧如产后血崩》（你看怪不怪？），有些文学家是在讲革命文学。对于 Gorky，去年似乎有许多人要译他的著作，现在又不听见了，大约又冷下去了。

你说《奔流》介绍外国文学不错，我也是这意思，所以每期总要放一两篇论文。但读者却最讨厌这些东西，要看小说，看下去很畅快的小说，不费心思的。所以这里有些书店，已不收翻译的稿子，创作倒很多。不过不知怎地，我总看不下去，觉得将这些工夫，去看外国作品，所得的要多得多。

我近来总是忙着看来稿，翻译，校对，见客，一天都被零碎事化去了。经济倒还安定的，自从走出北京以来，没有窘急过。至于"新生活"的事，我自己是川岛到厦门以后，才听见的。他见我一个人住在高楼上,很骇异,听他的口气,似乎是京沪都在传说,说我携了密斯许同住于厦门了。那时我很愤怒。但也随他们去罢。其实呢,异性,我是爱的,但我一向不敢,因为我自己明白各种缺点,深恐辱没了对手。然而一到爱起来,气起来,是什么都不管的。后来到广东,将这些事对密斯许说了,便请她住在一所屋子里——但自然也还有别的人。前年来沪,我也劝她同来了,现就住在上海,帮我做点校对之类的事——你看怎样,先前大放流言的人们,也都在上海,却反而哑口无言了,这班孱头,真是没有骨力。

但是,说到这里为止,疑问之处尚多,恐怕大家都还是难于"十分肯定"的,不过我且说到这里为止罢,究竟如何,且听下回分解罢。

不过我的"新生活",却实在并非忙于和爱人接吻,游公园,而苦于终日伏案写字,晚上是打牌声,往往睡不着,所以又很想变换变换了,不过也无处可走,大约总还是在上海。

迅　上　三月廿二夜

现在正在翻译 Lunacharsky 的一本《艺术论》,约二百页,下月底可完。

二十三日

日记　晴。上午寄其中堂书店信。寄霁野信。寄淑卿信。得季市信。下午寄许羡蒙《语丝》满一年。往内山书店。寄韦素园信。

致 许寿裳

季市兄:

二十二日来信收到。中国能印玻璃版的,只有商务,中华,有正。而末一家则似不为人印,或实仍托别家印,亦未可知也。有日本人能印,亦不坏,前曾往问,大如来信之笺中红匡者,每张印三百张起码,计三元,不收制板费,倍大作每张二分计,纸(中国的)每张作四分计,则每一张共六分,倘百页一本,本钱即需六角矣。但还有一问题,即大张应以照相缩小,不知当于何处为之,疑商务馆或当有此设备,然而气焰万丈,不能询之。

关于儿童观,我竟一无所知。在北京见嘱以来,亦曾随时留心,而竟无所得。类书中记得《太平御览》有《幼慧》一门,但不中用。中国似向未尝想到小儿也。

寿老毫无消息。前几天却已见过他的同乡,则连其不在南京亦不知也。天气渐暖,倘津浦车之直达者可通,拟往北京一行,以归省,且将北大所有而我所缺之汉画照来,再作后图。阅报,知国文系主任,仍属幼渔,前此诸公之劳劳,盖枉然矣。

此布,并颂

曼福。

迅　启上　三月廿三夜

二十四日

　　日记　星期。小雨。下午寄马珏信。寄钦文信。寄季市信。

二十五日

　　日记　昙。上午寄侍桁信并泉十元,托买书。下午雨。

《奔流》编校后记(九)

这算是第一卷的末一本了,此后便是第二卷的开头。别的期刊不敢妄揣，但在《奔流》，却不过是印了十本，并无社会上所珍重的"夏历"过年一样，有必须大放爆竹的神秘的玄机。惟使内容有一点小小的结束，以便读者购阅的或停或续的意思，却是有的。然而现在还有《炸弹和征鸟》未曾完结，不过这是在重要的时代，涉及广大的地域，描写多种状况的长篇，登在期刊上需要一年半载，也正是必然之势，况且每期所登也必有两三章，大概在大度的读者是一定很能够谅解的罢。

其次，最初的计画，是想，倘若登载将来要印成单行本的译作，便须全部在这里发表，免得读者再去买一本一部份曾经看过的书籍。但因为译作者的生活关系，这计画恐怕办不到了，纵有匿名的"批评家"以先在期刊上横横直直发表而后来集印成书为罪状，也没有法子。确是全部登完了的只有两种：一是《叛逆者》，一是《文艺政策》。

《叛逆者》本文三篇，是有岛武郎最精心结撰的短论文，一对于雕刻，二对于诗，三对于画；附录一篇，是译者所作；插画二十种，则是编者加上去的，原本中并没有。《文艺政策》原译本是这样完结了，但又见过另外几篇关于文艺政策的文章，倘再译了出来，一切大约就可以知道得更清楚。此刻正在想：再来添一个附录，如何呢？但一时还没有怎样的决定。

《文艺政策》另有画室先生的译本，去年就出版了。听说照例的创造社革命文学诸公又在"批判"，有的说鲁迅译这书是不甘"落伍"，有的说画室居然捷足先登。其实我译这书，倒并非救"落"，也不在争先，倘若译一部书便免于"落伍"，那么，先驱倒也是轻松的玩意。我的翻译这书不过是使大家看看各种议论，可以和中国的新的批评家的批评和主张相比较。与翻刻王羲之真迹，给人们可以和自称王派的草书来比一比，免得胡里胡涂的意思，是相仿佛的，借此也到"修善寺"温泉去洗澡，实非所望也。

又其次，是原想每期按二十日出版，没有迟误的，但竟延误了一个月。近时得到几位爱读者的来信,责以迟延,勉以努力。我们也何尝不想这样办;不过一者其中有三回增刊,共加添二百页,即等于十个月内,出了十一本的平常刊;二者这十个月中,是印刷局的两次停工和举国同珍的一回"夏历"岁首,对于这些大事,几个《奔流》同人除跳黄浦江之外,是什么办法也没有的。譬如要办上海居民所最爱看的"大出丧",本来算不得乌托邦的空想,但若脚色都回家拜岁去了,就必然底地出不出来。所以,据去年一年所积的经验,是觉得"凡例"上所说的"倘无意外障碍,定于每月中旬出版"的上一句的分量,实在着重起来了。

孙用先生寄来译诗之后,又寄一篇作者《Lermontov 小记》来。可惜那时第九本已经印好,不及添上了,现在补录在这里——

"密哈尔·古列维支·莱芒托夫(Mikhail Gurievitch Lermontov)在一八一四年十月十五日生于莫斯科,死于一八四一年七月廿七日。是一个俄国的诗人及小说家,被称为'高加索的诗人'的,他曾有两次被流放于高加索(1837,1840),也在那儿因决斗而死。他的最有名的著作是小说《我们的时代的英雄》和诗歌《俄皇伊凡·华西里维支之歌》,*Ismail*-*Bey* 及《魔鬼》等。"

韦素园先生有一封信,有几处是关于 Gorky 的《托尔斯泰回忆杂记》的,也摘录于下——

"读《奔流》七号上达夫先生译文,所记有两个疑点,现从城里要来一本原文的 Gorky 回忆托尔斯泰,解答如下:

1.《托尔斯泰回忆记》第十一节 Nekassov 确为 Nekrassov 之误。涅克拉梭夫是俄国十九世纪有名的国民诗人。

2.'Volga 宣教者'的 Volga 是河名,中国地理书上通译为涡瓦河,在俄国农民多呼之为'亲爱的母亲',有人译为'卑汙的说教者',当系错误。不过此处,据 Gorky《回忆杂记》第三十二节原文似应译为'涡瓦河流域'方合,因为这里并不只 Volga 一个字,却在前面有一前置词(za)故也。

以上系根据彼得堡一九一九年格尔热宾出版部所印行的本子作答的,当不致有大误。不过我看信比杂记写得还要好。"

说到那一封信,我的运动达夫先生一并译出,实在也不只一次了。有几回,是诱以甘言,说快点译出来,可以好好的合印一本书,上加好看的图像;有一回,是特地将读者称赞译文的来信寄去,给看看读书界的期望是怎样地热心。见面时候谈起来,倒也并不如那跋文所说,暂且不译了,但至今似乎也终于没有动手,这真是无可如何。现在索性将这情形公表出来,算是又一回猛烈的"恶毒"的催逼。

一九二九年三月二十五日,鲁迅记。

原载 1929 年 4 月 20 日《奔流》月刊第 1 卷第 10 期。
初收 1935 年 5 月上海群众图书公司版《集外集》。

二十六日

日记　昙。上午寄小峰信。下午达夫来。得侍桁信并稿。晚得小峰信并版税泉一百及《奔流》,《语丝》,《北新》月刊等。得乌一蝶信。得何水信。得查士骥信。

二十七日

日记　晴。下午张友松来。杨维铨来。寄季市,淑卿《奔流》等。寄小峰信。得侍桁信并稿。

二十八日

日记　小雨。上午得友松信。得钦文信。下午往内山书店买文艺书四种,共泉九圆五角。夜雪峰来,赠《流冰》一本。雨。

二十九日

日记 昙。午后寄侍桁信。复乌一蝶信。复友松信。寄达夫信。下午往内山书店。洙邻来,赠以《游仙窟》一本。雨。

三十日

日记 晴。上午得冬芬信。午后理发。往内山书店取『世界美術全集』(廿二)一本,一元六角。

三十一日

日记 星期。晴。上午得刘衲信。徐诗荃送来照相一枚。午后同柔石,真吾,三弟及广平往观金子光晴浮世绘展览会,选购二枚,泉廿。往北新书局买《游仙窟》一本。往中国书店买《常山贞石志》一部十本,八元。往东亚食堂夜餐。

本月

《近代木刻选集》(2)附记 *

本集中的十二幅木刻大都是从英国的 *The Woodcut of To-day*, *The Studio*, *The Smaller Beasts* 中选取的,这里也一并摘录几句解说。

格斯金(Arthur J. Gaskin),英国人。他不是一个始简单后精细的艺术家。他早懂得立体的黑色之浓淡关系。这幅《大雪》的凄凉和小屋底景致是很动人的。雪景可以这样比其他种种方法更有力地表现,这是木刻艺术的新发见。《童话》也具有和《大雪》同样的风格。

杰平(Robert Gibbings)早是英国木刻家中一个最丰富而多方面的作家。他对于黑白的观念常是意味深长而且独创的。E. Powys

Mathers 的《红的智慧》插画在光耀的黑白相对中有东方的艳丽和精巧的白线底律动。他的令人快乐的《闲坐》,显示他在有意味的形式里黑白对照的气质。

达格力秀(Eric Fitch Daglish)在我们的《近代木刻选集》(1)里已曾叙述了。《伯劳》见 J. H. Fabre 的 *Animal Life in Field and Garden* 中。《海狸》见达格力秀自撰的 *animal in Black and White* 丛书第二卷 *The Smaller Beasts* 中。

凯亥勒(Émile Charles Carlègle)原籍瑞士,现入法国籍。木刻于他是种直接的表现的媒介物,如绘画,蚀铜之于他人。他配列光和影,指明颜色的浓淡;他的作品颤动着生命。他没有什么美学理论,他以为凡是有趣味的东西能使生命美丽。

奥力克(Emil Orlik)是最早将日本的木刻方法传到德国去的人。但他却将他自己本国的种种方法融合起来刻木的。

陀蒲晋司基(M. Dobuzinski)的窗,我们可以想像无论何人站在那里,如那个人站着的,张望外面的雨天,想念将要遇见些什么。俄国人是很想到站在这个窗下的人的。

左拉舒(William Zorach)是俄国种的美国人。他注意于有趣的在黑底子上的白块,不斤斤于用意的深奥。《游泳的女人》由游泳的眼光看来,是有些眩目的。这看去像油漆布雕刻,不大像木刻。游泳是美国木刻家所好的题材,各人用各人的手法创造不同的风格。

永濑义郎,曾在日本东京美术学校学过雕塑,后来颇尽力于版画,著《给学版画的人》一卷。《沉钟》便是其中的插画之一,算作“木口雕刻”的作例,更经有名的刻手菊地武嗣复刻的。现在又经复制,但还可推见黑白配列的妙处。

最初印入 1929 年 2 月 26 日上海朝花社版“艺苑朝华”
之三《近代木刻选集》(2)(延期出版)。
初未收集。

四月

一日

日记　晴。下午往内山书店。晚郁达夫,陶晶孙来。

二日

日记　昙。上午得侍桁信。

三日

日记　晴。下午复刘衲信。复缪崇群信。复侍桁信并还稿。

四日

日记　晴。午后得羽太重久信。得淑卿信,下午复。往内山书店买『詩卜詩論』等三本,共泉三元八角。晚得小峰信并《语丝》及版税泉百。得任子卿信。得钟子岩信。得李力克信。得白云飞信。

五日

日记　晴。上午其中堂寄来《图画醉芙蓉》,《百喻经》各一部,共泉六元四角。午后同贺昌群,柔石,真吾,贤桢,三弟及广平往光陆电影园观《续三剑客》。观毕至一小茶店饮茗。夜雨。

六日

日记　昙。上午复李力克信。复白云飞信。寄小峰信。下午得素园信。

七日

日记　星期。晴。上午往内山书店买『表現主義の彫刻』一本，一元二角。

致 韦素园

素园兄：

三月卅日信，昨收到。L 的《艺术论》，是一九二六年，那边的艺术家协会编印的，其实不过是从《实证美学的基础》及《艺术与革命》中各取了几篇，并非新作，也不很有统系。我本想，只要译《实证美学之基础》就够了，但因为这书名，已足将读者吓退，所以选现在这一本。

创造社于去年已被封。有人说，这是因为他们好赖债，自己去运动出来的。但我想，这怕未必。但无论如何，总不会还账的，因为他们每月薪水，小人物四十，大人物二百。又常有大小人物卷款逃走，自己又不很出书，自然只好用别家的钱了。

上海去年嚷了一阵革命文学，由我看来，那些作品，其实都是小资产阶级观念的产物，有些则简直是军阀［阀］脑子。今年大约要改嚷恋爱文学了，已有《惟爱丛书》和《爱经》豫告出现，"美的书店"（张竞生的）也又开张，恐怕要发生若干小 Sanin 罢，但自然仍挂革命家的招牌。

我以为所谓恋爱，是只有不革命的恋爱的。革命的爱在大众，于性正如对于食物一样，再不会缠绵菲恻，但一时的选择，是有的罢。读众愿看这些，而不肯研究别的理论，很不好。大约仍是聊作消遣罢了。

迅　上　四月七日

八日

　　日记　　昙。午后寄小峰信。复邓肇元信。复韦素园信。下午雨。

九日

　　日记　　晴。午后同柔石,真吾及广平往六三公园看樱花,又至一点心店吃粥,又至内山书店看书。下午文[光]华大学学生沈祖牟,钱公侠来邀讲演,未见。晚季市来,赠以《艺苑朝花》及《语丝》。

十日

　　日记　　昙。午后寄达夫信。下午得有麟信。林和清来,不见。夜濯足。

十一日

　　日记　　晴。下午林惠元来,不见,留函而去。夜达夫来。

十二日

　　日记　　晴。上午得侍桁信并当票一张。夜雪峰来。

十三日

　　日记　　昙。上午得孙伏园等明信片。得小峰信并版税泉百。午后往内山书店买『现代欧洲の芸術』一本,一元一角;又豫定『厨川白村全集』一部,六元四角也。下午得光华大学文学会信,夜复之。复林惠元信。

十四日

　　日记　　星期。晴。午后杨维铨来。下午得衣萍信并稿。时有恒来,不见。

十五日

日记 晴。上午得韦丛芜信。收未名社所寄《坟》及《朝华夕拾》各二本。收侍桁所寄『粗谷独逸语学丛书』二本,『郁文堂独谷〔和〕对訳丛书』三本,共泉七元。收学昭所寄照相一枚。下午得现代书局信。夜邻街失火,四近一时颇扰攘,但火即熄。

十六日

日记 晴。上午得李霁野信。下午托真吾寄小峰信并稿两种,锌版两块。孙席珍来,不见,留函并书四本。得钟宪民信。

十七日

日记 昙。下午雪峰来。雨。夜达夫来并交稿费四十。

十八日

日记 晴。午后复钟宪民信。寄侍桁信。下午寄李霁野锌版三块。往内山书店买书两本,共泉二元一角。夜饮酒醉。

十九日

日记 昙。下午寄小峰信。友松来。晚出街买火酒。得侍桁信。

二十日

日记 雨,上午晴。寄侍桁信。下午石民来。得侍桁信。夜雪峰来。

关于文艺领域上的党的政策 *

俄罗斯共产党中央委员会的决议

（一九二五年七月一日《真理报》所载）

1 最近时的大众的物质底状态的向上，和由革命而遂行了的智底变革，大众的自发性的增大，眼界的巨大的扩张等等相关联，创出了文化底期待和要求的大大的发达了。我们是已经这样地，将脚跨进了作为向着共产主义社会的今后的进展的前提条件的，那文化革命的圈里面。

2 成为这大众底文化底发达的一部者，是新的文学，——首先，是从那萌芽底的，而同时又包含着未曾有地广大的范围的形态（劳动通信，农村通信，壁报，其他），到那观念形态底地被意识了的文艺作品的无产阶级和农民文学的发达。

3 在别一面，则经济过程的复杂性，矛盾而甚至于互相敌对的经济形态的同时底发达，由这发展所引起的新资产阶级的诞生和成长，新旧智识阶级的一部分向着他们的不可避底的——虽然最初未必一定是意识底的——结合，这资产阶级的更由新的观念形态底代言者的社会深处的化学底分出，——这些一切，是不可避底地，必须也在社会生活的文学底表面出现的。

4 这样子，恰如在我国里，阶级斗争一般的还未终熄一样，这在文艺的领域上，也还未终熄。在阶级社会里，中立底艺术，是不会有的，——诚然，一般地，则艺术，部分底地，则文学的阶级底性质，例如较之在政治上，能以无限地复杂的形态来表现的，虽然也是事实。

5　但是,将我们的社会生活的基本底事实,即由于劳动阶级的政权获得的事实,在这国度的无产阶级独裁的现存,置之不顾,是绝对地不可的。

倘若在政权获得以前,无产党激成阶级斗争,建立了全社会的推翻这方针,则在无产阶级独裁期中,站在无产阶级的党的面前的问题,——是怎样地和农民共住,于是逐渐教育他们;怎样地容许和资产阶级的或一程度的合作,于是逐渐压下他们;还有,怎样地使技术底和一切别的智识阶级去做革命的工作,怎样地将他们观念形态底地从资产阶级夺了回来。

这样子,阶级斗争虽然还未终熄,但那是变了形态的。盖无产阶级在政权获得以前,虽向着这社会的推翻而努力,但一到自己的独裁的时期,是将"平和底组织作业"推上到第一的计画的。

6　无产阶级必须拥护自己的指导底位置,使之坚固,还要加以扩张,在观念形态战线上的许多新的参与者之间,也占得和那些相应的位置。向着全然新的领域(生物学,心理学,一般地自然科学)的辩证法底唯物论的前进的过程,已经开始了! 在文艺的领域上的这位置的获得,也应该和这一样,早晚成为事实而出现。

7　但是,不可忘记,惟这课题,是较之由无产阶级所解决的别的课题,无限地复杂的。盖劳动阶级在资本主义社会的领域内,已经有可得胜利的革命的准备,做成斗士和指导者的一团,而造出政治斗争的优胜的观念形态底武器了。但他于自然科学上的问题,技术上的问题,都还未能出手;又,作为文化底地受了压迫的阶级,他也不能造出自己的文艺,自己独特的艺术底形式,自己的样式来。纵使在无产阶级的手中,现在已经有任意的文学底作品的对于社会底政治底内容的无误的规准,但他对于艺术底形式的一切问题,却没有和这相同的决定底回答。

8 在文艺的领域上的无产阶级的指导者的政策,应该由上述的事而决定。在这里,首先第一,是和下列的诸问题相关联的——无产者作家,农民作家,以及所谓"同路人"和别的作家之间的相互关系;党的对于无产者作家的政策;批评的问题;关于艺术底作品的样式和形式,以及新的艺术底形式确立的方法的问题;最后,是组织底性质的诸问题。

9 因其社会底阶级底或社会底集团底内容而不同的作家的集团之间的相互关系,由我党的一般底政策而规定。但在这里,不可忘却的,是文学领域上的指导者的位置,也和那一切物质底,观念形态底富源一同,属于作为全体的劳动阶级。无产阶级作家的霸权,现在还未曾确立,党应该加援助于这些作家,自己造出进向这霸权的历史底权利来。农民作家应该以友情底待遇被迎迓,而且受我们的无条件底支持。我们的课题,是在将他们的正在成长的一团,导入于无产阶级观念形态的轨道。但是,这之际,决不可从他们的创作中,绝灭那为影响于农民起见,在所必要的前提条件的,农民底文艺底形象。

10 对于和"同路人"的关系,有计及下列的事的必要:(一)他们的分化;(二)作为有文学底技术的资格的"专门家"的他们之中的许多东西的意义;(三)在作家的这一层之间的动摇的现存。一般底指令,在这里,应该是对于他们的战术底的十分注意的关系,换了话说,就是,保证他们可以竭力从速移到共产主义底观念形态那面去的一切条件那样的态度的指令。党一面虽在将反无产阶级底,反革命底要素(现在是极少了)绝灭,和"斯美那·惠夫"①底的"同路人"

---

① 姑且先承认苏维埃政权,而观念形态底地,要使它变质起来的智识阶级的一团。——译者。

之间正在形成的新的有产阶级的观念形态斗争,但对手中间底的观念形态的状况,却应该坚忍地,竭力将这些难免很多的状况,在和共产主义的文化底要素的愈加亲密的同志的协同的过程中,逐渐除掉,而宽容地和这相周旋。

11 对于和无产阶级作家的关系,党应该取下列的立场,——就是,虽以一切方法助他们的成长,尽力支持他们和他们的组织,但党还应该以一切手段,来豫防在他们之间最是破灭底现象的那自负的出现。党正因为在他们之中,以为有将来的苏维埃文学的观念底指导者,所以对于他们的对旧的文化底遗产和艺术底言语的专门家的轻率的侮蔑底态度,有用一切手段来斗争的必要。和这一样,对于为了无产阶级作家的观念底霸权的斗争的重要性,评价不足似的立场,也应该批判。在一面,和无条件降伏的斗争,在别一面,和自负的斗争,——这应该是党的标语。党对于纯温室底的“无产阶级”文学的尝试,也有斗争的必要。在那一切复杂性上的现象的广大的把握;不蹰躇于一个工厂的界限之内;并非基尔特文学,而是要成为自己之后,带着数百万农民的,斗争着的伟大的阶级的文学——凡这些,应该是无产阶级文学的内容的界限。

12 由上所述,而作为全体,则以当作在党的手中的主要的教育底手段之一而出现的那批评的课题,便被决定。共产主义批评者,应该是一瞬也不出共产主义的立场,一步也不离无产阶级观念形态,解明着种种文学底作品的阶级底意义,一面和文学上的反革命底显现毫不宽容地斗争,将“斯美那·惠夫”底自由主义等等曝露,一面和无产阶级一同进行,而对于可以和这一同进行的一切文学层,则显出最大的节度,慎重,忍耐。共产主义批评,又必须从那常用上,排除文学上的命令的调子。只在这批评得了那观念底卓越的时候,这才获得深的教育底意义的。马克斯主义批评,应该将虚假,半文盲底的,而且沾沾自喜的自负,从自己的阵营里驱逐。马克斯主义批评有在自己之前,竖起"学呀"这标语来,而于在自己的阵营内的一切废纸和胡说,给以打击的必要。

13　党虽然正确地识别着文学底诸潮流的社会底阶级底内容,但决不能作为全体而和文学底形式的领域上的或一倾向相连结。党虽然指导着作为全体的文学,但不能支持或种一定的文学底分派(由于因着对于形式,样式的见解的不同,而将这些分派加以资格的事)。这和作为全体,党是应该指导新生活的建设无疑,但由决议来规定关于家族的形式的诸问题,却极其少有的事,是正一样的。一切问题,在要求这样地设想,——适应时代的样式,将被创造罢,然而这是用了别的方法被创造的,而这问题的解法,则还没有定。想在这方向上,借着什么和党来连结的一切尝试,在我国文化底发达的现阶段上,应该加以否拒。

14　因此之故,党不得不宣告在这领域上的一切各样的团体和潮流的自由竞争。别的一切解决,是要成为衙门底官僚底的虚伪的解决的罢。正和这一样,也不能由法令或党的决议,来许可对于或一集团或文学底团体的文学出版事业的合法底独占。党虽在物质底和精神底地,支持无产阶级作家和无产农民作家,援助"同路人",但即使这在观念底内容上,最为无产阶级底之际,也不能许可或一集团的独占。这先就是绝灭无产阶级文学的根的。

15　党应该竭一切手段,排除对于文学之事的手制的,而且不懂事的行政上的妨害。党为了保证对于我们文学的真是正当的,有益的,而且战术底的指导起见,应该虑及那在职掌出版事务的各种官办上,十分留心的人员的选择。

16　党应该向文艺的一切从业者,指示出正确地区别批评家和作家艺术家之间的职能的必要。在这最后者(作家艺术家),是有将自己的工作的重心,放在未来的意义上的文学作品之上,而利用现代的巨大的材料的必要的。又,于我们联邦的许多共和国和州郡的民族文学的发展上,也必须加以特别的注意。

党必须力说创造那供给真实的大众底读者——劳动者和农民的读者的文艺之必要,我们应该大胆地,决定底地打破文学上的贵族主义的偏见,利用着旧的技巧的一切技巧的一切技巧底到达,为数百万的人们所能理解那样,创出相应的形式来。

惟在遂行了这伟大的课题的时候,而苏维埃文学以及为那未来的前卫的无产阶级文学,这才能够完成那文化底历史底使命。

原载 1929 年 4 月 20 日《奔流》月刊第 1 卷第 10 期。

初收 1930 年 6 月上海水沫书店版"科学的艺术论丛书"之十三《文艺政策》。

《比亚兹莱画选》小引

比亚兹莱(Aubrey Beardsley 1872—1898)生存只有二十六年,他是死于肺病的。生命虽然如此短促,却没有一个艺术家,作黑白画的艺术家,获得比他更为普遍的名誉;也没有一个艺术家影响现代艺术如他这样的广阔。比亚兹莱少时的生活底第一个影响是音乐,他真正的嗜好是文学。除了在美术学校两月之外,他没有艺术的训练。他的成功完全是由自习获得的。

以《阿赛王之死》的插画他才涉足文坛。随后他为 *The Studio* 作插画,又为《黄书》(*The Yellow Book*)的艺术编辑。他是由《黄书》而来,由 *The Savoy* 而去的。无可避免地,时代要他活在世上。这九十年代就是世人所称的世纪末（fin de siècle）。他是这年代底独特的情调底唯一的表现者。九十年代底不安的，好考究的，傲慢的情调呼他出来的。

比亚兹莱是个讽刺家，他只能如 Baudelaire 描写地狱，没有指出一点现代的天堂底反映。这是因为他爱美而美的堕落才困制他；这是因为他如此极端地自觉美德而败德才有取得之理由。有时他的作品达到纯粹的美，但这是恶魔的美，而常有罪恶底自觉，罪恶首受美而变形又复被美所暴露。

视为一个纯然的装饰艺术家，比亚兹莱是无匹的。他把世上一切不一致的事物聚在一堆，以他自己的模型来使他们织成一致。但比亚兹莱不是一个插画家。没有一本书的插画至于最好的地步——不是因为较伟大而是不相称，甚且不相干。他失败于插画者，因为他的艺术是抽象的装饰；它缺乏关系性底律动——恰如他自身缺乏在他前后十年间底关系性。他埋葬在他的时期里有如他的画吸收在它自己的坚定的线里。

比亚兹莱不是印象主义者，如 Manet 或 Renoir，画他所"看见"的事物；他不是幻想家，如 William Blake，画他所"梦想"的事物；他是个有理智的人，如 George Frederick Watts，画他所"思想"的事物。虽然无日不和药炉为伴，他还能驾御神经和情感。他的理智是如此的强健。

比亚兹莱受他人影响却也不少，不过这影响于他是吸收而不是被吸收。他时时能受影响，这也是他独特的地方之一。Burne-Jones 有助于他在他作《阿赛王之死》的插画的时候；日本的艺术，尤其是英泉的作品，助成他脱离在 The Rape of the Lock 底 Eisen 和 Saint-Aubin 所显示给他的影响。但 Burne-Jones 底狂喜的疲弱的灵性变为怪诞的睥睨的肉欲——若有疲弱的，罪恶的疲弱的话。日本底凝冻的实在性变为西方的热情底焦灼的影像表现在黑白底锐利而清楚的影和曲线中，暗示即在彩虹的东方也未曾梦想到的色调。

他的作品，因为翻印了 *Salomè* 的插画，还因为我们本国时行艺术家的摘取，似乎连风韵也颇为一般所熟识了。但他的装饰画，却未经诚实地介绍过。现在就选印这十二幅，略供爱好比亚兹莱者看看他未经撕剥的遗容，并摘取 Arthur Symons 和 Holbrook Jackson 的话，算作说明他的特色的小引。

　　一九二九年四月二十日，朝花社识。

　　　　最初印入 1929 年 4 月上海朝花社版"艺苑朝华"丛书之四《比亚兹莱画选》。

　　　　初未收集。

关于《关于红笑》

　　今天收到四月十八日的《华北日报》，副刊上有鹤西先生的半篇《关于红笑》的文章。《关于红笑》，我是有些注意的，因为自己曾经译过几页，那豫告，就登在初版的《域外小说集》上，但后来没有译完，所以也没有出版。不过也许是有些旧相识之故罢，至今有谁讲到这本书，大抵总还喜欢看一看。可是看完这《关于红笑》，却令我大觉稀奇了，也不能不说几句话。为要头绪分明，先将原文转载些在下面——

　　　　"昨天到塞君家去，看见第二十卷第一号的《小说月报》，上边有梅川君译的《红笑》，这部书，因为我和骏祥也译过，所以禁不住要翻开看看，并且还想来说几句关于《红笑》的话。

　　　　"自然，我不是要说梅川君不该译《红笑》，没有这样的理由也没有这样的权力。不过我对于梅川君的译文有一点怀疑的地方，固然一个人原不该随便地怀疑别个，但世上偏就是这点奇怪，尽有是让人意想不到的事情。不过也许我底过虑是错的，而且在梅川君看来也是意想不到的事，那么，这错处就在我，而这篇文字也就只算辩明我自己没有抄袭别人。现在我先讲讲事实的经过。

"《红笑》，是我和骏祥，在去年暑假中一个多星期内赶完的，……赶完之后就给北新寄去。过了许久才接到小峰君十一月七日的信，说是因系两人所译，前后文不连贯，托石民君校阅，又说稿费在月底准可寄来。以后我一连写了几封信去催问，均未得到回信，……所以年假中就将底稿寻出，又改译了一遍。文气是重新顺了一遍（特别是后半部），错误及不妥的地方一共改了几十处，交岐山书局印行。稿子才交出不久，却接到小峰二月十九日的信，钱是寄来了，虽然被抹去一点零头，因为稿子并未退回，所以支票我也暂时存着，没有退去，以后小峰君又来信说，原书，译稿都可退还，叫我将支票交给袁家骅先生。我回信说已照办，并请将稿子退了回来。但如今，书和稿子，始终还没有见面！

"这初次的译稿，我不敢一定说梅川君曾经见过，虽然我想梅川君有见到的可能。自然梅川君不一定会用我们底译文作蓝本来翻译，但是第一部的译文，句法神情都很相似的这一点，不免使我有一点怀疑。因为原来我们底初译是第一部比第二部流畅得多，同时梅川君的译文也是第一部比第二部好些，而彼此神似的又就是这九个断片。在未有更确切的证明时，我也不愿将抄袭这样的字眼，加于别人底头上，但我很希望对这点，梅川君能高兴给一个答复。假如一切真是我想错了呢，前边已经说过，这些话就作为我们就要出版的单行本并非抄袭的证明。"

文词虽然极婉委曲折之致，但主旨却很简单的，就是：我们的将出版的译本和你的已出版的译本，很相类似，而我曾将译稿寄给北新书局过，你有见到的可能，所以我疑心是你抄袭我们的，假如不然，那么"这些话就作为我们就要出版的单行本并非抄袭的证明"。

其实是，照原文的论法，则假如不然之后，就要成为"我们抄袭"你的了的，然而竟这么一来，化为神妙的"证明"了。但我并不想研究这些，仅要声明几句话，对于两方面——北新书局，尤其是小说月报社——声明几句话，因为这篇译稿，是由我送到小说月报社去的。

梅川君这部译稿，也是去年暑假时候交给我的，要我介绍出售，但我很怕做中人，就压下了。这样压着的稿件，现在还不少。直到十月，小说月报社拟出增刊，要我寄稿，我才记得起来，据日本二叶亭四迷的译本改了二三十处，和我译的《竖琴》一并送去了。另外有一部《红笑》在北新书局吃苦，我是一点都不知道的。至于梅川，他在离上海七八百里的乡下，那当然更不知道。

那么，他可有鹤西先生的译稿一到北新，便立刻去看的"可能"呢？我想，是不"能"的，因为他和北新中人一个不认识，倘跑进北新编辑部去翻稿件，那罪状是不止"抄袭"而已的。我却是"可能"的，不过我从去年春天以后，一趟也没有去过编辑部，这要请北新诸公谅察。

那么，为什么两本的好处有些相像呢？我虽然没有见过那一译本，也不知所据的是谁的英译，但想来，大约所据的是同一英译，而第二部也比第一部容易译，彼此三位的英文程度又相仿佛，所以去年是相像的，而鹤西先生们的译本至今未出，英文程度也大有进步了，改了一回，于是好处就多起来了。

因为鹤西先生的译本至今未出，所以也无从知道类似之度，究竟如何。倘仅有彼此神似之处，我以为那是因为同一原书的译本，并不足异的，正不必如此神经过敏，只因"疑心"，而竟想入非非，根据"世上偏就是这点奇怪，尽有是让人意想不到的事情"的理由，而先发制人，诬别人为"抄袭"，而且还要被诬者"给一个答复"，这真是"世上偏就是这点奇怪"了。

但倘若很是相同呢？则只要证明了梅川并无看见鹤西先生们的译稿的"可能"以后，即不用"世上偏就是这点奇怪"的论法，嫌疑也总要在后出这一本了。

北平的日报，我不寄去，梅川是决不会看见的。我就先说几句，俟印出时一并寄去。大约这也就够了，阿弥陀佛。

四月二十日。

原载 1929 年 4 月 29 日《语丝》周刊第 5 卷第 8 期。
初收 1935 年 5 月上海群众图书公司版《集外集》。

《壁下译丛》小引

这是一本杂集三四年来所译关于文艺论说的书，有为熟人催促，译以塞责的，有闲坐无事，自己译来消遣的。这回汇印成书，于内容也未加挑选，倘有曾在报章上登载而这里却没有的，那是因为自己失掉了稿子或印本。

书中的各论文，也并非各时代的各名作。想翻译一点外国作品，被限制之处非常多。首先是书，住在虽然大都市，而新书却极难得的地方，见闻决不能广。其次是时间，总因许多杂务，每天只能分割仅少的时光来阅读；加以自己常有避难就易之心，一遇工作繁重，译时费力，或豫料读者也大约要觉得艰深讨厌的，便放下了。

这回编完一看，只有二十五篇，曾在各种期刊上发表过的是三分之二。作者十人，除俄国的开培尔外，都是日本人。这里也不及历举他们的事迹，只想声明一句：其中惟岛崎藤村，有岛武郎，武者小路实笃三位，是兼从事于创作的。

就排列而言，上面的三分之二——绍介西洋文艺思潮的文字不在内——凡主张的文章都依照着较旧的论据，连《新时代与文艺》这一个新题目，也还是属于这一流。近一年来中国应着"革命文学"的呼声而起的许多论文,就还未能啄破这一层老壳,甚至于踏了"文学是宣传"的梯子而爬进唯心的城堡里去了。看这些篇,是很可以借镜的。

后面的三分之一总算和新兴文艺有关。片上伸教授虽然死后又很有了非难的人,但我总爱他的主张坚实而热烈。在这里还编进一点和有岛武郎的论争,可以看看固守本阶级和相反的两派的主意之所在。末一篇不过是绍介,那时有三四种译本先后发表,所以这就搁下了,现在仍附之卷末。

因为并不是一时翻译的,到现在,原书大半已经都不在手头了,当编印时,就无从一一复勘;但倘有错误,自然还是译者的责任,甘受弹纠,决无异言。又,去年"革命文学家"群起而努力于"宣传"我的个人琐事的时候,曾说我要译一部论文。那倒是真的,就是这一本,不过并非全部新译,仍旧是曾经"横横直直,发表过的"居大多数,连自己看来,也说不出是怎样精采的书。但我是向来不想译世界上已有定评的杰作,附以不朽的,倘读者从这一本杂书中,于绍介文字得一点参考,于主张文字得一点领会,心愿就十分满足了。

书面的图画,也如书中的文章一样,是从日本书《先驱艺术丛书》上贩来的,原也是书面,没有署名,不知谁作,但记以志谢。

一千九百二十九年四月二十日,鲁迅于上海校毕记。

未另发表。

初收 1929 年 4 月上海北新书局版《壁下译丛》。

表现主义

[日本]片山孤村

目次:表现主义的超源——表现主义的世界观及人生观——精神和灵魂的推崇——表现主义的艺术观——造形美

术上从印象主义到表现主义的转移——表现主义的美学的批评——作为运动及冲动的灵魂——文学上的表现主义——小说上的表现主义——作为病底现象的表现主义——德国表现派文士

表现主义的运动,是早起于欧战初年的。当非战主义,平和主义,人道主义,民主主义,国际主义的文士们,借了杂志《行动》(Aktion)以及别的,对于战争和当时的政治,发表绝对底否认的意见,更进而将从战争所唤起的人生问题,用于文艺底作品的时候,政府是根据了战时检阅法,禁止着非战论和这一流的文艺的,因此这新文艺,只得暂时守着沉默,而几个文士,便将原稿送到中立国即瑞士去了。那时瑞士的士烈息,有抒情诗人锡开勒(René Schikele)所编的杂志《白纸》(Die Weissen Blätter),正在作其时的危险思想家的巢穴,同市的书肆拉息尔公司,又印行着《欧洲丛书》(Europäische Bücher),以鼓吹表现主义和非战论。待到千九百十八年,战争的终结及革命,这也就能在德国文坛上公然出现,满天下的青年文士,也都翕然聚集在这旗帜之下了。表现主义的杂志,除上述的两种外,还有《新青年》(Neue Jugend),《现代》(Der Jüngste Tag),《艺术志》(Kunstblatt),《玛尔萨斯》(Marsyas)等,此外属于表现主义的创作和关于表现主义的评论,也无月不有,于是这主义,便成了现时德国文坛的兴味,评论,流行的中心。

非战论者,是对于战争的背景的物质文明,机械底世界观,唯物论,资本主义等的反抗。积极底地说出来,则就是精神和灵魂之力的高唱;自我,个性,主观的尊重。评论表现主义的《戏曲界的无政府状态》(anarchie im Drama)的作者提波勒特(Bernhard Diebold),将这思想讲得最分明。他说:

"'精神'(Geist)这句话和'灵魂'(Seele)这句话,在现代受过教育的人们的日常用语上,几乎成了同义语了,但这是不足为奇的。因为至今为止,精神几乎仅在称为'智性'(Intellektualität)这下等的形式里活动。智性者,是没有观念的脑髓的作用,就是没有精神的精神。而灵魂则全然失掉,在日常生活的机械的运转上,在产业战争上,在强制国家里,成为毫无价值的东西了。各人是托辣斯化的收益机关上的轮子或螺丝钉。组织狂使个性均一。事务室,工厂,国家的人们,不过是号数。是善是恶,并不成为问题,所重的只是脑和筋肉的力量。英,美式的'时光是钱'(time is money)和贪婪者的投机心?支配了教育。古代的善美的伦理,从文明人要求美和德;在中世,是要求敬神和武勇,古典主义是要求人道。但现今的人,在社会生活上,所作为评价的标准者,却唯在对于产业战争是最有力的武器的智力。……"

"科学仗着显微镜,实验心理学仗着分析,自然派的戏曲家仗着性格和环境的描写,以研究或构成人物,但这是称为'人'的机械,不带灵魂的。于是在机械底文化时代的学者和诗人间,便全然失掉了灵魂的观念,而精神和灵魂,也就被混淆,被等视了。"

"精神者,外延底地,及于万有的极限,批判可以认识的事物,形成形而上学底的东西,排列一切,以作知识。其最为人间底者,是伦理情感(Ethos)及和这同趋于胜利的道德底自由的意志。"

"灵魂者,是内包底地,及于我们心情的最暗的神秘,和肉体作密接的联合,而玄妙地驱使着它。因为感情的盲目,灵魂是不能认识的,但以无数的本能,来辨别爱和憎。灵魂是观察,歌咏——透视一切人间的心,听良心的最深的声音和主宰世界者的最高的声音。灵魂的最贵者,是以爱为本的献身,其最后的救济,是融合于神和万有。……"

"灵魂虽然厌恶道德上的法则(戒律)和要挟其生活的律

法,鄙弃意思的意识性,但对于艺术家所给以铸造的精神底形式,是顺从地等待着的。精神则形成灵魂所纳其鼓动之心的理想的肉体。"

"立体主义和建筑术和走法(音乐的形式),古典派和形式和噶来亚哲学的存在(Scin),活动底信仰和伦理感情和意思,——凡这些,大抵是出于精神的。"

"表现主义和抒情的叫声和旋律和融解的色彩,罗曼派和表现和海拉诘利图哲学的发生(Werden),圣徒崇拜,为爱的献身,——凡这些,大抵是出于灵魂的。"

写法太过于抽象底了,但提波勒特的精神和灵魂的区别的意思,恐怕读者也懂得大概了罢。只是表现派的论客和作家,却未必一定有精神和灵魂的区别。不但如此,并且还有没却了理性和智性,恋爱和色情,感情和感觉的区别,而喜欢驱使色情和兽性的作家(如戏曲家凯撒,哈然克莱伐等,又如歌咏色情的发动及其苦恼的年青的抒情诗人等为尤甚)。但要而言之,隐约地推崇着心灵,精神,自我,主观,内界等,是全体一致的。曰:"真的形成了人类的是什么呢? 惟精神而已。"曰:"惟精神有主宰之力。"曰:"惟万能的精神,无论怎么说,总是主宰者。"曰:"灵魂和机械之战。"曰:"超绝者的启示。"也有陈述精神的超绝性的;也有称道斐希德一流的自我绝对说的。这些言说之中,种种的哲学底概念和心理学底知识的误解,混同,一知半解等,自然是不少的罢,但就大体的倾向而言,似乎不妨说,颇类于德国哲学的唯心论(Idealismus)。在这一点,则表现派的世界观,乃是一世纪前的罗曼派的世界观的复活。因此他们之中,也有流于神秘教,降神术,Occultismus(心灵教)的。而近代心理学所发见的潜在意识的奇诡,精神病底现象,性及色情的变态等,尤为表现派作家所窥伺着的题材。又,尼采和伯格森的影响,则将现实解作运动,发生,生生化化,也见于想要将这表现出来的努力上。画流水,河畔的树木和房屋便都歪斜着,或者画着就要倒掉似的市街之类,就都从这见解而来的。于是也就成为舞蹈术的尊重了,如康定斯奇(W. Kandinsky),就说:"要表现运动的全意义,舞蹈是唯一的手段。"

表现派是开首就提倡非战论,平和主义,国际主义的,则内中有许多民主主义者和社会主义者,自然不消说。在少年文士之间,仰为表现主义的先驱者的亨利曼(Heinrich Mann)和讽刺家斯台伦哈谟(Sternheim)的非资本主义,非资产阶级主义,是其中的最为显著的。但文艺之士,往往非社会底,个人主义底倾向也显著。曼和斯台伦哈谟,虽憎资产阶级如蛇蝎,而他们却并非定是社会主义者。如曼,也许还是说他是个人主义者,唯美派,颓唐派倒较为确当罢。如杂志《玛尔萨斯》,则宣传着"对于社会底的事物的热烈的敌意",以为新艺术的公众,只有个人,即竟至于提倡着孤独主义(Solipsismus)哩。

以上是表现派的世界观,人生观,社会观的一斑。我还想由此进而略谈他们的艺术论。

表现主义(Expressionismus)云者,原是后期印象派以后的造形美术,尤其是绘画的倾向的总称。这派的画家,是和自然主义或印象主义(Impressionismus)反对,不甘于自然或印象的再现,想借了自然或印象以表现自己的内界,或者竭力要表现自然的"精神",更重于自然的形相的。但到后来,觉得自然妨害艺术,以为模仿自然,乃是艺术的屈服及灭亡,终至如《印象主义和表现主义》的作者兰培格尔教授所说那样,说到自然再现(或描写)是使艺术家不依他内底冲动,而屈从外界,即自然,是将那该是独裁君主的艺术家,放在奴隶的地位的。抛开一切自然模仿罢,抛开生出空间的错觉来的远近画法罢,艺术用不着这样的骗术。艺术的真,不是和外界的一致,而是和艺术家的内界的一致,"艺术是现(表现),不是再现"(Kunst ist Gabe,nicht Wiedergabe)了。印象派的画家,是委全心于自然所给与的印象的,而表现派的画家,则因为要遂行内界表现的意思,便和自然战,使它屈服,或则打破自然,将其破片来凑成自己的艺术品。虽说是印象派的画家,但将自然的材料,加以取舍选择的自由,当然是有的,然而表现派的画家,则不但进而将自然变形,改造,如未来派(Futuresmus)和立体派(Cubismus),还将自然的物体,或则加以割开,或则嵌入几何学底图形里。

这以表现意思为本的自然的物体的变形和改造,不但在中世时代的宗教艺术,日本的绘画(称为表现派的始祖的 Van Gogh,也是日本的版画的爱好者,由此学得的并不少),东洋人,尤其是埃及人和野蛮人的创作物上,可以看见,在孩子的天真烂漫的绘画和手工品里,是尤为显著的。但在这些古代艺术或原始艺术的作品上的自然物体的改造或和自然的不相像,是无意识的,或幼稚的,或者由于写实伎俩的缺乏,即技巧上的无能力的。而近代的画家,则是意识底,是故意的。这故意不觉得是故意,鉴赏者忘其所以地受了诱引,感得了创作者所要表现的精神,则完全的表现主义的艺术,才算成就。艺术若并非自然的照相,不问其故意和无意,本不免自然的改造或变形。而谓一切艺术,是艺术家的内界的表现,也是真理。然而内界,即无形的精神,是惟有借了外界,即有形的物体,才被认识或感得的,所以在有形物体的变形或改造上,也自然有着限度。倘是借为口实,以遮掩艺术上技巧上的无能力那样的自然的变形或改进,那就不妨说,是已经脱离了艺术的约束的了。

其次——最要紧的事,是表现派将他们所要表现的"精神"(心灵,灵魂,万有的本体,核心),解释为运动,跃进,突进和冲动(前述参照)。"精神"是地中的火一样的,一有罅隙,便要爆发。一爆发,便将地壳粉碎,走石,喷泥。表现派的作品是爆发底,突进底,跃动底,锐角底,畸形底,而给人以不调和之感者,就为此。自然物体的变形和改造——在有着真的艺术底,表现底冲动的艺术家,也是不得已的内心的要求。

至于文坛上的表现派的主张和倾向,那不消说,是移植了美术界的主张和倾向的。文坛的表现主义者们，就想将画家所欲以色彩来做的东西，用言语来做。他们是和自然派，印象派正相反的极端的主观主义者。他们是"除去求客观底价值的一切，形式者，不过是表现的自然底态度。而这表现，则无非是在客观底外界的最内者（主观）的必然的映写，从了主观底法则，生长着的有机体的活动的表面，是从炽热的核心出来的温暖而有生的气息，是 Protuberanz（日蚀尽时的边缘的红光）。""唯感情的恍忽（Ekstase），唯作用于本身心灵的飞跃力的反动，才造新艺术。""诗的职务，在使现实从它现象的轮廓脱走，在克服现实。但这并非就用现实的手段，也并不回避现实，却在更加热烈地拥抱现实，凭了精神的贯穿力和流动性和解明的憧憬，凭了感情的强烈和爆发力，以征服，制驭它。"那崇尚主观，轻视现实之处，表现主义是和新罗曼派相像的，但和新罗曼派之避开自然不同，表现主义却是对于现实的争斗，现实的克服，压服，解体，变形，改造。表现派又排斥象征。他们是在搜求比起"奇怪的花纹"似的象征来，更其强烈，深刻，有着诗底效力的简洁，直截，浓厚的言语。这也是和新罗曼派的倾向之一的象征主义不同的地方。既然是表现出这样的主观状态，感情的爆发，狂喜，恍忽的言语，则其破坏言语的论理和文法（许多表现派的抒情诗和斯台伦哈谟的文章里，是省去冠词的），终至于以没有音节的叫声，孩子的片言和吃音（杂志《行动》上，就有吃音派［Stammler］的诗人）之类的东西，为最直截，最完全的主观的表现，也是自然之势了。有着这样的主张的一派，曰踏踏主义（Dadaismus），那运动也起源于战事勃发的时候，发宣言，印年报，设俱乐部，盛行宣传，但我还没有详知其内容，所以这里且不讲。只是认真的，艺术底的表现主义者，却拒斥着踏踏主义，但这是不彻底的，是矛盾的。要而言之，表现派的表现手段，即言语所易于陷入的弊病，是正如一个批评家所言，是夸张癖，"极端癖"（Manirismus des Extremen）。其实他们的文章也太强烈，太浓厚，至少，在我们外国人，是很有难于懂得的地方。

恍忽的表现,大抵是抒情诗的领域,但表现主义在小说上的立足点是怎样呢?关于这事,且译载一节忽德那的论文罢:——

"千九百年顷的小说家们,是以叙述和描写,为自己目的的,但新时代的小说家的艺术,则常有一种目标。这目标,并非先前似的是艺术(l'art pour l'art),而是生活(Leben),要进向和存在的意义相关的永远的认识去,文学要干涉人生,即要对于人生的形成,给以影响。"

"旧小说家想由他的著作,给与兴味和娱乐,新小说家则想给与感动,且使向上。前者描写外底现实,后者改造实在,而完成高尚的现实。"

"自然派和写实派因为要曝露人间的机制,探究使它发动的诸原动力,即刺激和神经和血,所以解剖人间。他们从事于心理研究,供给心理学的参考材料,他们所显示的,是以人为环境即特殊的境遇和国民底气候的奴隶。但他们将实在解释为赋与的,不可动的,不能胜的东西。他们的著作是现实的描写,是世界的映象。"

"新诗人将人放在著作的中心。惠尔莆勒(Werfel)大呼曰:'世界始于人!'然而新作家所要给与的,不是心理学,而正是心。并不想发心灵的秘密,而以心灵的发展为目的。他们并不叙述个人的受动状态,而使人行动。在自然派,人是艺术的客体,而在表现派则是主体。就是,人行动,反抗现实,和现实战斗。""人不是被造物,而是创造者。"

"先前的小说和故事的精神,只在样式(作风),现在的创作的精神,则是诗人的主义和信仰。现代的新进作家的这思想,是在战争的艰难时代,成熟于苦恼之中的。这是对于灵魂之力的信仰。而且(不以一切惨虐的经验为意)是对于仁爱的宗教,地上的乐园,人间的神性的信仰。"

这人道主义,以及跨出文艺的领域,要成实行的倾向,称为"行动主义"(Aktivismus, Aktualismus),是表现主义的显著的特色之一。也有根据了这人道主义,活动主义和超物质主义,心灵主义,来论述表现主义在教育上价值之大的。新到的一种日报上,还载着对于主张用表现主义于地理学上的效果的一部书的评论。

表现主义在德国文坛和一般思想界的势力,现在正如燎原之火一般。表现派的诗歌,绘画,雕刻,音乐,到处惊着人目。在美术,尤其是在绘画上的表现主义,听说已为有教养的人士所理解,所赏鉴了,但在野草很多的文坛,却还未必一定彻底。有人说,将来的大文艺,是必在表现主义的原野上结果的,而又有人则以为表现主义已经临近了没落的时候。还有一种显著的见解,是将表现主义当作病底现象看。有名的瑞士士烈息的心理分析学者斐斯多(Dr. O. Pfister),曾在所著的《表现派绘画的心理学底及生物学底根柢》上,叙述着自己做了主治医生,所经手的忧郁症的病人。即一个出名的表现派画家的心理分析;于是依据了那结果,将表现主义断定为精神上艺术上的病底现象。当医治这病人的期间,他曾经要他画过几回画,但全像孩子的涂鸦一般。待到详细检查了各部分,彻底底地行了心理分析之后,才知道无论那一张画,都是含有意义,表现着一种心底状态的表现主义底作品。凡所画的人物,无不歪斜,楚酷,支离灭裂,显着悲惨,残忍,悒郁,凄怆的表情。而大半是他的爱妻的肖像。病人也画了主治医生的肖像,但其支离灭裂也相同。并且画出奇怪之至的自画像来。批评道"杰作","可怕的深邃"。据病人所自述,则他是在非常的逆境里,前途绝无希望,为爱妻所弃,为人们所憎,为一切的恶意和暴力所迫害,在所有的恶战苦斗上受伤,受苦。虽然如此,但对于"和他的真自我相等的一种理想",是抱着热烈的憧憬和愉快的希望的。这就是说,他想仗着绘画,表现出这鳞伤的心底状态来,聊以自解。斐斯多更聚集了别的类似之点,归纳之而得一个断案。那是这样的——极端的表现主义的真髓,是艺术来描写他的心底状态。然而一切艺术家,尤其是表现派的艺术家,乃是苦恼的人们;大抵是和家族,社会,国家等相冲突,在现实界站不住了的人们。艺术家想逃脱这苦恼,但那手段,目下是逆行(Regression)。逆行云者,就是回到先前的发展状态去。譬如算错了烦难的计算的人,再从头算过一回似的。凡精神底地入了穷涂的人,倘再要前进时,一定遵这逆行的过程,大概又归于小儿状态。这逆行和在精神病人的不同之处,病人是永久止于小儿状态的,而这却相反,一旦达到或一地点的复归,便入了恢复期,而进行(Progression)又开始了。"从苦楚的经验得来的被外界所推开了的认识的主体,逃窜于自己的内部中,而将自己放在世界创造者的位置上。表现派艺术家的非常的自尊心,并不是自负,乃是心理上有着深的根柢的体验,也是对于被现实界所驱逐而成了孤独的人格,防其崩坏的必要的手段。"画出将要倒坏似的房子来的艺术家的灵魂,是也在将要倒坏的状态的。

以上,真不过是斐斯多的意见的一斑,但要以此来说明表现主义的文艺上的现象的全部,却未免太大胆,太小题大做了。况且精神病学者是从仑勃罗梭,梅彪斯等起,就有将异常的精神现象,只是病理学底地来解释的倾向的,斐斯多也不出此例。大约斐斯多是以为艺术的理想,只在自然的忠实的模仿或自然之真(Naturwahrheit)的罢? 对于体现着表现主义精神的中世的宗教底艺术品和日本画,他莫非也用病底现象来解释么? 这且勿论,惟他将表现主义看作精神底逆行的现象,却是有趣而适切的见解。表现主义者们,是将近代的物质底文化和由此而生的艺术,看作已经碰壁,已经破产了的,所以他们背过脸去,向了为文化和艺术本源的精神及灵魂逆行,想以这本源为出发点,更取了新的方向而进行。是从新的播种,是世界的再建,改造,革命。正如十八世纪及十九世纪的文艺革新运动,高呼"归于自然"一般,他们是高呼"归于灵魂"的 Stürmer und Dränger(飙兴浡起者)。懂得了这意思,这才明白表现主义在文艺史上的意义的。

在德国文坛上的表现派文士,非常之多,说新进文士几乎全是表现派,也可以罢。抒情诗则锡开勒,惠尔莘勒,勃海尔(Becher),蔼仑斯坦因(Ehrenstein),渥勒芬斯坦因(Wolfenstein),克拉蓬特(Klabund)等。戏曲则哈然克莱伐(Hasenclever),凯撒(Georg Kaiser)两人为巨擘。都是才气横溢的少壮诗人,这数年间,发表了十指有余的著作了。近时则望温卢(Fritz von Unruh)之才,为世所知,听说其声誉还出于老蒿普德曼(Karl Hauptmann)之上。此外,还有斯台伦哈谟,约司德(Johst),珂仑弗耳特(Kornfeld)以及死于战事,世惜其才的梭尔该(Sorge)等。小说则有蔼特勖密特(Edschmid),凯孚凯(Kafka),华勒绥尔(Walser)等。就中,蔼特勖密特的《玛瑙球》(*Die achatenen Kugeln*),是极出名的,他的关于表现主义的论文集,也为文坛所重。此外,新诗人的辈出,几乎应接不暇,仿佛要令人觉得来论表现主义,时期还未免有些太早似的。现在且暂待形势的澄清,再来作彻底底的研究罢。

译自《现代的德国文化及文艺》。

未另发表。

初收 1929 年 4 月上海北新书局版《壁下译丛》。

关于艺术的感想

［日本］有岛武郎

我想,以表现派,未来派,立体派这些形式而出现的艺术上的运动,是可以从各种意义设想的。关于这些,且一述我的感想。

曰未来派,曰立体派,曰表现派,其间各有主张;倘要仔细地讲,则不妨说,甚至于还有不能一概而论的冲突点在。但是,倘使说,这些各流派，都不满于先前的艺术的立脚点，于是以建立新的出发点的抱负，崛然而起，在这一点却相一致，那是很可以的。

然则所谓先前的艺术的立脚点，是怎样的呢？一言以蔽之，可以用印象主义来表明。若问什么是印象主义，则可以说，就是曾将一大变化给与近代的思想样式的那科学底精神，直到艺术界的延长。所谓科学底精神者，即以实证底轨范的设定，来替代空想底轨范的设定的事。换了话说，是打破了前代的理想主义底的考察法，采用现实主义底的考察法。再换了话说，则为成就了论理法的首尾颠倒。在前代，是先行建立起一种抽象底前提，从这里生出论理过程，而那结论则作为轨范，作用于人间生活的现状的。但至近代，却和这完全相反，论理先从现在的人间生活的实状出发，于是生出轨范，作为归纳底结论。这样的内部生活的变化，在实生活的上面，在思想生活的上面，都成了重大的影响，是无疑的。

这怎样地影响了呢？这是就如谁都说过一样：前代的神——人力以上的一种不可思议的实在或力——归于灭亡，而支配人生的人间底的轨范，揭示出来了。人已不由人间以上之力，换一句话，即在人间只能看作偶然或超自然之力所支配，而为一见虽若偶然，但在彻底的考察之下，却是自然，是必然的力所支配了。就是奇迹匿了影，而原因结果的理法，则作为不可去掉的实在，临于人间之上了。在这里，早没有恐怖和信仰和祈念，而谛观和推理和方法得了胜。人们先前有怀着自然外的不可思议之力，不知何时将降临于他们之上的恐怖的必要，今则已经释放；先前有对于这样的威力，应该无条件底地，盲目底地服从的要求，今则已从心中弃却；于是也就从一心祈愿，以侥幸自己的运命的冲动独立了。但对于人神都无可如何的自然律，却生了一种谛观，以为应该决心拼出自己，一任这力的支使；然而推理底地，深解了这自然律，使自己和这相适应的手段和方法，也讲究起来了。这便是科学底精神。

这确是人间生活史的一个大飞跃。因为人们将自从所谓野蛮蒙昧时代以来,携带下来的无谓的一种迷信,根本底地破坏了。前代的人,假定为自然的背后有着或一种存在,凭了他们的空相和经验的不公平的取舍,将可以证明这假定的材料,搜集堆积起来。当此之际,现代人却不探望自然的背后,而即凝视着自然这东西了。这在人类,确乎是一个勇毅的回旋运动。

这大的变化,即被艺术家的本能和直观所摄取,而成了自然主义。从理想主义(即超自然主义)而成为自然主义了。除了直视自然的诸相之外,却并无导人间的运命于安固之道。纵令不能导于安固,而除了就在这样的态度上之外,也没有别的法。于是自然主义的艺术观,自己给自己以结论。先将自然的当体,照样地看取罢,这是艺术家的态度。所谓照样地看取自然的当体者,也就是将自然给与人间的印象,照样地表现出来。在这意义上,即也可以说,自然主义和印象主义,是异语同意的。

但印象主义在本身里,就有破绽的萌芽。就是,为这主义的容体的那自然,一看虽然似乎和人间相对峙,有着不变之相,而其实却不过就是人间的投影。正如谁都知道,并非神造人,而是人造了神一样,也并非自然将印象给与人间,乃是人从自然割取了印象。可以说,人心之复杂而难于看透,是在自然之复杂而难看透以上的。其实,人并非和自然相对峙。人与自然,是在不离无二的状态中。人割取了自然的一片,而跨在这上面;在这里面看见自己;只在这里面是自己。这之外,更没有所谓人。那人割取那一片,这人割取这一片。所以人类全体共通的自然的印象这东西,其实是无论那里都不存在的,这也如前代人的超越底实在一般,不过是一个概念。凡概念,一到悟出这是概念的时候,便决不能做艺术的对象了。于是现代人便陷在不得不另寻并非概念的艺术对象的破绽里。

现代人所寻作这对象的,是在自然中看见人自己;是将自然,也就是自己这一个当体表现出来。艺术家可以摆在眼前,眺望着的对象(无论这是神或是自然),却没有。倘可以强名之为对象,则只有也就是自然的艺术家自己；只有自己解剖。然而自己解剖自己时候的态度，要用医生解剖病体似的样子，是不行的。倘自己要使自己离开自己，则就在这瞬间，自己便即灭亡，只剩下称为自然的一个概念。这样的态度，不过是印象主义的重演。因此，艺术家要说出自己的印象时，只好并不解剖自己，而仅是表现。即凭着自己而生的自己照式照样，便是艺术。假如看得"自然者，如此使人发笑"的是印象主义，则"自然如此笑着"的事，便是正在寻求的艺术主义，也就是正在寻求的艺术，俱不外乎表现。虽在印象主义的艺术上，倘无表现，艺术固然是不成立的。但这表现，不过是为要给与印象起见的一种手段，一个象征。而在表现主义的艺术，则除表现之外，什么也没有。就是这表现一味，成为艺术的。

懂得这立脚点，则称为未来派，立体派，表现派之类的立脚点，也就该可以懂得了。并不敢说：未来派的艺术，是和印象艺术逆行的。而且还主张：继承着印象主义旺盛时所将成就的事实，使那进境更加彻底。然而印象派的艺术，不但竭力反对"作为被现实的一部所拘的奴隶，不达于纯化之境，不能离开有限的客观性，只得做着翻译的勾当"，将色彩的解剖，推广到形体的解剖而已，并且成就了色彩和形态的内部底统合，又在将心热的燃烧，表现于作品全体之处，看见了使命。一到立体派，则主张着和所谓印象派艺术根本底地不能相容的事，大呼道：化学家以为相同的一杯蒲陶酒，而在爱酒者的舌上，却觉得是种种味道不同的蒲陶酒，这怎么否认呢？所痛斥的，是：出于科学底精神，概念底地规定了的可诅咒的空间和色彩的观念，不过徒然表示事物的现象。所力说的，是：事物的本质，只有仗着全然抛掉了那些概念，只凭主观的色彩和空间的端的的表现，才能实现出来。未来派是以流动为表现的神髓的，立体派是以本质为表现的神髓的，这虽是不同之处，但两派都是反抗近代的科学底精神，竭力要凭了主观的深刻的彻底，端的地捉住事物的生命，却互有相符合的共通点的。至于表现派之最强有力地代表着上述的倾向,则在这里已经无劳絮说。这些流派,正如名称所表示的一样,是不再想由外部底的印象,给事物以真生命,而要就从生命本身出来的直接的表现的。

谁都容易明白,这些所有流派的趋向,是个性对于先前一切轨范的叛逆。是久被看作现象的一分子的个性,作为独立的存在,发表主张,以为可以俨存于一个有机底的统合之中的喊声。是对于君临着个性的轨范,个性反而想去君临它的叛逆。

这伟大的现代的精神底运动,要达到怎样的发达,收得怎样的成就,赢得怎样的功绩,是谁也不知道。然而,至少,那根柢之深,并不如人们在当初所设想似的浮浅,则我是信而不疑的。为什么呢?因为我相信出现于艺术界的如上的现象,不会仅止于艺术界的缘故。科学本身——酝酿了科学底精神的科学本身,就已经为这倾向所动了。哲学已为这倾向所动。国家和个人的关系,已为这倾向所动。传统和生活的关系,已为这倾向所动。原理的相对性,即此。现象的流动观,即此。无政府底倾向,即此。虚无底倾向,即此。将这些倾向,当作仅是一时底的偶然的现象者,在我看来,是对于现代人所怀抱的憧憬和苦恼,太打了浅薄的误算了。

表现主义的勃兴,我以为又可以从别一面来观察的。这就是看作暗示着可以萌生于新兴阶级(我用这一句话,来指那称为所谓第四阶级者)中的艺术。

人们仿佛愁着新兴阶级一勃兴,艺术便要同时破产似的。我却以为这是愚蠢的杞忧。愁着这样事情的人,一定是对于艺术这句话,懂得很肤浅的。将艺术这一句话,我所想的,是在更其本质底的意味上。依我想,则凡是有人之处,就有艺术。所以无论怎样的人,形成着生活的基调——只要那人并非几乎失了生命力的人——那地方一定不会没有与其人相称的艺术,和生活一同生出来的。

如果我的臆测,算作没有错,则表现主义的艺术,在竭力要和历来的艺术相乖离的一点上，和现代的支配阶级的生活，是悬隔了的艺术。生出这样艺术来的艺术家本身，也许并非故意的罢，然而总显得在不知不识之间，对于将来的时代，做着一种准备。有如上述一样，他们是深信着惟有对于先前的艺术的一切约束，从各节竭力解放了自己，这才可以玉成自己的，而在实际上，也有了这样的结果。他们要从向来没有用过的视角，来看事物。这样的视角，是谁曾有过的视角呢？这是明明白白，希腊人未曾有，罗马人未曾有，基督教徒未曾有，中世的诸侯和骑士未曾有，近世的王侯和贵族未曾有，现代的资本家和 Dilettant（游玩艺术的人）也未曾有。那些人们，已经各有各自的艺术了，也都在我们的眼前，但无论拿那一个来看，都不是和表现派艺术相等的东西。表现派的艺术，在这些人们，恐怕是异邦的所产罢。

那么，表现主义是在那里生着他的存在的根的呢？在我，是除了豫想为新兴的第四阶级之外，再寻不出别的处所。将表现主义，看作新兴阶级就要产出的艺术的先驱的时候，我觉得这便含着种种深的意义，进逼而来了。这里有着新的力，有着新的感觉，有着新的方向，这些在将来要怎样地发达，成就怎样的工作，不能不说是值得注意的。

但我还要进一步。现在所有的表现主义的艺术，将来果可以成为世界底的艺术的基础么？究竟怎样呢？一到这里，我可不能不有些怀疑了。在我，则对于现在的表现主义，正有仿佛对于学说宣传时代的社会主义之感。虽说，从乌托邦底的社会主义，到了哲学底的，终于成为科学底的社会主义了，然而作为学说的社会主义，总不能就是第四阶级本身的社会主义（希参看《宣言一篇》）。虽说，这主义怎样地成为科学底了，然而在真的第四阶级的人们，恐怕还不过全然是一个乌托邦罢。这无非是一种对于新兴阶级的仅是摸索的尝试。和这一样，我们的表现主义，也就是在并非第四阶级的园圃中，人工底地造成的一株庭树。至少，从我看来，是这样的。克鲁巴金和马克斯的学说,在第四阶级——有时还可以有害——有所暗示的事,也许是有的罢,但真的第四阶级的生活,却并不顾及这样的东西,慢虽然慢,正向着该去的地方走。表现主义的艺术也一样,一到或一处,我恐怕会因了样子完全不同的艺术的出现,而遇到逆袭的。不能作伪的是人的心。非其人,是不会生出其人的东西来的。

一九二一年作。译自《艺术与生活》。

未另发表。

初收 1929 年 4 月上海北新书局版《壁下译丛》。

宣言一篇

[日本]有岛武郎

　　最近,在日本,作为思想和实生活相融合,由此而生的现象——这现象,是总在纯粹的形态上,送了人间生活的统一来的——,所最可注意的,是社会问题的作为问题或作为解决的运动,要离了所谓学者或思想家之手,移到劳动者本身的手里去了。我这里之所谓劳动者,是指那在社会问题中,最占重要位置的劳动问题的对象,即称为第四阶级的人们;是指第四阶级之中,特是生活于都会里的人们。

　　假使我的所想没有错,则上文所说似的意思的劳动者,是一向将支配自己们的一种特权,许给学者或思想家了。以为学者或思想家的学说或思想,是领导劳动者的运命,往向上底方向去的,说起来,就是怀着迷信。而骤然一看,这也确乎见得这样。为什么呢?因为当实行之前,不能不斗辩论的时候,劳动者是极拙于措辞说话的。他们无法可想,于是在不知不觉中,只好委托了代辩者。不仅是无法可想而已,他们还至于相信这委托的事,乃是最上无二的方法了。学者和思想家,虽然也从自以为劳动者的先觉或导师的矜夸的无内容的态度里,觉醒了一些,到了不过是一个代辩者的自觉,但还怀着劳动问题的根柢底解决,当成就于自己们之手的觉悟。劳动者们是受着这觉悟的一种魔术底暗示的。然而,由这迷信的解放,目下是仿佛见得向着成就之路了。

劳动者们,已经开始明白了人间的生活的改造,除却用那生根在生活里的实行之外,没有别的法。他们开始觉得,这生活,这实行,在学者和思想家那里是全然缺少的,只在问题和解决的当体的自己们这里,才有。他们开始觉得,只有自己们的现在目前的生活这东西,要说是唯一的思想也可以,要说是唯一的力量也可以。于是思想深的劳动者,便要打破向来的习惯,不愿意将自己们的运命,委托于过着和自己们的生活不同的生活,而对于自己们的身上,却来说些这个那个的人们的手里了。凡所谓社会运动家,社会学者之所活动之处,他们是睁着猜疑之眼。纵使并不显然,但在心的深处,这样的态度却在发动。那发动的模样,还很幽微。所以世人一般不消说,便是早应该首先觉到这事实的学者和思想家们自己,也似乎没有留心到。然而如果没有留心到,那就不能不说,这是大大的误谬。即使那发动的模样还很幽微,然而劳动者已经开始在向着这方向动弹,则在日本,是较之最近勃发了的无论怎样的事实,都要更加重大的事实。为什么呢? 这自然是因为应该发生的事,开始发生了。因为无论用怎样的诡辩也不能否认的事实的进行,开始在走它该走的路线了。国家的权威,学问的威光,都不能阻止的罢。即使向来的生活样式,将因了这事实而陷于非常的混乱,虽说要这样,但当然应该出现而现出来了的这事实,却早已不能按熄了罢。

曾在和河上肇氏第一次见面时(以下所叙的话,是个人底的,所以在这里公表出来,也许未免于失当,但在这里,姑且不管通常的礼仪),记得他的谈吐中,有着这样意思的话:"我对于在现代,和什么哲学呀,艺术呀有着关系的人,尤其是以哲学家呀,艺术家呀自命,还至于以为荣耀的人,不能不觉得可鄙。他们是不知道现代是怎样的时代的。假使知道，却还沉酣于哲学和艺术中，则他们是被现代所剩下来的，属于过去的无能者。如果他们说：'因为我们什么也不会做，所以弄着哲学和艺术的。请在不碍事的处所，给我们在着罢。'那么，也未必一定不准。倘使他们以十分的自觉和自信，主张着和哲学呀艺术呀相连带，则他们简直是全不知道自己的立脚地的。"我在那时，还不能服服帖帖地承受他的话，就用这样的意思的话回答他："如果哲学家或艺术家，是属于过去的低能者，则并不过着劳动者生活的学者思想家，也一样的。要而言之，这不过是五十步和百步之差罢了。"对于这我的话，河上氏说："那是不错的。所以我也不敢以为当作社会问题研究者，是最上的生活。我也是一面对着人请求原谅，一面做着自己的工作的。……我对于艺术，原有着很深的爱好。有时竟至于想，倘使做起艺术上的工作来，在自己，一定是愉快的罢。然而自己的内部底要求，却使我走了不同的路了。"必要的两人的会话的大体，就是这样，大抵罄尽于此了。但此后又看见河上氏的时候，他笑着对我说："有人批评我，以为是烘着火炉发议论的人，确乎很不错的。你也是烘着火炉发议论的人罢。"我也全然首肯了这话。在河上氏，当这会话的时候，已经抱着和我两样的意见的罢，但那时的我的意见，却和我目下的意见颇为不同。假使河上氏现在说出那样的话来，我大概还是首肯的，然而这首肯，是在别一种的意义上。假使是现在，对于河上氏的话，我便这样地解释："河上氏和我，虽有程度之差，但同是生活在和第四阶级全然不同的圈子里的人这一节，是完全一样的。河上氏如此，我也一样，而更不能和第四阶级有什么接触点。如果我自以为对于第四阶级的人们，能够给与一些暗示，这是我的谬见；如果第四阶级的人们，觉得从我的话，受了一些影响，这是第四阶级的人们的误算。全由第四阶级者以外的生活和思想所长养的我们，要而言之，是只能对于第四阶级以外的人们有关系。岂但是烘着火炉发议论而已呢。乃是全然没有发什么议论。"

我自己之流，是不足数的。假如一想克鲁巴金似的特出的人的言论，也这样。即使克鲁巴金的所说，对于劳动者的觉醒和第四阶级的世界底勃兴，有着怎样的力量罢，但克鲁巴金既不是劳动者，则他要使劳动者生活，将劳动者考索，使劳动者动作，是不能够的。好像是他所给与于第四阶级者，也不过是第四阶级的并非给与，原来就有的东西。总有一个时候，第四阶级要将这发挥出来的。如果在未熟之中，却由克鲁巴金发挥了，则也许这倒是不好的结果。因为第四阶级的人们，是即使没有克鲁巴金，也总有一个时候，要向着该去的处所前进的。而且这样的前进，却更坚实，更自然。劳动者们，是便是克鲁巴金，马克斯似的思想家，也并非看作必要的。也许没有他们，倒可以较为完全地发挥他们的独自性和本能力。

那么，譬如克鲁巴金，马克斯们的主要的功绩，究竟在那里呢？说起来，据我之所信，则在对于克鲁巴金所属（克鲁巴金自己，也许不愿意如此罢，但以他的诞生的必然，不得不属）的第四阶级以外的阶级者，给与了一种觉悟和观念。马克斯的《资本论》，也一样的。劳动者和《资本论》之间，有什么关系呢？为思想家的马克斯的功绩，最显著者，是在使也如马克斯似的，在资本王国所建设的大学里卒了业的阶级的人们，加以玩味，而对于自己们的立脚点，闭了觉悟的眼。至于第四阶级，是无论这些东西的存在与否，总要进向前进之处的。

此后，第四阶级者或将均沾资本王国的余庆，劳动者将懂得克鲁巴金，马克斯及其他的深奥的生活原理，也说不定的。而且要由此成就一个革命，也说不定的。然而倘使发生了这样的事，我便不能不疑心到那革命的本质上去。法国的革命，虽然说是为民众的革命而勃发的，但只因为是和卢梭，服尔德辈的思想有缘而起的革命，所以那结果，依然归于第三阶级者的利益，真的民众即第四阶级，却直到今日，仍被剩下在先前的状态上了。看现在的俄国的状态，觉得也有这缺憾似的。

他们虽说是以民众为基础,起了最后的革命,但俄国民众的大多数的农民,却被从这恩惠除开,或者对于这恩惠是风马牛,据报告所说,且甚至于竟有怀着敌意的。因了并非真的第四阶级所发的思想或动机,而成功了的改造运动,也只好走到当初的目的以外的处所,便停止起来罢。和这一样,即使为现在的思想家和学者的所刺激,发生了一种运动,而使这运动发生的人,即使自己以为是属于第四阶级者,然在实际,则这人,恐怕也不过是第四阶级和现在的支配阶级的私生儿罢了。

总而言之,第四阶级已将自己来思想,来动作这一种现象,是对于思想家和学者,提出着可以熟虑的一个大大的问题。于此不加深究,而漫以指导者,启发者,煽动家,头领自居的人们,总有些难免置身于可笑的处所。第四阶级已经将那来自别阶级的怜悯,同情,好意,开始发还了。拒却,或促进这样的态度,是全系于第四阶级本身的意志的。

我是在第四阶级以外的阶级里出世,生长,受教育的。所以对于第四阶级,我是无缘的众生之一人。因为我绝对地不能成为新兴阶级者,所以也并不想请给我做。为第四阶级辩解,立论,运动之类那样的蠢极的虚伪,也做不出来。即使我此后的生活怎样变化,而我终于确是先前的支配阶级者之所产,则恐怕无异于黑人种虽用肥皂怎样地洗拭,也还是不失其为黑人种一样的罢。因此,我的工作,大概也只好始终做着诉于第四阶级以外的人们的工作。世间正在主张着劳动文艺。又有加以辩护,鼓吹的评论家。他们用了第四阶级以外的阶级者所发明的文字,构想,表现法,漫然地来描写劳动者的生活。他们用了第四阶级以外的阶级者所发明的论理,思想,检察法,以临文艺作品,区分为劳动文艺和不然的东西。采取这样的态度,我是断乎做不到的。

如果阶级争斗是现代生活的核心,这是甲,也是癸,则我那以上的言说,我相信是讲得正当的言说。无论是怎样伟大的学者,或思想家,或运动家,或头领,倘不是第四阶级的劳动者,而想将什么给与第四阶级,则这分明是僭妄。第四阶级大概只有为这些人们的徒然的努力所捣乱罢了。

一九二一年作。译自《艺术与生活》。

未另发表。
初收 1929 年 4 月上海北新书局版《壁下译丛》。

阶级艺术的问题

[日本]片上伸

一

第四阶级的艺术这事,常常有人说。无产阶级的艺术将要新兴,也应该兴起的话,常常有人说。然而,所谓无产阶级的艺术,是什么呢?那发生创造,以什么为必要的条件呢?还有,这和现在乃至向来的艺术的关系,又是怎样的呢?

第四阶级的新兴,已经是事实。他们已经到了要依据自己内发之力,而避忌那发生于自己以外的阶级的指导底势力,也是事实。第四阶级之力,迟迟早早,总要创造自己内发的新文化,是已没有置疑的余地的了。在或种意义上,也可以说得,即使不待那出于别阶级的人们的"指导"和"帮助"和"声援",大约也总得凭自己的力,来创造自己所必要的新生活,新文化。而这新文化,一定要产生新艺术,也是并无疑义的。以上,或是事实,或是根据事实的合理底豫望。

但是,无论由怎样偏向的眼来看,第四阶级自己内发之力所产生的新文化的事实,却还没有。第四阶级自己内发之力所产生的新艺术的事实,也还几乎并没有。所谓第四阶级的艺术,在现今,几乎全然不过是豫望。谓之几乎者,就因为总算还不是绝无的缘故。就是,无非是根据了过去现在的艺术上的事实,和决定将来的文化方向的阶级斗争的事实,以豫望此后要来的艺术上的新面目。还不过仅仅依据着最近在俄国的第四阶级所产的艺术的事实,以考占将来的新艺术的特兆。也就是,当此之际的豫望,是成立于根据了将要支配那将来的文化的阶级斗争的意义,以批判过去现在的艺术上的事实之处的。

二

从古以来,所谓第四阶级出身的艺术家,并非绝无。这些艺术家,以属于自己这阶级的生活为题材的事,亦复不少。而那艺术的鉴赏者,在第四阶级里,也并非绝无。以题材而言,以作者而言,更以鉴赏者而言,属于第四阶级者,并不是至今和艺术毫无关系的。但是,在事实上,属于第四阶级者之为作者,为鉴赏者,则无不是例外。虽然可以作为例外,成了作家,而鉴赏者,则几乎完全属于别阶级。所以属于第四阶级者的生活,其被用作题材者,乃是用哀怜同情的眼光来看的结果,全不出人道主义底倾向的。第四阶级的艺术之从新提倡,即志在否定这使那样的例外,能够作为例外而发生的生活全体的组织,打破这承认着人道主义底作风之发生的生活全体的组织。在艺术上,设起阶级的区别来,用起标示阶级底区别的名目来,虽然未必始于第四阶级即无产阶级的艺术,但"贵族底"呀"平民底"呀这一类话,却已经没有了以重大的特殊的意义,来区别艺术的力量,能如现今的"无产阶级"这一句话了。发生于王侯贵族的特权阶级之间的艺术,发生于富人市民之间的艺术,其间自然也各有其阶级底的区别的,但这些一切,是一括而看作和无产阶级的艺术相对的特殊的有闲有产阶级的艺术。发生于特殊的有闲有产阶级之间的艺术,是自然地生长发达起来,经过了在那特殊的发生条件的范围内,得以尝试的几乎一切的艺术的样式和倾向的。无论是古典主义,是罗曼主义,是写实主义乃至自然主义,或是象征主义,凡各种艺术上的样式和倾向,总而言之,在以特殊有闲有产阶级的俨存,发挥着势力的事,作为发生条件这一点上,则无不同。从这一点着眼,则无产阶级的艺术者,豫想起来,是将这发生条件否定,打破,而产生于全然别种的自由的环境之内的。至少,也可以豫想,当否定一切向来使旧艺术能够发生的社会底事情乃至条件,而产生于反抗这些的处所。无产阶级的艺术是否先以反抗底,破坏底,咒诅底的形式内容出生,作为最初的表现的样式倾向,骤然也难于断言。但无产阶级的艺术将有其自己的样式倾向,将产生自己的可以称为古典主义的东西,于是又生出自己的可以称为罗曼主义,或是写实主义乃至自然主义的东西来,却也并非一定不许豫想的事。也许这些东西,用了完全两样的名目来称呼罢。但可以豫想,只要在用了那些名目称呼下来的种种艺术上的样式倾向的精神里,有着生命,则对于艺术发生的条件所给与的自由,将在无产阶级艺术的世界上,使这些的生命当真彻底,或是苏生的罢。无产阶级的艺术,在那究竟的意义上,不会仅止于单是表现阶级底反感和争斗的意志的。要使在仅为特殊的阶级所有,惟特殊的阶级,才能创作和鉴赏艺术那样的社会情状之下,发生出来的不自由的艺术,复活于能为一切人们之所有的社会里,就是为了对于创作和鉴赏,给他恢复真自由,全人类的自由,在这一种意思上,说起究竟的意义来,则拘泥于仅为一阶级的限制的必要,是不必有的。

三

　　好的艺术,无关于阶级的区别,而自有其价值之说,是不错的。然而上文所说无产阶级的艺术,那究竟的意义,是并无拘泥于仅为一阶级的限制的必要的话,却未必可作在凡有好的艺术之前,阶级的区别无妨于鉴赏这一种议论的保证。发生于特殊有闲有产阶级之间的艺术,而尚显其好者,是靠着虽在作为真的自由的艺术的成立条件,是不自由不合理的条件之下,还能表现其诚实之力的雄大的天才之光的。然而这事实,也并非艺术只要听凭那发生和成立的社会条件,悉照向来的不自由不合理,置之不顾便好的意思。属于无产阶级的人们,到社会组织一变,能够合理底地以营物质上的生活的时代一来,于是种种不合理和矛盾,不复迫胁生活的时代一来,大约就也能够广泛地从过去的艺术中,去探求雄大的天才之光了。从少数所独占了的东西中,会给自己发见贵重的东西的罢。将要知道人们虽然怎样地惯于不合理的生活,习以为常的坦然活下来的,虽然这事已经有了怎样久,其心却并不黑暗,也不是全无感觉的罢。将要看出那虽不自然不合理之中,也还有灵魂的光,而对于过去的天才之心,发生悲悯,哀怜,并且觉得可贵的罢。这大概正和有产阶级的艺术家,从现在的浮沉于不自然不合理的生活中的无产阶级那里,看出了虽在黑暗中,人类的灵魂之光并未消灭,而对于那被虐的心,加以悲悯,哀怜,贵重,是相像的。这样的时代的到来,也并非不能豫想的事。至少,这豫想的事,也不能说是不合理的。然而无产阶级的艺术,既在彻底底地将艺术的发生成立的条件,置之自由的合理底的社会里,则在无产阶级,有产阶级艺术的发生成立的条件不待言,便是那内容和形式,也不免为不自由的东西,就是不能呼应真的心之要求的东西了。无产阶级,对于不能呼应自己的心之要求的艺术,是加以否定,加以排斥的。于是豫想着这否定和排斥,声明自己的立场,自行告白是有产阶级的艺术,说是无可如何而固守着先天的境遇,以对不起谁似的心情,自说只能作写给有产阶级看的艺术,也确乎是应时的一种态度,一种觉悟罢。(有岛武郎氏《宣言一篇》,《改造》一月号。)这所谓宣言(我不欢喜这题目的像煞有介事),固然不能说是不正直;出于颇紧张诚恳的心情,也可以窥见。

但不知从什么所在，也发出一种很是深心妙算之感来。有岛氏是属于有产者一阶级的人，原是由来久矣。他的作品，是诉于有产阶级的趣味好尚一类的东西，大概也是世间略已认知的事实罢。然而这样说起来，则现在的艺术的创作者，严密地加以观察而不属于有产阶级的人，又有几个呢。非于有产阶级所支配的社会里，拥有鉴赏者，而在其社会情状之下，成立自己的艺术的人，是绝无的。以这一点而论，也并非只有有岛氏是有产阶级，也并非只有他的作品，是仅有诉于有产阶级的力量。然而这样的人们的众多，使有岛氏安心，对于自己的立场，又不能不感到一种疑虑，是明明白白的。既然并非只有有岛氏是有产者，而要来赶快表明自己的立场者，在这里可以看见或种的正直，诚恳，一种自卫上的神经质，而同时也显示着思路，尤其是生活法的理智底的特质倾向。以议论而论，是并非没有条理的。成着前提对，则结论也不会不对的样子。自己之为有产者，恰如黑人的皮肤之黑一样，总没有改变的方法。所以自己的艺术，仅诉于有产者。和无产阶级的生活，是全然没交涉的。两者之间，有截然的区别，其发生一些交涉者，要而言之，不过是私生儿。所以第四阶级的事，还是一切不管好。凡来参与，自以为可以有一点贡献的，是僭妄的举动。——氏的思想的要点就如此。

确是很清楚。简单明了的。这样一设想，则一切很分明，自己的立场也清楚，有了边际，似乎见得此后并不剩下什么问题了。就如用了有些兴奋的调子，该说的话，是都已经说过了而去的样子。

但是，仅是如此，岂真将问题收拾干净了么？至少，有岛氏心中的他自己所说的“实情”，岂真仅是这样，便已不留未能罄尽的什么东西了么？

四

有岛氏说，是由有产和无产这两阶级的对立，豫想到在艺术上，也有这两者的对立，于是从"思想底的立场"而论的。他说，在事实上，虽然两者之间，有几多的复杂的迂回曲折，有若干的交涉，但在思想底地，则这两者是可以看作相对抗的。确是如此。然而他未曾分明否定有产阶级的艺术，而对于无产阶级的艺术，也并不他之所谓思想底地，要说得平易，就是作为要求实现那究竟理想的具体底的形态和方向，有所力说和主张；他似乎是承认第四阶级的艺术必将兴起，也有可以兴起的理由的，但又明说着和自己没交涉，无论从那一面，都不能出手的意思的话。就是一面承认了就要兴起的新的力，却又分明表白，自己和这新的力，是要到处回避着交涉，而自信这回避之举，倒是自己的道德，除了生活在向来的，即明知为将被否定，将被破坏的世界上以外，再没有别的法，并且这就可以了。

而作为理由的，则是说，因为"相信那（新）文化的出现，而发见了自己所过的生活，和将要发生那文化的生活并不一样的人"，是不应该"轻举妄动，不守自己的本分，而来多事"的。（东京《朝日新闻》所载《答广津氏》。）

真是这样的么？岂真如他之所说，"发见了自己所过的生活，和将要发生新文化的生活并不一样的人"，就始终"应该明白自己的思想底立场，以仅守这立场为满足"的么？从有岛氏看来，仿佛俄国革命的现状，那纷乱和不幸，就都是为了智识阶级的多事的运动，即"误而轻举妄动，不守自己的本分，而来多事"，于是便得到"以无用的插嘴，来混浊应是纯粹的思想的世界，在或一些意义上，也阻碍了实际上的事情的进步的结果"似的。关于俄国智识阶级在革命运动上的功过，可有种种的批评，然而那样的片面底的看法，却不能成立。在他的看法上，是颇有俄国反动保守派的口吻的。我原也并非看不见俄国智识阶级的许多失败和错误，但也不能以为既非农民，也非劳动者的智识分子的工作，是全然无益有害。试将这作为事实的问题，人真能如有岛氏所言，当打开新生活的兴起之际，却规规矩矩，恪守自己的本分么？能冷静到这样，只使活动自己防卫的神经么？能感着"危险"，而抑塞一切的动摇，要求，主张，兴奋，至于如此么？即使是怎样"浸透了有产阶级的生活的人"，只要还没有因此连心髓都已硬化，还没有只用了狐狸似的狡狯的本能，而急于自救，那里能够连自己的心的兴奋，也使虔守于一定的分内呢？虽然人们各异其气质，但这地方的有岛氏的想法，是太过于论理底，理智底，有未将这些考察，在自己的感情的深处，加以温热之憾的。假使没有参与新生活的力量，将退而笃守旧生活罢，只要并不否定新生活，则在这里，至少，对于自己的心情的矛盾，不该有不能平静的心绪会发动起来么？我并不是一定说，智识阶级应以新文化建设的指导者自任。然而不以指导者自任，岂就归结在和那新文化建设是没交涉，无兴味，完全不该出手，这于人我都有危险这一点呢？至少，在这里就不能有一些不安和心的惆怅么？从一面说，也可以说有岛氏是毫不游移的；但从另一面说起来，却也能说他巧于设立理由，而在那理由中自守。正如他自己说过那样，他的话，是无所谓傲慢和谦逊的罢。独有据理以收拾自己的心情之处，是无非使他的说话肤浅，平庸，干燥，似乎有理，而失了令人真是从心容纳之力的。

有岛氏将思想的特色说给广津氏，以为特色之一，是飞跃底；社会主义的思想也在迫害之中宣传，在尚早之时豫说，这思想，是既非无益，也非徒劳，"为什么呢？因为纯粹的人的心的趋向，倘连这一点也没有，则社会政策和温情主义，就都不会发生于人们的心中的。"（《东京朝日新闻》所载《答广津氏》。）从这意见看起来，则社会主义思想的先辈们所说的事，他似乎也并不以为无益或有害。而一切社会主义思想家，并不全出于无产阶级，大概也应该早已知道的罢。但竟还要说，他们应该不向和自己没交涉的兴于他日的无产阶级去插嘴，退而谨慎自甘于有产阶级的分内么？还是以为这是有使有产阶级觉悟自己后日的灭亡的效果的呢？如果在于后者，则岂不觉得较之谨守自己的立场，倒是虽然间接底地，还是那努力之不为无益呢？对于"改悔的贵族"，那发见了自己的立场，是有产阶级的立场之不自然不合理，虽然不能全然改换其生成的身分和教养，然而对于那不自然不合理，尚且竭力加以排除，否定，并且竭力来主张这否定，以这精神过活，以这精神为后起无产阶级尽力的人们，从有岛氏看来，以为何如呢？莫非他们倒应该不冒人我两皆无益有害的多事的危险，而谨慎地满足于自己生成的立场么？他的论法，是无论如何，非使他这样地说不可的。并不为了自己目前的安全，保自己的现在，而用了那么明白简单的推理，以固守自己向来的立场的他们，在有岛氏的眼睛里，是见得不过是愚蠢可怜的东西而已么？

　　我并非向有岛氏说，要他化身为无产阶级，也非劝其努力，来做于他是本质底地不可能的无产阶级的艺术。只是对于他的明知自己是有产者，却满足而自甘于此之处，颇以为奇。他的艺术，至少，是应该和那《宣言》一同，移向承认无产阶级之勃兴，而自觉为有产者的不安和寂寞和苦恼的表现的。我以为应该未必能只说是"因为没有法，我这样就好"而遂"甘心""满足"。只据他所已写的话，是只能知道他此后的态度，也将只以有产阶级为对手的，然而如果那意思，是有岛氏一般的有产者的寂寞和苦恼的诉说，则他的艺术，将较先前的更有生气，更加切实。究竟是否如他自己所说，和无产阶级是全然没交涉呢，即使姑作别论，而在现代的有岛氏的艺术的存在，是当在和他自己明说是不能漠不关心的时代的关系上，这才成为切实的东西的。然而，在有岛氏的文章里面，则足以肯定这豫想推测的情绪和口吻，似乎都看不见。

五

　　关于无产阶级的艺术或是所谓阶级艺术，在大约去今十年以前的俄国文坛上，也曾议论过。那时的议论，是和智识阶级的思想倾向任务之论相关联，而行于劳动者出身的凯理宁，犹锡开微支（和小说家的犹锡开微支是别一人）等人之间的。这当时之所论，大概倒在以无产阶级为题材的艺术的问题,但也说及这称为无产阶级艺术者之中,多是倾向底,且较富于煽动底时事评论底的内容的事。无产阶级的自觉,那斗争意识愈明确,那思想愈是科学底,则愈使以或种意义和这斗争相接触的人们,归入争斗的一路或那一路。这态度的明确,为斗争,为论争,为煽动,是必要的,是加添力量的,但为艺术的创造,却是不利。然而,阶级斗争者,是现在无产阶级的意识的中心,所以在无产阶级的艺术中,这斗争的意识,便自然不得不表现。但艺术的创造,从那心理的本质上,从那构成上,是都以全人类的把握为必要条件的。在或一时代,艺术也自然会带些阶级底的色彩的罢。但这是从艺术家将含有阶级底色彩的东西,作为全人类底,而加以把握的幻象所生的结果。无论何时何地,在艺术的创造上,这全人类底幻象,是必要的。而无产阶级,则借了对于旧来的社会思想的那严肃的合理底的分剖解析之力,将这全人类底幻象,加以破坏。于是从无产阶级的科学底理智底的斗争意识,要在艺术上来把握新的全人类底幻象,便非常困难了。以上所说那样的意思的话,是犹锡开微支的论中的一节,但要而言之,却不妨说,从这些议论里,关于无产阶级艺术的本质,也几乎得不到什么确切的理解。除了说是倘不到无产阶级的争斗意识已经缓和之后,倘不到从论战底的气度长成为更自由的气度之后,也就是倘不到从理知底科学底的斗争意识,在情绪的灵魂的世界里,发见新的生活的安定之后,则无产阶级的艺术,未必会真正产生的那些话之外,凡所论议,几乎全是说以无产阶级为题材之困难。而那时,那艺术的作者,好像未必定是无产阶级自己。这些处所,那时的议论是尚属模胡的。

六

将这事就俄国的文学来看,大约在十九世纪的末期,俄国文学所取之路凡二。其一,是摄取人生的种种方面。昔人所未曾观察未曾描写的方面,多角底地作为题材。又其一,是新的形式的创造。作为题材的人生的方面,是即使这已曾有人运用了,也仍取以使之活现于更其全部底情绪之上,再现为更其特殊的综合底之形。从十九世纪末到二十世纪革命以前的文学,是大概沿着这两条路下来的。描写了人生的极底,描写了自由的放浪者的生活,描写了在除去文明的欺骗而近于天然的生活之间,大胆地得意地过活的人们的姿态的戈理基的罗曼主义;从反抗那专心于安分守己的俄国的平庸主义的精神,而在自传底作品里,歌唱了那革命底气魄的戈理基的写实主义;将军队的生活,或则黑海的渔夫的生活,或是马戏戏子的生活,都明确精细地描写了的库普林的色彩丰饶的写实主义;以真实的明亮的而富于情趣的眼睛,将垂亡的贵族阶级的运命的可笑和可怜,用蕴蓄着腴润和优婉之笔,加以描写的亚历舍·托尔斯泰(alexei Tolstoi)的写实主义;运用了性和死的问题的阿尔志跋绥夫;恶之诗人梭罗古勃;歌唱了灵魂的秘密,那黑暗的角角落落的安特来夫:这些人,无论那一个,就都是想在探求人生的道上,捉住一个新方面,新视角的。

　　想在艺术上,创造新形式的运动之中,描写了照字面一样的人生之缩图的契诃夫,确可以看作那先驱者。纤细,简净,集注底的笔致,其中还有细心的精选,有精力的极度的经济。这便是,成为象征底,使描写的努力极少,而表现的结果却极多。在那作品上,与其看见事实的变化和内面生活的复杂和深奥,倒在从一刹那的光景里,看见宝玉一般的人生的诗。以综合底,全部底之味,托出细部的难以捕捉的之味来。置重于气度,置重于炼词。发生了不能翻译的音乐,内面律。这倾向,便成了想将一切的题材,就从其一切的特征来表现。于是便致力于个性底特殊的表现了。追技巧之新,求表现之独创。未来派也站在这倾向上的,对于一切旧物的憎恶,是这技巧派的特色。造出了一些将旧来的语根结合起来的新语。一定要将这贬斥为奇矫而不可解,是不能的。

表现的技巧的紧缩洗炼,被集注于最根本底的心情;即综合底的心情的表现。蔼罕瓦尔特(Eichenwald)所谓创作由作者和读者的协力而生效果之说,在这技巧派是最为真确的。普遍底综合底的根本底的表现,即不必以外面的差别底细叙为必要。所表现的是人生之型,非偶然底一时底而是永远的东西,全部底的东西。如安特来夫的戏剧便是这。

这技巧和形式的洗炼,压倒了内容,于是又想克服它,而沉湎于奇幻的,纤细的,难以捕捉的心情里;和这相对,探求着和人生的新事实相呼应的魂的真髓者,是世界大战前后的俄罗斯文学界的实状。在俄国,是文学上的转机和社会生活的转机,略相先后,出现了那气运的萌芽的。对于过去的人生的综合,从新加以分析批判的要求;在过去的生活中,随处显现的腐败,自弃,姑息的满足,灭亡的悲哀,反抗和破坏的呻吟,一时都曝露于天日之下,将这些加以扫荡的狂风,即内底和外底的革命,便几乎一时俱到了。旧来的文化的破坏,许多的生命的蹂躏,智力生活的世界底放浪:俄国革命的结果,先是表现于这样的方面。

七

革命以后,成了无产阶级的世界的俄园的艺术方面的生活,说是现今还在混沌而不安不定的状态里,大约也是事实罢。俄国的现状,对于艺术方面的繁荣,不能是好景况,那自然是一定的。而且在出版事业极其困难的现在的俄国,从千九百十八年到千九百二十年之间。出版的纯文艺方面的书籍(并含诗歌,小说,戏剧,儿童文学,文艺批评,文艺史,艺术论等;也含古典及既刊书的重印在内),是三百六十五种,其中纯文学上的作品计三百三种,那大半是诗集。而诗的作者之中,则有许多新的劳动者,单是已经知名的人,就有三十人内外(据耶勖兼珂教授所主宰的杂志 *Russkaia Kniga* 及美国的

Soviet Russia 杂志的记事）。但并非凡有作诗的人们，全都发表了那作品的，从这事情推想起来，可知新出于现在的俄国的无产阶级诗人，实在颇为不少。这些诗人互相结合，已经成立了墨斯科诗人同盟，且又成立了全俄诗人同盟。也印行着四五种机关杂志。因为这些诗人之作，是几乎不出俄罗斯国外的，所以我的所知，也不过靠着俄国人在柏林，巴黎，苏斐亚各地所办的杂志报章的断片底的转载的材料。但那诗的一切，几乎全不是破坏底，复仇底，阶级憎恶底之作，而是日常的劳动的赞美，劳动者的文化底意义的浩歌，热爱那充满着神奇之光和科学底奇迹的都会生活和工场之心的表现。都会者，是伟大的桥梁，由此渡向人类的胜利和解放；是巨大的火床，由此铸造幸福的新的生活。新时代的曙光，从都会来。工场现在也非掠夺榨取之所了，这里有劳动的韵律，有巨大的机器的生命的音乐。劳役是新生。这里有催向生活和日光和奋斗努力的强有力的号召。有自己的铁腕的夸耀，有催向集合协力的信赖——是用这样的心情歌唱着的。就中，该拉希摩夫，波莱泰耶夫等人的诗，即可以视为代表底之作。

由这些无产阶级诗人的诗，所见的艺术上的特色，分明是客观底，是现实底，而且明确。由空想底的纤细而过敏的神经和官能之所产的一种难以捕捉的心情的表现，和这相连的技巧的洗炼雕琢，这些倾向，全都看不见了。和这倾向的末流相连带的复杂，模胡，病底颓唐底神秘底的一切东西，在这里都不能看见。来替代这些的，是简素，明晰，以及健康充实之感。较之形式，更重内容。从俄国文学发达上看来，这事实，分明是对于从十九世纪末到二十世纪的主观底病底神秘底象征主义的倾向的反动。即回向写实主义精神的归还。病底的纤细过敏的技巧，要离开了具体底的事象，来表现一般普遍底抽象底的东西的本质，这则作为对它的反抗，是客观底的，确切的现实生活的价值的创造。这也可以说，是向着一向视为俄国文学的传统的那"俄罗斯写实主义"的创始者普式庚的复归。其实，革命前的俄国的诗,是因了极端的个性别意识,差别意识,而自我中心底的不可解的倾向,颇为显著的。以明晰为特色的无产阶级的诗,对于这个,则可以说,是集合底,协力底,建筑底。还有,极端的个性别倾向,是因为限住自己,耽悦孤独,而陷于无力的女性底的神经过敏了,对于这个,则也可以说,无产阶级的新诗,是男性底,健斗底,开放底。凡这些,虽然许多无产阶级新诗人的作品还是幼稚未熟,但其为显著的共通的特色,却可以分明看见的。

作为无产阶级艺术的现今俄国新诗人之作,在此刻,恐怕是世界上的唯一的东西罢。这些无产阶级的文学者,听说也别有小说,戏剧的作品的,但都未曾传播。他们是否能成将来的俄国文学的确固的基础,是否能算作代表无产阶级艺术的东西,凡这些事,现在都无从断定。但是,至少,这些纯然的无产阶级艺术,并非单从革命和无产阶级的秉政,偶然突发地发生起来的东西,则只要看上文所叙的事,便该会自然分明了。就是,从这新艺术的特色,是颇为大胆地,明快地,将革命以前的俄国文学的倾向,加以否定,排斥,破坏的事看来,也就可以知道。而这新诗的特色,还在先前的诗人们,例如伊凡诺夫(Uiatchslav Ivanov),玛亚珂夫斯奇(V. V. Maiakovski)以及别人之上,给了显明的影响云(据最近还在墨斯科的诗人兼评论家爱伦堡的 *Russkaia Kniga* 第九号上的论文)。以上的事实,所明示的,岂非即是无产阶级的艺术,其发生成立的条件,是见之于社会阶级的斗争的结果中;而同时,那作为艺术的特色之被创造,也仍然到底是艺术这东西的自然而且当然的变迁发达的结果么?

八

无产阶级的世界,虽在俄国,自然也还只是本身独一的栖托罢。所以无产阶级的艺术,在十分的意义上,还未具备那创造和鉴赏的条件,也明明白白。由外面底的社会情况看起来,在这样的时期所创造的无产阶级的新艺术，先从形式最简单，印钉也便当，在创造和鉴赏上，也比较底并不要求许多条件的诗歌，发其第一的先声，正是极其自然的事。更从心理底方面来想，则也因为现在的俄国的无产阶级，对于自己的新生活的意义以至价值的获得，感到了切实的喜悦和感激罢。这新生活的感激，先成为抒情的诗，成为高唱新生活的凯歌而被表现，也正是极其自然的事。这里有什么阶级底憎恶呢？这里有什么迎合时代呢？一切都是纯真的魂的欢喜，新生的最初的叫喊。诗者，无论何时，实在总是人类的真的言语。是言语之中的言语。从还是混沌而彷徨暗中似的俄国民众的心的底里，微微响动者，谁能硬说不是这些新诗歌呢？而这新诗歌，除阶级斗争意识之险以外，是全然咏叹独自的新心境，顺着俄国文学自然的成长之迹的，是孕育着自由的风格的，凡这事实，不能一定说惟在俄国才偶然会有。这事实，较之漫然叙述无产阶级的艺术，不更含有许多实际底的严肃的暗示么？无产阶级的艺术，确是破坏向来的艺术的。但那破坏的成功，至少，必在新的自由而淳朴的创造的萌芽的情形上。艺术者，始终是创造。无创造，即不得有艺术的更新。无创造，即不能有旧艺术的破坏。

日本的无产阶级所产生的艺术，是怎样的东西呢，现在不知道。但是，豫料为至少必有对于这新艺术以前的艺术的反抗，从此的苏生之类的意思，自然地当然地在那艺术本身的本质内容和形式上出现，是不会错的。在这里，且不问无产阶级的支配的时期之如何，不问无产阶级文化发生成立的早晚之如何，而问题转向日本现在的艺术的内容形式的文艺史底批判法。

关于日本现在的艺术，尤其是文学的事实，两年以来，时或试加批评了。虽不至如在俄国文学那样，但在或种意义上，也还是技巧第一。将料是小资产阶级心情之所要求的，使他发生的，引其感兴的那样程度的，智巧底的浅薄的内容，虽是怎样浅薄的内容，而用这技巧的精练，却令人爱读到这样，说作家以此自豪着，几乎也可以了。这样的技巧第一的倾向,使不能再动的现今的文学的气运,沉重地,钝钝地,然而温柔地,停滞烂熟着。这黯淡的天空,很不容易晴朗。大抵的人,都被卷去了。再说一回罢,无论那里,在那气度上,都是小资产阶级底的。在这风气之中,忽而出现了无产阶级的支配,忽而发生了无产阶级的艺术,是不能想象的事。至少,日本的艺术,在无产阶级艺术的产生之前,还是使这小资产阶级心情更加跋扈跳梁起来罢,否则,就须在否定自己的有产阶级生活的心情所生的矛盾中,去经验许多的内争和苦闷和纠葛。

"天雷一发声,农人画十字。"

这是俄国的有名的谚语。雷还没有响。然而总有一时要响的。一定要响的。我们之前,从此要发生许多内外的纠葛的罢。无产阶级艺术的主张,也无非便是那雷鸣的豫感罢了。

一九二二年二月作。译自《文学评论》。

未另发表。
初收 1929 年 4 月上海北新书局版《壁下译丛》。

"否定"的文学

〔日本〕片上伸

一

否定是力。

委实,较之温暾的肯定,否定是远有着深而强的力。

否定之力的发现,是生命正在动弹的证据。否定真会生发那紧要的东西,否定真会养成那紧要的东西。

由否定而表见自己。由否定而心泉流动。由否定而自己看出活路。

至少，从俄国文学看起来，这事是其实的。俄国文学，是发源于否定的。俄国文学，是从否定中产生的。十八世纪以后，俄国文学成立以后的事实，是这样的。

俄国的现实——那现实的见解，尚是种种不同。认为现实的内容以及对于这些的解释，也还因时，因人，而种种不同。然而，要之，以俄国的现实为对象，将加以肯定呢，抑加以否定呢，这事，却总是重要的问题。即使生平好像于这样的问题并不措意，但心的动摇愈深，则从那动摇的底里，现出来的，虽然其形不同，而总是这问题。要举出谁都知道的例来，那么，托尔斯泰也是，都介涅夫，陀思妥夫斯基更其是。在近时，则戈理基，勃洛克，梭罗古勃，白莱（Andrey Bely）都是，其他更不胜列举其名姓之烦。

在俄国，是向东呢抑向西的问题；向科学呢抑向宗教的问题；向魔呢抑向神的问题。而这，是将俄国的现实，怎样否定的问题；也就是将这怎样肯定的问题。而在这问题的批评之前，则总要抬出彼得大帝来。便是彼得大帝该当否定，还是肯定的问题，也常常被研究。

二

君主作为领导，作为中枢，从国家底的见地，要性急地，大胆地，并且透辟地决计来改革一国的文明文化。凡能辨别，略知批判，明是非者，都应该将那批判辨别之力，悉向以国家底见地为根柢的改革去。因为在当时，除此以外，是没有可加以批判辨别之力的对象的。总之，社会上却从此发生了批评；发生了可以称为舆论的萌芽。一切的批判，是时事评论，以国家底见地的改革为主题的时事评论。

这是彼得大帝时代的俄国。——但在这时代的时事评论中，看不见力的对立。至少，就表面看起来，力的对立，是不见于那评论之上的。也有不平，也有误解，也有咒诅，也有怨言，——但一方面，是站着作为主导力的君主,而且又是非凡的决行者,精悍的,聪明的,蓦进底的决行者。站出来和这对抗的,便是死。于是现于表面的时事评论,就不消说,是以这主导力为中心,而对于那改革的意义,加以说明,辩护。时代的聪明的智力,那时代的最高的智力,恐怕即以说明辩护那改革的意义,认为自己的本分的罢。不认改革的意义者,较之算作冲犯主导力的君主,大概倒是要算作反抗文明的自然之势,换了话说,是正当的力。不这样想,是对于那时代的最善最高的智力的侮辱。

　　总之,评论的对象,是国家。时代的最善最高的智力之所表明,是"君主的意志的是认";是文明改革的辩护。在这里,是没有可以投进个人的心的影子去的余地的。大家应该一致,以改革为是。是对于时代的势力的顺从。

　　彼得大帝以后,文学是专为了文明和留心于此的君主的赞颂。并无真的社会底根据的当时的文学,自然只能为宫廷而作了。竭力的,分明的,毫不自愧的阿谀,在德莱迪珂夫斯基献给女皇安那的,豫言了和日本通商的诗里就可见。但这些阿谀的作品,并不怎样为宫廷的贵人们所顾及,却也是实情。因为文学或文学家,从那时的贵人们,是不过得到视以轻侮和戏笑的眼的。

<h1 style="text-align:center">三</h1>

　　从"君主的意志的是认",经过了许多不被顾及的宫廷底阿谀的词华,到加德林那二世时代,而俄国文学这才看见个人的心的浓的投影,对于俄国的现实,加以否定的表白,是现出来了。拉第锡且夫在那《从彼得堡到墨斯科的旅行》(千七百九十年)中,说是"凡农民们,从地主们期待那自由,是不行的,倒应该只从最苛酷的奴隶状态之间期待"者,即无非惟从强的否定之间,生出真的肯定来的意思。加德林那二世一读这书,以为拉第锡且夫"在农民的叛乱上,放着未

来的希望",是未尝真懂了这书的真意的。但是,属望于地主的善意和好意的幻影的消灭,使拉第锡且夫的心的影更浓,更深了。这一篇,倒是拉第锡且夫的诗。是从愤慨,嗟叹,伤心,自责的心的角角落落里,自然流溢出来的一篇诗。自说"因为我们是主人,所以我们是奴隶。因为我们拘束着我们的同胞,所以我们自己是农奴"的后来的赫尔岑之心,在拉第锡且夫的言语中,就已经随处可以发见。从外部的观察一转而"看我的内部,则悟出了人类的不幸,也仍然由人类发生的"拉第锡且夫的这话里,是有着难抑的热意,鲜明的感情的色彩的。这是诗。

拉第锡且夫的否定的诗,开拓了俄国文学的路。至少,在以力抗农奴制度为中心的怀疑底的,批评底的,讥刺底的心情中——对于实现的否定中,俄国文学这才能够真发见了应走的路的出发点了。

俄国是从最初以来,就有着当死的运命的;有着自行破坏的运命的。仗着自行破坏,自行处死,而这才至于自行苏生,自行建造的事,是俄国的命运。俄国的生活的全历程,是不得不以自己的破坏,自己的否定为出发点了的。到了能够否定自己之后,俄国才入于活出自己的路。由否定的肯定,由死的生,这路上,正直地,大胆地,透辟地,而且蓦地前进而来的,是俄国。称为莫明所赴的托罗卡(三匹马拉的雪橇)者,要之,即不外是为了求生,而急于趋死的俄国的模样。

否定的路,本来是艰险的。有着当死的运命的俄国,为了死,不知经历了多多少少的苦恼,那自然不待言。但因此而否定之力更强,更深了。因了苦恼,而对于自己的要求更高了。俄国的文学,是这否定之力和矜持之心的表白;是为了求生,而将趋死者的巡历地狱的记录。在那色调上,自然添上一种峻严苦涩之痕,原是不得已的事。虽在出自阴惨幽暗的深谷,走向无边际的旷野的时候,也在广远的欢喜中,北方的白日下,看见无影的小鬼的跳跃,听到风靡的万千草莽的无声的呻吟。这就无非为了求生,而死而又趋死,死而又趋死的无抵抗的抵抗的模样。俄国的求生之力,就有这样地深,这样地壮,这样地丰饶。

四

在俄国文学中的怀疑的胚胎,恐怕是应当上溯拉第锡且夫以前,或者望维辛以前的罢。如比宾,即在那《文学观的品骘》中论及,以为深邃的怀疑和否定的力,大约是作为潜伏的力量,郁屈着,早经存在的。在望维辛和拉第锡且夫之前,如讽刺剧诗人坎台弥耳,也可以说是表现了时代的怀疑底倾向。但在好以受者的含忍,作为斯拉夫民族的最高的美德的人们,却将这些早的怀疑底否定底倾向,只看作自外而至的东西。然而最好是去想一想,十七世纪时以俄罗斯教会为中心的希腊派和罗马派之争,教会的分离,究竟是表明着什么的呢?教会的分离,异端的发生,一贯着这些事象的精神,岂非就是深邃的怀疑底否定底精神么?这精神,也便是在文学上的现实否定的思想。这便成为拉第锡且夫的《从彼得堡到墨斯科的旅行》,望维辛的喜剧,格里波亚陀夫的《聪明的悲哀》,来尔孟多夫,普式庚,乃至果戈理以及别的作品了。怀疑和否定的力,在俄国的文学上,怎样地成为重大的力量而显现着,是只要逐渐讲去,大概便会分明的。

怀疑和否定,要而言之,就是个人和社会的分离的意思;也是个人和国家的分裂的意思。和现实相妥协之不可能,将现实来是认之不可能,这在本来的意义上,是生活的一种变态。苦恼即从这里发生。俄国的文学,曾经描写了沉沦于这苦恼中的许多的人物。脱了现实生活的常轨的“零余者”,为要根本底地除去这分裂,更加苦恼了。由对于周围的现实的轻侮和嫌恶之苦,而从中常可见绝望自弃的颜色。尤其是,俄国的怀疑,是在根据科学,例如从国家底见地,来考察农奴的问题之类以前,在那根柢上,就有比这些考察更深的,直接端的的感情的，在怀疑和否定的底里，跃动着良心的愤激和感情的悲伤，作为中心的力。但从加德林那二世的时代起，到亚历山大二世的即位时止，殆将百年之间，在俄国，却未行足以聊慰这伤心和愤激的改革。在百年之间，生活，是成长了。作为国家的公然的俄国，是成长了。思想，也成长了。然而生活的形式如旧。和官僚政府的发达一同，农奴制度也被保持得更坚固了。于是思想便一切成为反抗。而这又不能不成为苦恼和嗟叹的声音。嗟叹之声，是不仅洋溢于伏尔迦大川之上的。俄国的文学，便是这嗟叹的歌，这愤怒的诗。

五

果戈理曾经取了自作的《死灵魂》的一节，读给普式庚听。每当听着果戈理的朗诵，普式庚是向来大抵笑起来的，但惟独这一回，当倾听中，却渐渐肃静，终于成了不胜其愀然那样的黯淡之色了。果戈理一读完，普式庚便以非常凄凉的调子，说道，"唉唉，我们的俄罗斯，是多么忧郁呵！"

忧郁的俄罗斯！从这忧郁之间，难于一致的矛盾之间，在俄国的否定的精神便产生了。讥刺的文学产生了。自十八世纪末到十九世纪的讥刺的文学，是于笑中求解放的。凡可笑者，不足惧。至少，在可笑者之前，并无慑伏的必要了。凡笑者，立于那成为笑的对象的可笑者之上，凡可笑者，便见得渺小，无聊。一被果戈理所描写，地主也失其怖人之力；一被果戈理所描写，而官僚也将其愚昧曝露了。笑，使农奴制度和官僚政治的幻影消灭了。笑，是破坏；笑，是否定的力。

果戈理示人以种种俄国的现实的空虚。苦恼着而生活于这空虚中，那真是凄惨的怕人的事。果戈理是向这笑里，引进了凄惨去的第一人。将笑，将讥刺，做成了悲剧底的，是果戈理。

这是赫尔岑之所谓"异样的笑"。是"凄惨的笑"。是"毛骨悚然的笑"。在这笑里,有自责自愧之感和自啮其良心之苦。不是因为"太可笑了而挤出眼泪来"的,乃是"哭着哭着,终于笑了"的哭笑。

或者又有那为了国家的伟业和英雄的功业,而被踏烂于其台石之下的,孱弱的渺小的平凡人的一生。或者又有那要脱现实的羁绊,如天马之行空而自亡其身的傲者。对于这些人,普式庚和来尔孟多夫,是未必看作不过如此的人的。

这都是否定的尝试;是怀疑。是有着当死的运命的俄国,为死而趋的路程的记录。踏烂在彼得大帝的铜像之下的平凡人的反抗,要在地上实现那天马行空之概的傲者的破坏,谁能说不是二十世纪的革命呢? 要由死以得生的否定之力,是革命。俄国的文学,若仅看作否定之力的发现,虽然还有几多复杂的要素,也不可知。但以这力为中心,从这一角去读俄国的文学,却决不会是对于俄国文学的冒渎。否定之力——为求生而寻死的这力,是丰富的,复杂的,颇饶于变化的力。在坠地亡身的一粒麦子中所含的力,总有一时要出现的。

作为否定之力的文学,也就不外是作为生存之力的文学。再说一回罢,俄国是最初以来,就有着当死的运命的;有着自行破坏的运命的。仗着自行破坏,自行处死,而这才至于自行苏生,自行建造的事,是俄国的命运。俄国的文学,是以自己的否定为出发点,由否定的肯定,由死的生,循着这路,正直地,大胆地,透辟地,而且蓦地走了来的。

在这里有俄国文学的苦恼和悲哀;在这里有俄国文学的力。有下地狱而救了灵魂者的凄惨和欢欣,和力量。

一九二三年五月作。译自《文学评论》。

未另发表。

初收 1929 年 4 月上海北新书局版《壁下译丛》。

艺术的革命与革命的艺术

[日本]青野季吉

一

无产阶级的艺术运动也颇为进展了。相当有力的无产阶级的作家和批评家,也已经出现。无产阶级的艺术,早已是不可动摇的事实。纵使怎样用了资产阶级批评家的斜视乱视,也不能推掉这事实了。

然而我,是无产阶级的艺术运动愈进展,便愈忧其堕落和迷行的一人。我于相信人类社会的进行,愿意为此奉献些小小的自己之力这一端,是乐观者。但当取人类的或一时期,或者或一人们之群,而省察其动弹之际,我是不弃掉悲观者的态度的。人也许以为这是资产阶级底习癖的多疑的态度罢。但这是错的。如果无产阶级运动并非单单的群众运动,而是全阶级底组织运动,则站在那立场上的我们,即一面必须常是乐观者,同时在别一面也不可缺少悲观者的准备。无产阶级的战士的彻底底的写实主义,本来,就是从这作为乐观者的要素,和悲观者的准备的浑然融合之处,产生出来的东西。要有此,这才知道信仰,同时也知道战斗。

我现在即使对于无产阶级艺术家,加了什么责难,但倘以为这足以妨碍幼小者的生长,是不对的。不相信生长,即无从加以真的责难。不凝视正当的长发,即不能指摘堕落和迷行。相信无产阶级的艺术的未来,我是不落人后的。我只恨于凝视现在的无产阶级运动的真正的进行,而为此勉效微劳之不足。但是,对于使未来昏暗的堕落,有伤真正的东西的进展的迷行,则无论托着什么名目,我也不能缄默的。

二

艺术者,不消说,是个人的所产。个人的性情和直接的经验,在这里造出着就照个人之数的色彩,是当然的。虽是无产阶级的艺术罢,从中自然也要因了艺术家各人的先验后验的准备,生出几多的Variety(繁变)来。尤其是,因为无产阶级的艺术运动,并非一主义的运动,而是作为一阶级的运动,所以就更加如此。说是无产阶级的艺术所当取的形态,是应该如此如此者,不过是对于无产阶级的艺术运动的扩大,没有着眼的人们的话罢了。

在这里,是可以有 Variety 的。不如此,即非健全的艺术的发轫。但是,在别一面,却必须有作为无产阶级的艺术的不可动摇的共通的要素。惟这共通的要素,乃是无产阶级艺术作为阶级艺术运动,而发挥其革命艺术的意义的东西。

就劳动阶级来看这事,也是这样的。各个劳动人,各以个个的色彩,营着那生活。然而劳动阶级之所以是一个革命底阶级者,即因为在各个劳动人,都有共通意识,而这且有生长的可能的缘故。没有这意识的劳动人,则形状虽是劳动人,但纵使怎样地受了贫苦的洗礼,也还是和资产阶级的隶属动物没有两样的。

然则,无产阶级的共通意识,无产阶级文艺所当有的共通要素,是什么呢?排在第一的,那不消说,是革命底精神。

描写了贫穷的,被蹂躏的,饥饿的人们的艺术,至今为止,已经多得太多了。在自然主义运动以后的文学上,描写工人和农夫者,尤其不遑枚举。然而,不能说因为描写了工人和农夫,便是无产阶级的文学。这是什么缘故呢?是因为作者用了封建底的哀怜,或资产阶级的理解那样的眼睛来眺望,来描写的缘故,是因为在作者,并无无产阶级的革命底精神那样共通意识乃至要求的缘故。

说是因为作家在或一时期,曾度劳动的生活,便将这作为惟一的资格,算是无产阶级的作家的事,是不能够的。现在以资产阶级艺术为得意,写着的人们之中,曾经从事于劳役者也不少。有爬出了黑暗的煤矿洞,成为煤矿王的人;也有到逃出为止,媚着贵家女儿的人。这便是曾在过去做过劳动生活这一个经验,所以并非无产阶级作者的资格的归结的缘故。自然,过去的劳动生活,是高价的。然而比这尤其高价者,是由此到达劳动阶级的革命底意识的经验。在眼前,虽有出自劳动生活的作家,但我看见完全有着沉潜的革命底意识者,而竟逐渐淡薄下去,实不胜其惋惜。并且看见因为这些人冒渎着革命的艺术之名,而无产阶级艺术运动的锐角,怎样地逐渐化为钝角了。

不要误解。虽说革命底精神,却并非指歇斯迭里底的绝叫和不顾前后的乱闯。并非指感伤底的咒诅和末梢神经底的破坏欲。靠着这样的事,以玩味革命的快感,是最为非革命底的。倘是在习俗底的意义上的革命诗人,那么,这也就很好。然而该是作为无产阶级艺术家的共通意识的革命底精神,却不是这样肤浅的欲求。

还有,将这和那些资产阶级作家们作为盛馔上的小菜,常所喜欢的反逆底精神之类看作一样,是不行的。资产阶级作家的动摇层,作为无聊的心境的换气法,则喜欢反逆底精神的辣味,还想将这和革命底的意义连络起来。但这是完全不同的两个东西。作为无产阶级作家的共通意识的革命底精神,是和无产阶级的历史底进行一同生长了的阶级意识。艺术之由无产阶级而被革命,就为了有这历史底必然力的缘故。无产阶级艺术之所以为革命的艺术,就因为被这共通意识所支持的缘故——在这里,要附白几句的,是有如未来派,表现派等,作为艺术革命的前驱,我们是承认其贡献的,但作为革命的艺术的无产阶级的艺术,却必须有他们所缺的强固的阶级意识。

三

无产阶级的阶级意识,无论在怎样的意义上,和资产阶级的个人主义是不相容的。将这和资产阶级的个人主义相对立,而来一想,则这正是被照耀于非个人主义的精神的。人们每每费心于社会主义和个人主义的关系,深怕一到社会主义之世,没却了个人,便很勉力于立论,然而这所指示的个人的内容,倘不是资产阶级个人主义所尊重的意义上的东西,则这样的"个人",一到无产阶级的支配,阶级社会消灭的未来,便当然应该死灭。这是较之指点太阳,还要明白的事。个人主义底精神,是近代资产阶级社会所完成的惟一的道德原理。而且恰如观念上的所产,常常如此一样,这历史底精神,也竟冒了永远的高座,被抬在超时代底的所谓永远的理想上了。资产阶级教养的一切之道,无不和这相接续,资产阶级的支配,还想由这名目,引起永远的幻觉来。然而在那下面,却生长了革命底的无产阶级的意识,有着新内容的心情,以必然的进行,扩大起来了。

这,决不是资产阶级个人主义的心境。全然是别样的意识。有一回我曾经称这为 Comrade(伙伴)的心情,但总之,这心情和个人主义底精神,是完全两样的。那革命底的意识的生长,也可以说,便是无产阶级的革命底生长。有着宗教底的倾向的人们,每喜欢说,无产阶级虽以为将要支配未来,但还是充满着资产阶级底斗争精神,所以无产阶级所支配的世界,也依然是丑恶的功利精神的世界罢。以此作为反对阶级斗争的理由。这些言说的错误,则只要看见无产阶级的阶级底新意识的生成,便自明明白白了。

我们相信无产阶级的文化的生长。而使我们豫期无产阶级的文化者,实在应该是和资产阶级文化的根源的个人主义底精神正相反对的非个人主义底精神。而使我们豫期无产阶级艺术者,则应该是无产阶级的这共通的新意识。

将这和也是非个人主义底的,宗教底的心情混为一事,是不行的。宗教的那心情,是不堪个人主义的重担的正直者们聚集起来,互相帮助的消极底的逃难民的心情。那也许是非个人主义底的罢。但并非积极底的意识的结成。不是有着可以支配世界的必然的豫期的意识。这虽然转化为非个人主义了,然而是常常收受着个人主义底精神的回踢的心情。至于作为无产阶级的共通意识的非个人主义底精神,则是积极底的生成,不是逃难民的心情,而是占领民的心情。

我不得不将这非个人主义底精神,力加指示,作为无产阶级艺术家所应有的共通意识。说是非个人主义底精神,是消极底的说法罢,但要将这积极底地说起来,是随着那人,什么都可以称得的。总之,这是可作无产阶级的道德原理的新意识。

艺术家的特性之一,是深切地具有着万人之所有的东西。如果无产阶级的艺术家,真从无产阶级跨出来的,则也应该深切地领会着那阶级的新意识。而且还应该回过去,将睡在无产阶级的未醒的心里的那意识,叫唤起来。倘不然,那就虽说是无产阶级艺术,也不过徒有其名,只是从无产阶级偶然浮上来的人的混杂而得意的表现罢了。将这样的游离产物,称以无产阶级之名,我们以为是应该唾弃的冒渎。

四

作为无产阶级的共通意识,鲜明地被看取的,是国际底的精神,是世界主义底精神。无产阶级运动的大半,是国际底的运动,但这并非单是战术上的举动,实在是基于生根在各国劳动阶级的共通意识里的要求的。倘不懂这伦理底意义,便也不能懂得国际底的运动。自然,在这里,是有经济上的必然的。这事情,在这里不见有关说的必要。

将这世界主义底精神,看作上文所述的非个人主义底精神的延长,也不要紧。但当作别一路的发生,也可以的。这世界主义底精神,是在无产阶级运动的一定时期内,被强有力地叫了醒来的东西,在今日而强有力地豫约无产阶级的未来者,便是这精神。"在劳动无国界"这句话,现今,已成万国劳动阶级的标语了。我们对于从劳动阶级走出来的作家和批评家,不能不看一看这共通意识的有无或浓淡。

要记得资产阶级艺术,是传统底的,国民主义底的——日本主义,是由资产阶级艺术的先达所提倡起来的呀——对于这,则无产阶级的艺术,就必须是革命底,世界主义底了。惟其如此,所以无产阶级的艺术运动,是艺术革命的运动;无产阶级的艺术,是革命的艺术。

自然,在资产阶级艺术里,也不能说,并无世界主义底精神。然而这和资本家的国际底一样,是完全置基础于国民主义底精神的。虽是资产阶级艺术的最好的部分,实在也还没有全然去掉了这基础。在那里,还有可以革命的东西。而无产阶级的世界主义底精神,则是和叫作"国民"这一个传统,毫无连系的革命底的精神。真值得称世界主义底精神之名者,非这新精神不可。资产阶级的这,虽然可以说是"国际底",然而不能称为"世界底"的。

当我现在讲着这事之间,也总是想到那可悲的事实。那是什么呢?便是现在在我们的文坛上,自称无产阶级作家的人们的一部分,是毫无批判地紧紧地钉住着一种国民主义底精神的;是世界主义底的精神的明证,全然欠缺的。我现在无暇用实例来指示。只是那些的人们,是动辄敢于有"在日本独自的"呀,"在日本"呀这些设想,而不以为异的人。单从这几句话,我们便可以对于那些人们的世界主义底精神之有无,挟着疑虑的了。再看别的处所,则艺术上的国际底的问题,虽以必然的豫约,绍介到我们的文坛里来,但竟不将这作为我们的同人的事,而放在自己身上去。凡这些,即都在表示国际底的精神,是怎样地稀薄的。

倘没有以世界的兄弟为兄弟的心情,即不能许其说是出于无产阶级。向着以国民主义底的幻想为饵者,不能许以革命的艺术家之名。为了这是无产阶级的艺术,是革命的艺术起见,应该要求无产阶级的划分历史底的世界主义底精神的强有力的明证。

五

我已经举出

一,革命底精神

二,非个人主义底精神

三,世界主义底精神

来,作为无产阶级艺术上所不可缺的要素了。但反过来一想,则主张无产阶级艺术该是怎样的东西的事,乃是鲁莽的探求,倒不如等待产生出来的东西之为合理,当创造底之际,即尤其可以这样说。然而我在这里所做的工作,却和这事也并无什么矛盾的。我是指示了在现实上作为劳动阶级的最高意识而生成着的东西,试来揭出了对于无产阶级的艺术,我们之所寻求者。

我毫不怀疑于无产阶级艺术的未来。惟其如此,所以也不能漠视现在的无产阶级艺术运动上的小儿病底的混杂。我们应该养育真的伟大者,我们应该从事于胜利的战争。

　　　　　　　　一九二三年三月作。译自《转换期的文学》。

未另发表。

初收 1929 年 4 月上海北新书局版《壁下译丛》。

现代文学的十大缺陷

[日]青野季吉

虽说现代文学,其中也有各种的范畴和各种的流派的。极大之处,有资产阶级的文学和无产阶级的文学之别。而在那资产阶级的文学之中,则例如既有自然主义后派,而又有人道派,新技巧派——新感觉派——那样,在无产阶级文学里,也有就如现实派,构成派,表现派之流。因为在这些,是无不各各有其特殊的基准和豫期的,所以十把一捆地加以处理,原也不能说是正当。

然而,在这些全体上可以看出共通的特征来,却也是一个事实。而且这之所以发生者,乃是在叫作"现代"这一个共通的氛围气中的必然的结果,大约也无须多加解说了罢。那么,虽有各种的范畴,各种的流派,而将这作为全体,加以处理,将其中的全体所共通的,或其大部分所共通的特征或缺陷,指摘出来,也决不是不可能的事。

我曾经乘各种机会,指摘过对于现代文学的我的不满,我所看出的现代文学的缺陷了。但在这里,却还想将现代文学的全体上,或大部分上所通有的缺陷和我的不满,总括底地列举出来。

自然,纵使项目底地列举起来,加以若干的说明罢,倘不寻检其由来,则不消说,还是看不见工作的全盘意义的。但要办这事,非这一篇所能做到。我只好举了我所看见的现代文学的大缺陷十件,加以多少的说明。倘若我的指摘,能于现在的小说读者,尤其是占着大多数的女性读者,当遇见创作之际,能有什么启发,作唤起批评心来的一助,那么,我的企图也就达到了。

可以说是现在的小说,尤其是资产阶级的小说的通有性的,是那运用的材料,极其身边印象底,个人经验底的事。这是第一件缺陷。自然,一到称为大众文艺或通俗小说之类,是出了这范围的。然而极端地说起来,那些却并不是能称文艺的货色。作者所夸为纯文艺,大家所推许的作品,可以说,还几乎都是作者的个人经验的,个人印象底的东西。

现在有一句常用的"心境小说"的话。总之,是描写了作者的心境的小说的意思。这种小说,是最能暴露了这缺陷的。个人的心境的描写,原亦可也;个人的经验和个人的印象,本来也很好。何况一切认识和一切考察,都从这里出发,又是分明到不待说明的事呢。然而停留于此,耽溺于此,却不过是单单的个人的印象,个人的心境。在这里有多少价值呢? 从个人的印象出发,将个人的心境扩大,这才生出打动别人的力量来。

这一缺陷,已为文坛上具眼的人们所痛感了。因此暂时之间,居然也不大触目了的事,也是一个事实。然而在既成作家的大部分里,还很可以看出这缺陷来。倘这无意力底的,消极底的心境不能脱却,那么,坚密底的作品,大概是不会产生出来的罢。

从右的第一缺陷,当然发生的,是现代小说中的无思想。这在我们,是一个大大的不满,说这确是现代文学的大缺陷,也可以的。

记得说是小说里无需思想,或将思想织在里面的小说是无聊之类的事,是曾经一时成过文坛的论题的。那时的议论的结果,怎样地归结,现在已经忘记了,但在这里,却似乎确有一个观念上的错误。

凡说,小说里无需思想,将思想织在里面的小说是无聊者,大抵是将思想当作什么抽象底的东西了,解作生吞了的观念那样的东西了。如果思想是那样的非生命底的东西,则诚然,小说里用不着思想,将这样的东西胡乱编了进去的小说,是不纯到无以复加的。

然而漏了无思想的不满之际的所谓思想,却并非这样的东西。是将社会底的现象或现实,加以批判考察而得的一个活的现念之谓。是没有这样的思想的不满。

我们知道,在欧罗巴的作家愈伟大,则这样的思想,显现于那作品上也愈浓。托尔斯泰如何? 罗曼罗兰如何? 巴比塞如何? 妥勒垒尔(E. Toller)如何? 在他们,没有这样的思想么? 所以使他们伟大者,岂非倒是因为有这思想底根本力么? 而且他们对于将这端的(入声)地,露骨地发表出来的事,是决不踌躇的。

这样的事,现在倒颇为减少了,曾经是,一说社会主义思想之类,在文坛上,便即刻当作抽象底的观念。试看正在手头的《新潮》

（三月号）的合评，"阶级意识"这字，就被用成了全然滑稽的符牒似的没有内容的东西了。从这样的不留心，不认真之处，怎能生出具有强的思想底基调的艺术来呢？而在现今的日本的文坛，所最应企望的，则是这样的具有强的思想底基调的艺术。

可以指摘为第三的缺陷者，是新的样式，不能见于现代文学中。各种技巧上的工夫是在精心结撰，各种的形式是在大抵漫然采用的，然而作为样式，却还是传统底的东西，几乎盲目底地受着尊崇。而且这大抵还是自然主义文学所创出的样式。

这事，不但在资产阶级的文学上而已，虽在无产阶级的文学上，也可以说得。没有新样式者，归根结蒂地说起来，也可以说，就是没有新文学。新的样式，是必然地和新的文学相伴到这样子的。

自然，寻求新的样式的努力，也时时可以看见。尤其是在无产阶级的文学上，那苦闷，竟至于取了惨痛之形而表现着。但究竟也还未脱模仿欧洲之域。还未脱离了模仿而创出新的样式来。

这么一说，便有人会说，新的文学上的样式，是并非容易产生的东西。倘使社会底环境——例如表现派之在德国那样——不来加以酝酿……。然而这果然真实的么？现在的日本的社会底环境，是这样停滞底，沉静底的么？我并不这么想。日本的社会底现实，是在要求着文学上的新的表现的样式的。我这样想。紧要关头，只在能否确然把握到那社会底现实。

文学之成为享乐底，无苦闷底如今日者，仿佛是未曾前有似的。文坛上曾将扑灭游荡文学的事，大声疾呼了一些时，然而虽在那时，似乎文学之享乐底和无苦闷底，倒并不如今日。

现在在文坛的一隅，要求着"明亮的"文学。换了话，便是不要刻骨般的，惊心动魄的，以凄惨的苦闷震耸读者的文学，而要譬如混入气体的电光似的，吸过一杯咖啡之后似的，靴音轻轻地踏着银座的步道似的,春天的外套似的,轻松的,明亮的,爽快的,伶俐的小说。这要求,大概不妨说,便是在证明现在的文学的倾向,是成了怎样享乐底的无苦闷底的东西了的罢。

先几天翻阅一种杂志,看见登着一个作家,说是因为自己的小说,被一个名家评为"醉汉的唠叨",便很不高兴了的文章。那作家的成着问题的作品,是否真是"唠叨"呢,我不得而知。但在先前,以相当的名家,而以"醉汉的唠叨"这批评,加于文学作品的事,似乎是没有的。还有,因为遭了这样贬抑,而自辩为并非"唠叨"这类事,在文坛也是不很看见的现象。这样的事,也会坦然做去,这倘不是实证着今日的文学成了怎样的非苦闷底,享乐底的事,又是什么呢?

我们记得。在自然主义文学运动当时的作品上,是有着更认真,更苦闷的。那认真和苦闷,在迄今的经过中,从流行文坛完全失掉了。而继承了那认真和苦闷而起者,实在是无产者文艺。

作为第五的缺陷,我要指出现代文学之堕于技巧底的事来。在上文,我已将现代文学之停在个人印象底,成了无思想底,无苦闷底,享乐底的东西的事,加以指摘了,由此而生的当然的结果,则文学便全成为技巧底。因为除此以外,要寻变化,求新鲜,是做不到的了。

例如,有那称为"新感觉派"的现代艺术的一派。似乎要在新的感觉的世界里,探求新的生命,便是他们的主张。然而那作品,却明明白白地显示着那新的感觉这东西,其实不过是技巧上的一种花样(Trick)。要之,不过是一种新的(?)技巧派。这样的一种流派,而文坛上已经颇加了承认的事实,便是在说明现在的文学的偏于技巧化的倾向的。

还有一个实证,是例如那宛然文坛既成作家的脑力试验一般的新潮合评会的内容。在那里,成为积极底的问题者,常是作品的技巧上的巧拙。将那内容,证明内容的思想之类,从广大的立场上加以讨论的事竟很少。友人松村正俊君在一篇小说月评上施以嘲讽道,"关于技巧,则可看新潮合评会的历历的言说,"实在是很中肯的。

好像工人们大家聚会起来,交谈着技巧上的匠心者,是现在的许多的批评。其实这全不是什么批评。不过大家互相交谈着凿子的使用法,研磨法。近来多喜欢拉出老作家来,来倾听他们的批评这一个事实,也就很可以由此解释明白的。老名家的本领,是技巧上的经验。于是细致的深入的"批评",反有待于老名家。这是起用老名家的动机。

其实,在现今的文坛上受着尊重者,不是像个批评的批评,而是并非批评的批评,不是批评家的批评,而是作家的"批评"。

这虽然并非现在特有的文坛现象,但现在颇为强烈地触着我们的眼睛的,是欧洲文学之模仿这一个可怜的事实。这事实,不但在资产阶级文学上,是一个事实而已,虽在无产阶级的文学上,在或一程度上,也是事实。

保罗摩兰(Paul Morand)一被输入,则摩兰样的作品就出现。表现派一输入,即刻表现派,构成派一传来,即刻构成派,这样的事,做得很平常。至少,从我们看来,是这样的。摩兰,也好的罢。表现派,构成派,原也可以尊重的。然而仅是单单的模仿——模仿就是虚假——却毫无意味。这样的事,是十分明白的,但这样地明白的事,却又怎样地毫不介意地就算完事了呵。

再举一个有趣的例子。最近,苏俄的文学上的意见的绍介,是旺盛起来了。而绍介者之中,竟有当绍介时,装着仿佛要说"有这样的无产阶级文学上的意见,但在日本的无产阶级文学运动的阵营里,岂不是还没有知道么"一般的脸相的人物。而其实,却也有在日本的无产阶级文学运动的阵营内,两三年前就已经成过问题了的东西。凡这些,也就是由于一听到是苏俄文坛上的事,便以为总是赶先一步的模仿之所致的。

作为现代文学的第七样缺陷，我所要指摘的，是现代文学太侧重于读者，受了商品化。

在资本主义经济之下，虽是文学上的作品罢，但一切生产物的无不商品化，是一个法则。佀这虽然是法则，要作不妨无抵抗底地，顺应了它的口实，却是不行。艺术作品的商品化了起来的客观底必然性，我们是容认的，但对于它的不可避性，我们却不能承认。

然而，现今的文学，倒是故意底地在求为完全的商品，总之，以侧重读者为指导原理之一的文学，是正在流行。妥勒垒尔的《幸开曼》中的把戏棚子的主人这样说，"皇帝和将军和教士和玩把戏的，这才是真的政治家，是混进民众的本能里去，左右民众的呀！"可惜在这里面，没有加进现代的日本的流行作家去。现今的流行作家，是混进民众的享乐本能里去，而左右民众的真的政治家。

在最近的文坛上，大众文艺或通俗小说等类，常常成着问题了。而且问题的中枢，到常常放在读者上。而且媚悦读者的事，又常常成着那论议的基调。这事实，只要一看现今的称为大众文艺，叫作通俗小说的东西，就明白了。倘说，这是文坛上侧重读者的倾向，完全商品化的要求的一面的表现，恐怕也可以的。

诉于大众，获得俗众的文学，不是媚悦大众，趋附俗众的文学。为许多读者所阅读，所喝采，并非一定是诉于大众，获得俗众的意思。这和尾崎行雄和永井柳太郎的演说，即使博了"大众"的喝采，但决非诉于大众，获得俗众的事，是一样的。

从现今的文坛之所准备，是决不会产生真的大众文学，通俗文学来的罢。

其次，我大体要指摘日本文学中一大分野的那无产阶级文学上所见的缺陷。这是指歇斯迭里底的倾向而言。近时，我在一处的席上，曾说从现今的无产阶级的文学所当驱除者，是歇斯迭里底的倾向，便招了许多的反对，然而虽到现在，我还相信我的话是不错的。

我知道欧洲的表现派和构成派，是决非发生于歇斯迭里底的头脑和感觉的。然而问题并不在这些的发生，乃在这些输入日本以来，怎样地发展了，以至怎样地遭了变质。我在这里，是看见了怎样地歇斯迭里底的焦躁和轻浮。

倘不将这歇斯迭里底的焦躁和轻浮，加以驱除，而且倘没有对于现实的冷静明彻的讨究的基础，则日本的无产阶级文学，我想，是终于要走进不可挽救的迷路去的。而且，倘没有那基础，则在日本，表现派和构成派，我想，也不会有真的发展的。

我要将现代文学大部分所通有的情绪上的一种倾向，指摘为第九的缺陷。这便是虚无底的心情。以这为缺陷而加以指摘，我想，是要有许多非难的。但我仍然要指摘它，作为一种的缺陷。

现在的作家，大大小小，是都受着自然主义运动的洗礼的。因这缘故，便大抵带些无理想底的心境，即虚无底的心情。加以现在的作家，即使是无产阶级的作家罢，而有一部分，是小资产阶级，或颇有一些小资产阶级的心境的。这也是使他们怀着虚无底的心境的原因。

在一方面，这也竟是运命底的事。然于对于这心情，加以肯定或否定，则其间便生出大大的差别来。倘不征服这心情，而且不由意力底的，积极底的心情来支配，我相信，现代文学是终于不可救的。然而毫没有这心情的新人，已将在文坛上出现，却也是事实。救文坛者，恐怕是这样的人们罢。

临末，我总括底地，将对于现代日本文学的我的不满，我所认为缺陷者，附加在这里，这是从历经指摘了的各节，当然可以明白的，那便是现今的文学上，并没有"变更世界"的意志。将世界样样地说明,样样地描写,样样地尝味,是现代文学之所优为的,然而紧要的事,是"变更世界"。倘不能得,则无论怎样的文学出现,我总是不能满足的。

我已经列举底地,指摘了日本文学的缺陷了。在这些中间,我处处启发底地夹入了一些话,但为免于误解起见,在这里再说一回。这各种的缺点,是根据于我的不满的。我的不满,是特殊底东西,所以指摘为缺陷之点,我想,就也不免于多是特殊的事。然而,这是当然的。

一九二六年五月作。译自《转换期的文学》。

未另发表。
初收 1929 年 4 月上海北新书局版《壁下译丛》。

最近的戈理基

〔日本〕昇曙梦

一

今年三月二十九日,正值革命文豪戈理基(Maxim Gorky)诞生六十岁和他的文坛生活三十五周年,所以在俄罗斯,从这一日起,亘一星期,全国举行热闹的祝贺会,呈了空前的盛况。这之先,是网罗了各方面的代表者,组织起祝贺委员会来,苏联人民委员会议长廖珂夫(Rykov)以人民委员会之名,特发训令,声明戈理基为劳动阶级,劳动阶级革命,以及苏维埃联邦尽力的大功,向全国民宣布了这祝贺会的意义。祝贺的那天,则联邦内所有一切新闻杂志,都将全纸奉献戈理基,或发刊特别纪念号,或满载着关于戈理基的记事。

又从墨斯科起,凡全国的公会堂,劳动者俱乐部,图书馆等,俱有关于戈理基的名人们的演讲;夜里,是各剧场都开演戈理基的戏曲。文学者在他生前,从国家用那样盛典来祝贺的例,是未曾前有的。所惜者是祝贺会的主角戈理基本身,五年前以患病出国,即未尝归来,至今尚静养于意太利的梭连多,不能到会罢了。但从各人民委员长起,以至文坛及各团体的贺电,则带了在祖国的热诚洋溢的祝意,当这一日,山似的饰满了梭连多的书斋;一面又有欧洲文坛代表者们的竭诚的祝贺,也登在这一天的内外各日报上,使在意太利的新 Yasnaja Poliyana(译者按:L. Tolstoi 隐居之地)的主人诧异了。那里面,看见罗曼罗兰(Romain Rolland),宰格(Stepfan Zweig),勖尼兹莱尔(arthur Schnitzler),滑舍尔曼(Jacob Wassermann),巴开(Alphonse Paquet),纪特(André Gide),弗兰克(Leonard Franck),显理克曼(Henrik Mann),荷力契尔(Arthur Holitscher),乌理支(Arnold Ulitz),吉锡(Erwin Kisch)这些人们的姓名。戈理基的名声是国际底,所以那祝贺会也是国际底的。然而最表现了热烈的祝意者,那自然是在这革命文豪将六十年的贵重的生涯和三十卷一万页以上的作品,奉献于自由解放了的劳农的俄国。

二

俄国文学的一时代,确是和戈理甚之名连系着,他的艺术,是反映着那时代的伟大的社会底意义的。当戈理基在文坛出现时,正值俄国的经济底转换的时代,资本主义底要素,战胜了封建地主底社会制度,新的阶级,劳动阶级初登那社会历史底舞台。从这时候起,戈理基的火一般的革命底呼号,便在暴风雨似的扩大的革命运动的时代中,朗然发响,虽在帝制临终的反动时代,也未尝无声。当帝国主义战争时,他也反对着爱国底热狂,没有忘却了非战论。此后,俄国的劳动阶级颠复了资本家和地主的政权,开始建设起新生活来的

214

时候,他虽然不免有些游移,但终于将进路和劳农民众结合了。现在虽然因为静养旧病,住在棒喝主义者的国度中,但他却毫无忌惮,公然向全世界鸣资产阶级的罪恶,并且表明以真心的满足和欢喜,对于劳动阶级的胜利和成功,一面又竭力主张着和劳动阶级独裁的革命底建设底事业相协同提携的必要。

戈理基是在革命以前的俄国,作为革命作家而博得世界底名声的唯一的文豪,他一生中,是遍尝了劳动阶级革命的深刻的体验的。自然,和过去的革命运动有些关系的天才底艺术家,向来也不少。例如安特来夫,库普林,契理罗夫等,就都是的。然而他们现在在那里了?他们不是徒然住在外国(译者按:安特来夫是十月革命那年死的),一面诅咒着祖国的革命的成功,一面将在那暗中人似的亡命生活中,葬送掉自己的时代么?独有一个戈理基,在革命的火焰里面,禁得起试练罢了。

三

戈理基的过去六十年的生涯中,三十五年是献给了文学底活动的。像戈理基的生涯那样,富于色彩和事件的,为许多文学家中所未有。他的许多作品,是自叙传底,他的作品中的许多页,很惹读者的心,都决非偶然的事。由戈理基的艺术而流走着的社会底现象的复杂和纷繁,大抵可以在他的作品和生涯中,发见那活的反响。戈理基的文学和传记,是将他的个性和创作力的不绝的成长,示给我们的。他将那文学底经历,从作为浮浪汉(Lumpen Proletariat)的作者,作为对于社会底罪恶和资本家的权力,粗暴地反抗着的强的个性的赞美者开端,在发达历程中,则一面和劳动运动相结合,一面又永是努力,要从个人主义转到劳动阶级集团主义去。他不但是文艺上的伟大的巨匠,还是劳动运动史上的伟大的战士。我们不必再来复述谁都知道的戈理基在本国和外国的革命底活动了,倒不如引用他的旧友,又将他估计极高的故人列宁的话在这里罢。一九〇九年时,资产阶级的报纸造了一种谣言,说戈理基被社会民主党除名,和革命运动断绝关系了。那时列宁在《无产者》报上这样说:"资产阶级报纸虽然说着坏话,但同志戈理基却宛如侮蔑他们一般,由那伟大的艺术品,和俄罗斯以及全世界的劳动运动结合得太强固。"列宁是这样地,以用了艺术的武器,为革命底事业战斗着的强有力的同人,看待戈理基的。

在长久时光的戈理基的生活历程中,自然也有过动摇和疑惑的时代;也曾有误入旁涂的瞬间。但这是因为他并非革命的理论家,也非指导者,而是用感情来容受生活的最为敏感的艺术家的缘故。在这样的瞬间,戈理基便从党的根本运动离开,难于明了各种思想和事件了。但虽然有了这样的错误,列宁却毫不疑心他和革命劳动运动的有机底结合。苏联的劳动阶级,现在对于这伟大的文豪的过去的疑惑的瞬间,也绝不介意。岂但如此,在这回的记念会,倒是记忆着戈理基对于劳动阶级革命事业的伟大的援助,向他表示满心的感谢的。

四

这回的祝贺会,也不独记念戈理基的过去的功绩和胜利。因为在他那过去的辉煌的革命底事业之外,还约束着伟大的现在和未来。戈理基最近的作品,是显示着他新的创造底达成和那艺术底技巧的伟大的圆满的。他现在正埋头于晚年的大作,三部作《四十年》的成就,那第一部《克林撒谟庚的生活》,刚在异常的期待之下出版了。这作品涉及非常广泛的范围,描写着从革命以前起,到革命后列宁入俄为止的近代俄国的复杂的姿态。他不远还要开手做关于新俄罗斯的创作,正在准备了。在最近的书信之一里,他这样地写着——

"我想于五月初回俄罗斯，全夏天，到我曾经留过足迹的地方去看看。这已经是决定了的。旅行的目的，就在要看一看在我的生涯中的这五年之间，这些地方所做的一切事。我还想试做关于新俄罗斯的著述。为了这事，我早经搜集了许多很有兴味的材料了。但我还必须（微行着）去看看工厂，俱乐部，农村，酒场，建筑，青年共产党员，专门学校学生，小学校的授课，不良少年殖民地，劳动通信员，农村通信员，妇女代表委员，回教妇人，及别的各处。这是极重要的事务。每想到这，我的头发便为了动摇而发抖。况且又因为从全国的边鄙地方，参与着新生活的建设的样样的渺小的人们，也写给我许多极可感动的，有着可惊的兴味的信件。"

虽然寓居远方的意太利，戈理基是始终活在对于祖国的燃烧似的兴味里的。而于正在发达，复兴的苏俄，有什么发生这一事，也有非常的注意。

五

在十月革命的十周年纪念节，发表出来的《我的祝词》这一篇文章里，他这样地写着——

"苏维埃政权确立了。在苏维埃联邦，建设新世界的基础，事实上也已经成就。所谓基础者，据我想，就是将受了奴隶化的意志，向实生活解放了的事。也就是对于行动的意志的解放。何以呢，因为生活是行动的缘故。至今为止，人类的自由的劳动，到处都被资本家的愚蠢而无意义的榨取所污秽，所暴压。而国家的资本主义底制度，则减少创造事物的快乐，将原是人类创造力的表现的那劳动，弄成可以咒诅的事了。这是谁都明白的。但在苏维埃联邦，却觉得人们都一面意识着劳动的国家底意义，又自觉着劳动是向自由和文化的直接的捷径，一面劳动着。这样子，俄国的劳动者，是已经不像先前那样，挣得一点可怜的仅少的粮，乃是为自己挣得国家了。"他又说:"俄国的劳动者,是记着指导者列宁的遗训,学习着统治自己的国家。这是无须夸张的分明的事实。"

戈理基又在别一篇论文《十年》里,以这样的话作结:"人们对我说,这是夸张的赞美。是的,这确是赞美。我一生中,是将能爱的人们,能工作的人们,以及他的目的,是在解放人类的所有力量,以图创造,图将地上美化,图在地上建设起不愧人类之名的生活形式来的人们,看作真的英雄的。然而波雪维克,却以一切正直的人所绝不置疑的成功和可惊的精力,向这目的迈进着。全世界的劳动阶级,已经懂得这事业的价值了。"

六

对于现代苏维埃文学和年青的作者们,戈理基的同情和兴味,也很有炽烈之处的。我们在这里虽没有引用他寄给罗曼罗兰的信的全文的余裕,但其中有云,"现今在俄国,优美的文学是发达着,繁荣着的。"又,在最近的论文之一里,那结语是"所必需者,是对于青年文学者的大的注意和关于他们的深的用心。"

昨年之夏,苏维埃国立美术院院长珂干(P. Kogan)教授到意太利的梭连多,访问戈理基的时候,曾和教授谈了苏俄的事许多时。珂干教授在印象记《在梭连多作戈理基的宾客》中,传着当时的情况——

"戈理基很注意的研究着俄国所行的一切事。他现正写着共有三部的庞大的小说(这就是上文说过的三部曲《四十年》),这至少是网罗着四十年间的俄国生活的雄篇。他决不如白党所言,是俄国之敌。关于苏俄,关于那达成,关于那科学,关于那文艺,他和我谈了许多事。谈得很长久,很高兴。他说,'这里是无聊的,但俄国有生活和动弹。'他拿着铅笔,读着苏俄新出版的各种书。他从苏维埃文学,感到异常的喜欢,将这列在欧洲文学之上。第一流的作家不消说,便是第二流的作家,他没有涉猎其作品者,是一个也没有的……我因为要离开梭连多了,前去告别,到戈理基那里。他脸色苍白,似乎比平常冷淡。他说道,'今天我不像往常,是气喘。因为这病并非心脏系统的病,不要紧的。就会好的罢。'他现在和儿子儿妇和两岁的孙女,就是仅仅这几个家族一同过活。他那对于可爱的孙女的婉婉的爱情,令人记起他说过的'孩子是地上的花'这一句诗似的言语来。"

最近在墨斯科,文学者间,以"戈理基和我们在一起么"这一个论题之下,开了讨论会,但我不幸竟没有机会,得读当时反对戈理基的作家们的演说。我所见的仅有绥拉斐摩微支的话,他是这样说的——

"在反动的黑暗时代,戈理基曾呼唤俄罗斯国民来战斗。在革命以先的时代,他于使我们的作家们从下层社会蹶起的事,也尽了伟大的职务。他现今虽在意太利,而常以贪婪一般的兴味,把握着苏俄所发生的一切的事情。他逐栏通读着苏维埃的报章,和年青的作家们通着很长的书信;并且收了他们的原稿,亲自指导其创作;对于苏维埃青年的生活,又有非常的兴味。不但这些,他还勇敢地呵斥着资产阶级报纸对于苏联的谗诬。这样,他是常和我们在一起的。"

七

在现代苏维埃文学上,要估计戈理基的伟大的价值,并不是容易事。第一,他先是劳动阶级艺术的开山祖师,最伟大的代表者。故人列宁曾为他确认了这光荣的称号,道,"戈理基绝对地是劳动阶级艺术的最伟大的代表者。他为这艺术,已经成就了许多事,但还能够成就更大的事的。"又,也如绥拉斐摩微支所说,戈理基是许多年间,和刚开手的作家以及大众出身的文学者等,通着很长的音信的,从未曾不给回信。酌量了他们的商榷,总给一个适当的助言。就从这样的广泛的观察和深厚的用心中,他产生了对于无产阶级艺术将来的胜利的确信。

据戈理基自己所证明,则从一九〇六年到十年之间,由他看过的出于自修的作家之手的原稿,计有四百篇以上。"这些原稿的大多数——《契尔凯希》(Chelkash)的作者说——是才懂一点文学的人们所做的。这些原稿,大概是永久不会印行的罢,然而其中铭记着活的人们的灵魂,直接地响着大众的声音,可以知道害怕那长到半年的冬夜的俄罗斯人,在想着什么事。"对于"撒散在广大的土地的表面的各种人们,那思想往往暗合着"的事,戈理基是很感到兴味的。他所搜集的统计底材料,恐怕是为将来的文学史底研究指路的东西罢。传统底的科学,对于诗的真髓,一向只寻解说于天才的奇迹底出现中,或于不知所从来的前代天才的影响中,但这岂不是就由大众的思想的暗合,又几经试练而产生的么?戈理基的这统计,为理解诗的本质是大众底现象起见,是提出了贵重的材料,并且为在优秀的作品中,看见全阶级的集团底的创力的生产这一点,给与了可能性的。这些无学以至浅学的诗人们(其名曰 Legion),是和现代苏维埃的杰出的劳动阶级作家们一同参加了自己们的诗和故事的创造了。劳动阶级诗,是对于艺术,指示着新的问题,同时在艺术批评之前也建立了新的目标,使研究家的注意,在不知不觉中,从文学底贵族主义,转向为一切艺术的唯一的源泉的那民众生活和社会底斗争的深处去了。

"几乎回回如此——戈理基这样写着——每逢邮差送到那用了不惯拿笔的手,满写着字的两戈贝克纸的灰色本子来的时候,总附有一封信。那里面,是不大相识的人,相识的人,未曾见过面的人,接近的人,托我将作品'给看一遍'。并且要我回答,'我有才能没有,我有牵引人们的注意的权利没有?'——心为欣喜和悲哀所压榨,同时在他的内部,也炎上着大的希望;对于现今正在经验着非常辛苦的时代的祖国,怀着恐怖,因此心也很苦恼……。所谓为欣喜所压榨者,是因为不好的散文和拙稚的诗越发多起来,作者的声音越发勇敢地响起来,就是,在下层生活里,和世界连结了的人类的意识,是怎样地正在炎上着;在渺小的人物中,向着广大的生活的希求和对于自由的渴仰,是怎样地正在成长着;将自己的清新的思想发表出来,以鼓起疲乏了的亲近者的勇气,来爱抚悲凉的自己的大地的事,是怎样地正在热望着:凡这些,你是感到的罢。现在也这样,要站起来,使被压迫的民众挺直,勇敢,用了新鲜的力,开手来做创造新文化和新历史的全人类底事业这一个希望,是猛烈地得着势力的。"

在别的处所,戈理基说,"我确信着,劳动阶级将能创造自己的艺术——费了伟大的苦心和很大的牺牲——正如曾经创刊了自己的日报一般。这我的信念,是从对于几百劳动者,职工,农民,要将自己的人生观,自己的观察和感情,试来硬写在纸上的努力,观察了多时之后,成长起来的。"……"倘历史向着全世界的劳动阶级——戈理基对《劳动阶级作家第一集》的作家们说——说出八年间的反动之间,你们经验了什么,做成了什么来,则劳动阶级将要惊异于你们的心眼的出色的工作和勇气,你们的英雄气概(Heroism)的罢。自己所做的事,你们大概是并未意识到,也并未想过的,然而俄罗斯劳动阶级和我们的地球的全劳动社会,为了建设新的世界底文化的战斗,却将毫无疑义,从你们的先例里,汲上伟大的力量来。"

八

现代俄国许多知名的作家,那文坛底生活,很有靠着戈理基之处,是谁都公然证明的。又,于现代的读者,戈理基也有极大的感化力和意义。将这事实,比什么都说得更为雄辩的,是关于戈理基的作品的图书馆的阅览统计。据列宁格勒市立中央图书馆的统计,则所藏书籍的著者二千七百人中,多少总有一些读者的人,不过七百;其余的二千人,是全然在读者的注意的范围外的。而即此七百人之中,每日有人阅读的著者,又仅仅三十八人。这三十八人之中,见得有最大多数的需要者,是只有戈理基之作。在这图书馆里,昨年付与阅览人的书籍的统计,计戈理基的作品一千五百卷,托尔斯泰七百七十二卷,陀思妥夫斯基五百五十六卷。这数目字,即在说明他的作品,在一切读书阶级中,被爱读得最多。再将这戈理基的千五百卷的阅览人,加以种别,则学生九百九十六人,从业员二百三十二人,劳动者百四人。然而这是中央图书馆的统计,一到市外或街尾的劳动区域里,劳动者的数目就增加得很多了。再据列宁格勒的金属工人组合的文化部,特就六个文豪的调查的结果,则在金属工人之间,最被爱读的,也还是戈理基居第一位,其次是托尔斯泰。又从一千九十四个金属工人中,来征集戈理基作品中所最爱读的书名的回答,那结果,是《母亲》的爱读者五百三十四人,《幼年时代》四百三十七人,短篇集三百八十七人,《Artamonov 家的事件》三百四十三人,《人间》三百十一人,*Foma Gordeev* 三百一人,《Okurov 街》二百二十二人。推想起来,对于英雄底的劳动诗的戈理基的伟大的热情,以及对于作为征服自然,改造世界的根原的那劳动的戈理基的信念,是使他的作品和读者大众密接地连系着的。对于人类的爱情,对于劳动和劳动的胜利的确信,将戈理基的艺术,充满了伟大的勇气和生活的欢欣。虽在阴暗沉闷的场面的描写,毫不宽假的批评的处所,关于人类的弱点的悲哀的时候,从戈理基的作品的每页里,是也常常勇敢地响着对于生活,对于战斗的呼声。

九

关于作为艺术家的戈理基,似乎近来人们不大论及。但是,他的艺术底进化,决不是已经达了完成。较之十年乃至十五年前,还更强有力地施行着。作为艺术家的戈理基,是决未曾说完了最后的话,也没有将自己的创造之才,一直汲完到底的。

戈理基的最近的作品,几乎全部是属于回忆录这一类。连登在杂志《赤色新地》的自叙传底作品的一部,此后在《我的大学》的标题之下,集成一卷,从柏林的俄国书肆克尼喀社出版。一看这样地汇成一本的短篇,我们便可以明白这是怎地伟大的文学底事件,也可以明白这在戈理基的创作底历程上,是怎地重大的阶级。在属于同类的此后的作品中,有《巫女》,《火灾》,S. N. Bugurov,《牧人》,《看守》,《法律通人》等,那大部分,是和《我的大学》一样,可以站在高的水平线上的。

戈理基的回忆,和卢梭的《自白》,瞿提的《空想和事实》那样的古典式的回忆,这两样的,这两人的古典底的作品,虽各不同,但有一个共通之点。这便是想将作者本身的内面底发达的全径路,汲取净尽的欲求。无论是卢梭,是瞿提,态度是不同的,然而作为著作的中心者,是作者本身,是作者的个性,作者的生涯。但是,戈理基的作品,却并不如此。在那里面,作者的个性,降居第二位,占着主要地位的,是作者所曾经遇见的各种许多独特的人们的特色底相貌。有人说过,瞿提的自叙传,可以将书名改题为《天才在适当的事情之下,怎样地发达》。戈理基也一样,将内面底,精神底发达的历程,固然也描写了不少,但倘说那么,对于他的回忆录,可用《天才底作者在不利的情况中,怎样地发达》的书名,却是不能够的。戈理基的回忆录,是关于人们的书籍。“看哪,周围有着多么有味的人们呵!”仿佛作者像要说。“我切近地接触了几十,几百的人们了。他们是多么有色彩,独特,而且各不相似的人们呵。他们也烂醉,也放荡,也偷东西。并且也收贿赂,也凌虐女人和孩子,因为争夺住处而杀人,在暗中放火。然而他们是多么天才底的,充满着力和未曾汲完的潜力的人们呵!”

十

在契诃夫的作品上,俄罗斯全部,是由"忧郁的人们"所构成的,在戈理基的作品上,则由独创底的人们所构成。契诃夫是不对的;或者戈理基也不对,但总之他近于真实。戈理基当作一种独特的现象,和各个人相接触,一面深邃地窥觑那内面底本质,竟能够将在那里的独特的东西发见了。契诃夫的世界,大抵是千八百八十年代至九十年代的有些混沌而无色采的智识阶级的世界,但戈理基的世界,则是那时的昏暗的,不为文化之光所照的世界,然而是平民的世界,富有色采,更多血气的。戈理基对于乐天主义的强烈的倾向,即出于此。契诃夫是平板单调的,戈理基却从极端跳到极端去。从对于音乐,歌,力,高扬的欢喜,急转而为对于无意义的人生的绝望的发作。有时也从对于劳动的紧张和欢喜的肉体底陶醉,一转而忽然沉在自杀的冲动中了。但虽然如此,要之,契诃夫之作是笼罩着忧愁,戈理基之作是弥漫着乐天主义的。

读契诃夫时,我们便为一种疑惑所拘縈。在出了他的忧郁的人们,凡涅小爹,箱子里的男人之后,怎么会发生革命呢?从契诃夫的俄国,到一九〇五年(第一次革命)的俄国的推移,是不可解的,不可能的。关于这一端,戈理基却比契诃夫答得好得远。我们在他的回忆底作品里,能够看见劳动者和农民之间的各样思想的底流,也可以看见革命前期的特色底的情绪(老织匠普不佐夫对于资本家的憎恶,铁匠沙蒲希涅珂夫和神的否定,以民情派社会主义者罗玛希为中心的农民会,大学生的革命底团体等)。戈理基的回忆录,即使那艺术底价值,又作别论,而作为近代俄国的文化史料,尤其是作为加特色于一八九〇年代的记录,是有很大的意义的。

戈理基最近的作品,在作风上,令人记起他的《幼年时代》来。有些短篇,则几乎站在《幼年时代》的同列上。例如《看守》,《初恋》,

《巫女》,《我的大学》等是。《看守》是有特殊之力的作品,在这里面,他将先前为他的根本底缺点之一的推理癖,完全脱去了。而且使作品中的人物,自己来说话。其结果,是能够创造了非常鲜明的 Type 和场面。《初恋》也是优秀的作品,写得极率直,极真实,而且鲜浓。《火灾》也是明朗的诗。《我的大学》和 N. A. Bugurov 是社会底的大画卷,在我们的眼前,从中展开一八九〇年代的俄国乡间的情状来。

如上所述,戈理基是准备于近日回俄国去的,当苏俄将那力量和注意,都集中于解决社会文化底建设的伟大的问题的今日,则戈理基和敬慕他的劳农大众的邂逅,将成为有着伟大的文化史底意义的事件,是毫无疑义的罢。

一九二八年作,译自《改造》第十卷第六号。

未另发表。

初收 1929 年 4 月上海北新书局版《壁下译丛》。

致 李霁野

霁野兄:

十日信收到。不要译稿,并不是你说的,年月已久,不必研究了罢。

《朝华夕拾》封面,全是陶元庆君去印的,现在他不在上海,我竟不知道在那里印,又无别人可托,所以已于前日将锌板三块,托周建人寄回,请照原底在北京印,附上样张一枚。至于价值,我只记得将账两张,托小峰拨汇(他钱已交来),似乎有一二十元但已记不清,现若只有六元多,那也许他失落一张账,弄错了。

《小约翰》封面样张,今寄上,我想可作锌板两块,一画一字,底下的一行,只要用铅字排印就可以了。纸用白的,画淡黑色,字深黑。

《四十一》早出最好。上海的出版界糟极了,许多人大嚷革命文学,而无一好作,大家仍大印吊膀子小说骗钱,这样下去,文艺只有堕落,所以绍介些别国的好著作,实是最要紧的事。

迅 上 四月二十日

此后有书出版时,新的希给我五本,再版的是不必寄了。

又及

"孙福熙画书面"这一页改如右

5

书 面

M. M. Behrens—Goldfluegelein:

Elf und Vogel.

二十一日

日记 星期。晴。下午往内山书店。

二十二日

日记 晴。上午寄石民信。夜半译《艺术论》毕。

《艺术论》小序

这一本小小的书,是从日本昇曙梦的译本重译出来的。书的特色和作者现今所负的任务,原序的第四段中已经很简明地说尽,在我,是不能多赘什么了。

作者幼时的身世,大家似乎不大明白。有的说,父是俄国人,母是波兰人;有的说,是一八七八年生于基雅夫地方的穷人家里的;有的却道一八七六年生在波尔泰跋,父祖是大地主。要之,是在基雅夫中学毕业,而不能升学,因为思想新。后来就游学德法,中经回国,遭过一回流刑,再到海外。至三月革命,才得自由,复归母国,现在是人民教育委员长。

他是革命者,也是艺术家,批评家。著作之中,有《文学的影像》,《生活的反响》,《艺术与革命》等,最为世间所知,也有不少的戏曲。又有《实证美学的基础》一卷,共五篇,虽早在一九〇三年出版,但是一部紧要的书。因为如作者自序所说,乃是"以最压缩了的形式,来传那有一切结论的美学的大体",并且还成着他迄今的思想和行动的根柢的。

这《艺术论》,出版算是新的,然而也不过是新编。一三两篇我不知道,第二篇原在《艺术与革命》中;末两篇则包括《实证美学的基础》的几乎全部,现在比较如下方——

《实证美学的基础》	《艺术论》
一　生活与理想	五　艺术与生活(一)
二　美学是什么?	
三　美是什么?	四　美及其种类(一)
四　最重要的美的种类	四　同　　　　(二)
五　艺术	五　艺术与生活(二)

就是,彼有此无者,只有一篇,我现在译附在后面,即成为《艺术论》中,并包《实证美学的基础》的全部,倘照上列的次序看去,便等于看了那一部了。各篇的结末,虽然间或有些不同,但无关大体。又,原序上说起《生活与理想》这辉煌的文章,而书中并无这题目,比较之后,才知道便是《艺术与生活》的第一章。

由我所见,觉得这回的排列和篇目,固然更为整齐冠冕了,但在读者,恐怕倒是依着"实证美学的基础"的排列,顺次看去,较为易于理解;开首三篇,是先看后看,都可以的。

原本既是压缩为精粹的书,所依据的又是生物学底社会学,其中涉及生物,生理,心理,物理,化学,哲学等,学问的范围殊为广大,至于美学和科学底社会主义,则更不俟言。凡这些,译者都并无素养,因此每多窒滞,遇不解处,则参考茂森唯士的《新艺术论》(内有《艺术与产业》一篇)及《实证美学的基础》外村史郎译本,又马场哲哉译本,然而难解之处,往往各本文字并同,仍苦不能通贯,费时颇久,而仍只成一本诘屈枯涩的书,至于错误,尤必不免。倘有潜心研究者,解散原来句法,并将术语改浅,意译为近于解释,才好;或从原文翻译,那就更好了。

其实,是要知道作者的主张,只要看《实证美学的基础》就很够的。但这个书名,恐怕就可以使现在的读者望而却步,所以我取了这一部。而终于力不从心,译不成较好的文字,只希望读者肯耐心一观,大概总可以知道大意,有所领会的罢。如所论艺术与产业之合一,理性与感情之合一,真善美之合一,战斗之必要,现实底的理想之必要,执着现实之必要,甚至于以君主为贤于高踏者,都是极为警辟的。全书在后,这里不列举了。

一九二九年四月二十二日,于上海译迄,记。鲁迅。

未另发表。

初收 1929 年 6 月上海大江书铺版"艺术理论丛书"之一《艺术论》。

艺 术 论

[苏联]卢那卡尔斯基

原 序

我们在今日,能够觉察出亘一切领域,对于一般理论底问题的兴味的增进了。以世所稀有的英雄底努力，将世界大战和国内同胞战的遗产的大破坏的善后，业经结束的苏联，在现今，正在一般文化的领域上，展开其能力。

我们确在自己之前看见新艺术的萌芽。那创造者，是新的社会集团，劳动阶级的代表者们。这以前，在艺术的领域上，他们是没有自由地活动的机会的，只偶有极少的矿苗，能够好容易露在地面上。我们一一知道他们的姓名。而关于此外全然湮灭无闻的几十几百的天才，则历史但守着沉默。

在新兴艺术，将自己发见，将自己的运命开拓，将自己的实际生活来意识化的事，也极其困难的。而在就学于种种美术专门学校和研究所的我青年们，则尤为困难。关于艺术的好著作非常少，至于科学底社会主义文学，却更为希有。所以纵使要将什么书籍，绍介给初在艺术领域里活动的人，以及对于日常生活的问题，不妨梗概，只愿得到解答的人，也几乎办不到。

从现在已经很明确了的这要求出发，革命俄罗斯美术家协会决定将卢那卡尔斯基的著作来出版了。本书是将在种种的际会，因种种的端绪，写了下来的几种论文，组织底地编纂而成的，这些论文，由共通的题目所统一。但这并非本来的意义上的美学的理论。在这些论文中，于趣味，美底知觉，美底判断的本质，都未加解剖。本书中所成为焦点者，是艺术本身和那发达的历程。从中，于艺术底创作的历程，尤其解剖得精细。在这里，是分明可见，能将什么给与对于艺术的阶级底观点，是向着无产阶级的，明白地意识着自己的所属性的艺术家。当撰辑这些论文时，出版者用力之处，是不仅在卢那卡尔斯基为科学底社会主义艺术学的理论家，而尤在其为实际底指导者。我们在卢那卡尔斯基的关于一般美学的许多著述中，要将艺术底创造，在那历程上加以意识化的尝试，分明可以看出。卢那卡尔斯基当讲述形式底方法之际，又当讲述艺术的内容的价值之际，读者大约到处会在自己之前，看见不独是各流派的单单的艺术学者，且是一定倾向的实际底指导者的。这完全的活的艺术底经验的结晶之处，即本书的价值和意义之所在。

本书的内容，倘将那组成部分解剖下去，那是会有机底地成长的罢。那大部分，是用了异常的确信，来处理艺术和生活的题目的。至今为止，以一切手段拥护其存在的抽象底的，制约底的，无生命的，形式底的艺术，现在已为一切人们所厌倦了。现在是"向大众的艺术"这标语，尤惹我们的艺术青年们。其实，艺术愈能够将现代生活，确实地而且现代底地表现出来，则艺术也将成为愈完全，愈有意义的东西的。所以怕艺术陷于现实的奴隶底模仿的必要，一点也没有。在这关系上，我们将于本书之中，发见以"生活与理想"为主题而作的辉煌的页子的罢。我们是随地都应该跟这标语而进的。

一九二六年于墨斯科。革命俄罗斯美术家协会。

一 艺术与社会主义

在从马克斯起，以至现代的科学底社会主义的文献中，奉献于艺术问题的专门底著述，还比较底稀少；即有之，也不过将有限的页数，分给了这问题。然而有对于艺术的纯科学底社会主义底态度的原理存在，却是无可置疑的事实。现在就简单地，试将那根本原理摘要在这里罢。

首先第一，据作为人类社会发达理论的科学底社会主义，则艺术是在生产关系上的一定的上部构造，而生产关系，是决定支配那时代的劳动形式的。

艺术对于这经济底基础，在两个关系上，能为上部构造。第一，是作为产业，即生产本身的一部，第二，是作为观念形态。

在事实上，从野蛮时代以至现在，艺术是作为人类生活的一定的倾向，在全人类的生活上，演着显著的职掌。所以在人类劳动的结果这一切生产品中，要发见那形式，色彩，其他的要素，仅是从适应性打算出来的东西,恐怕不容易。例如无论建筑或书籍罢,器具或街灯柱罢,任取一种近便的东西,看看那根本的匀称,由什么而决定的就好。在这上面,就知道恰如斐锡纳尔的测定法所说明,那匀称,是决不从那些事物的使用上的便不便,打算出来的。倘使单就使用上的便利而言,那么,这些事物就还可以有较长者,也还可以有较阔者。那各部分,也就用了别样的匀称了罢。然而改变匀称(倘不是造得太不合用的东西),是引起或一种不快的冲动的。反之,得宜的匀称,却和别的什么利害观念毫不相干,而给与纯粹的快感。

我故意引了最单纯的例子了,但和这一样,也可以断言,凡是人手所成的制作品,而不带装饰底欲求的痕迹(例如磨光的表面,涂了磁釉的表面,各种的花纹,在些强烈的彩色以及一定的色彩配合等)者,是没有的。这就知道,人类是生来就禀着这种强烈的倾向,就是一面做那生产品,一面却不仅追求着纯功利底目的而已,还要达成那艺术底目的。而这艺术底目的,便是将那事物美化,使它和我们的感觉机关相宜。谁都知道声音有快不快,色彩有快不快的。从这样的单纯的类推,人们便竭力要将那创造的结果,做得给人好感,便于知觉,易于合意,具有趣味的东西。

这样的对于事物的趣味,因民族,因时代而大异,是当然的。在这关系上,来研究各样式的根本,应该是极有兴味的事。例如中国的制作品,做得很好,很美,而古希腊的制作品,却根本底地不同,是什么缘故呢? 又如为全欧的趣味的根源的法兰西家具,那在各时代的变化,是为了什么呢? 例如,从路易十四世的豪华而到路易十五世的浮华的趣味,自此又向路易十六世的坚实的精严,向革命时代样式的整齐的枯燥,于是遂到了拿破仑时代样式的具有纯熟而雄奇的谐和的伟大,于这变化,加以研究,是不能说没有兴味的。

然而能于无数的样式的变化,阐明其由来的真的原因者,舍科学底社会主义无他道。但为了这事,科学底社会主义不但依据着关于所与的时代的社会组织，那前代的传统的确凿的智识而已，还应该依据着关于或一民族在或一时代所用的材料，生产机具，其他纯技艺底要件的全体的精细的智识。

然而艺术不但是产业的特殊的种类，也不但是进到几乎一切制作品来的特殊的机能，艺术又还是观念形态。那么，从科学底社会主义的见地说起来，观念形态云者，是什么呢？这是在人类的意识上，给了体系的实在的反映，是充满着人类的意识底生活的东西。

自然，人类的意识，也通过些个人底的，就是所谓刹那刹那的断片底的思想和感情的。然而这些思想和感情一结晶，则这便得到观念形态的性质。科学底社会主义以前，或和科学底社会主义并存的社会学派，大抵以为思想和感情的自己组织，是独立底过程；甚且将这理想主义底过程，看作根本。不但如此，许多社会学派，还以为由社会学的大家和思想家及艺术家等之力，组织了自己的思想和感情的人类社会，又在竭力依着从学说打算出来的计划，以组织本身的生活和周围的环境。

但科学底社会主义，却证明了实际上并无那样的事。据科学底社会主义，则观念形态是由现实社会而发达的，因此就带着这现实社会的特征。这意义，不仅在说，凡观念形态，是从现实社会受了那唯一可能的材料，而这现实社会的实际形态，则支配着即被组织在它里面的思想，或观念者的直观而已，在这观念者不能离去一定的社会底兴味这一层意义上，观念形态也便是现实社会的所产。所以观念者常常是倾向底的。他竭力要以一定的目的，来组织那材料。

然而据科学底社会主义，则社会是分为几个互相敌对的阶级的。阶级云者，是对于生产过程，或在那过程上，占着种种不同的地位，因此也有了种种不同的利害关系了的人们的团体。例如地主阶级，有产阶级，农民阶级，劳动阶级等，便是。

自然，科学底社会主义当说明观念形态的阶级底特质之际，科学底社会主义是决不以肯定了观念形态和各种的大阶级——例如支配阶级或为自己的支配权而在斗争的阶级——或被支配阶级相关的事,便算足够的。不,科学底社会主义底解剖还割得更其深。科学底社会主义正在要求确立各种的法理学说,哲学系统,宗教教义,艺术上的流派,和一定的阶级内部的团体,或中间阶级底团体的关系。社会在那构成上,是常有非常复杂的时候的。所以将观念形态底现象,太简单地一括于或一基本阶级中的事,是对于纯正科学底社会主义的罪恶,是粗杂的科学底社会主义。

观念形态的历史,是全然依据于社会性的历史的。恰如人类社会本身,在那进化上,多样而复杂一般,观念形态也多样而复杂。

这里还有应该附加的事,是在对于社会进化的关系上,一面虽在否定观念形态的支配底地位,而将这观念形态的价值,科学底社会主义却并不否定的。阶级当各各创造其自己的法律,自己的宗教,自己的哲学,自己的道德,自己的艺术之际,阶级决不来枉费其精力。凡这些,并非一面多样的镜子上的现实的单单的反映;这些反映,是成为它自己或社会底势力,旗帜,标语的。并且以这些为中心,一阶级就集合起来,借这些之助,阶级则加打击于自己的敌手,从他们里面,募集自己的心服者和属员。

在别的观念形态中,艺术演着优秀的职掌。在或一程度上,艺术是社会思想的组织化。艺术者,是现实认识的特殊的形式。现实,是可以借科学之助,而被认识的。科学,则竭力求精确,要客观。然而,科学底认识,是抽象底的,向着人类的感情,却一无所说。但是,本然底地认识的事,理解那所与的现象的事,却不只是对于那现象,有着纯智底系统的判断的意思,也有对于那现象,确立起一定的感情底,即温厚的道德底和美底关系来的意思的。例如,当理解俄国农民之陈,以统计学底研究为基础而理解者,和由乌斯班斯基及别的民情派作家的作品而理解者,是全然两样的。

自然,恰如同是农民阶级的统计底智识,可以故意或无意地加以毁损一样,艺术底表现,也可以意识底地或无意识底地成为主观底的东西。要说得更适切，那便是可以成为反映阶级的利害（艺术家是其表现者）的东西。然而这事，却正使艺术有力量。艺术者，不但是认识的机关，即不但是现实社会的热烈的活的直接的认识机关而已，也是或种一定的见解，即艺术家对于现实社会最所企望的一定态度的宣传的机关。但由上面说过的事，艺术作为思想的组织者而显现的时候，则也可以说，一定是将思想和感情，组织在一处的。有时候，艺术也能全然是感情的组织者。例如音乐或建筑（并非作为技术，而是作为艺术的建筑），是什么思想也不能表现的。倘要将音乐和建筑的言语，翻译为表现着或种概念的我们的言语，就需很大的努力。但是，虽然如此，音乐和建筑的影响是伟大的。音乐的要素和建筑的要素（这时候，建筑和音乐是极为亲近底的），可以说，在任何艺术中无不存在。倘若雕刻是纪念碑底的，而且以它的均衡使我们惊叹，则这并非由那雕刻的内容而来，却是由主题而来的。尤其是，由联结着雕刻和建筑的那样式而来的。倘若雕刻浑身典雅，线皆优美，而且在雕刻家所赋与的相貌上，浮动着一种不安定的，然而使我们飘动的心情，则我们可以说，那雕刻充满着音乐。无论在那一际会，我们是早进了感情的组织化，无意识底的东西的组织化的范围里了。这事情，当然也可以在更大的程度上，适用于绘画。绘画的构图，当这做得正确，整得出色的时候，即令绘画近于建筑。而绘画的色彩的鲜秾，则使绘画近于音乐。在文学上，也一样的。艺术上的大作的一般构成（例如但丁的《神曲》），令人发生一个大伽蓝似的印象。而节奏，韵律，照应等，则每将和内底音乐相结合的外底音乐性，赋与于文学。而且这又和不能译成纯粹批判的言语的象征的幽微的意义，结合起来。

问题是关于思想的组织化之际，则直接和观念形态，以及产生观念形态的生活上的事实，或把持着这些观念形态的社会底集团相连系的事，是颇为容易的。和这相反，问题倘触到成着艺术的最为特色底的特质的那感情的组织化，那就极其困难了。所以艺术的历史和理论，直到今日，都在极巧妙地回避着科学底社会主义。但在最近，在这关系上，开了一条大口了。有如德国的科学底社会主义者，且是艺术的历史家和理论家的霍善斯坦因的或种著作，便已经是向前的显著的一步。就是，科学底社会主义的这微妙的方面之研究，已经由他而完成了。

作为人类社会及其进化的理论的科学底社会主义的原理，就如上。然而科学底社会主义，是不仅表示着这样的理论的。科学底社会主义也还是一定的纲领。科学底社会主义是他本身一定的阶级即无产阶级的观念形态；而且成着并不毁损现实的唯一的观念形态的。这事，由那所说的无产阶级是未来的阶级的事，以及所说的和将现实照样地述说的科学，表示着未来的确实的倾向的科学的强固的结合，于无产阶级是有利的的事，便可以证明。正一样地，无产阶级本身的倾向，在全人类，也是有利的。最受压迫的最后的阶级这无产阶级，是一面自行解放，同时也将那全人类，一般地从阶级制度解放的。比无产阶级所致的改革，更加重大，更加解放底的改革，是再也没有的了。所以无产阶级的倾向，同时也是全人类底倾向。

无产阶级的理论家们，不但应该用了确实的客观性，来描写艺术的各样的花和果实，在社会性的地盘上，怎样成长起来，而且对于艺术，也有批评底地，前去接触的十足的权利。关于过去，也一样的。无产者的理论家，可以指摘人类的往时，分明地带着有害的榨取底精神的艺术上的作品。他们可以指摘表现着民众的被动底苦痛，或是那奴隶隶服从的作品。他们又可以指摘充满着惰气，狡猾，阿谀，怀疑的艺术。这种艺术品，是因为要逃避现实社会和对于社会的责任，故意从一切活的内容，退到空疏的智力的游戏，或翔天的梦想里去的。但无产阶级却在同时，有时也于往昔，能够发见属于支配阶级的或种艺术品。凡这些，是富于广泛的组织底计画的精神，充满着对于自己之力的人类的确信，光明的渴望，及向着真正生活的憧憬的。否则，便是以对于外界的横恣的运命的反抗，以及被蹂躏的一部分人类社会的权利的宣言,作为那根本倾向的艺术品。

在过去的艺术品上发响的声音,号泣,欢笑,歌唱等,是多样到无限的。解剖到底了的这些艺术品的各个,都可以给与一定的社会底评价。或种作品,在种种的意义上,是作为无产阶级的豫言者或先驱者的人们的声响,在无产阶级成着亲密而投契的东西。或种作品,从那根本底倾向的观点,虽是可疑,但作为曝露着特殊的社会现象的东西,却有兴味。又,或种作品,则是可以嫌忌,可以憎恶的。但是,当此之际,无论何时,我们总是往还于关于内容的评价的范围内。然而无产者理论家,也能够作关于艺术上的形式的评价。例如科学底社会主义即在毫无错误地教给我们,凡对于促进新的思想,组织大的感情,有着兴味的阶级,一定感得内容底艺术,而且制作出来。和这相反,凡没有观念形态,也不想拥护自己的权利,影子稀薄的阶级,则向着纯然的形式底艺术。而且不过借此略略渲染人生,使这成为他们住得舒适的处所。在这形式底艺术的领域中,易行种种的颓废,能有一切种类的美底淫荡。例如轻佻浮薄的华美,贵族饕餮的淫佚底的典雅,就都是。

荡漾于或一阶级的思想和情绪的内容,在有些时代,也可以发见和这相称的形式底表现。(这恰与或一阶级的全盛期相当。)那时候,艺术便因了内容和形式的这样的一致,成为平静的东西。艺术家确信自己的作品是重要的,而且那作品,是将为同国民的一定的部分所容纳的。在同时,他也确信有着可以将这内容传给社会的形式。那时候,便是所谓古典时代来到了。然而在古典时代的到来以前,当然还该有未能将思想和感情,得到十足的具现的时代。因为这样的时代,是和对于政权的或一阶级的抬头相一致的,又因为这阶级,同时也为了自己的阶级底利益,努力于发见政治底形式的,所以这样的时代,是突进,粗疏;那形式,是不安稳。艺术家一面使自己的空想紧张,一面则在摸索,要捕捉自己所还未能捕捉的形式。加以指导他的思想,也还有些不分明,只有感情,是激烈的。称为艺术上的罗曼谛克底机构这东西，即出于此。到最后，阶级通过了那全盛期的时候，那阶级在社会，已经并非必要了，对于他，有新的势力前进。于是他没有了自信，失了自己的理想，那感情碎如微尘，从一个密集队而变为个人主义底沙砾。那时候，这也反映在艺术之上，思想和感情本是艺术的精神，则萎缩了，不久就发散净尽了。而只剩下那变质为亚克特美主义的一种冷的形式底技巧。然而我们在自己之前，看这美的死尸，是并不长久的。不多时，那死尸便开始解体。而艺术家对于形式，也开始取起轻率的态度来。就是，力求诡奇，或将自己的艺术的或一面，特加夸大。当此之际，我们就正对着颓废底艺术了。

在这里，我不过当评价过去的艺术时，显示了指导着我们科学底社会主义者的主要的指导原理。在这里我还应该说，虽从最消极底的艺术品，倘将这细细解剖，也可以获得最有益的结果的。第一，是只要这些作品，是成着或一社会现象的征候的，则在历史底认识上，即给我们以帮助。第二，在这些艺术品里，是颇含有各种积极底方面的。在或一颓废底艺术品之中，我们能够发见色彩，线，音响的可惊的优美的结合。在艺术的解体期里，解剖底艺术家能够寻出技术底地极其贵重的一些东西来。这样的例子并不少。在或一暴君所建立，贯以奴隶支配的精神的巨大的建筑物上，我们能够发见惊人的均衡和伟大。这些特质，是从暴君制度那一面加进去的，而这却又将暴君制度，做成大众组织化的广泛的支配形式之一了。所以真的科学底社会主义者，能够以过去的几乎一切的艺术品为例，来自己学习，同时也教给别人。

但是，如果这样地，科学底社会主义不仅是认识艺术的确实的根源的方法，并且是艺术批评的方法，艺术利用的方法，就是，正当地享乐艺术，又为艺术的将来的发达起见，正当地理解艺术的方法，那么，对于现代精神的科学底社会主义的关系，就不消说得，是格外痛切的事了。

这之际，以上所示的一切批评的标准，我们可以完全适用。作为读者，加以作为批评家的科学底社会主义者，能够在那可惊的研究室里，解剖了个个的新作品，而指示其社会底根柢和社会底倾向；又，只要在作品的内容和形式上，有所表明，就也能够指示其消极底方面和积极底方面。而科学底社会主义的作家乃至艺术家，则可以一面创造那作品，一面在自己阶级的理论里，寻出认真的支柱来。他们又可以把持着这指导底原理，免于各种的谬误。且可以自己批评着自己，同时又将自己之所有，而自己的阶级正在要求其表现的内容，完全地表明出来。

二 艺术与产业

曾经有过艺术界的敏感的代表者们，以产业为仿佛是自己的强敌似的时代。关于这事，只要记得摩理思的出色的乌托邦《无所从来的信息》，就尽够了。做着这乌托邦的基础者，是将来的社会主义底社会，将一切机械工业排除，而代之以手工业。还可以想起洛思庚。他到近时，也还是美学底地来思索的许多欧洲人及俄国人的思想的权威者。而洛思庚主义的根底之一，则是对于作为伤害风景的要素的铁路和制造所，以及对于作为损坏人类生活的害毒的工场生产品的根本底憎恶。

我们熟读了产业之敌的各种美学者的推论，而且加以深思的时候，我们是承认其中也有几分正当的理由的。自然，以为工场，制造所，铁桥，火车，铁轨，各种的涵洞，高架桥等，害了欧洲的风景，并不是实情。不消说，在这里有着大大的谬误。是对于这些一切的设施，为旧时代的眼睛所看不惯。于是在他们，便觉得这些东西是粗野，卑鄙，功利底，人工底，因此也是值得攻击的东西了。

其实，古代世界，中世期，文艺复兴期，还有十七世纪和十八世纪，是在那建筑上，都依从自然的线，毫不害及调和，而首先加意于

238

风景的要项的时代。但在用了高耸天空的许多烟突,以如云的黑烟来熏苍昊的大工场的建筑家,则风景又算什么呢。在解决着以最短距离的铁路线,怎样地结合两地点的问题的技师,风景究竟算是什么呢。但是,从事于铁路以及其他巨大的工业底企图的技师和建筑家们,对于一切的美学和风景美,虽然漠不关心,但毁损风景那样的事,是决没有做的。

关于这一端,我们现在是取着别样的态度。喷吐火焰的工场,在我们,并不见得丑。在制造所的烟突上,我们越加看出许多独特的美来。铁路呢,我们不但在那上面以非常的速力在疾驰,并且这已经成了风景的要素,在我们,成为一种独特的道路就到这样了。我们以一种的兴味和纯然的美底感动,凝眺那走向远方的列车。我们连那许多铁桥和几个车站,也想将它算作建筑美术的一种杰作。在我们这里,已经蓄积着关于或一铁路的许多卓拔的叙述了。凡这些,是充满着多量的美的。又在最近,我还在海尔曼的小说《机关车》中,读到了礼赞那纯然的铁路风景的足以惊叹的描写。

自然,当此之际,也可以提出我后来要说的或种问题来。这问题,便是问,从事于铁路以及其他的产业底企图的技师和建筑家们,可能渐次在或种程度上,留意于人类的视觉的要求呢?但关于这事,且让后章再说。

在关于工场生产品所说的事情之中,却更有许多的真理。

自然,将诚实的工人的劳动,挤掉了的那可以嫌恶的粗制滥造,正是文化的低落。而竭力要在市场上打胜那减价竞争的工场主,连从品质之点看来,是生产物的劣等化都在所不顾的事,也极其多。假如一种羽纱的图案,一种碟子的形式,帽子的意匠等,是惹起或种赏识的,普通总是迎合着一般群众的卑俗的趣味。然而,是什么在迎合什么呢?是工场生产在迎合卑俗的要求,还是工场生产自己造出这卑俗的要求来的呢,却很不易于断言。例如,试看那"时行"这一种现象就好。在这里,问题已经和购求那用了各种染料,粗杂地染成彩色的下等羽纱的或一殖民地居民无关，也和那不管爱不爱，只因便宜，就买些可厌的家具，来作用度品的工人和农民无关。赶着时行者，大抵是资产阶级的太太，富豪阶级的代表底妇女。跟从时行的女人——大家以为就是对于自己的装饰，加以特别的注意的人类。但是工场那面，对于时行是采取怎样的手段的呢？工场是任意模仿时行的。大裁缝师和大工场主，运动了若干的新闻记者们和时髦女人们，照那喜爱，做出服装的愚蠢的样式来。无际限地勾引着各资产阶级妇女的欲求，使她付三倍的货价，一面是今天这一种，明天别一种，或将羚羊皮，或将锦襕，或将种种的皮，使它时道。——总之，这就是所谓时行。"时行的呀。"这是大多数的女人所说的神圣的句子。一成为"时行的呀"的事，那就即使这和相貌不相配，即使如格里波叶陀夫老人之言，这是"逆于理性"的，也都不管了。就是，妇女者，无论如何，总要身穿时式衣裳，而对于想出那时式衣裳来，并且使它时行的企业家去纳税的。

在这例子里面，就可以看见工场的趣味，是顺着怎样的路，堕落下去的。凡工场，在趣味的无差别的时候，以及趣味和廉价不相冲突的时候，是跟随底的，在贩卖的利益要求趣味的时候，则使这趣味服从自己。

不但在劳动者和从业员的住宅而已，虽在大多数的资产阶级的住宅里，也尚且充塞着从美学底方面看来，是不值一文的废物——工场制品的废物——的事，是能够否定的么？

但是，摩理思和洛思庚式的人们，从这一节推理而得的结论，却并非正确。为什么呢，因为机械工业，并不是必然底地一定产生这样可厌的贩卖品的。

反之，机械工业在那将来的发展上，倒可以不借一切的人手，仅在最后的收功时，一借工人劳动者之手，而产出极细巧的艺术品来，并且常在生产的状态上。

洛思庚在那活动的初期，将一切的照相复写法当作大恐怖，以照相版的驱逐手工版的事，为非常的野蛮底行为的征候，但到那晚年，和在他临终以前就达了惊人的完成之域了的照相版对面的时候，他在这里，已经不能不承认在特殊的美术上，发见了新的环境了：这实在是特色底的事实。

以容易地而且便宜地，来复写一定事物的任意的数量为其本质的产业，现已侵入了先前以为是绝对地不可能的领域之中了。一切人们，嘲笑那机械底乐器，还是最近的事，然而现在已有自动音乐机"米浓"（译者按：Minion＝宠幸？），极其正确地复写着作曲家或伟大的音乐家用或种乐器所演奏的或种曲，对于这，还可以虽在演奏家的死后，也给以微妙的音响学底或美学底分析。

那么，在演剧的领域里，又怎样呢？谁曾能够豫想，以为演员的演技，在那实演之外，又可以复写的呢？虽然那也重做好几回（大家已经以这为或种生产底东西了），但在今日，电影则已创成了映画剧，演员能在这上面，于自己的死后在几十万人们面前做戏，并且巧妙地扮演，恰如一生中最为成功的那夜一般。电影还和那为了这些目的，而完成了的留声机结合着。自然，我并不以为有用"间接的饶舌家"来替换"伟大的哑子"的必要。要将言语连在墙壁上，是美学上的大谬误，但我们将那伟大的演员，伟大的辩士，使那姿态和声音和情热，可以永久地刻印出来的事，总之是必要的。这不消说，便是伟大的征服。自然，由形式底观点而言，这是最纯粹的工业，是或种所与的艺术上的现象，后来能在任意的分量上，最便宜地广远地流传的。

要之，产业者，是幻术师。问题之所在，只在可有这广大的通俗化没有，可有工业的路程上所达成的这多大的便宜没有，和这同时的卑俗化，恶化，堕落，是必然底的不是。

是的，只要工业在受资本家的驱使，是这样的。凡资本家，仅在看得生产品会多获利益的时候，这才来计及生产品的质地的向上，尤其是那艺术底品质的改善。然而这样的事，是很不容易有的。在资本家，恶质而廉价的东西，往往比良质而高价的东西更有利。然而也能有相反的时候——那便是工业主不能给榨取者们特地制出价格极高的贵重的完全品的时候。只有位在这中间的，能是顾及人们的美学底要求的健全的生产品。顾及人们的美学底要求云者，并非想象了现今的趣味是怎样而去顺应那趣味的意思，乃是形造出那趣味来的意思。纵使是文化人罢，凡以媚悦一般民众的趣味，视为自己的义务者，是凡庸的艺术家；努力于美学底地加以作用，要使国民的趣味向上，至或一程度之高者，是出色的艺术家。

我在这里，要转到从自己的见地说，是最为重大的思想去。决不是意在表明，这是独创底的思想，但在那单纯上，是可得理解的。在这里，并没有最近我们常常遇见的多余的热，也没有戏画底的夸张。

那思想，就是以为产业和艺术，有密接的结合的必要。

将这问题，在资产阶级社会的圈子里来想，是近于完全绝望的。只在部分底的时会，间或可能。然而在科学底社会主义社会的范围里来想这问题，却是绝对地必要的事。

我自然很知道，在我们俄国的困难的过渡期里，是只能到达这关系上的微微的结果的。我们要夺取那由了似是而非构成主义的夹着锣鼓的嚷闹的宣言，正在使产业和艺术分裂，个人底趣味的这蔼里丰城，是极其烦难。但我相信，在这方面做着什么，而且那做着的东西，却当然总得来张扬一下的罢。

同志托罗兹基写了关于艺术的许多著名的论文，对于这些论文，我是有机底地共鸣的。而且在那里面，我还发见了对于我布演在自己的论文里的艺术观，有大大的智底和道德底支援。他在那论文之一里，这样地写着——

"随着政治底斗争的废灭，被解放了的欲求，大约便要向那并包艺术的技术和建设的河床去。而艺术，则自然不独是普遍化，成长，坚强，单单的装饰而已，也将成为在一切领域上正趋于完成的生活构成的最高形式的。"

实在是出色的表现，渊深的真理。自然，政治底斗争也并非绝对地不可抗的关门，只要对于反对的原理，科学底社会主义的光明的原理决定底地得了胜利的时候，我们便能够豫见自己所梦想着的事，而且那一部分，现在就已经能够实现了。

那么，我们应该将努力向着怎样的方面呢？关于在俄国的专门底的问题，我在这里不来说。因为关于这事，大概是另有可说的机会的。在这里，就将问题的一般底的特质，就是，作为不但横在我们的眼前，也是横在正在渐近科学底社会主义的欧洲的眼前的问题，来想想看罢。

首先第一，且回到最初的问题去。

人说，工业侵入于自然之中，以及风景之中，破坏了景致。但是，这可是真实的呢？旧的中世纪的城堡和或一废墟，是诗底的，美丽的，然而在建筑工业的基础上，合理底地建设了的新的工场和新的建筑物，即使是巨大的铁骨的工场，也绝对地不美的事，是真实的么？

自然，这是绝对地并非真实的。要肯定这样的事，必需为一切认识不足的僻见所围绕。托尔斯泰曾用了几分敌意的感情，将"诗底"这字，下了定义，谓是使已经死灭了的或物复活的东西。对于诗底的东西的这样的定义，在反诗底地成了倾向的未来派的一派，恐怕是极为合意的罢。然而这不消说，乃是迷妄。所谓诗底的事者，即是创造底的事的意思，非照这样地解释不可的。只要什么东西里面创造多，那便是诗也多。

然而创造，是能够显现于纯功利底形式之中的。创造在这样的形式上，也还是诗底的。便是法兰西的粮食大市场那样——也是极其诗底的东西，在左拉的描写之下，毫不失其特有的恶臭和丑恶，却惹起纯粹的诗底印象来。这是什么缘故呢，就因为在这市场里，集中着巨大的精力，可以感到人类的文化和人类的运命的大的中心之一的巴黎的内脏的伟大的脉搏。虽是最丑,最秽,满以一切废物,由建筑底见地而观,是有着不相称的线的造坏了的工场,但只要是其中盛在劳动,现着创造,作为文化的前哨,直进向荒芜的旷野去,人们由这工场组织,而和深埋地底的石炭和矿石的蕴藏相连结的时候,也仍然一样是诗底的。

然而这意思,是说工业底创造,不能留心到自己的美学底方面,自己的形式去么?当此之际,我毫没有要粉饰工业的意志。在这一端,工业是什么粉饰也不必要的。有许多处,倒是从建筑家和美术全然独立,现今已经到达着显著的美学底的结果了。

从大海的汽船,要求着非常的宽广,轻快,速力和最上的便利。这样地提了出来的问题,已由现代的造船技师并无遗憾地满足地给以解决,正如珂尔此什·珊吉埃之所说,达了可惊的美学底结果了。

他又在别的论文里,写着关于摩托车,飞行机,注意于优美地,单纯地,来解决构成,配置,部分的均整等许多问题的事。这在拘于旧形式的建筑家们,是连接近也不能够的,要说得好玩,这是技师们顺便的把戏,聊以作乐地,做成了这些事。然而,当一切这些时候,对于形式的优雅,技师是有着兴味的。他要造出悦目的汽船,摩托车,飞行机来。

但技师在大规模的工业上,也怀着同样的目的么?有时是确也怀着的。机械本身,就几乎无时不美,是无疑的事。不精工的机械这东西,我不很看见过,但倘到像样的博物馆去,一看种种机械的发达着的模样,那就恐怕常常会看出和动物的肉体组织的发达非常相似的什么来的罢。在博物馆里,有鱼龙(中生代的爬虫类)和玛司顿特(第三纪的巨兽)那样的机械。那些机械,最初是总有些不精工,不调和,谜一般的,但到后来,便逐渐和动物的有机体不同,一时地获得了巨大,力,内面底调和和优美。动物的形态,是成为小样,而完成了,但机械,则成为强固,而在进于完成。其中有能使我们神往的机械。我们注视那机械的时候,大概便会觉得问题之所在,不但在各部分的均整，以及机械用了力和优美而起的运动的适应性而已，也存于制作技师的或种取悦中。打磨而著色的表面的结构，一经岁月，是要跟着消褪的，但做得恰合目的的装饰，机械周围的异常的干净，满铺石板的台座，够通光线的大玻璃窗（例如想起大的发电所来就好）——凡有这些，却给人以难于名状的美学底印象。而这印象，则使我们承认这种钢铁制，铸铁制的美人，较之古代趣味的一个活的，或青铜制的快特黎迦（古代罗马驾四马的二轮车），有将自己远位于上的十足的权利的。

就是，跟着前进，而不但在学校那样的形式底程度上，建筑术底和建筑美学底要素，能添入工业里面去，是非常之好的事。技师不可是单单的功利主义者。要说得更明确，则应该彻底底地是功利主义者。他对自己，应该说"我要自己的动力机非常廉价，非常生产底，而且美好。"

倘若这样的思虑，每当建立大工场的烟突时候，入于各职工的工程中，倘若技师从人类的趣味的观点，费些思虑于适应性上，又从功利底见地，顾及那制作物的有益的配合，则我们便会如同志托罗兹基所豫言那样，向着工业和艺术的合一的方向，更进着很大的一步的罢。

在生产上，自然也一样的。制造那贩卖的商品的技术家，应该是创造那不但消费，而且以消费的物品为乐的人类所要求的目的物的美术家。食物不独果腹，美味是要紧的，于生活有用的物件，不但要有用而便利，令人喜悦的事，还重要到千百倍。我用"喜悦"这字，来替代依然有些好像谜语的话"美的，优美的"这字罢。（这时候，大约是立刻要发生种种的论争，以艺术至上主义之故，批难我们的。）衣服，须是可喜的，家具，也须是可喜的，食器和住所，也须是可喜的。作为艺术家的技术家和作为技术家的艺术家，是两个同胞的兄弟。总有时候会顾虑到，机械生产不将人类大众的趣味低下，而使之向上，人类大众也不复是群众，在这一端，要求成为高尚的事的罢。

作为技术家的艺术家云者，是研究人类的视觉和听觉的要求，将能够满足这些要求的方法，理论底地学得了的技师之谓。作为艺术家的技术家者，是天然赋与了在确实的趣味和喜悦的方向上的创造底才能的人。而一样，是第一，经了艺术底技术的理论底修业，第二，经了技术的修业的人。为什么呢，因为他的工作，是作为助手或主要的同劳者，而加入于各制造品的生产中的。

这些一切在那本质上，现在也还由工业在办理，但那是偶然底的，陈腐的，无趣味的，一切都必须加以大大的修正。

在这里，有别的问题提示给我们。这就是，可有能学的趣味的法则么的问题。你想要说什么呀？或种的悲观主义者质问我——你恐怕想要说，艺术家应该研究一切的样式，就是，应该研究古代建筑的样式，且十八世纪的路易王朝的建筑样式罢。

然而，和这同时，未来派大概也要恨恨地对我说的——

"所谓趣味者，究竟是什么呢？趣味之类，是看当天的阴晴的。关于趣味的法则，大概什么也未必能说罢。这是个人底创造和大众底病毒的工作。在那里寻求什么确固的古典底的东西，是怎么一回事呢？使发明力的永久的疾走，凝结起来，是怎么一回事呵。比什么都真的真理，是踏踏主义的理论。踏踏说，物象的美，聪明，善，都非重要，重要的是新颖，稀奇。"

无论那个，都分明是胡涂话。我们还不能断言，况今关于艺术的学问已经臻于圆熟。但从各方面，在将丰富的嫩芽给与艺术学，却是明明白白的。假使便是读了珂内留斯教授的教科书那样的书，德国的最直挚的一部分，也确信正在强烈地寻求这确固的法则，在这时候说起来，则是视觉的法则的罢。关于音响底现象，也一样的。在这一点，音乐已在近于那根本的解决。本质底地来说，则音乐，是有着关于音乐美的深奥的学问的。不过这学问有些硬化了，现今正在体验着独特的革新的战斗。而这革新，大概是一面使音乐科学的界限扩大，而对于根本原理，是要成为忠实的东西的罢。这原理，恐怕有一点狭隘,但已由慢慢地结构起来了的音乐理论,的确地在给以解决了。

在直线底的,平面底的,色彩底的视觉底印象的领域上,我们不过有一点微乎其微的统系,但这已经分明地得了容认。在现在,人类也还是一个鼻子,两只眼睛,两只耳朵,而且在现在,肉体底地,是有些并不改变的。在这意义上,心理底地,人类也即平等到显著的程度。数学底思索的根柢,论理的根柢,也都一样。正如剪发的形式,并不将人们的根本典型,本质底地改变一样,传染病毒也不改变在人类的根本底的东西。自然,也有畸形。匾的头盖,大的背脊,或是跛了的细细的腿等,各种奇怪的令人想到文明的变态的这样的畸形,是从那单纯,体面,相称,便利,巩固,调和底,而同时又丰富,又充实的或一根本原则的虚伪的退却;是从横在一切名作之底的法则的离反。名作是不过随时有些暗晦而已,也就浮到表面来,出现之后经过二三百年,二三千年,便在人类的宝库中,占了坚固的位置。

在趣味,是有客观的法则的。谐和,以及和声的客观的法则,是容许无限的创造和无数的创造底变调和那全创造的丰富的发展的。和这一样,趣味的法则,或种特殊的匀整的法则,也都容许这适用的一切的自由。

大的艺术上的问题——解决这个的,不是我们,我们恐怕不过是为了孩子们,做着豫备工作的。这样的大的艺术上的问题,是含在发见了关于创造之欢喜的单纯的,健全的,确固的原则,于是借了伟大的力的媒介,而将那原则,适用于比现在更其巨大的机械工业,以及我们的最近的幸福的子孙的生活和社会的建设的事情里面的。

三　艺术与阶级

可以有一种称为阶级底美学,特别存在的么? 自然,这是可以存在的。

在这世间，可还有具有教养的人士，会反对各国民中，各有其不同的美学的呢？要获得发见几乎一切艺术品之美的才能，将皤多库陀人（巴西的蛮人）的木造偶像，和威内拉·米洛斯卡耶和勃尔兑黎的雕像，一样地赏玩，是文化底发达，必须达于颇高的独特的程度的。

怎样的见地为优呢，一时却难于断定。是能够在种种不同的国民和时代的一切美学中，只看见美学上的种差，即互相矛盾着的难以调和的种差的艺术史的见地为优，还是忠实于自己的样式，决定了自己的趣味，于是对于别的一切，都执着狭隘的态度的人的见地为优呢？即使将这些置之不问，而种种的国民，不但将女性之美，色彩之美，形式之美，种种地理解，将自己的神，自己的理想，种种地具现，他们还在各时代，变更他们的趣味，直接移向反对方面去，则已经明明白白了。

如果我们一检核趣味变更的缘由，我们将看见在那根柢上，横着经济组织的变更，大概是种种底阶级所及于文化的影响的程度上的变化。

有些处所，这事实是可以极其分明地目睹的。例如瞿提，即曾以非凡的机智道破着。他说，由穿着各种不同的庞杂的衣服的群众，扰嚷声，谈话声，破裂似的笑声，吱吱地响的笛子，家畜的叫声，小贩的喊声等类所成立的民众的定期市，是将完全醉了似的阳气的印象，给与平民出身的人的。但反之——据瞿提的意见——智识者却以这色彩为烦腻，这动弹为头眩的懊恼，这喧嚷为难堪的气闷的事情，从这热闹所拿来的，除头痛外，更无别物。和这相反，穿了黑衣服，周旋中节的智识者的规规矩矩的祝日，在胖胖的青年和阳气的村女，也觉得是受不住的无聊的事。车勒内绥夫斯基又以不亚于此的机智，增添了些。女性美的理想，农民的和智识者的，是不同的。居上流的智识者们——车勒内绥夫斯基说——非常喜欢纤足和纤手。然而这些特征，是表示什么的呢？——这是退化，是寄生生活。身体的萎缩的发端，便是那样的贵族底的手和足。那样的东西，是使遮掩不住的嫌恶之情，渗进人们里去的。和这相反，农民当挑选新妇之际，却能够极其明确地决定对手的姑娘的健康的程度。就是自问自心，她作为劳作者，作为妻，作为母，是否出色的。

燃烧般的血色，肉体底力，分明地表现着的在直接的意义上的女性的特征——凡这些，是蛊惑农民的罢。

所以我们在社会的不同的两种对立的例子上，可见美学领域内的很相反对的见解。

这回特将注意，向那明白的一种历史底事实去罢。罗珂珂时代的画在旋涡纹的天井上，镀金的家具上，戈普阑织品上的飞翔着的爱神，令人觉得好像格吕斯所画的突然吃惊的老实的市民，又因为那画法，而成为干燥无味，偏于样式，色彩不足，则又好像革命画家大辟特所特为喜欢的希腊罗马的爱国者。

各个阶级，既然各有其自己的生活样式，对于现实的自己的态度，自己的理想，便也有自己的美学。

自然，一概使资产阶级和无产阶级对立，是不得当的。资产阶级的美学——是暴发户，商人，厂主的美学。和这一起，也还有旧式的贵族阶级的固定了的趣味；有略经洗炼，虽然往往弛缓而且干涸了，但有时却很高雅，上等的专门家的智识阶级的趣味；有可怜的市民的俗恶的趣味等。

就无产阶级而言，他在那艺术品上，或在生活事情上，表明了那美学底形相的事，自然大概是并不怎样多。这是因为他们被捆在创造的日光所不照，即所谓"文化的地窖"里太长久了，所以从那里便不发生一点怎样的艺术底势力。

在带着无产者底性质的若干作品上，例如在受了无产阶级的强烈的影响的智识者的作品，或由劳动作家所写的作品上，表明出来的事情，因了无产级阶艺术和无产阶级美学的日见浓厚的发芽而被肯定，是无疑的。这些萌芽，我们在尚在苦闷的湿云之下的开放苏俄文化之花的春野上看见。

然而无产阶级，在或种关系上，则已经由先前的或一阶级和团体的创造，而表明了自己的美学底形相了。例如在开垒曼那样，将有名的诗，给了机器和大工业的资产底工业底帝国主义，引我们向着赞美机器和生产的劳动者诗歌那边去。不过资本家们只将机器作机器看待，作为人类的协助者，作为正义之国里的伟大的建设工具的机器，是不能看见的。

在别的点上，则开垒曼和喀斯觉夫两人，较之对于照托尔斯泰所解释的诗的代表者们，他们互相近。就是较之对于旧的绚烂的趣味，以及用便宜的感伤，在机器中只看见恐怖和轰音和黑烟的市人的趣味，两人之间为相近。

从一方面说起来，当革命时代，有时是反动时代之际，在或一程度上，无产阶级是和无政府底罗曼底的智识阶级携手的。前者之际，是集团底地，后者之际，是单独底地，智识阶级的艺术家，则猛烈地抵抗现实，憎恨地鞭挞支配阶级，常常雄辩底地，并且热烈地，鼓动人们叛乱。

然而在这些智识阶级的作品中，往往分明地响出了明显的绝望，歇斯迭里，从生活扭断了的理想主义。

于是无产阶级便开始来唱自己们的战斗之歌，一面将蕴蓄着充满一种生气的信念的东西，日见其多地注进那里面去。但对于未来的地平线，则无产诗人将随着那地平线的开拓，拿来更大的广大，平安，和真实的幸福的罢。

又，在以毫不宽容的严峻，时或以同情之泪，来描写穷人们的生活，以无产者底热情，赤裸裸地来叙述在资本主义底工场的保护之下的自己和自己的腐烂了的生活的现实主义的智识者之间，也还有堤堰存在。

然而，当智识者循左拉的足迹，专心于自然主义者的客观性，或因他所描写的悲哀而哭泣的时候，无产阶级便同时拿来可惊的客观主义与平静，和这一同，还送到不但将艺术家当作观察者，而且特定为战士的独特的冷冷的愤怒。

在无产阶级，最为独创的东西，恐怕是那作品里的集团主义底调子罢。我将智识者，智识者式作家之中的好的分子，称为"无政府底罗曼主义者"，是并非无故的。在智识者那里，往往有向个人主义的倾向，而劳动者，则无论是谁，都因了明白的理由，较多地感得大众。劳动者诗人，是要成为大众的诗人的罢。他们已经为大众，经大众，向大众，开始唱着自己的赞歌了。

无产阶级要将有这样特质的独创性，能够表现出来，大概须在无产阶级用了自己的手，建设自己的宫殿和许多自己的都市，在无际的壁上，画上壁画，用许多雕像，充满其中，使这自己的宫殿中嘹亮着新音乐，在自己们的街道的广场上兴起大热闹，而看客和登场人物，都融合于一样的欢喜之中的时候罢。那时候，无产阶级里面的资本主义的地狱所养成的集团底创造的特质，将以全力，而被表明；而无产者艺术的根本底特质，即对于科学和技术的爱，对于未来的广大的见解，火焰似的斗志，毫不宽假的正义感，都将在对于世界的集团主义底知觉和集团主义艺术的画布上挥洒，而惟在这时候，一面也获得未曾前闻的广大和未尝豫感过的渊深。

这便是无产者美学的一般底特质。

四　美及其种类

一

苦痛或快乐，满足或不满——这是美底情绪所不可缺的基础。将在我们之中惹起美底情绪的一切对象，我们称之为美的东西，或美丽的东西。那么，凡将快乐给与我们者，我们都可以称之为美么？我们并没有可以将愉快的东西，鄙野而悦人的东西，从美学的领域截开的根据。美味地发香的一切,滑而宜抚的一切,冷时候的温暖的,热时候的冷的——凡有这些,我有着称之为美底的完全的权利。但在人类的言语里,"美的"或"美丽的"这形容词,是专适用于视觉和听觉,以及以这些为媒介的感情和思想的领域的。在陈年葡萄酒和夏天装着冷水的杯子中,寻出美来,总似乎有些可笑,然而这时候,虽然是在极其原始底的形式,我们是有着无可猜疑的美底情绪的。

我们知道有两种类的生命差①存在。即其一,是过度消费的生命差,这只在排除分明的苦痛或不满时,才许积极底的兴奋。又其一,是过度蓄积的生命差,这和前者相反,并无先行底的苦痛,并无分明地表现出来的苦恼的要求,而得积极底的兴奋。毫不禀着什么生命力的余剩的人,是不能自由地取乐的。他不过将环境所破坏的均衡,重行恢复。就是不过摄取营养品以自卫。自然,止饥渴,避危险之类的行动,是伴着积极底兴奋的,但在这里,并无兴奋的大的多样性和发展和生长的余地。就是,被要求所限定的。使现实的要求满足的事,作为欢乐的源头,是极有限的。在出格的程度上,认识了强烈得多的积极底兴奋的人,于此就明白和必要及自卫紧结而不可分的快乐,为什么不包在美的概念里的缘故了。

丰富地摄取营养,具有普通状态所必要以上的力,且是分布于各器官的多量的力的人们,是另一问题。这样的人们,为一切器官的保存和成长计,非使器官动作不可,非游戏不可。而在这游戏中,即自然反映着作为顺应生存竞争的有机体的本质。即游戏者,盖包含于日常生活上可以遭遇,然而和精力的节约法严密地相一致之际所发生的反应中。和过度蓄积的生命差的排除相伴的快乐,本身就是目的。但这快乐愈纯粹,而且力的消费愈是规则底,节约底,换了

---

① 生命差者,谓从生命的普通的流里横溢出来的事,由直接环境的影响,以及或种内底过程所惹起的。

话说，便是对于被消费了的精力的各单位，或一器官的活动愈获得较大的结果，则这快乐也愈显著。筋肉愿意竭力多运动，眼睛愿意多所见，耳愿意多所闻。人类在自由的舞蹈时，将力的过剩，以最大的挥霍来放散。为什么呢，因为当这样的舞蹈之际，人类的肢体，是自由地依着自己的法则运动的。在以眼或耳来知觉事物时，应该一计及事物的特质和那知觉，有怎样容易。凡是容易被知觉的东西，就是自由地来赴知觉器官者，或使那器官规则底地动作者，是大抵愉快的。然而在以看热闹为乐的眼睛，所要紧的，并非知觉的轻快，而在丰富。热闹的各要素愈是易被知觉，这丰富之度就愈大。力的最小限消费的原理，在这里，是并非以吝啬的意义，而以节约的意义在作用的。就是，所与的精力的总量，固非消费不可，但因此而得者必须力求其多。于是丰富的规则底的眼的机能，便被要求了。对于别的器官，也一样。

　　蓄积了的营养的消费，即营养之向积极底精力的变化，是容许无限的多样和生长的，所以这种的快乐，便特成为美的快乐了。快乐所固有的自由，和快乐相伴的力的增长和生活的高扬，凡这些，是都将快乐提高到必要的要求的单单的满足以上的。过度消费的生命差，是必要的生命差。过度蓄积的生命差，是生活和创造的渴望。前者是被消费了的精力一回复，便即中止的，和环境所给的损失为比例。第二的生命差，是无限的。为什么呢，就因为精力的阔绰的消费，即以促新的越加旺盛起来的营养的补充的缘故。这些快乐，惟在对于有机体，确保着营养的任意的补充之际，这才能有，那是不消说得的事。倘是那器官只能利用有限的食物分量那样的病底有机体，则对于生的欢欣，生的渴望，都是无能力。在他，节约的原理是有着别的意义的——在他，以竭力减少器官的动作为必要。无智的野蛮人，喜欢喧嚣的音乐，浓重的色彩，狂暴的运动。他还未懂得由于调整器官的活动，而能将快乐的总额，增加到几倍。懂得这个的，是真的乐天底的美学家。他只尊重适宜。他知道虽是非常多样的感觉,只要将一定的秩序引进那里面去,便易于知觉。最后,有着纤细的神经的疲倦了的颓废者,则蹙额于一切响亮的声音和活泼的色彩。在他,灰色的色调和静寂和阴影,是必要的。因为他的器官,是纤弱的的缘故。在这里,我们正遇到美学底评价的相对性的法则了,但关于这事,另外还有述说其详细的机会的罢。

现在是,移到人类究竟称什么为美呢的观察去。

我们所知觉的现象的一切的流,由解剖的方法,被分解为各不一致的诸要素。例如时间空间的感觉,味觉,嗅觉,听觉,视觉,触觉,温觉,筋肉感觉等就是。就味觉,嗅觉,触觉和温觉而言,这些平常都全从美学推开,不被认为美的要素。对于这事,我们已经指摘过,以为并不见有特别的深的根据了。我们在这些感觉和别的所谓高等的感觉之间,所能分划的境界,就如下面那样。就是,味觉,是和空腹及饱足的感觉紧紧地联结着的。温觉也一样,直接地和有机体的必要相联结。凡这些,是不随意感觉。但将味觉的快乐,归之于饱足的感觉,是不能够的。味觉和嗅觉相结合或相融合,就形成着有些人们作为艺术而在耽溺的快乐的颇为纤细的一阶梯。嗅觉则必要的范围还要宽大,且给心理上以许多的影响。温觉和纯粹的触觉,是很有限的。然而热脸的当风,以及抚摩光滑的或绵软的东西的表面,是全然解脱了先行的苦痛或欲求的解决的快乐。不过这些感觉是比较底单纯,与一般心理的生活和世界观的交涉又属寡薄的事,是成着将这些感觉,从美学的领域除开的理由之一罢了。和这一同,还有味和嗅的生理学底方面,现在尚未被十分研究,也是不愉快的事实。

但是,无论谁,也不见得说仅用这些要素,就可以创造什么美的东西罢。虽然如此,而这些感觉,却间接底地影响于我们的复杂的知觉的美无疑。橘子,较之香烈汁多的熟了的柠檬,美底价值要少得远——只要将柠檬一瞥,我们便感到了。引起例来,还多得很罢。恶臭能破坏一切美底情调,和芳香之能很提高美感是一样的。香气的作用,在所谓经验的伴奏的意义上,并不下于悦耳的音乐的作用。

但因为和这些感觉相应的生理底记载,在目下,我们还未了然,所以我们移到视觉和听觉去罢。这些觉感的解剖,是对于最广义的一切美底快感的理解,将确实的钥匙给与我们的。①

筋肉底或神经底感觉,都伴着一切视觉底知觉。由此而纯粹的视觉,即光的感觉,则摄取或种形式,布列于空间。这时候,要来讲辅助那识别在三次元底的空间的方向的视觉底要素的相互的空间底距离的,谁都知道的眼睛的构造,大约是没有这必要罢。使眼睛向各种方向转动的筋肉,使水晶体缩短的筋肉,还有跟着所观察的物体的运动,而将头旋转的颈项的筋肉,都能够规则底地或不规则底地运动。首先,规划底的运动,是稳当而且节奏底的运动。实验指示得明明白白,凡锋利的,零碎的,凌乱的筋肉紧张,便立刻感觉为不快。节奏底和规则底,几乎成了同义语了。游戏之际,加入对于视觉底世界的知觉的过程的筋肉,必须规则底地适宜地动作。我们称之为波状线,正则的几何学底图形,直线,线的自由的跳跃,美的正确的装饰的律动者——这些一切,是正和眼的构造的要求相应的。和这相反,断续的线,不整的图,突出尖角的形态等,则使眼睛屡改其方向,耗去许多努力。所以易于知觉,是成为形态之端正,愉快的视觉底评价的根柢的。实验在分明教示,端正的形态,于眼睛是愉快的,不规则的形态则不快。在由眼所观察的空间内的物体的运动上,也可以适用一样的思索。

一切的律动,豫想着后至的要素,和先行的要素相同。所以知觉机关只要一回适应过一要素的知觉,便毫无困难地知觉其余了。凡有律动底的东西,都容易被知觉,律动底的运动,容易被再现。因此之故,律动是形式底美学的基础。

---

① 就触觉而言,则由此所惹起的快不快,我们从关于听觉所取的见地,就可以容易地加以说明的罢。读者可以将下述的理论,适当地推演开去的。

这事,在听觉的世界里,比在视觉的世界里要显现得更分明。不但律动底的音响,被知觉为较愉快,而律动的一一的不规则,立刻作为不快的冲击,反映于意识上而已,物理学家于分解其要素——调子的事,也已成功了。而且已经明白,愉快者是由空气的律动底的震动而成的调子,音色和音阶。这些愉快的音响,在悠扬起伏之际,是画着有些复杂,然而有着规则地交替的波的波状线的。所以听官也分明受着和眼的神经筋肉器官同一的规则的支配。

　　要讲纯粹视觉,即光的感觉,是困难得多了。将这些(同样地并且也将这以外的一切的感觉)一括,而使之依照机械底的法则的假说,是有的,但这在现在,还不过是将作为无限之小的物体的机械作用的那化学的观念,当作基础的假说。

　　我们所明白的,只有下面那样的事。就是,极微的光(像极低的音一样),是不快的。这使视觉紧张,不生产地消费多量的精力。又,太明的光(像震耳的声响一样),则使于一时撒布多量的视力(正确地说,是化学底精力),因而感觉为苦痛。这事,是完全和我们的前提一致的。最美者,是饱和色,即不杂别的要素,而成于同一的要素那样的东西。色者,物理学底地说起来,则不过显现着客观底地,是自己内部并无分明的界限的,逐渐短缩下去的电磁波的渐进底阶段。所以我们只好这样设想,眼睛的装置,是几个器官的集团,那每一个,是只对于一定的波长会反应的。容许了这全然合法底的豫想的时候,这才会明白和知觉器官的各种集团严密地相应的波,为什么在他们就成为轻快的,愉快的;并且为什么当此之际,色彩的最大的浓度和强度,是最为愉快的了。然而混合色,却使眼的各种要素,不规则地发生反应,引起疲劳来。否则,和这相反,有些时候,就被当作朦胧的无聊的东西。这所以然,全在和律动底的波状线,较单单的直线为美这一个一样的原因。就是,因为为了美底满足,是于知觉的轻快之外,还必须给以大的规则底的劳动的总量,即丰富的知觉的。

我们在这里，不能进于存在各种的色之间的复杂的关系的探究了。色的连续或配合的快不快，则已由因这些而在眼中所惹起的过程，一部分是相同，一部分是相反的事实，分明给着说明了。要之，这时候，应该也作用着同一的法则的。

色之分为所谓温色和冷色的事实，是极其重要的。就是，有最高的温度者，是赤色；蓝色则最冷。温色引心理于兴奋状态，冷色则镇静底地作用。以或种色为最愉快的认定，是和其人的气质以及一般心理状态相关，到最高的程度的。病底的，孱弱的，易感的，伤感底的有机体，寻求晦暗。那是因为眼中的精力的丰富的放散，视神经以及和这相应的在脑中枢的急速的律动，要惹起生命紧张的全部的增高的缘故。因为响亮的音乐也这样，明快的视觉底印象，是使物质的变化强盛，而全有机体遂被置于所谓最强有力的调子上的缘故。自然，在过度消费的生命差的一般底压迫之下的有机体，对于由同一的原因而在具有余力的人们则惹起积极底兴奋那样的现象，是只好极端地取着消极底态度的。但是，晦暗和静寂，虽为疲乏了的人们的诗人们所歌咏，却未必完全恰合于他们的要求。至少，也并不在带灰或带青的昏黄，冷的几乎没有浓淡的色彩，静的悦耳的声音之上。因为晦暗和静寂，是将病的有机体弃置在孤寂里，说道能睡去就很好，便算完事的。然而，倘若过度消费的生命差依然作为苦痛而存在，又怎么好呢？但是，幽静的音响和模胡的物象，却因为分散注意，而令人镇静。就是，这些，是将兴奋而在不规则地震动着的神经系统，引向缓慢的律动底的振动去的。在这里，即存着泼剌而乐天底的，和镇静而抚慰的两种的艺术的根源。在音乐上，和温色及冷色相当者，有长音阶的音调和短音阶的音调。要显示长音阶和短音阶的纯生理学底基础，是困难的。但无论谁，涕泣，呻吟的时候，是短音阶底，笑或高兴的时候，是长音阶底。短音阶和哀愁同义，长音阶和快活同义。而这心绪，则和音的速度无关，说明起来，就是衰弱的有机体，当受到或种调子之际，因为不能堪受，便引下半音符去,使调子变低,而反之,高兴着的人,则为了新的力气的横溢之故,却使调子加高的事就是。由表现高等有机体的悲哀和喜悦的这些方法联想开去,在我,是以为因为衰弱的有机体,而使短音阶底音乐,成着竟是如此愉快的东西的。

这样子,由视觉器官和听觉器官而知觉的美学底评价,是关系于有机体所支使的精力之量及其消费的规则底的程度之如何的。也就是,关系于知觉之际,眼睛和耳朵的反应,和那全构造可能完全一致与否的。语有之,曰:"人,是一切的事物的尺度。"

现在,我们在低等的感觉的领域里,也能够指点出施行着同样的法则来。

嗅和味,也要求或一程度的精力的消费的。"无味"这一句话,将过度蓄积的生命差的不够办理妥帖,表明到怎样程度,只要看对于各种领域上的许多类似底的现象,都适用着这话——无味的文章,无味的音乐等,也就明白了。和这正相反对的,是尖而辣的味。这些是较有兴味,也较有内容。这些能引起大量的精力的撒布。古希腊的盐(细密的机智之意)这句话,就从这里出来的。然而,尖而辣的味道也能够过度。那时候,从皱眉来判断,即明白味觉的中心动作得太强,因此也一并刺戟了别的最近的中心了。和这一样,最愉快的气息,一强到过度,也就被感觉为不快。自然,虽然如此,对于何以或种气息是愉快或不快的缘故,却还是难于断定。关于味觉,一切味——酸味,咸味,辣味,苦味等——在适当的程度上,便是愉快的事,是几乎可以确凿地说出来的,但于气息,却不能一样地说。总之,在短短的论文里,对于在美学上比较底地不甚重要的这些感觉,是没有详细考究的余地了。

像这样,我们可以一般底地,定出下文那样的法则来。就是,可以规定一个原则:凡知觉之际,和积极底兴奋相伴的一切的要素,是恰如适应着人类的各器官似的,易被知觉的要素。而且这和生物机械学底法则,也全然一致的。

这些要素,怎样地结合着而表现出来,可以因此使效果更有力。且完全置低等的感觉于不问,单就视觉和听觉的要素,再来加以观察罢。凡这些,是都由律动底的反复,而增加其效果的。这事实的意义,无须来絮说。均齐者,是律动的部分底的显现。要知道各视觉底知觉,由均齐的程度而增加怎样的效果,说征之单纯的实验,也就可以分明。假如我们在纸上落了不快之形的墨渍,接着将纸对叠起来,则墨渍便染在两半张上,虽然是最小限度,但得了有着显著的美学底价值的那均齐底之形,却大概没有疑义的。将一定的统一和一定的正确,送给知觉,而知觉也同时得以轻快,评价较大了。

但是,知觉的轻快之度,未必常与美学底价值相等,却是无疑的事实。一般底地说起来,则耳朵和眼睛,是常常追踪着很错杂的不规则底的许多骚音和形态之后的。两器官在那觉醒中,总在动作,从事于解剖混沌的骚音和视觉底斑点,以及将这些安排于空间。那中枢,则从事于识别这些,即将这些东西,统括之于由先前的实验所获得的综合里。所以凡规则底者,轻快者,便即刻在我们的意识内,被识别为愉快的东西。但倘将我们的注意,集中于视觉或听觉受着一种限制的范围内的时候,即如我们要享乐热闹或音乐的时候,则我们不但要求各要素的轻快而已,并且要求印象的一般底高扬和丰富。我们是愿意消费与平时几乎同量的知觉底精力的,但希望所得的并非那未经组织化的刺冲,缺陷和痉挛底的刺戟,而是这些器官的计画底活动的可能性。倘若不使我们注意于别的音响,而只给听单调的音响的律动,那么,我们大约立刻会发见其无聊。那新的各要素,固然许是越加易于被容受的,但器官受了极不足够的活动,假使先导的精力的过度消费并不要求休息,则这种音乐,便要被当作讨厌的东西的罢。(在这里,自然一定也有少数的中枢机关,因为专来知觉了那单调的现象而起的疲劳的。)在别的处所,我们大约还要回到这事实上,指出那大的意义的罢。为免掉这样的无聊的印象起见,一切连续底的现象,即必须是多样;然而这多样性,又必须是合法底。可惜我们在这里,不能入于美学底多样性,美学底对立等诸法则的详细的检讨了。这之际的一般原则,是一个的。就是,知觉机关及其中枢的活动,必须保持着那完全的正确,而也达于最大限度。倘若种种的视觉底或听觉底现象,能全部捉住这些器官所能够消费的精力,同时律动底地规则底地使这振动——则那时候,能得到将人的全神经系统,瞬间底地捕获于甘美的近于忘我的欢喜的一种感觉之中这最高的快乐。

但是,我们所检讨了的要素和结合,还没有汲完了美的全领域。凡这些,都不过单是成着形式美的领域的。

一切的知觉,是在人的心理上,惹起那强有力地作用于各种现象的美学底意义上的随伴底观念的一定的联合的。有时候,这些联合底要素,比起直接形式底要素来,并且还要显著。例如,被评价为视觉底标本的最美的人,其实是不很正确,而且未尝加意修饰的形体。虽在第一流的美术家的画布上,对于未曾见过一次人们的存在,他是作为这样的东西而出现的罢。但在我们,和这形体,是联合底地连系着许多观念的。所以美底情绪之力,就见得非常之大。这种例子,可有无数罢。而有美学底意义最多的联合,则有两种。是和快乐的观念的联合,以及同情底联合。

熟的果实,一部是由于这是美味的这一个理由,给我们以美底印象;味觉和嗅觉的联合,也强有力地作用于所谓静物的美;女性的美,从性底见地而被评价:凡这些,是完全无疑的事实。

我们看见人,以他为美的时候,纵使匀称的脸,卷旋的发等,也有些各各的意义,但我们的判断,是仅在极少的程度上,由形式底的要素而被决定的。这时候,快乐的联合,就远有着更多的意义。快乐的联合,是使女性的美,对于男性成为特是感觉底,又和这相反,使男性的美,对于女性成为特是感觉底的东西。然而美学底地发达了的男性,女性也一样,却仅于观照同性的脸,也可以得到快乐无疑。在这里,就显现了最重要的联合底要素,同情底要素。

别人正在经验着的许多感觉,立刻传染于我们,给我们以那感觉的反响,使我们归在同一的调子上。疾病,负伤,各种的苦恼,衰弱,白痴,约而言之,凡是那本身已经成了分明的过度消费的生命差的,或是成着有机体对于这样生命差的无力的分明的征候而显现的一切被低下了的生活,美学底地来看,则被知觉为消极底的东西。反之,高涨的生活,健康,力,智力,喜悦等,是最高级的美的要素。人类的美(身体和脸都如此),是大抵被将禀有活泼丰富的心理的健康而强有力的有机体,表示出来的特征的综合所包括的。

　　端正,力,清新,泼刺,轮廓的大的脸(一般底地说,则这常是发达了的头脑的特征),表情底的眼——这是美的最主要的要素。于此还可以附加感觉底的要素,即第二义底的性底特征。动物的美(对于这,大概有同一的要求。这时候,体格的端正的原理,常是应着动物的构造的一般底的格式而变化),是可以有静底以至动底的。前者的意思,是动物虽在屹然不动,我们也能够构成起来的美;后者,即所谓动底的美者,就是运动的美。这首先是关系于运动的优美的。我们指一切并无目所能见的努力,而在施行的最自由的运动,谓之优美。我们所行的一切努力,大抵是不快的。然而轻快的运动,则立刻由一种自由的豫感,感染我们,且伴着极显著的积极底的兴奋。

　　然而,将活的存在的心绪和感情,以反映之形,再现于自己之内的事,还不止此。人们的脸,是有最多样的无限的联合,和那运动相连系的外界的一对象。我们要立刻决定,对于愤怒,喜悦,侮蔑,苦痛等以及此外无数的精神底动摇,怎样的运动是正确地相当,这事恐怕是极其困难的。我们不能在形式底的意义上,说嫣然的微笑,美于侮蔑底的顰蹙。但我们是在人们的脸上,诵读他的心的一切音乐的。而我们的心理的或一部分,则将一切这些运动再现出来,使我们共鸣于同胞的悲哀或欣喜。

　　同情者,最先是供职于认识无疑的。凡动物,不可不活泼地辨识别的有生的存在，就是，友和敌所感的是什么，在怎样地期待他，在怎样地对付他。而现在呢，那自然，凡是有着最发达了的感觉的锐敏的人们，只要有些抽象力，足以综合及统驭在这范围内的自己的经验，便可以知道人们的心，过于别的人。但应该注意，当此之际，由于显在脸上的别人的心的动作，而我们所被其惹起的积极底兴奋，是能有二重的意义的。就是，读着嫣然的微笑，我们可以将这人对我们怀着好意，将给我们以利益和喜悦这一个观念，和那微笑连结起来；也可以仅是感到在这人的精神上的善良的宁静的世界，将这反映于自己的心，而以这反映自乐。

人类不但这样子，读着别人以及许多动物的脸或动作而已，还要进一层，竭力想由类推法，来读无生物，即周围的景色，植物，建筑的精神和心绪。这能力，就成着诗的主要的根源之一的。诗便将这种无生物的人格化，高声地立着证据，我们早没有证明我们之说的必要了。

建筑学的法则的大部分，都被包括在内的所谓动底均齐，即不外于这样的人格化的结果。假使不相称的重量，横在圆柱上，我们便不以为可。这并非单怕它倒塌（在绘画上也这样的），也因为受一种印象：这在圆柱，是很沉重的罢。轻快，典雅，端正之所以到处由我们加于建筑物者，和我们的到处谈着忧郁的云，悲哀的落日，激怒的狂风，微笑的清晨之类，全然一样的。我们在我们的心理上，会感觉到宛如从外部暗示我们似的意外的情绪。于是由带着同情底的暗示的类推法，来豫想那活在周围的事物里面的精神。

从形式底的积极底的要素，即从易被知觉的要素，从生的欢欣和精力的高扬所包括的联合底要素，从一面引我们向新的较规则底的强有力的节约底的律动，而一面使我们的生活力高扬的联合底要素——创造出一切的美来。

所谓美者，就是在那一切要素上，是美学底的。诸要素的巧妙的结合，更可以提高这些要素的美。但是，广义上的美的领域，由美的概念是汲不完的。折转的线，模胡的色彩，骚音和叫唤，肉体及精神的苦恼，虽然在任何时会，都不是"美的"，然而大概可以成为美的要素。那么，反美学底的现象，怎么能获得美学底色彩的呢？这问题，是要成为次章的我们的研究的对象的罢。

二

倘若我们将注意向那非美学底的东西的广泛的世界，那么，将见那世界，先是分为全然反美学底的现象和比较底无差别的现象的。

我们名之为反美学底的现象者，是那知觉，伴着消极底的兴奋的。伴着消极底的兴奋者，是过度消费的生命差的一切的状态。这样，我们就可以作如此想，过度蓄积的生命差，是否定各种现象构成反美学底性质的可能的。有一部分，也确是这样。就是，生活力旺盛的人，有将一切看作不足介意的倾向。然而应该记得，问题与在全有机体的生命差无关，也不在有机体各个的生命差，而是关于在要素的生命差的。大抵，有机体纵使怎样地蓄积精力，但眼前的辉煌的光的闪烁，也不得不惹起视力的过度消费来。听官是恐怕能够喝干音响之海的罢。然而虽是微弱的骚音，也能够破坏或种听觉底要素，给以病底的刺冲。

凡有要求着过度而不相应的力的消费，使器官不规则地动作者，都是反美学底的。和形式底的美正相反对者，即都是形式底的丑罢。和苦痛，疾病，衰弱等相关联的，都被内容底地知觉为丑。然而，当此之际，我们和新的现象相见了。

人类以疾病，愚钝——一言以蔽之，是以弱的，低的，衰下去的生活的一切的现象为丑，是毫不容疑的。这样的本能的发生，不但从苦痛和衰弱的状态，也使我们的心，同情底地哀伤起来的事看去，便全得理解而已，凡有对于衰颓的嫌恶，是保存种的力，引向优良型范的杂婚或结合去的，所以也适合于目的。但是，这样地成着侮蔑的对象的弱的人们,也还得设法活下去。他们自己的丑,在他们之前提出闷闷的问题来,不绝地成着生命差的鼓舞者。他们对于运命和神明,对于社会,对于强者和傲者鸣不平……"我们何罪呢?"他们说。然而,为运命所虐的多数人中,则愈是添进全然不当地辱于社会者,即穷人去。对于病人,可怜人的侮蔑,在觉得自己是被弃者,是可怜者的穷人,不能是正当的感情。人们所感的同情底的苦痛,使健康者和强者皱眉,说,"将这病人弄到那边去。"然而这同情底苦痛,在惯于苦痛的心里,则变为一般底的意义的"同情"。相互的同情,相互的扶助,在贫人和失败者们,是成为必要的东西的。于此便发生了不遇薄命的人们的道德和宗教。这便包含在苦痛是一定会获幸福的赎罪这宣言中。于是最可怕的苦痛的种类,便渐次和天国的慰藉,或(在更加疲乏的人们)涅槃的安息的观念相连结了。

这世界观,既以苦痛为那运命,是总跟着一切民治主义的。但是,新时代的劳动底民治主义,则即成长于劳动的过程本身中。那所过的单纯的生活,和穷苦的战斗——这一切,当贵族底的家族在安逸和过剩的轭下灭亡下去时,确是锻炼了肉体和精神。于是民治主义开始自觉到自己之力了。他从自己身上拂落了不幸者们所致送的梦。而且创造那进取底的,满以希望的,自己的道德和宗教。宣言作为生活的意义的劳动和斗争,以及将基于连带心的社会改造,作为理想。为什么呢,因为养成连带心者,没有胜于对最强敌的共同底战斗的。

所以,衰退者,不幸者,不具者,弱者,和社会底民治主义,无论那里都没有混同的必要。

与弱者的道德和宗教相应,他们的美学也发达起来。我们还要回向这问题去的罢。但在这里,只要说这美学,是依据着同情,赎罪之类的感情,开着向反美学底的世界去的门,就很够了。弱者的艺术的作为目的之处,是在将苦痛,死灭,病弱等,加以美化。而且将正义给与这些为生活所虐的人们,是必要的,——他们在这种艺术上,收了可惊的成功了。①

　　然而,和因于羸弱的反美学底现象一同,也有别的现象。就是,也有发生较之人,较之知觉着的主观还要强有力的恐怖的现象。恐怖是极不快的感动,是无疑的。受惊的有机体,准备着攻击和逃走,竦震,毛竖,叫喊,失神,瞪着眼睛以送可怕的东西之后,心脏痉挛底地挤出血液来,待到恐怖一过,则来了完全的衰弱。那是乏尽一切的器官,至于这样的。然而可怕的东西,却不会令人发生嫌忌。可怕的东西,同时也是力,所以假使这精神底的动摇,不被自己保存的本能所减弱,那么,力的感情,该是同感底地感染于观察者的。我们能够使这本能暂时睡下或减弱,而我们便可以从可怕的东西,来期待强有力的美学底情绪了。实在,有比我们的生活力,还要远出其上的生活力,我们大约是要受感染的。

　　事实就显示着我们的假定完全正确。就是,艺术表现着咆哮的狮子,一切吓人底的怪物等,而确不惊吓我们,使我们经验可怕的东西。"爱好强烈的感觉的人们"是借了制止自己保存的本能的发现,以享乐力的显现,而受着美底效果的。愤怒这东西(当然并非无力的憎恶),是愉快的情绪,是斗争底的情绪。战斗底的祖先们名战争为斗戏,诗人们描写愤怒若狂,将身边一切,全加破坏的英雄,来和神明相比较,也不是偶然的事。曰——

　　　　……从天幕里,

　　　　彼得出来。他的眼

　　　　在闪。他的脸凄怆。

　　　　动作神速。他是美的。

　　　　他全如大雷雨一般地。

────────

　　①　这之际,正向衰颓的民众,是不能联想底地知觉到可喜的现象的,加以有只好满足于低调的音阶的运命,在这里,达了圆熟之域,在近于自己的精神的低的生活的世界里,而觉得舒服的事,也与有大大的力量。

———普式庚

在最后的一行上，我们发见了所谓动底地有威力者的美的说明。伴着激烈的暴风雨和咆哮的奔流，伴着迅雷的威猛的鸣动和眩人似的电光的闪烁，伴着爬来爬去的大密云的大雷雨，正如在原始时代一样，至今也还使人类的想象力惊奇。尤其是南方的热带地方的雷雨，更令人怀抱那关于满以愤怒的破坏底的强烈的力的观念。当人们为恐怖所拘，躲在角落里，在那里发抖之间，他自然不能从美学底的见地，来评价现象的。但在人们毫无恐怖地观察着狂暴的自然力的时候，则爽快和勇壮的活泼泼的感情，能够怎样地将人们捉住，岂还有不知道的人么？这事实，即可用自然以这样的壮丽，来放散的巨大的精力，是将力和飞跃的感情，使我们同感底地受着感染的事，来作说明的。

但是，伟大的东西，还不独以巨大的压倒底的动作之形而显现，同时也静底地作为伟大者，而显现于平静中。即从术语本身看来，美底情绪这时即含在伟大的感情之中，也明明白白。为什么人们以眺望面前的海洋和太空，放眼于广远的地平线上为乐的呢？也曾提倡此说，以为人类在无限之前，虽感到自己的弱小，但一切这些无涯际，横亘在他的意识里，却同时也觉得愉快的。然而，借了自己观察的方法，一面从伟大者的观照的感情中，一面则从自己侮蔑的感情中，能否发见智底的夸耀，却是一个疑问。总之，首先，诸君倘能在自己身上，发见那由于静底地伟大者所惹起的欢喜的感情，则诸君便知道，这就是近于自己忘却的静而且深的心绪了。为什么呢，因为当此之际，客观是几乎占领着意识的全视野的。所以人们有"忘我于静观的欢喜中"呀，"全然沉在静观里"呀等类的话。静穆的崇敬——惟这个，乃是对于静底地伟大者所经验的感情。

倘若我们将"伟大"这观念，分析起来，大概就知道，凡认为伟大者，是空间或力的集积，为极其单纯的原理所统一的现象。海的无际的广远，在那波的同样的律动上，是一律的；天空则无论我们白天来看,夜里来看,都一样地巨大,单纯。不规则底的云样,不规则底的星群,都几乎并没有破掉这巨大的圆屋顶的纯一。一切巨大的东西,是容易被容纳的。就因为单纯的缘故。倘若诸君留心于细目,或是细目大体地上了前,那么——伟大者的印象便消灭了。但是,伟大者一面容易被容纳,一面又强有力地刺戟神经系。伟大者不细分神经系统的机能;也不使神经系统对于无数的调子发生反响。但却以强有力的一样的律动,使神经系统震动。那结果,是得到甘美的半催眠底状态。

假如诸君半睡似的,毫不动弹肢体,出神地凝眺着微隆的碧绿的柔滑的海面,大空的蔚蓝的天幕罢。在诸君之前的一切,是平稳而广远。眼睛描了大的弧线,自由地眺望着地平线。小小的白帆的斑点,沉在单调的景色的一般底的印象中。然而这单调,却并不惹起无聊。精神在波动。由神经系所营为的规则底的自由的作用,大概是大的。那作用,能够使敏感的人们的眼里,含起幸福之泪来。(泪的分泌,即证明着血液的盛行流入脑中枢以及那精力底的生活的。)倘若海上忽然来了各种颜色的许多船,倘若那些船行起比赛来,或者倘若游泳者在海岸边激起水花,大火轮喷着蒸汽,在港内慢慢地开始回转,倘若这些一切生动的巨细的光景,抓住了诸君,那么——伟大这一个印象便消失,诸君的姿势就活泼起来,诸君微笑,轩昂,无数的感情和思想,将在诸君的脑里往来疾走罢。而且这是有味,也是绘画底的罢……。但诸君大约也会感到,此起先前直面大海,忘了自己,诸君自己也恰如深的无涯际的海的一角似的时候来,感情的紧张力要低到不成比较,然而感觉器官的作用——却较丰富,较多样了。于是有群众走近这里来,诸君在自己的周围,听到用各种言语的谈天,笑的爆发。港内是宛然看见莫名其妙的人类的蚁塔一般的杂沓,的混杂。海是遮满着几十几百只船。诸君转过眼去——喧嚣和色彩和动作都太多。神经全然弄慌张了,来不及跟随一切的踪迹。疲乏了。感情的紧张完全松散。虽然是最大限的多样,但诸君所受的有秩序的东西却太少。神经的作用变得很纤细,这错杂,在诸君便是无聊,立刻使诸君疲乏,同时也使诸君厌倦了。

但是,移到别的假定去罢。略在先前还是静静的海,突然变黑,满了喷作白色的波涛。恰如睡眠者的呼吸一般平稳的海的骚音,变成强有力的威吓底的了。奔腾的大涛,直扑海岸,碎而沸腾,啮着沙,愈加咬进陆地里去。天空早被黑云所遮,一切昏黑,鼎沸。骚音愈强,海水倒立,怒吼,啮岸。太空宛如为可怕的雷鸣所劈了一样,电光的舌,落在要在混沌的扰乱中,卷上天去的波涛上。一种不可解的争斗,在诸君之前展开了。就是,几个自然力,在猛烈的争斗之中相冲突。诸君胸中的一切都发抖,心脏快跳,筋肉收紧,眼睛发光。每一雷鸣,诸君则以新的,新的欢喜,来祝福暴风雨。而且恰如以尖利的叫声,高兴地,并且昂奋着,翱翔于天地之间的飞鸟一般,觉得争斗和力的欢喜,生长于诸君的内部的罢。力的发作和争斗这两样的伟大,使诸君感染其威力而奋起。为什么呢,因为诸君将那威力,作为活的发怒的力的争斗,无意识地容纳了。

多样之中的统一,是美的东西的几乎不可缺的原理。因为多样者,是蓄积得过度了的能力的完全的撒布这意思;统一者,是使易于知觉的作用的正确这意思的缘故。但以为据这原理,便可以明白美学的本质,却是不对的。就是,在伟大的东西上,统一有时排掉多样,而占着优位。在绘画,则如我们将要见于后文那样,是多样凌驾着统一的。美能够将损失于多样者,由接近伟大去,而从紧张力中获得。美又能够将损失于统一者,从接近绘画底的东西去,而由比较和对立的华丽和纤细来补偿。但是,关于这事,将来会更详细地讲说的罢。

我们已经说过,恐怖可以是美底。凡动底地伟大者,在这是和我们为敌的的时候,则以将要压倒我们的意思,常常是可怕的。为能够享乐伟大的和威吓底的东西计,所必要的是大胆。惟有一定的客观性,给我们以纯美学底地来评价现象的可能。然而,主观底的兴味,对于被评价的对象的个人底关系,则惹起许多动摇和感情来,使我们的知觉的纯一,为之动摇,昏暗。由同感底的联想,评价受了制约的时候,这事就尤为确凿。就是,当看见强有力的和可怕的东西之际,我们能够同感底地感觉到力和勇气的意识。但反之,也能够将注意向了这样的敌和我们的个人底冲突的不愉快的结果。凡胆怯者,是不能接近伟大的和威吓底的东西之美的。

伟大的东西和威吓底的东西,不但作为那东西本身而显现,也显现其结果,于其所征服的障害,于其所行的破坏。可怕的东西,威吓底的东西——这是施行破坏,给人苦痛的。人类从四面八方,被这种不可抗底的敌所围绕。然而对于他们,不可不用勇气。英雄底的战斗,是悲剧底的场面。因为这时候,我们不但是愤怒,征服,破坏——也直面着服从,倒掉,苦痛的力的冲突的。于人生看见悲剧底的事件的时候,我们同感底地一并感觉到争斗的感情和败北的感情。就是,我们看着可恐怖者和正在苦痛者,而自己也在恐怖和苦痛。再说一回罢,恐怖和苦痛,是消极底的,但却是强烈的感情。这消极性,即存在于以自卫为目的的能力的巨大的消费,对于苦痛的恐怖,以及苦痛这东西,在我们里面所呼起的痉挛底的激动中。倘抑住这些的激动,从恐怖和苦痛的情绪,除去这些的外面底的显现,则均衡便即改变的罢。就是,痉挛底的不规则底的作用的量,便即减少的罢。倘若惹起恐怖和苦痛的东西,能诱起规则底的作用,使我们感染自发,勇气,战斗的欢喜,又从大体说,倘若这是伟大,能在我们的里面发起强有力的单纯的动摇,则那时候,我们大概便得以享乐悲剧底的东西了。

凡是悲剧底地美的东西,如观察者的精神愈强韧,并且那精神被征服于恐怖与其结果的事愈少,又从大体说,于成着悲剧底的东西的本质的那精神底的动摇,经验得愈惯,便愈成为易于容纳的东西。艺术能够特由描写悲剧底的东西,而容易地收得美底效果。关于这事,我们已经在概论恐怖的时候说过了。凡悲剧底的东西的一切内容，都由艺术而被再现。但我们既然没有忘却所讲的是关于描写的，那么，我们就能够冷静。就是，我们能够对于外底的动摇的印象，不生以自卫或援助为目的的反应。将对于悲剧底的东西，取冷静的态度；经验恐怖和争斗之美；在英雄的苦恼中，他们的英雄主义之可尊重的事，教给人们者——是伟大的使命。

恐怖，苦痛也一样，实在是由悲剧底的艺术，而被表现为可以惊叹的一种美的东西的。这训练我们，使在实际生活上，当恐怖袭来时，也能自制，不流优柔的眼泪，不因同时成排而倒的兄弟们的苦痛而啜泣。从小恐怖和胆怯的解放，是只能由对于恐怖的习惯的代偿而得的。从苦斗之际缚住我们手脚的易感的同情的解放——只由惯于苦痛的出现的事，才能够得到。而且惟有这个，是向悲剧底地美的东西，给以那最深的意义的净化。而这在我们之中所涵养者，并非冷淡，乃是能尊重争斗与其力量以及紧张力的能力，能措意于创伤和没有呻吟，勇气，机略，机智等能力。涵养勇气于人们中，是伟大的事业，真的悲剧底的艺术，于此是尽着职务的。

但悲剧正在逐渐小下去。现在我们每一步，便听到表现出日常生活的悲剧底的东西来罢的要求。然而，可惜，我们在日常生活上，寻不出悲剧底的东西来。琐事，偏见，贪婪，下劣的自负，廉价的忧郁和怠惰——这是悲剧底的东西的要素么？要将死亡，疾病，不可抗底运命，一样地压迫一切生物的一切的恐怖，容纳为悲剧底的东西，则必须有什么全底的东西，强韧的东西，勇敢的东西，和这些相对立。被缚的泼罗美修斯——是悲剧。但亏空公款而被告发了的一家的父亲——则即使他，他的妻，孩子们的苦痛有怎么大，也不是悲剧。这些苦痛，能给我们什么呢？这些能用什么，并且怎样将我们提高呢？这些，是使我们感染高尚的生活的么？没有生活的向上之处，没有英雄底的东西之处——在那里，是不会有悲剧的。"斯托克曼医生"——虽说那里并无特别的苦痛罢，是悲剧。默退林克的颓废底的戏曲，则虽然全体是苦痛之海——却是贫弱的恶梦。

将衰弱的生活,不加嘲笑,却要同感着表现出来的现代艺术的倾向,是真的颓废。感染着死的恐怖,我怎么能经验快乐呢?然而,快乐是分明被经验的。人们为了要看见平凡的人们的悲哀而下泪,又为了要在契诃夫的三姊妹和她们似的人们的生活的葛藤上感到兴味,生活是应该怎样地灰色,颓丧,凝固的东西呵。教母们在茶会时,她们是大家谈些关于邻人的一切闲话的,但还要无聊的事,想来未必会再有了罢。她们叹息,大家蹙额,互相耳语,恶意地高兴。可怜的无聊的事件,在她们的可怕的空疏的日常生活上,是进展为显著的什么东西的。和美的伟大的悲剧底的东西一同,而可怜的,乏极的,可惨的,谁也用不着的那种美学的出现的事,是只由一般底的生活的低下,能够说明。虽在人类生活上最坏的时代,那美底感情,也还使人们探求什么明快的东西,强有力的东西,既使不美却是特殊的东西,而嘲笑丑恶的东西的。对于严肃的美学底的态度之对丑恶,虽只好完全失色,但营为高尚生活的本领,确已在日常琐事的纠纷之中渐渐磨耗着,吹熄着了。然而丑恶的东西的描写,倘若艺术家由此能够多唤起惯于生活在丑恶之中了的一切种类的联想,以及在俗人的眼中失其丑恶,而今特使他多记起素所亲密的丑恶之姿来,并且多震撼俗人的精神所习惯的活的小感情,那就成为很有兴味的东西了。

　　悲剧底的美的感情,渐渐在小下去的事,当讲述关于悲剧底地美的东西之际,是无论如何,应该确认的事实。①

　　丑恶者,可怜者,羸弱者,都能够令人发笑,一面作为滑稽底的东西,而成美底情绪的源泉。严密地说,则滑稽的东西,并不是美的东西,以滑稽底的东西的表现为目的的艺术品,只在那是艺术底地做出对象来的时候,就是使我们容易地感受各种分明的现象的时

---

　　① 一切这些事,都关系于革命的艺术。革命使这种艺术品成为更加无聊的东西了。

候,才能成为美的东西。滑稽底的东西本身,并不是美。但是,虽然如此,却唤起美底情绪,即可笑味来。可笑味者,是有机体的愉快的状态,这之际,有机体的一切器官,则在自由的兴奋中。

从可笑味往往被和无聊相对照之处看来,则神经系统的兴奋,物质的强烈的交替——分明是可笑味的不可缺的特质。但自然,这兴奋,是不得超过由有机体的能力的一般底蓄积所决定的绝对底限度,也不得超过有机体的个别底要素的能力的个别底限度的。倘若我们将有机体引向兴奋,许以行动的完全的自由——则这和引他于愉快的心情者大约相等。自由的兴奋和愉快——是同一的东西。然而,使我们兴奋,使我们自由,将供给游戏之力的可能性赋与我们的滑稽底东西的本质,究竟是什么呢?

兴奋者,仅在一种形式上,即作为生命差的解决,这才可能。假如诸君见了什么一种不知道的,不可解的东西,于是在脑里,便发生生命差,普通的动作的破坏和疑难。脑就在寻求解决。就是,因为要知道对于那不知道的东西该取怎样的态度,所以竭力来加以识别,想将这归纳于已知的东西中。联想接连而起。能力撒布得很多量。血液的集注,也应之而增加。倘若劳动并未超过那能力的消费诱起了疲劳的程度,又倘若脑的劳动,并未被消极底的复杂情绪的要素,例如对于未知的东西的恐怖,不安,不满等,弄得复杂,则能被经验为一种的快感。但现在,问题是解决了。一切都回原轨。劳动完毕了。假如诸君还未疲劳,那么,将如不至疲劳的体操之后一般,感到愉快的兴奋和力的过剩。①

最初的生命差愈显著,所与的现象离普通的形状愈大,则营养的注入于脑也愈强,这事是自然明白了。别一面,生命差的排除愈急速并且愈是不意地发生,则轻快的感情和力的过剩的感情也就愈

---

① 将和满足或不满足相伴的一切情绪底特质,或色彩,例如恐怖,愤怒等,阿筬那留斯名之为复杂情绪。

高,这也是自然明白的事。滑稽的本质,是在这在心理上,惹起拟似底生命差来。

假如诸君戴了假面,去吓孩子罢。孩子们吃了惊,凝视诸君,不安和恐怖,抓住了孩子。孩子要哭了。但诸君在恰好的时候除下假面来,孩子便知道那是诸君。孩子看见没有可怕的了,就且笑,且喜,要求"再来一回"。

一切滑稽的东西,都以这方式作用着的。滑稽的东西是独创底,和普通的东西很不同。但这不同,在次一瞬间便被表明为假想底的或不很重要的东西。

人类的容貌和普通的模样略有偏倚者,都是滑稽。但倘若这些超过了一定的限度,就成为可嫌恶的,不具的东西了。些微的不合式,也是滑稽——到更甚,就惹起愤懑。些微的不幸和灾难,是滑稽——但更大者,则呼起同情来。凡这些时候,我们是有着为觉其无意义的思虑所贯通,而且以意外的容易所解决了的,未完成的形式上的嫌恶,愤懑和同情的。

我们当观察或种现象的时候,我们豫期着那现象的或种自然底的结果。倘若这并不立刻显现,而那现象走了意想之外的方向,则我们经验着一种的刺冲,或者认真地沉思,或者觉到了那偏倚之无价值和单单的假想底的意义而失笑。

假如那见解为诸君所深悉的诸君的朋友,突然在诸君所不相识的人们的集会之处,说出和他平常的见解全然矛盾的意见来了。那就使诸君疑惑,吃惊。诸君和他一同回去,一面认真地给他注意,说是"参不透那言动"。"那里,自己的意见我是一点也没有改变的——我不过给他们胡涂一下罢了。"那时候,诸君将因疑惑的消灭而失笑罢。但同时也生起"可是给好朋友们发胡涂,岂非不很好么"的思想来。诸君便再用认真的调子,给以这样的注意。他说,"是的,但他们不是十足的胡涂虫,半通不通么",并且将这用事实来证明给诸君看。那么,诸君又将因自己的疑惑的落空而失笑了。较之这事，所笑的大约倒在想起了那半通不通怎样地将诸君的朋友的假设底的思想，认真地发着议论的情形。为什么呢，因为一切错误，全是滑稽的缘故。因为那滑稽，是含在和情况不符的行为之中，那行为的不相当底的对比之中的缘故。但是，倘错误招致重大的结果，那就成为可嫌忌，可害怕的了。

一切的机智，都无非是会话和议论的普通的进行的破坏。倘若这是含有认真的意义的奇警的思想，则于各种问题上，投以意外的光，使诸君的智底作用，容易起来，便不仅作为轻快的东西而发笑。然而纯粹的机智，是常常存在意外的对比之中的，那对比突然惹起惊愕，于是诸君叫道，"哦，原来如此！"而失笑了。

愚钝也是理论底地正确的思想连续的破坏。假如有谁说些呆话，诸君便像对于机智一样地发笑。然而倘若这愚钝，或其中所表现的或一人物的无智，带来不快的结果，那么，诸君就要嫌忌的罢。

要之，可笑味的情绪这东西，是起于什么强的，约言之，则消极底的情绪，就是疑惑，恐怖，不平，嫌恶，愤懑等——突然从抑制状态，得到解放之际的。

我们的关于滑稽的东西的观念之正当，那最好的证据，是将和滑稽底的东西的知觉相伴的笑的生理学底现象，加以解剖。

我们有着显著的生命差，就是，由于在血液集注于或一器官的形状上的能力的强度的流入，因而回复了的能力的流出。说起来，便是罅隙骤然合上了。不绝地输送营养的器官的作用，有停止的必要。因此而本能底地使别的器官活动，使营养的处理归于平均。先前曾在作用的器官的能力，便扩充而刺戟邻接的器官了。这时候，脑中枢则照一定的顺序，去刺戟运动中枢，其时因此所惹起的运动之量，是由皮质中枢的先行刺戟而决定的。就是，最先，是脸的筋肉动作了。我们称这为微笑。于是全身逐渐运动起来。我们就笑，哄笑，拍手，顿足，绝倒，恰如痉挛似的辗转。

笑，哄笑，即胸壁的振动和肺内空气的痉挛底放出——凡这些，据赫拔式·斯宾塞的意见,是有着减少有机体内的酸素之量,使血液的酸化变弱,因而也使那作用之力变弱,而从已经太过度了的劳动,保护脑髓的价值的。

我们不能进于滑稽的一切领域和笑的许多形式的详细的研究去。只在这里说一声:以善良的宽大,观察许多事物,指摘各种的特殊性和差别,而不加以认真的意义者——是成着幽默的本质的。假使我们从高处,并且轻蔑底地来对事物,则也如善良的宽大一样,即使许多东西,是有愤懑的影子的,但也在我们里面招起笑来——这是讽刺的本质。在轻妙的讽刺里,笑为多;在恶毒的猛烈的讽刺里则愤懑胜。例如试去一留心在论争上激昂了的对手,说着"你的意见完全是滑稽的"那样的事实,就是颇有兴味的事。人们在这时决没有笑,是沸腾着的。然而他不过是想用了这话,来说那意见其实不必认真对付,却有用了笑的方法,来除掉所设定的生命差的必要罢了。笑的解剖,至今谁也还没有完全地施行过。然而笑的各种的形态,是令人深深地窥见人们的精神的。为了这事,自然,必须专门底的庞大的著述。①

倘若滑稽底的东西,即使惹起不可疑的美底情绪,却还不属于美的领域的,则关于类型底的东西,也就不得不一样地说了。美学的范围,不但不为美所限,且也不为最美的东西所限。虽在最狭的解释上,美学也含着类型底和滑稽的东西的。因为我们倘将这两种,在论美的种类这章里观察起来,则滑稽底和类型底的东西,照原来虽然决非美,但在艺术上,却作为美的有力的要素而显现的缘故。在天然中,类型底的东西的全部,是未必一定美的。然而在艺术上——全部是无条件地美。因为当艺术作品的知觉时,在普通的要素上,又加上关于艺术家的手段和那构成力的思想去了。契契珂夫(果戈理著作中的人物)并不美,我们不会酷爱他。然而我们虽然侮

---

① 绥黎的研究,伯格森的研究,都难说是十分满足的东西。

蔑着他,第一,却喜欢他是类型底的,第二,则酷爱果戈理的天才。诗底小说《死灵魂》(果戈理作),在那内底意义上,是可怕的。但在竟能联想底地呼醒关于人类的天才之力的观念的这作品上,却是美的。

假使我们在实生活上,和果戈理的不朽的作品的一切人物相遇,那么,我们决不会感到高扬底的情绪的罢。但倘若我们是观察者,便也如自然科学者的喜欢有兴味的类例一样,大约还是喜欢他们的。凡有类型底的东西,是呼起和从美及高扬的见地来看的评价无关的积极底的评价的。

什么是美的呢?就是在一切要素上,是美底,由美底的线,色彩,音响等所成立,而唤起快乐的联想的东西。什么是伟大的呢?就是将谐调底的律动,传给我们的神经系统,将高尚的生活,使我们感染的东西。什么是美学底的呢?就是对于被消费的能力的单位,给以非常多量的知觉的一切。

所以,假使虽然丑而且无价值,但仍能在我们里面,呼起许多的观念,或者有一现象,是给与把握别的许多现象的可能者,出现于我们之前,那么,我们就积极底地来评价它。这是类型底的东西的时候。类型底的东西,是教训底,给与在一个形象中,网罗许多东西的可能。我们看见丑和无价值的东西,能是美底。但倘要这样,必须将所观察的事物的丑和贫弱,加以或一程度的忽视,不将这太活泼地具体底地知觉,较之感情,倒是由理智去知觉它。这无非就是科学底的认识底的态度。在实际类型底的东西上,我们是从美学移向科学,从美的规准移向真理的规准的。这即是两者的亲近之度的证据,而同时也于两者之不同,分明给了特色。能享乐类型底的东西者,只有理智底的人们。他将如莱阿那陀·达·文希那样,以兴味来描类型底的杀人者罢,但情绪底的人们却相反,大约是要怀着恐怖和嫌恶,从这半人半猿转过脸去的。

独创性是滑稽所不可缺的要件。但并非凡有独创底的一切,都招起笑来。凡较常态有所偏倚者,唤起注意,提高有机体所行的作用,是自明之理。这种的高扬,倘若独创底的东西的性质愈是一般底地美底,大约就愈愉快。笑,是只起于较大的智底紧张,被解决于意外的容易之际的。凡是提高注意的现象,其特色都在作为独创底的东西,或是有兴味的东西。在别的事情上,则独创底的事物,对于蓄积着一些能力的一切心理,皆较之普通的事物,美学底地高尚。这事,在人类,几乎是成着普遍底的规则的。当过度蓄积的生命差已以倦怠的感觉之形而出现时的能力的显著的过剩之际,则能力放散的欲求,使独创性成为比美尤为可喜的东西。但是,从另一面说,凡是有着收支仅能相抵的保守底的脑髓的人们,则看见一切独创底的东西,就觉得不满。

赫拔忒·斯宾塞对于近时人们的喜欢将书籍的开头印得不均等,换了话说,就是将事物的普通的合理底的外形,加以破坏的事,表着强烈的不满之情。据他的意见,则这是将来的野蛮主义的征候。其实,新的书籍,是决不美于旧的书籍的。然而,却是独创底的。想由独创性以提高美底价值的倾向,即所以显示社会上的饱满和倦怠的程度。

独创性的尊重,开始于普通文明的圆熟期。整顿,谐调——美的要件——成了一种因袭底的东西,于是从新在不整顿的里面,开始来探求美底情绪的源泉。当论究艺术的进化之际,我们还要讲到这现象的罢。自然,虽然并非一切,不整顿的东西,便在饱满的人们,也是愉快的。他们在寻求绘画底的不整顿。而“绘画底”这句话之所表示,是这不整顿即使是自然底的所产,其中也应该有一种技巧底的,意匠底的,恰像画家的考案那样的东西。

其实,在绘画底的不整顿之中,是藏着难以捕捉的整顿,能够感到组织底精神的。成着出色的,而且最单纯的例子,便是所谓黄金截率。单纯的比例,即全体的互相关系的长度,在大体上,较之不规则的关系更其容易被知觉。那自然,这样的比例,是可以从由于几个的一样的运动之助,即由于运动的一定的律动的媒介而被目击的事,得到说明的。然而和两等分,四等分,或中央和两翼,即三等分,五等分这些均齐底的分割的美学底意义一同,也不意地显现了在中央和两端的关系上的线的分割。(即小边对于大边之比,和大边的对于全体之此相等——1:a＝a:B。)宰丁在人类于自己的身体的此例,以及自己的书籍,箱箧,门户,窗门等,都有进于一样的此例的倾向上,看见了一种神秘底的东西。这倾向的普遍性,自从伟大的精神物理学者斐锡纳尔的周到的研究之后,已经颇为脆弱了,但对于这种分割的一种爱执,却还是存在。这大约确可以用了黄金截率是"对称"和全然一面底的"不对称"的一种中间底的东西的事,给以说明的。当此之际,在第一的时候,"较小的"边等于大的边,在第二的时候,则等于零。

实在,这种几乎难以捕捉的微妙的法则,是自行规定着不整顿的绘画性的。然而将美底快乐的源泉,发见于不整顿的客观里的可能,在缺少明白的法则之处,捕捉致密的合法性的可能——很扩张了美的范围。将希腊雕刻的古代期的均齐底的雕像和古典期的自由比较起来,或者将文艺复兴期大作家们的绘画的自由的构图和凝固了似的中世纪圣像画家的均齐比较起来看就好。但单是形式底的绘画性,于强的印象尚有所不足,那是自然明白的。对于绘画底的东西的敏感之度的生长,和对于自然的渐大的理解相偕。而自然的多样性,由明白地表现着的纯一,得到把握的事,却殊为稀有。光耀的纯一,性质的纯一——这于风景的大部分,是藻饰,——所以"绘画底"这句话,就最是屡屡适用于自然描写上了。

然而个个的多样的部分,自由地投散于难以捕捉的美底不整顿中的绘画底的风景,即使在那色彩和线上是美的,也不能令人真觉得美。惟在那风景是伟大的,不以联想底要素为必要的时候,我们自己才将不尽之美移入自然中,反应自然之美,而灵化其特质。我们在美之中,即加以美由联想而在我们的内部所惹起的情绪。荒凉的岩石,险窄的鸟道,波涛的飞沫,神奇的光线等,令人怀抱傲慢的孤独,恶魔底的力,或者关于选取这样处所的勇敢的遁世者们的思想……。积雪的平原,为薄雾所遮的月,茫茫的青白的远景,辄令人念及无穷的寂寞的路,黯淡的,灰色的沉思,前涂的绝无希望的事。心理愈是印象底的,则见了易于变化的自然的面影,心理即愈是迅速地为种种的感情所拘执,并且将自然的不可解的特征,翻译为自己的人类的语言。指在我们里面,惹起不看惯的形象和感情的风景,我们名之曰幻想底。一般底地称为幻想底者,是那独创性超出了在现实上的可能性的界限,而又不因那非现实性,惹起什么重大的生命差的一切的东西。在自然界,刺戟我们的幻想,即在脑里呼起自由的游戏的一切,是愉快,而且美底的。倘若我们的幻想,当此之际,因惹起这来的现象的温和的爱抚底的特质,而在柔软的幸福的调子中动作,我们便指这样的现象,称之曰诗底。

绘画底,幻想底,诗底——这些术语,都在指示着由人类的创造而结合为一的要素。凡绘画底的东西,和幻想底和诗底的东西结合起来,即可以移入美的领域,较之滑稽底和类型底的东西,尤有更大的权利。然而令人在一切现象中,愈加发见许多的美的人类的美底发达,有时也间或成看病底的性质的。因此之故,而人类的美底发达,一面探求着独创底的东西,近于微妙的绘画底的东西,一面却移入了对于虚饰底的,而且非常纤细的东西的爱执。在健全的人们,或种烦腻的奇怪的现象之美,有时是全然不解的。虽然惹起立誓的唯美主义者们的欢喜,但在这些唯美主义者们,美者和伟大者,是成了卑俗的和平凡的东西了。在这些现象中,最为不快者,是有将趣味的独创性加以夸耀的愚劣的自负,混在直接的美底感情里面的事。凡人类,可以说,倘若示以美底快乐的现象的分量愈多,便愈是美底地发达着。我们倘一想不但理解美的和伟大的,并且也理解悲剧底,喜剧底,独创底,绘画底,类型底的东西的人们之前,展开着几条路,那么,我们就知道要想象从最有兴味的方面来观察一切事物,而能将那美底价值示给别人的天性,并非难事了。惟这个,乃是真的唯美主义者。以趣味的纤细为荣的人们，决非在人类发达的进步底的步伐上的开拓者，而是一种奇怪的复瓣的花朵。真的唯美主义者，虽"他们的美"也能理解，但在自己里面，藏着从享乐全人类，即野蛮人或小儿也能享乐的东西上，也会看出美来的才能。

凡得以美学底地享乐几乎一切的客观的可能，是由于生理学底地脑髓构造的微妙，或多种多样的联想的大大的丰富的。真的美学者，如精巧的机械一样，每受一回外来的一切刺冲，即在自己的心中，生出音乐底谐调来。自然，用这方法，就已经容易陷于善感的忠厚，失掉识别美丑的可能的了。然而人们则借了各种评价的谨严的区分而得免。就是，将类型底的恶人，我能够因其类型底的而鉴赏他，但同时也意识到他的精神和肉体的丑恶。美的各种的规准，判然地活在发达的评价者的心中。他不将独创性和美，美和伟大性，滑稽底和类型底，混同起来。他能够从最有利的见地，来观察现象，将它享乐，一面也批评底地加以观察，而锋利地抉剔其内部所含的一切的缺点。能够严密地区别观点的本领，是重要的美底才能。这才能，生理学底地，是在我们使别的器官减低作用，而使唯一的或一器官完全动作，以知觉事物。就是，在于不以眼睛，而以口盖来感觉蛎黄，用眼睛去看孔雀，却不倾耳于它的叫声那样，抑下别的，而只使一种适宜的联想，发展起来，以知觉事物。美学底地知觉事物云者——就是用了事物所可以惹起最相适应的活动的器官或脑髓要素，来知觉事物的事。也就是在能够从美学底见地，给以直接兴奋的评价的那么高的程度上，来知觉它。但是，倘若我们要将或一事物，不在我们的个人底关系，而在最高的美，即对于种之完成的关系上，加以评价，则我们便立刻变更观点，在联想中将所与的现象拿住其结果，而着重于这对于人类发达的能留影响之处。最后，从真理的见地观察现象云者——那意思，就是竭力完全地知觉那现象，同时又全不顾及感觉的感动底色彩，而惟以仅有客观底的知觉的观念，概念，以及纯粹感觉为凭依。人类的意志，是恰如共鸣器一样，有时将这种联想加强，有时将别种联想加强，这样地决定那将来的进行的。就是，意识的最高中心，有时和这种器官，有时和别种器官相结合。我们的意识，又能将光注在客观内的一团的现象上，而遗弃其余于局外的本领，大约也确是重要的适应性。据我们看来，这在最广义的美学上，即关于直接感动的评价的学问上，也有很大的意义的。倘若我们仔细地来观察这适应性，便知道那生物学底意义，是含在下列各点里面的罢。就是，将现象正确地加以评价，能在愉快的东西中，识别其有害者，在可嫌忌的东西中，识别其有益者；能将于此处有害的东西，有益地用之于别处；约言之，便是能够多方面地对付事物。为什么呢，因为在实际上，各事物是由于事情之如何，而对于人类有难以汲尽的多种多样的关系的。在对于人类这有机体的一切直接底以至间接底关系上，认识事物的事——即是完全地认识事物的意思。这样的认识，是科学底，也是美学底，而且在最广的意义上，也应该是实际底。这样的认识，于内则丰饶人类的精神，此外则使人类为事物的主人，在他面前展开进向幸福的路，给他从周围的一切里抽出这幸福来的可能。认识，幸福（或是美，这是同样的东西。因为幸福是我们本身和世界的美的感觉的缘故），善的理想，是融合编织在生活一种努力，即对于谐调底的绚烂的发达的努力之中的。对于力的增进的一切步武，协助内底世界和外底世界的调和，这调和，又使力更加强大，这样而无限量地，或说得较为正确些，则只要进步不停止，就继续着这状态。

五　艺术与生活

一

生命者，是怎样的东西呢？活的有机体者，是怎样的东西呢？

有机体者，是有着种种物理学底和化学底性质，常在相互底关系之中的,固体和液体的复杂的聚合体。这聚合体的各种各样的机能,是互相调和,而且有机体,是以自己本身而存在,且以不失其自己的形体底全一性之形,和环境也相调和的。有机体自己的肉体的一切要素,即使常常变易,但自己的形体却作为大致不改的东西而存在之间,有机体有着这自己保存的能力,即虽遭环境的破坏底作用,却仍有恢复其自己的流动底均衡的能力之间——我们便称之为活的有机体。死的有机体,是被动底地服从环境的机械底,气温底,化学底作用,且被分解为那组成要素的。那么,生命者,是自己保存的能力,或者说得较为正确点——就是有机体的自己保存的过程。有机体的自己保存的能力愈伟大,我们就可以将这有机体看作较完全的,较能生活的东西。倘若我们将有机体在那大概常住底环境中,观察起来,大抵便能够确认,那有机体和那环境之间,确立着一定的均衡,而且有机体对于那环境的影响,渐次造成最相适应的若干的反应。每当对于有机体是本质底的环境的变化之际,有机体便或则消灭,或则自行变化,以造成新的反应,而且这也反映于那机构上。在对环境的顺应作用的过程中,施行于外底作用的影响之下的有机体的机构变化,可以名之曰进化。在此较底地不变的条件之下,则造成对于所与的环境,比较底理想底的有机体来。就是,造成在所与的条件下,能最适于生存的有机体。这样的有机体,是有一个大大的缺点的。那有机体的各器官,对于一定的机能,愈是确定底地相适应,则一逢条件的变化,有机体便愈成为失了把握的东西。新的影响,是能够忽然使这保守底的有机体的生存,陷于危险之中的。因为在自然界中,不变的或均等地变化的环境,是几乎并不表现着普遍底的法则的,所以有机体为要生存,则不能使那反应的一团,和自然相对峙,然而又不得不和外底作用的特殊性相应,而有所变化。所以,最是善于生活底地,理想底地,完成了的有机体云者,大约便是能将在一切条件下足以维持其生命的多样的反应,善于处置的东西了。

这样,而易于变化的环境,便见得是育成有机体的要件似的。从被环境所惹起于生活上的反应的全部中,终于由选择和直接适应的方法,造好了自卫,袭击等各种手段的丰富的武库。于是有机体和环境的战斗,就愈加机敏起来。为什么呢,因为机智和适应性——不过是所以显示发达到高度了的有机体的同一的特质的,两个不同的表现。

由此就明白,那有机体所住的环境愈易于变化,则那有机体便不得不在适应的过程中,造成较多的反应,而且在一切种类的危险里,愈加成为机智底了。为什么呢,因为这机智和适应性,乃是经验的结果。

理想底的有机体云者,是那体验捕捉住一切存在(环境的一切作用),而那机智,征服对于那生命或生存的一切障害的东西。

使有机体由新的复杂的易变的反应的完成,退了开去的一切进化,我们可以名之曰退化;因了适合目的而反应愈加复杂的器官,使有机体更为丰富的一切进化,我们可以名之曰进步。

为或一个体的保存起见,退化可以有益,进化有时也能够有害。在实际上,假如复杂的有机体,陷于那器官的大多数已非必要的环境中了,则这时候,这些器官对于有机体确可以成为有害的东西的罢。然而,大体地,并且全体地说,则进步底进化,是使生命在自然界中愈加强固的。我们在人类里,看见这样进化的荣冠。

假使我们将在安静之中的,即在和那环境十分调和之中的有机体来想一想,那么,在我们之前,便将现出或一确固的过程,或一可动底的均齐来罢。和这均齐相背驰的一切事实,我们就名之曰生命差。生命差者,是从生命的普通的规则底的长流,脱了路线的事,无论这是由环境的不惯的作用直接地所惹起的,或是由什么内底的过程所惹起的,结局是一样,就是,由环境的这样作用的间接底的结果,而被惹起的东西。

一切生命差的设定,在若干程度上,总使生命受些限制和危险。

如我们由经验而知道的那样，凡有机体，是将外界的影响，作为感觉，而体验于自己的心理的。而那反应的大多数——则是对于这感觉的回答，目的是在将这感觉消灭，或增大，或维持。那么，就当然可以料想，在有机体中，是完成着顺应作用，在将有益于生活的过程，加以维持，或将有害的过程，竭力使其消灭的。

作为这些顺应作用的心理底表现而出现的，是苦痛和满足的感觉。倘若外底的刺戟，惹起生命的动摇，将危及有机体的均衡，则这刺戟，即被经验为苦痛，为苦恼，为不快。在有机体本身中的或种破坏底的过程（外底影响的间接底结果）也一样，被经验为疾病，为沉闷。和这相反，将破坏了的均衡，恢复转来的一切外底作用，以及目的和这相同的一切反应，则被感受为快感。由这内底和外底要件之所约制，有机体的感觉所表示出来的消极底或积极底色彩，我们就称之为积极底兴奋，或消极底兴奋。

于是我们就可以这样说了。凡是直接有利于生命的一切东西，即伴着直接底的积极底兴奋，给生命以障害的一切东西——则伴着消极底兴奋。兴奋云者，不过是在有机体全部上，或那有机体的一部分上，生命有分明的增进或衰颓，而这在心理上的反映。这很容易明白，苦痛，即生命的低降，有时就如一种苦痛的手术一样，为救济生命计，是不可缺的有益的事，而和这相反，快乐，即生命的高扬，有时是有害的。如作为这样的快乐的直接的结果，后来非以更大的生命的低降来补偿不可的时候就是。然而直接的兴奋，是作为最初的顺应作用，并不虑及那过程的远在后来的结果的。这是留在先见底理性上的问题——虽然即使说是兴奋底色彩，自然也和时光的经过一同变化，能够成为更其顺应底的东西。理想底的均衡，伴着怎样的兴奋的呢，这事，因为我们大概是观察不到那样的均衡的，所以无从说起。但是，我们可以假定，绝对底地未经破坏的生命的均衡，是恰如无梦的睡眠一样，大约全然不能知觉的。在我们自身和别的有机体中，使我们知觉为生命的一切，是这样的均衡的破坏，是这样的破坏的结果。

从这里就引出这样的结论来。苦痛者,是一种初发底的东西。说得的确些——则是均衡的破坏。快乐者——是一种后发底的东西,只在破坏了的均衡的恢复的时候,即作为苦痛的绝灭,才能占其地位。

但是,这样的结论,是全然不确实的罢。

问题是在有机体和环境的相互作用,是有两面的。从一方面,环境将有机体破坏,使有机体蒙一切种类的危险。而有机体则用各种方法,在这环境中自卫。从别方面,这环境又给有机体以恢复和保存的要件。这并非单是刺戟的环境,乃是营养的环境。有机体为了自己防卫和自己保存,势不得不常常放散其能力。而这能力,又常在恢复,必须将必要的分量,注入于有机体的各器官。各器官便各各呈着特殊的潜在底能力的一定的蓄积之观。而各器官则在环境的影响之下,导这潜在底能力于活动。于是蓄积就不能不恢复了。倘若能力的消费,多到和这同量的恢复竟至于不可能,或是能力的流入(以营养物质之形),少到不能补足普通的消费的时候——则器官便衰弱,均衡被破坏。而消极底兴奋,于是发生了。但均衡的破坏,恐怕在别方面也是可能的。倘有或一器官(重复地说在这里:显示着被组织化了的潜在底能力的一定量的器官),多时不被动用,那么,向这器官的营养的注入,完全成为无需。这注入,就不变形为必要的特殊的能力,即不被组织化,而分离为脂肪样的东西。到底,营养的注入不但逐渐停止而已,因为不被动用的器官本身的组织也被有机体所改造,所以器官不是变质,便是萎缩。在营养过剩这方面的均衡的破坏,最初是全不觉得沉闷的。只在久缺活动的时候,才有沉闷之感出现,好像器官在开始要求活动。这沉闷之感,就如久立的马,顿足摇身的时候,或人们做了不动身体的工作之后,极想运动一下的时候的感觉一般。

和营养分的过度蓄积相伴的消极底兴奋,较之和能力的过度消费相伴的兴奋,更为缓慢,更不分明,是很可明白的事实。均衡的这样的破坏,像以直接的不幸来危及有机体那样的事,是没有的。然而,在久不动用的器官中的能力的急激的发散,则被经验为快乐。倘若物质代谢上的停滞,不给人以苦痛的感觉,则代谢的速进,只要这不变为疲劳,就是营养的注入足够补足其消费,即被经验为快乐。倘若被消费了的能力的恢复,和积极底的兴奋相伴,那么,过度地蓄积了的营养的消费,也和积极底兴奋相伴的罢。在营养的过度蓄积的或一定的阶段上,就已经感到运动和精力消费的隐约的要求。当消费的最初的瞬息间,有大快乐,至于使有机体并无目的而耽溺于此。过度地被蓄积了的营养的,这样的无目的的消费,这营养向各种器官的特殊的能力的急速的变化,以及那能力的撒布——我们名之曰游戏。和有机体的游戏相伴的积极底兴奋,是有大的生物学底意义的。这兴奋,助成器官的保存,保证进步底进化。

倘将在我们所确立了的两种生命差的术语上的进化,加以观察,这事大约就完全明白了。

假如有机体落在环境的或一新影响里了,或是必须将自己的什么机能(为了完成工作之故)增强到远出于普通限度的时候,那是明明白白,我们是正遇着必当除去的能力的过度消费的生命差。然而这生命差,能用两种方法来消除,也是明白的事。就是,以为工作过度了的时候,要除去这不调和,则将工作减少,或将以营养之形的能力的注入,更其加多。在有机体,这两种方法是非常地屡屡一样地见得可能的。这两种方法之一,是整形底——为增进自己的精力起见,做出新的复杂的反应来,或者将较不习惯,然而较为经济底的反应,来替换或种反应。又其一,是被动底方法——只将工作拒绝,退却,回避,忍从,萎缩罢了。凡生命差,或积极底地(由于增加全有机体或是或一器官的能力的总量,或者完成别器官确能援助一器官的新的顺应作用)而被除去,或者以被动底的方法(由于逃避新的任务)而被除去。生命差的积极底解决,招致有机体的分化,使那有机体的经验,机智,一般底的生命力增加。然而被动底解决,即使做得好,也是置有机体于旧态上,而且往往缩小那有机体的生命的领域,招致部分底死灭和或种要求的萎缩的。

取了例子来说明罢。假如有或一人种和动物的种族,侵入了先前是别的人种,别的种族所占有的领域里了。于是生活就艰难起来,一切的要件都一变。无论是侵入者直接地袭击土著民,或是侵入者和土著民相竞争,使食料和别的生活资料更难以得到,都是一样的。土著民们可以反抗。或者想出和这新的敌人打仗的最适宜的战法,作直接的斗争;或者用了将获得生活所必需的一切东西的机关和武器,造得更加完全的方法,来行反抗。但他们也可以较之力的紧张,更尊重平和和贫弱的生存,服从运命,而离开那土地,逃向远方,愈加逃向惠泽很薄的土地,占着作为臣仆的隶属底位置。于是他们渐惯于营养和食料的不足,那发育也可以缩小起来。在前者的时候,即在以积极底反抗或用完善的方法来竞争的时候,新的敌人的侵入,于民族和种族是极有益处的,使勇气,敏捷,敏感,智性等,都臻于发达。在后者的时候,则敌的侵入,使土著民的生活程度,降下几段去。

西欧的积极底的人们,一遇一切苦痛,不快,不幸,即力究其原因,并且竭力想将这用决定底的手段来疗治——东洋的被动底的人们,却用麻醉剂以毒害自己,否则只浸在宿命观中。前者是现实底地除去生命差,后者则对于生命差掩了眼睛,装着无关心,将意识的范围收小。那结果,是自然明白的了。

积极底地或被动底地,来解决生命差的倾向,是由于非常复杂的繁多的原因而被决定的。在这里,我们不来涉及那原因的探究。

和这一样的事,我们也见于生命差的别的种类中。假如有机体有了营养的过剩了,而有机体正在或种有利的条件之下,并无消费掉营养分的全量的必要。并且作为这事情,是因了无关系的不被组织化的物质(譬如脂肪组织)的过度的蓄积,而使有机体不安的罢。

这种生命差的被动底解决，是在减少相当的营养量。当这样的解决之际，由有机体所代表的能力的总量，便下降了。而不被使用的器官，则开始萎缩。这些器官，其要求营养将愈少——而从环境的力的袭来，有机体即因活动的停滞的结果，便将近于最小限度。这样的有机体，那自然，必然底地要灭亡的。因为即使有利的时期过去，而艰苦的时期复来，那先前的适应性也早经丧失了。

成为上述那样生命差的积极底解决者——是游戏，即精力过剩的无目的的消费罢。这消费，对于诸器官，给以能够十分活动的可能性，不但借此有益于自己保存而已，并且使之强固。其实，向着实际底的目的的诸器官的活动——或那诸器官的劳动——是跟着各种的必要，又随事情的如何，总不能不有些成为不规则底的。例如一切劳动，在向律动性而进，是分明的事实，但在这努力上，却时时遇到难以征服的障害。然而在游戏上，诸器官却以完全的自由而显现的。就是，在这些诸器官所最为自然，和全机构的完全的一致上，将自己表现——在这里，有由游戏得来的特殊的快乐，有为游戏之特色的自由的感情。当游戏时，有机体是以最正规的生活而生活着的。就是，在必需的程度上，消费些能力，于是只依着自己，即只依着自己的组织，而享受最大的满足。[①]

游戏着的动物，是在自行锻炼的动物。我们为什么说游戏是进步底进化的保证的呢，到现在，大约已经明白了罢。

在将一切种类的生命差，积极底地解决着的动物，是在发达着，以向理想底的有机体的。这动物在努力，当环境的一切变化之际，则完成新的机能；为了一切多余的消费，则发见新的力的源泉，又对于一切精力过剩，则发见实际底地有益的计画底的工作。

当生存竞争时，积极底有机体胜于被动底有机体，进步底有机体胜于单是顺应底有机体，这是无可疑的优越性，以这优越性为基

---

① 例如游戏体操。

础,可以假定如下文(能否用确信来肯定呢,却很难说)。就是:力的
生长,生命的进步,是和积极底兴奋相伴的。也就是:在一切有机体
中,固有着对于力的渴望,对于生命的生长的渴望。只就人类的进
步底的特状而论,则这样的进步的要求,是已无可疑的余地的。

但是,只这一点,是不够的。我们还应该再研究生命的一个特
质,即有着大价值的那生命差的解决。

我们是在讲关于最小限度的精力消费的原理。有机体的力,是
有限的。当和自然相斗争时,有机体不可不打算。当意识尚在发芽
状态之间,这打算,由选择而确立。即他之所被规定者,是在有着够
将自己保存,增殖之力的有机体的维持的方法,和衰弱了的有机体
的直接的死亡的方法。在斗争中不衰弱,仅由收入生活而不动本
钱——这是在生存竞争中,本然底地要发生的根本问题。心理者,
乃是在这竞争中的一定的顺应,是想起,发见那要件的相似和不同,
应之而整顿自己的反应的个性的能力,所以心理也当然一样,要服
从这法则的。在发达低的阶段上,有机体不由思虑,却由感觉,或者
说得较为正确些——则是由和感觉相伴的感动来指导。一切外底
的刺戟,有机体本身的一切作用,都带着积极底或消极底的感情底
色彩。从本来来说,这是可以作为演绎法的发端而研究的。就是,
假如感觉了或一主观底的或是客观底的现象 A。这是不快的东
西——有机体则竭力要加以否拒。又假如感觉了别的现象 B。这是
愉快的东西——有机体便竭力要将这继续,加强。在发达高的阶段
上,即例如在人类,则直接的苦痛和快乐,却早不演这样的特殊的脚
色了。在这里,和生物学底"演绎法"一同,也出现了由此发生出来
的论理学底"演释法"。就是,凡于生活有害者,都应该绝灭。现象
A,于我是有害的。所以我应该努力于那现象的绝灭。

因为在有机体,一切无益的能力的撒布,是见得无条件地有害
的,所以我们可以豫料,这能力的非合理底的消费,伴着消极底兴
奋,而合理底的消费,则伴着积极底兴奋。能得最多的效果者,我们

称之为得着合理底的指导的力。或者反过来，为获得效果而消费的能力的量愈少，我们便以为合理底地收效愈多的东西。无论是怎样的工作，能力的一部为了傍系底结果，不生产地被撒布，是分明的事。一切器官，是适应着一定的机械底乃至化学底作用的一种的机械；有着依一定的样式而作用，将消费了的能力恢复转来的能力的。假如在我们，用手做事，是不中用——那么，这是因为我们的动作不能如意，为了要达目的，我们不得不徒然费去力的大部分的缘故。含在"不中用"的感情之中的消极底兴奋，即在表现能力的不生产底的撒布的。耳朵，眼睛，手和脚的自由的愉快的工作云者，是对于做这工作，器官最相适应，只用最小限度的精力消费，而使有机体能获得其必要的结果的工作。

过劳，我们大抵知道是不快的。但我们不能断言，在不快的音响，耀眼的闪光以及类此的现象的一切时候，立刻有过劳发现。在各器官之中，有特殊的计量器，即将力的相对底消费，加以测量的计量器存在，是明明白白的。自动调节机之动其调节装置，并不在工作的过度的速度，就要惹起了力的消耗的时候，而在工作开始了不整的时候。和这一样的事，我们也见之于器官。一定的工作在施行，苦痛或不中用之感一偕起，这工作便停止。虽然还不见有力的消耗，但倘若工作继续下去，也就会出现的罢。器官好像在立即通知，这种工作—à la longue（涉长期），于器官是禁受不住的事。一言以蔽之：凡工作，其被评价，是并不由能力的绝对底的消费，而是由于相对底的消费的。

到这里，那生命差的理论的最初创始者们所觉到的困难，就立刻明白了。能力的相对底过度的消费云者，是什么呢？生命差的理论，是只在能力的充溢和那消费之间，设定了或种关系的。但是，当此之际，粗粗一看，则问题似乎并不见得更深于关于这关系。能有辛苦的工作，要求很大的紧张，至于一时超过那能力的充溢。但这是例如体操教练那样，倒是被经验为愉快的。然而，不足道的无聊的工作,却惟由于消费较多的能力而获得极微的结果这一个理由,才可以成为不快的事。于此就可见,被消费的能力和被获得的效果的关系,也有应该着眼的必要了。

在发达最高的阶段,例如在人类,关于结果和手段的不均衡,完全可以判断,是并无疑义的。然而在直接兴奋的领域内,则对于能力的消费和那恢复的关系之外,还有别的什么关系,有来适应评价的必要呢,却很难言。

实在,倘要确信在力的经济上,只要这一个评价,便够指导有机体,那么,只将有机体和各个器官的作用,总括于那构成要素的作用里,就尽够了。器官本身,就是适应的所产,而非他物者,即因为在所与的条件下,所与的那构造,最适应于目的的缘故。然而这构造,到底,是由构成要素(一对的细胞)所成立的。而那各个,则各营一定的工作,并且能借营养以恢复自己。就是,器官为要不破灭,必须有对于那构成要素是均等的工作,要说得较正确,则是和那构成要素的力相应的工作。倘若或一细胞,作为所与的工作的特异性而被破坏,别的细胞的集团也都不能工作了,则那时候,能力的消费过度大约便立被证明的。

假如有一百个人在搬沉重的东西。倘若他们律动底地一齐向上拉,那么,就以满足而做成大大的工作。然而比方这些人们却各别地,九十人的集团和九个,还有一个,各自独立底地拉。九十个人,是觉不出大两样的罢。九个呢,对于禁不起的重量,大约要鸣不平。然而单个的背教者,对于同人们毫不给一点协力,恐怕是总要死于疲劳的。为最经济底的劳动计,那劳动的均等和正确的安排——一句话,则劳动的组织化,是必要的事。而器官呢,也是构成要素的劳动组织。就是,器官因了或种事情,被强迫其非组织地作工的时候,器官便不经济地工作着。对于器官,成为经济底的劳动者,必须是当器官遂行那劳动之际,能够和自己的组织的要件相协合而动作的事。器官是决不因无聊的工作而疲劳的,但倘若那工作是不规则底，则那器官的若干要素，大约就要疲劳起来。这些要素，陷于过度消费的生命差，于是唤起苦痛，作为危险的信号。

这样子，据我们之所见，则不但能力的过度消费的恢复和能力的过剩的出格的放散而已，便是那正当的常规底的经济底的消费，也惹起积极底兴奋来；又，消极底兴奋，不但和能力的一般底的消耗以及仅只蓄积而不被组织的物质的过剩相伴而已，从最小限度的精力消费的原理看来，也伴着不合目的的能力的消费：这两种事实，都已被说明了。

我们还应该以力所能及的简明，来设定两三条生物学底，心理学底前提。我们应该为了这些无味干燥的豫备底考察，请读者宽恕，但是，这——美学既然是关于评价的学问，既然一部分是从评价所分生出来关于创造底活动的学问，则这于实证美学，正是毫不可缺的基础。这样子，美学是作为关于生活的科学，成着生物学的重要的一部门的事，大概也明白了。

有机体应该最现实底地和环境的具体底的作用相战斗。然而当此之际，心理并不由综合和普遍化的方法而发达，却由纯然的分析底方法，发达起来。实在，看起来，心理最初是含在对于外底环境的要素的有机体的二元底的关系之中的。就是，和那些要素的或一种相接触，则伴着积极底兴奋，又和别一种相接触——则伴着消极底兴奋。而有机体，是或则向着对于那有机体的影响的源泉方面，或则向着那反对方面而进行。这二元主义，从最单纯的 protozoa（原形质）起，直至文化人类的最高的典型，一条红线似的一贯着。这就是成着对于世界的评价的根底，成着善恶的观念的源泉的。

心理的在此后的发达，是在和感觉底情绪（苦痛和快乐）一同，不绝地将纯粹感觉，即触觉，味觉，温觉，嗅觉，听觉，视觉，筋觉等，分化出来。兴奋则依然显示着反应的一般底性质，即接近和离反的性质。但反应已成为非常复杂，分裂为种差和结合的巨大的集团了。要详细地观察心理的进化，当那理论还是满是假说和不分明的今日，在我们，是做不到的事。

我们移到人类去，在那里发见同样的类型底的性质罢。人类是靠着对于外底现象的许多很复杂的反应，以支持自己的生活的，这之际，人类的感情，即指导着人类。所谓最强有力的适应性者，不消说，是能够立刻决定对于或一客观底的现象，应该用怎样的反应来对立的能力。更正确地说，则反应者，在人类，是显现于复杂的内底过程之后的。倘若现象是极其普遍的，那么——这过程非常之短，有机体几乎无意识地在反应。然而，如果那现象新颖而且异常，则有机体寻求着反应，呼起先行经验来，于是从那经验之中，成型底地造成新反应。这时候，追想，认识等的过程，是伴着脑神经质的消费的。因为脑是记忆的器官，也是借了旧的反应的结合，以完成新的反应的器官。

因为影响于人的环境非常各样，现象的种类，就当然于人类心理的生活上，给以非常重大的事。多种多样的现象，非竭力统辖于一般底的类型之下不可。就是，非在人类的心象上，系属于或一反应不可。然而，和这一同，为了要使反应适当地变化开去，则将所与的一团的现象，从一般底类型加以区别，也极重要的。在这些的要求的压迫之下，而且照着最小限度的精力消费的法则，技术的发达，言语，文法，论理的完成，便激发出来了。一切这些，那最初，是半无意识底地营为，自然地集积，只解决了具体底的生命差的，但借记忆之赐，经验集积起来，逐渐组织起来了。于是和事实分明矛盾者，一切便非逐渐独自落伍不可了。

脑髓也如一切别的器官一样，发生，发达了——那适应性，是生存竞争的自然的所产，是对于环境和选择的作用的直接顺应之所产。由脑髓的居间，行着身体上一切器官所做的工作的评价，和那工作的调节。但是，这些之外，脑髓也能够评价脑髓本身直接地所做的工作。既是，也能够经验了那工作的过度或不规则，因而受着的苦痛，以及将蓄积了的能力，规则底地消费的快乐。脑髓也是借营养而恢复的。在脑髓,安逸也一样有害;蓄积了的能力的急速的消费,倘在不至于过度的程度上,也一样地有益。又,在那脑髓之中,工作在那各要素之间是否正当地安排着的事,也能感觉。一言以蔽之,则脑髓者,是被支配于一切生物学底法则的。假如手在适宜地,规则底而且强有力的运动之际,经验到快乐(因为这是手的顺应的结果),则思想在并无停滞,并无矛盾,精力底地发展的时候,也感觉到快乐的。

在脑髓中,蓄积着过去的经验。脑髓将现在和过去结合,以调整反应。脑髓超越瞬间。而在那里面,保存着过去的足迹,也存在着关于未来的想念。这过去和未来,是从和外底的环境不相直接,并不单纯,间接底的复杂的关系之中,发生出来的漠然的形象所成立的。具体底的回想的个人底征候渐被拭去,只剩下和一定的符号和言语相连结了的一般底的概念。外底环境毫不给与什么工作,而其中蓄积着能力的时候——脑髓便在游戏。脑髓是只自由地服从着自己的组织而作用的。脑髓将形象组合起来,将这玩弄,或者创造。脑髓又玩弄概念,将这结合,则为思索。

安逸,是科学之母。没有为了生存而不绝地战斗的必要的阶级一出现,人类进步的新的强有力的动机,也一同显现了。安逸的人们,能够使自己的一切器官,从筋肉到脑髓,都正当地发达。这是因为他们能够游戏——这里有他们的自由。Labstvo(奴隶性)这字,是出于 Labota(劳动)这字的。在奴隶,在劳动者,是难以亲近艺术和科学的。游戏将可怕的力,给与贵族社会了。为什么呢,因为游戏不但锻炼了上层阶级的代表者们的肉体和脑髓而已,并且给他们以将具体底的斗争,搬到抽象之野去的可能性。他们能够组合了几世的经验,大胆地综合起来。他们能够将问题凑在最普遍底的抽象底的术语里。脑髓游戏着,而设定了新的生命差。脑髓向着关于世界的正当的思索而突进,照了最小限度的精力消费的原理,向关于世界的思索而突进了。当日常生活的人们,和几千的各样的敌相争斗的时候,自由的思想家们的智力,便将这些小小的问题综合,造成了幻影的强敌,即抽象底问题。在这形式上,这问题是认识底生命差,是脑髓的作用的均整的破坏,然而这样问题的解决,这样问题的征服,那实际底的适用,却除却解决了一切部分底的困难的可以满足的理论以外,什么也没有。

认识者,如我们所已经指摘,是有着大大的生物学底意义的。经验,和由此而生的机智,或实在的法则的智识,即科学,和适应于目的的行动,即技术——这是人类生活的基础。作为理想底的认识而显现者,那是无疑,是关于世界的最适切的思索罢——能以最大的容易,把握一切经验的思索罢。这是认识的理想。

倘若一切的理论化,是最初的游戏,是安逸的所产,则和时光的经过一同,最直接底地和生活底的实际相连结的那思索,就逐渐失掉内底自由的性质。那思索,就不得不服从于在所研究的现实,于是渐渐带上智底劳动的性质来,同时也愈加密接地和人类的劳动的领域相连结。远于实际的领域,大约是留遗在安逸的记号之下,还有不少时候的。然而这领域之上,也渐渐展布了方法的科学底严肃性。思想家成为研究家,游艺者——成为智底劳动者。然而,倘若这样,而自由的思想,和生活的实际以及“劳动”相连结了,则思想和劳动的结合的共通的目的,便是由劳动的一般的解放,是劳动向着一切过程的自由的创造的接近,是由于征服自然力的全人类的解放。

理智的游戏,自由的认识,辩证法,哲学等,其异于理智的劳动和实验底研究者,和一切游戏之异于一切劳动,全然是一样的。两者都伴以能力的消费,两者都由那时的器官的构造而规定的。但在劳动,不得不服从外界所加的要件——而在游戏,则一切活动,仅由主观而规定,仅从最小限度的精力消费的原理,仅由兴奋所指导。思索世界,将无限的杂多的现象,统括于几个一般底的原则中,恐怕也是烦难事。研究实在界的物理学者即思想家的豫备底建设和推论,步步为经验所破坏。这经验,是易变而难捉的,是乱杂的。感情的证明,充满着矛盾和撞着。在活动的脑髓,步步病底地为障碍所踬绊。思想从这一推论奔向别一推论去,站在一处,深的疲劳终于征服了人们,在人们,觉得智识这东西,是不完全,无能力的东西了,人们于是含着苦恼的微笑,躲进怀疑主义里面去。而且说,"什么也不能知道,即使有什么能够认识,而所认识者,也无从证明。"

然而,在别的领域上——在数学的领域上——那成功,却从第一步起就是很大的。从几何学和算术的定义出发,自由地研究着心理的内底法则,那些的发见之重要和确实,已经到了不能疑惑的地步了。

那在高空上,神秘底地运动着的天体的世界,看去恰像是服从着数的法则的。在那里,一切都有规则。在那里,有调和的王国。然而在这里的地上的幽谷里,却什么也不能懂得——几何学的图形无从整齐,正确的法则不能确立。这里,是偶然的王国。

然而,依从着一种热烈的要求,就是,由数理底归纳底方法出发,由天上的世界对于地上的世界的分明的矛盾出发,而没有矛盾地来思索,全体地,明确地,健全地,整然地来思索的要求,哲学和科学的父祖们,便于可视的世界,现象的世界以外,——确正了别的"真实"的世界,和思索的法则同一法则的世界。于是形而上学出现了。噶来亚派,毕撒哥拉斯派,柏拉图派,以及别的许多的学派,不走艰难的路,将思想完成到认识的理想,就是将思想完成到把握实在的全领域之广,而却走了别的路。他们给自己创造出可由理智而到达的世界来。并且傲然地声明,以为惟这个才是"真实"的世界。

认识的理想,是关于世界的思索。认识底理想主义,是世界的幻影。在真实的认识,思想是完成实验底的现实的,但在理想主义底哲学,则思想照出自己的影子来,而要借此来躲开现实。但幸而这是不可能的。事实用了铁一般的声音说,"不然。"于是理想主义者的脆弱的学说,便和现实的坚固的岩石相撞,无可逃避地粉碎了。

然而形而上学底体系的美学底价值，是无可疑的。在那体系之中，一切都很单纯，而且完整。在那里，令人觉得安舒。在还将自己的思想所造的幻影当作现实的时候，在体系的美学底价值于他还和科学底价值相一致的时候，那人，是怎样地幸福呵。然而那人，一到自觉了应思想的要求而建设了的这建筑物，不过是空中楼阁的时候，自觉了思想并非世界的建设者，却是应该研究那只是造得谜一般的，满是危险的，加以无边的，混沌的，非合理底的，然而无限地丰富神奇的现实的建筑物的时候，就是他在这现实的深渊和峭壁之间醒了转来的时候，那这人，这才衔了悲痛去问哲学者们罢，"你们为什么骗我的呢？"于是才赶忙不及，悟出应该将他们作为诗人而评价的了。

但是，形而上学者，哲学者们，是坦然的。他们说——诚然，形而上学将这现实世界，讲解得不高明。然而，倘以为这是惟一的现实世界，却错的。看罢，倒是那世界里，一切在迁变……我们在想那用了别的理智可以到达的超自然底的世界，有谁来妨碍呢？来研究那世界罢。在那里，我们的思想能够建设，在那里，我们的思想可以做女王。在那里，于她毫无障碍。为什么呢，在那里——因为是空虚的处所——实体是从顺的。实体是沉默的。那和执拗的现象，是两样的。

我们已经讲过，科学所向往的理想底认识，是理想底的生活的要件。可是，生活的理想，是什么呢？生活的理想者，其实，是有机体能够在那生活上经验 Maximum（最大限度）的快乐的事。但是，积极底快乐，如我们所知道，是只在有机体受足营养，自由地，只依着自己的内的法则而放散其能力的时候——即那有机体正在游戏的时候，才能得到的。所以，生活的理想云者，是使诸器官能够只觉到节奏底的，谐调底的，流畅的，愉快的东西；一切运动能自由地，轻快地施行；生长和创造的本能，能够十分满足的最强有力的自由的生活。这是人类所梦想着的所谓幸福的生活罢。人类总是愿意在富有野禽的森林和平野上打猎的罢。人类总是愿意和那相称的敌战斗的罢。人类总是愿意开燕,唱歌,爱美人的罢。人类总是愿意快活地休息(是疲劳了的人们的憧憬),瞑想佳日的罢。人类总是愿意强有力地,快乐地思想的罢……然而,在实生活上,游戏的事却少有。劳苦,危险,疾病,近亲的不幸,死亡,从一切方面,窥伺着人们。有机体想创造出自己的世界,自己的住所,自由和调和的别一美好世界来。但是,只要一看,对于君临这世界的奇怪的要素的那恶之力,以为能够战胜么?幸福的获得的路,是长远的……人们学着在空想中,看见幸福的反映。他们歌幸福的生活,讲关于这的故事,往往将幸福的生活,归之于自己的祖先。他为了要他的梦更灿烂,就服麻醉剂,喝陶醉的饮料。当人类浸在幸福的本能底的热烈的渴望中,宣言了这梦想,惟在别一世界,即祖先已经前往,而精魂时时于梦中飞去的来世,真真存在的时候,人类的梦想,是获得了怎么巨大的威力的呢?

于是和惟认识自然而征服这要素,才能到达的,作为远的目的的生活的理想相并,而将幸福搬到彼岸的世界去的,梦幻的理想主义,就展布开来了。在这里,生命遭了否定,而于有机体是比什么都更可怕的死,却以幻想的一切色彩而被张扬,被粉饰了。而且恰如形而上学的真理,和物理学底真理相对立了的一样,死后的幸福,也和现实的幸福相对立了。

人类是必须训练的。种族保存了那祖先所曾获得的经验。在那里,是有许多合理底习惯和许多非合理底习惯。将这些习惯,加以批判,最初,是想也想不到的事。祖先既然这样地规定了——那就应该奉行。倘不奉行或一习惯,如果那习惯是合理底的,便蒙自然之罚。以为凡有什么不幸,就是为了破坏了或一习惯之罚。种族又怕触祖先和群神——契约和仪式的保存者们——之怒,则自来责罚违反真实即正义的罪人。自然,正义在最初,是有惟一,而且不可争的意义的——为万人所容纳,所确立,而且有条理的,是正义。这正义正在君临之间，彼岸的世界仅止于是那正义的律法。那是幸福无量的世界。在那里，确立着正义的法则。从那里，赋与那法则，从那里，监守着那法则的强有力的存在。

但是，社会复杂起来了。而且别的正义出现了。亚哈夫的正义，和伊里亚的正义相冲突。主人的道德——和奴隶的道德相冲突。而且都顺次地复杂化，并且分裂了。主人们大概强行自己们的正义。奴隶们只是苦恼，梦想自己们的正义的胜利，屡屡在那旗帜下起来反抗。然而，时代到了。从局外眺望这世界，吃了惊的个性出现了。在将形式给与种种利害关系的种种正义的名目之下，人们在相冲突，相杀害，相虐待，创出了比最恶的自然力还要恶到无限的恶。被寸断了的人类，是号泣着，痉挛着，自己撕碎了自己。能够规定那关于正义大体，关于全人类的正义的问题的旁观者，对于人类觉了了恐怖，那是一定的。于是同情，忿怒，悲哀，矫正人类的渴望，焦灼了这旁观者的心。他能够说了怎样的正义的理想，怎样的绝对善的诫律呢？这诫律，是由各有机体对于幸福的欲求的自然之势，被指命如下的——在人类社会里，有平和；互相爱罢；各各个性，各有对于幸福的自己的权利；一切个性，是应该尊重的。将爱的道德，互助的道德，作为理想底的善，将平和的协调，人们的调和底的同胞底的共存，宣言出来了。然而那实现的路，能有各种各样。有些道德家们，则注意于个人，将个人看作利己底，邪恶，不德的东西，由矫正个人，以期待理想的实现。这样的道德家，对个性说，"Neminem laede，sed omnes，quantum potes，juva."①但倘若个性彻底于这道德了，怕已经灭亡于"homo homini lupusest"②这叫喊之中了罢。较为洞察底的道德家们，则懂得人们的各种的正义这东西，是出于在社会上他们的境遇之不同的，而且为社会组织的不正和那露骨的阶级

---

① 勿害任何人，但竭力援助一切罢。
② 人之于人，是豺狼也。

斗争而战栗。——于是建立起在博爱和平等和自由的原理之上,改造社会的计画来。但这工作是困难的。社会并不听道德家们的话。道德家们里面,没有一个能够止住这可怕的,满怀憎恶的,人类的轧轹。那些事,是虽在十字架的旗帜之下,也还在用了和先前一样狂暴的力,闹个不完。

然而正义的渴望是很激切的。当绝望捉住了道德家们时,他们便开始相信自己的梦,相信从天上的千年的王国的来到了。无视了人类的意志和欲求,开始相信天上的耶路撒冷的存在,在别一世界上的正义的胜利了。奴隶们尤其欢喜,迎接这样的教义——他们是不希望用自己们的力,来实现自己的正义的。

于是真,美,善,或是认识,幸福,正义,在积极底现实主义者那里,和人类在地上用了经验底认识的方法才能获得的强有力的完全的生活的一理想,结合起来的时候,真美善之在理想主义者,便和能由理想而至的一个彼岸的世界——天上的王国相融会了。

向未来的理想,是对于劳动的强有力的动机。我们的头上的理想,使我们失掉劳动的必要。理想已经存在,这是和我们无干系地存在着的。而且这并不须认识和争斗和改革,是能由神秘底的透视,由神秘底的法悦和自己深化而到达的。理想主义者愈想将天上的王国照得辉煌,他们便愈将悲剧底的黑暗投在地上。他们说,"实验科学是未必给与知识的。为幸福的斗争和社会底改革,是未必有什么所得的。那些却是无价值的东西。一切那些东西,和天上的王国的一切美丽比较起来,不过是空心的摇鼓玩具。"

但是,积极底现实主义者的悲剧,是含在认识了困难得可怕的路程和屹立于人类面前的可怕的障壁之中的,而现实主义者的慰安,则在胜利是可能的这一个希望里。尤其是——惟有人类,惟有有着自己的出众的头和中用的手的他,这才能建设在地上的人性的王国,无论怎样的天上的力,也不能对抗他,就在这样的自觉,有着他的慰安。为什么呢,因为他的理想这东西,在他,就不过是由那人类底的有机体所指命的缘故。积极底现实主义者的理想,那艺术的理想,就如以上那样。那理想的意义和使命,从这见地,即可以很够说明了。

二

其实,所谓美底情绪者,是什么呢?人们对于东西看得出神的时候,是感着什么的呢?那是愉快的东西,是给与快乐的东西——对于这事,是一无可疑的。但这情绪的最浅近的定义,关于那情绪的最浅近的本质底说明的问题,却虽在最伟大的权威者们之间,意见也不一样。

关于这点,有两种意见特为值得注目。一群的美学者们[①],主张美是将我们的生活,镇静低下,使我们的希望和欲望入睡,而令我们享乐平和和安息的瞬间的东西。别的一群[②],则宣言曰,美,这——"Promesse de bonheur"——就是幸福的约束,令人恰如对于遥远的,怀念的,而且美的故乡的回忆一样,将对于理想的憧憬觉醒转来的东西。这便是说,所谓美者,是幸福的渴望,捉住我们,而在达于美底快乐的最高程度的我们的喜悦上,添一点哀愁。

从我们看来,矛盾是表面底的。自然和艺术之美,委实使我们忘却我们日常的心劳和生活上的琐事,在这意义上,给我们平安,这事有谁会否定呢?从别一面,将生活的低下和意志的嗜眠的理论,最热心地加以拥护的人们,也不能否定在赏鉴上的欲望和冲动的要素。其实,虽是最为超拔的,即所谓否定底美学的代表者,且在艺术中见了几个阶梯,从满是情热和扰乱的生活,以向完全的自己否定和绝对底的死灭的冰冷的太空的思想家——勖本华尔自己,也未曾断言,且不能断言,说是凡现象,其中生活愈少就愈美。不但如此,

---

① 例如勖本华尔。
② 例如彼尔·斯丹达尔。

他且至于和柏拉图的观念论相合致了。但在柏拉图,绝对者,就是生活的核心,是我们的欲求的中心,是我们不幸已经由此坠落,却还在向此突进的实在世界的源泉。观念者,在他,是绝对的最初的反映,在这里面,较之在第二次歪斜了的反映的——地上世界的存在和事物之中,更有较多的现实性和生命和真理。观念论者,是从要思索那完成了的世界的渴望,是从要将那世界,建设为人类所当然希求着的形状的欲求,自然地生出来的。观念世界者——一切是直观底地被理解的世界。就是,在这世界,现实是和自由的游戏的结果相一致的。在这世界,一切皆美,即一切物体和人类的知觉器官相一致,在人类之中,独独觉醒着幸福的联想。然而在勖本华尔,世界意志却并非一种理想底的东西,倒是邪恶而混沌。所以,这些观念,是怎样的东西呢,那是不可解的。为什么作为世界意志的最近最初的客观化的那观念,是成为从世界意志解放出来的阶段的呢?总之,事实是如此。就是,勖本华尔的意思,是以自然现象之中,接近纯粹观念者为美,以观照那观念为幸福,而这幸福,便是将我们从 Principium individuationis① 解放的东西。正是这样的。但这事,我们是当作从意欲一般解放出来的意义的么?而且对于这些观念的愈加完全的表现的渴望,怎么办呢?勖本华尔所以为向虚无之欲求的那对于安息和安静的调和的欲求,又怎么办呢?

绝对底厌世主义,和柏拉图的理想主义是不相容的。这是因为柏拉图的厌世主义,只关于地上生活,而不认那浴幸福之光,不死的,陶醉底地美的彼岸的世界的缘故。

无论如何,人类虽只漠然地在想,但总得为自己建设一个理想的世界,其中一切是永远,是美,其中既无眼泪,也无叹息的世界,是无可置疑的事实。以为一切的美,是从这王国所泄漏出来的光辉。大概是,所谓理想的王国者,是觉得好像一切不可思议的,在我们自

_____

① 个性的原理。

302

己也不分明的有机体的欲求,和现实性相一致,而且好像是不绝地被恢复的能力的大计画底的消费的罢。地上的美,在这关系上,这才虽只一瞬间,虽经或种器官的媒介,总还使我们满足。于此就知道,倘在或人的精神上,他的理想底美愈明了,则这瞬间的美即以相称之大的力,唤醒他绝对美的希求。人类,是从规则底生活里的幽微的要求之中,从作为环境的不整和非人间性的结果而发现的接连的不满足之中,从对于突然像易懂而看惯的好东西一般,分明在眼前出现的现象的个个的观察之中,引出了一个结论,以为理想存于我们的身外,而那理想之光,是从外面射进我们的牢狱里来的。但其实,并不如此。有机体的要求和现实的偶然的一致,总是最初是由于有机体去适应环境,其次是由于有机体使环境来适应自己,不绝地反复着的。

我要引了例子,来说明美底情绪在那完全的外延上,是怎样的东西。

假如诸君站在戈谛克式的教堂里。那么,高的圆柱,成着长回廊而远引的如矢的圆天篷之类的整然的世界,就环绕了诸君罢。一切的线,奔凑上方,而规则地屈曲着。眼睛便轻快而且自由地追迹这些线,把住空间,测定其深和高。那时候,诸君将觉得这教堂,仿佛是由于一种突进底的冲动,从地中生长起来,又仿佛是强有力到不可测度的磁石,将这教堂吸向上面那样,屹然挺立着的罢。而这调和底地屹立着的世界,又满以各种色彩的阴影,满以织在神奇的结合之中的多样的色彩和阴暗的壁龛。那壁龛深处,厚玻璃的星星又辉煌着豪华的色调。视觉器官和中枢的愉快的强有力的兴奋,便渐次和对于天国的自由的崇高的冲动相结合,而渗透诸君的一切神经系统。新的律动,这化石的祈祷的律动,这些辉煌的窗饰的律动,恰如流入了我们里面似的,那律动,便将不安,坏的回忆,在疲劳中出现的种种中枢器官的颤动和痉挛拭去,征服了。这律动,至少,是竭力要将一个谐调,来替换在诸君日常的精神生活中的不调和的。

于是伟大的幽静的调和，支配了诸君，诸君同时也愈加分明地觉察了掩盖诸君之魂的悲哀的影子。就是，仿佛觉得有所寻求似的。而且不知道为什么，心被压住了，甘美地，沉痛地。恐怕是为了要补充对于眼睛的调和之故，诸君是在希求音乐底的调和罢？于是四面的墙壁和圆柱震颤着，空气在诸君的周围动摇，并且连在诸君的心胸里。色彩辉煌的教堂的深处，全部充满着活的低语声。这些音乐，好像华丽的，凄凉的，沉重的，幽婉的，魅惑底的波，从上面泻下。新的律动，成为新的强有力的波，来增强首先的律动的力，更成神奇的洪流，而浸及诸君的神经，并使这神经互相调和，互相结合。但当这时候，在为美底的律动所拘的心理（或是物理学底地说，则为脑神经系统）的各部分，和别的不调和的，病的，为生活而受伤的部分之间，觉得或一种对照似的东西。倘若诸君是宗教底的人，那么，诸君就要在被遗弃，被忘却的孩子似的，可怜的，穷蹙于不可思议的生活的迷宫的自己，和以一种甘美的光，来触诸君的苦恼的心似的，使诸君以为上界的魅惑底的至福之间，感到大的深渊的罢。而幸福的思慕，同时也将在诸君的心中涌起，眼中含泪，并且要下跪，作一回热烈的祈祷的罢。然而，倘若诸君并不是宗教底，则诸君大约不将美的力，这样地拟人化的。诸君是毫不期待超自然底的力的。但是，诸君恐怕还是感到向完全的幸福的思慕的。为悲哀的幸福所麻痹着的心，现在在寻求什么呢？恐怕是爱罢。是别人可以给与我们的那幸福罢。也许，诸君之所爱的存在，在完全的调和的理想之前，和诸君相并，一样地在感激，一样地在哀愁，也说不定的。诸君将仰望这存在，握这存在的手罢？诸君将洞悉人类是怎样地被遗弃着，一想到那所谓人类者，是怎样地可怕，有多少危险在环伺我们一切，有多少丑恶在要污蔑我们罢。我们的日常的运命，和有机体之所期望者，是非常地相矛盾的。凡有机体，是常常期望着美的调和底的远方，爱抚一般的常变的调子，芬芳的世界，正确柔和的适宜的运动的罢。是愿意歌，舞，尽心的爱的罢。不但这样，凡有机体，并且还愿意生长发达,在自己之中,觉得永有新的力量的充实的罢。愿意重大的事件,深的情绪的罢。期望有危险,但是伟大的危险,有战斗,但是英雄底的战斗的罢。期望周围的美,本身中的美,精神的壮大的或强烈的昂扬的罢。假如充满着这样光明的,美的,壮大的生活的渴望,诸君从巴黎圣母寺那样的寺院里走了出来。于是诸君之前,街头马车和杂坐马车是轰轰地作响了,将无聊的顾虑,悲哀,贫苦,或是懒惰和丑恶的刻印,印在那脸上的人们,左来右往。梦似的心的音乐正将经过了,而日常的不调和的琐事,却从四面八方来冲散了心的音乐,一切顾虑和不快的回忆,好像群聚在死尸上的骚然的禽鸟一样,丛集于可怜的心。如果对于美的渴望,依然还活在诸君之中,则这就变形为对于这样的现实的憎恶。但是,那憎恶的热——镇静——便又变形为想要逃进美的角落里去的欲求,或者将现实来装饰,调和,创造的欲求的罢。

我们在这里,就看见了艺术的两条路,两种的理解。人们将走那一条路呢?寻觅美的小小的绿洲的空想的路,还是积极底的创造的路呢——这事,自然,一部分是关系于理想的水准的。理想愈低,人们大概便愈是实际底,这理想和现实之间的深渊,在他,即不成为绝望。但是,大概,那是关系于人们的力的分量,关系于能力的蓄积,和左右那有机体的营养的紧张力的。紧张的生活,便有紧张力和创造及斗争的渴望,作为那自然底的补足。

但是,不要以为装饰,润饰的装饰底艺术,便是积极底精神的唯一的艺术。在那向往理想的欲求上,这些是不但装饰市街,装饰自己,自己的近亲,自己的住处而已,还在艺术的自由的创造上,描出自己的理想,或描出向那理想的阶段来。或将这从肉体底的方面,表现于大理石中,以及用色彩描写;或从情绪的方面,表现于音乐中;或叙述关于这的事,表现于诗歌中。这些也描写正向理想前进的人物。表现那人物的斗争本能,强烈的热情,紧张的思想和意志。到最后,他们撞着了现实,便粉碎了。他们将在那现实之中的一切,不快的污秽的东西,明了地张大起来。他们将人类没有他们便未必觉得的东西指出。他们在人类面前曝露出人类的生活的溃烂的创伤。凡这种艺术,可以称为现实底理想主义。因为这些艺术,是都引向理想的,是将对于那理想的欲求,作为本质的。然而,这理想,是属于地的。在那一切特质上的理想本身,和导引着他的一切路程,都不出于现实世界的范围外。

现实底理想主义的第一种类,即将作为欲求的目标的那完全的生活,加以表现者,是调和底地发达起来,怀着平静的希望,为进向超人,人神的社会所固有。这种艺术,可以称为古典底的罢。节度,调和,微笑的安息——这,乃是这种艺术的特征。

第二,第三的种类,即正在向上的人类的表现,这"向着彼岸的箭",这"向着理想的桥"的表现,[①]是洞察了一切内底分裂性和冲动,创造的苦恼,善和恶,有着在前面看见光明,又在周围看见黑暗和泥泞的生产底的心之搅乱的。为了要从这里面,拉出同胞的人类,使向光明,因而表现这黑暗和这泥泞者——这,被称为飚兴浡起的罗曼主义。一切再生的时代,是充满着这样的人们,和描写这样的人们的作品的。这种艺术,大抵为由争斗之道而在发达的社会的阶级所固有。

然而,人们也能够走别的路。绝望于世界的改善,便一任世界躺在恶里面,而他们则求救于作为存在的本身满足底的形式的艺术之中。现实底理想主义者们,是通一切世纪,一切时代,要将大地这东西,变形为艺术作品的。凡那时代的艺术,都有益于教养完全的人类,或者至少是有益于教养为那完成而在战斗的人们。反之,纯艺术的一伙,则艺术便是究竟的目的——从现实的沉闷而粗野的世界脱离,自由地梦想着,将那梦想具现于音响,石头,色彩,言语中,或者赏鉴着这样的具现,而休息着——他们就要这东西。但是,只

---

① 尼采。

有少数的纤细的惟美主义者,作为纯艺术家而出现,人类的众多而且受苦的大多数,则在不幸,灾害,社会底不公平的压迫之下,不想在地上能够寻到现实底的幸福了。而渴望那现实底的幸福,否则,便是在大地的界限的那边的被理想化了的安息和休息,平和。这时候,艺术便成为天上的幸福的象征了。这一种类的艺术,可以称之为神秘底理想主义。在几乎一切时地,又在内容上,这和现实主义者的理想主义的艺术的一切种类,都不相同。属于绝望了人生的人们,疲乏生病的人们的这艺术,是回避一切大胆的,乐天的,强有力的东西的。而将吹嘘安息和忧愁和静寂的一切东西,加以描写。和理想底的罗曼主义相对,有神秘底的罗曼主义。这罗曼主义,也一样地表现正在追求理想的人们。但因为那理想,是彼岸的东西,所以这样的罗曼派艺术家的主人公,是苦行者,或神秘家,那些人物之中,地上底之处,所余者非常之少。这一种类的艺术,是绝望底地受了压迫的阶级,或渐归死灭的阶级所固有的。

和艺术底理想主义相并,也有艺术底现实主义。成着这现实主义的基础者,大抵是类型性,因此那意义,也大抵是认识底。这现实主义,令人知道周围的现实和过去的历史底的时代。[①] 倘若这现实主义之中,并不含有现实的罗曼底的否定的特质,则这便是表示着实际底的有产阶级那样,真被制限的阶级所固有的停滞和自己满足的东西。

我们在这里,不能将关于艺术的发生和那实际的历史,以及关于通行的分类,详细地来讲述了。尤其是,关于后者,几乎没有什么新的可说。但在我们,只有一件事,就是,将决定进步底进化一般的重要性质的,那艺术的发达的内底法则,加以讲解,是很切要的。

―――――――――

① 　关于这种艺术的社会底基础的详细的说明,请看我的论文《摩理斯·默退林克》――《教育》一九〇二年,一〇号,一一号。这论文,再录在一九二三年出版的《研究》中。

艺术是照着怎样的法则而发达的呢？我们知道，科学和艺术（哲学和宗教也一样）是发达于一定的社会里，而和那社会的组织的发达密接地相联系，因而又和横在社会的基础上的社会生物学底，或经济底基础的发达相联系的。艺术在和经济的同一的地盘上，即由有机体对于那要求的环境的适应运地盘上发生起来，并非以死怖人的缺乏，而仅作为给人喜悦的满足自己的自由的要求的东西，那最初的要求，纵使是一时底的罢，但得以充足的时候，这才能够开花。艺术的发达，最直接地和技术的发达相联系，是自然明白的事。富豪有闲者阶级的出现，是和专门底艺术家的出现相伴的。专门底艺术家们，虽成了物质底地完全独立者，也还是无意识底地在自己的作品中，反映着打动和他们最近的阶级的理想和思想和情热。艺术家又往往为支配阶级的代表者们工作。而那时候，便不得不做得适合于他们的要求。各个阶级，对于生活各有其自己的观念和自己的理想，一面将或种形式，或种意义给与于艺术，一面印上了本身的刻印。艺术和宗教的关系，宗教和决定什么理想的性质的现实的关系，从来未曾被否定。艺术，是和一定的文化和科学和阶级一同生长，也和这些一同衰颓的。

虽然，倘断定艺术并无自己本身的发达的法则，却未免于肤浅罢。水的流，是由那河底和河岸而被决定的。或展为死一般的池，或流为静静的川，或者冲击多石的河床，奔腾喷薄，成瀑布而倾泻，左右曲折，甚至于急激地倒流起来。然而，纵使河流由外底要件的铁似的确固的必然，而被决定，是怎样地明白的事，但河流的本质，却依然由水力学的法则而被决定的。就是，其所据以决定者，是我们不能从外底要件知道，而仅由研究水这东西，才能知道的法则。

艺术也和这完全一样，在那一切的运命上，虽然一面也由那把持者的运命而被决定，但总之，一面也依着那内底的法则而发达的。

假如我们遇到了或种复杂的现象，例如交响乐罢。倘使我们对于这现象，还没有相顺应的适应性，则我们在最初，为了解明这个，不得不消费大大的努力。我们听到混乱的声音。有时候，我们觉得仿佛在抓丝线。于是一切又纷纷然成了非合理底的，一见好像混乱的，音响之群了。首先，诸君是经验到离美底情绪很远的气忿。到末尾，则经验到厉害的疲劳，也许是晕眩，头痛。是过度消费的生命差的结果出现了。但假如诸君听这同一的交响乐，到了第三回，音响便仿佛在先经开凿的路上流行一般——诸君就理解这音响。在诸君，顺应的事，愈加容易起来。内底的理论，乐曲的音乐底构成，也逐渐明了起来。所不明了的，只有个个的细目了。

　　每历一回新的经验，这些细目也明了一些，于是诸君就如旧相识一般，迎接全乐曲。诸君容易知觉它了，诸君的听觉，简直好像在低声报告其次要来的一切，理解了所有的音响，恰如支配着全交响乐一般。现在是，这音响的世界，在诸君觉得是调和底的，轻快的了，它来爱抚耳朵，同时又在诸君的心中，叫醒感情的复杂的全音阶。因为欢喜，悲哀，忧愁，勇壮，冲动等，都可以在这些音响中听取的缘故。一切现象，都照着和它习惯的程度，成为易于驯熟的，易于接近的东西。倘若那现象之中，是有美的要素的，那么，那要素，便浮到最上层的表面来。在这里，就有所谓习惯之力在作用着。神经逐渐和这所与的现象的知觉相适应起来了。而为此所需的能力的消费，被要求者也愈少。于是假如什么时候，诸君到音乐会去，听到了同一的音乐，诸君便会说罢，"唉唉，又是那个……弄些什么新的，不好么。"诸君不能将自己的注意，集中于音乐了。诸君环顾四近，倘在那里不能发见什么惹心的东西，诸君就打呵欠。诸君饱于乐曲了。那乐曲，已不能吞完在听觉器官和意识的中枢的能力的现存量的全部。这是不利于过度蓄积的生命差的。况且诸君既然是特地前去听音乐的——则过度蓄积，当然原先就有。

　　在被评价的现象，要成为习惯底，而后来不致厌倦，则那现象不可不常有新的内面底的宝藏。然而，能够从作品之中，榨取那内底意义的一切的人，是很少的。竭力挤了柠檬之后，其中虽然还有许多汁水,却已将那柠檬抛掉了。伟大的作品的有几扇门,对于大多数者,是永久关着的。所以访伟大的作品,而只将开着之处,窥探一下的中材的人,便打着呵欠,在大厅上踱来踱去。因此之故,艺术就被逼得不能不复杂化了。有些巨匠的雕像,早被看厌,但于这是超拔之作,却并无异言。然而我们远在先前,在市场上经过那雕像的旁边,就几乎并不注意到。但是,倘有新的巨匠,和这并列,建起成于精神相同的古的雕像来,那么,他将由什么使我们吃惊呢?我们大约不过用了冷淡的视线,一瞥那雕像而已罢。那巨匠,是应该给与什么新颖的,更复杂的东西的,他是应该将我们引向前方的。他倘若令人感觉较丰富,那么,纵使因此必需较多的能力的消费,我们也还来评定其美的罢。将美的东西来评价,理解,我们不是早经熟习的么?

这样,而雕像术乃从正规的均齐的单纯的雕像,愈加进向大的自由。姿态生动起来,形式化为繁复,日益见其进步。人体不单是窥镜,或优美地倚杖了,他们掷圆盘,疾走,苦闷,哭泣,筋肉因紧张而隆起,面貌歪斜着。从此雕像就开始过度地生长——应该和古的加以区别,注意于那卓越之处的。但是,在有些民族,有些阶级,已经不能想出新的,较完成的东西来了。为新奇和独创性的渴望所驱,有些民族是忘却了美,而代以新奇的形式,有味的题目,绘画底的东西,奇怪底的东西的出现。古的东西,根本底地被忘却于新的东西的探求里了。民众享乐着神经的新的刺戟,享乐着讽刺和嫌恶和色欲的香味,而于艺术堕落到怎样可怕的事,并不留心。仅由后来的世代,以惊愕来证明其堕落。在一切艺术,在一切时代,艺术的发达,是都走了这样道路的。

这事,就是艺术的发达,常是周期底,常是遵着向于没落的路的意思么?当然并不是的。艺术应该生长,复杂化,那是无疑的事。但这岂是必然底地引到装饰化去的呢?艺术之中,竟不能注进更多的内底的内容去的么,竟会有 noc plus ultra(终极点)这东西的么?

恰如在科学的发达上，少有终极点一样，在人类的心理，人类社会的发达上，终极点这东西，也少有的。然而，有些阶级，民族，有些文化，一到最高顶，恐怕是失了前进之力的罢。给与了艺术的灿烂的类型之后，为艺术家者，是还应该更加更加凌驾自己的。但是，倘若社会退化，民众分裂为互相敌对的势力，失掉自己的品位，失掉对于自己的使命和神的信仰，则将在什么地方，去寻求较高的内容，新的思想，新的精神的水准呢？倘若阶级在相抗争的势力的压迫之下，又为了自己的颓废，全部都由可怜的后继者所形成了的时候？文化和社会，趋于没落，但艺术，却还继续其发达，努力于给与愈加华美的花的罢，然而那花，却大约是作为奇怪的不结子的淡花而出现的。

但是，新的国民，新的阶级，并非发端于旧的国民，旧的阶级的临终之际的。在这里，有别的法则——美的相对性的原理在作用着。于诸君是容易，是熟悉的东西，在我却有困难，或正相反的时候。因为我们的习惯，是各式各样的。诸君所期望的事，于我也会毫不相干。这里应该加添几句话，就是，新的阶级或种族，大抵是发达于对于以前的支配者的反抗之中的。而且憎恶他们的文化，是成了习惯。所以文化发达的事实底的步调，大概断断续续。在种种处所，在种种时代，人类开手建设起来。而一达到可能的限度，便倾于衰颓。这并非因为遇到了客观底的不可能，乃是主观底的可能性受了害。

然而，最为后来的世代，却和精神的发达，即丰富的联想，评价原理的设定，历史底意义及感情的生长一同，愈加学着客观底地来享乐一切的艺术的。于是吸雅片者的呓语似的华丽而奇怪的印度人的伽蓝，压人地沉重地施了烦腻的色彩的埃及人的庙宇，希腊人的雅致，戈谛克的法悦，文艺复兴期的暴风雨似享乐性，在他，都成为能理解，有价值的东西。为什么呢，因为是新的人类的这完人，于人类底的东西，什么都是无所关心的。将或种联想压倒，将别的联想加强，完人在自己的心理的深处，唤起印度人和埃及人的情绪来。

能够并无信仰，而感动于孩子们的祷告，并不渴血，而欣然移情于亚契莱斯的破坏底的愤怒，能够沉潜于浮士德的无底的深的思想中，而以微笑凝眺着欢娱底的笑剧和滑稽的喜歌剧。

自然，一切时代和民族的对于艺术的这反应性，是可以灭掉独自的创造和固有的样式，使我们成为折衷主义者的。但是，这不过是当我们之中，组织力尚有不足之际，我们没有自己的理想之际，我们是劳倦着的旅行者，安逸的观察者之际，我们只为读者而写，为观者而画之际，这才能有的事。倘若支配着那时代的社会的不满的要素的那剧烈的动摇，生活和太阳和社会生活的调和和自由和连带心的渴望（我们是怀着欣喜的不安，凝视其成功的）占了胜利，那么，人类便要进向美底发达的大路的罢。未来的美的要素，已经在什么处所可以看见了。有着我们以前，怎样的文化也梦想不到的具有惊人的飞扬的大穹门的巨大明朗的整然的钢铁的建筑物，并不破坏建筑物的调和，而能给我们以无穷尽的或悲或喜的远景，和理想化了的自然，和音乐一般使我们移情于壮丽的调子的人物，彪惠斯和他这一派的这可惊的装饰艺术，据最纤细的美学者淮尔特所证明，则虽小屋中也都波及的艺术底产业的这发达——凡这些，一切统是将来的艺术的要素[①]。现在呢，新的民众艺术正要产生了。而作为这艺术的要求者而出现的，将不是富人，而是民众。

民众是渴望着较好的未来的。民众是——太古以来的理想主义者。但是，他愈意识到自己的力，他的理想便愈成为现实底。在现在，民众是将天国委之于天使和雀子们，要将地上的生活无限地开拓，提高，而来过那生活了。助民众对于自己的力，对于较好的未来的信仰的生长，寻出到这未来的合理底的道路来——这是人类的使命。竭力美化民众的生活，描出为幸福和理想所照耀的未来，而

---

① 在这里，革命虽然还显现得很微末，但对于艺术上的这新的问题，还能够加添许多东西罢。

同时也描出现在一切可憎的恶,使悲剧底的感情,争斗的欢喜和胜利,泼罗美修斯底的欲求,顽强的高迈心和非妥协底的勇猛心,都发达起来,将人们的心,和向于超人的情热的一般底的感情相结合——这是艺术家的使命。

　　人生的意义,是生活。生活发生于地上,努力于自己保存。然而在战斗上成了强固之后,生活便带进攻底的性质。我们不愿意像市人将零钱积在钱柜里一样,将生命收存起来。我们渴望着生命的扩大,而运转生命,使这在几千的企业之中生长。生活的意义,在人类,是生命的扩大……被扩充,被深造,被充实的生活,以及引向那些去的一切,是美。美呼起欢喜,令感幸福。而且这之外,并没有什么目的,也不愿有什么目的。人类建设起未来的美的理想,他觉得现在个人底地为了自己得以到达了的东西,是怎样地不足取。并且将为了理想的自己的努力,和同胞的努力结合起来,他为了世纪,在大工作场中创造。他即使不将这殿堂的建筑,看作被完成了的东西,但那是什么呢——他是以渐近于建设的荣冠为乐,将这留在人类之手,而将自己的幸福,发见于那争斗之中,那创造之中的。积极底的人们的信仰,是对于未来的人类的信仰。他的宗教,是使他成为人类的生活的参与者,使他成为连锁的一环,展向超人,美的强有力的存在,完成了的有机体去的感情和思想的结合。而在这完成了的有机体,则是生命和理性,对于自然力得了胜利的。我们可以确信这事么?世界上最为宗教底的人们之中的一人,这样地写着,"我们由希望而得救"云。但是,希望者,一到目睹的时候,就已经不是希望。因为在已经目睹了这个的人,还有希望什么的必要呢?并非作为使我们成为被动底,使我们的努力成为虚耗底,对手幸福的王国的宿命底的到来的信仰的信仰,而是作为信仰的希望—— 这是人类的宗教的本质。那宗教,是有着尽其力量,协助生活的意义,生活的完成的义务的。或者有着对于和那些完全是同一的东西的——作为胜利所必需的要件和前提,含有善和真的美,加以协助的义务的。

属望于彼岸的世界，由神的宗教而成为宗教底，这事，在积极底的人们，是不期望的，也不能期望的。为什么呢，因为那世界，纵使存在，也因了那超自然性，决不在我们之前现形，而且对于神的豫期，又非常欺人，害其活动的缘故。况且那些神们，我们看不见，听不到——那些神们的消息，又惟独经由了过于高远的形而上学者们和朦胧的神秘主义者流——恰如天和地之间的连络驿一般的仙境纳斐罗珂吉基亚的居民们——的传递，这才能够收到，所以那就更甚了。我们，是要和泼罗美修斯一同，来这样地说的——

　　　　和巨人们的战斗时，
　　　　谁帮了我？
　　　　从死亡，从束缚，
　　　　谁救了我？
　　　　都不是你自己做的么？
　　　　神圣的，火焰的心呵！
　　　　为对于睡在天上者的
　　　　感谢所欺骗，
　　　　清新地，而且洁净地，
　　　　你没有烧起来么？
　　　　宙斯，我应该尊敬你么？
　　　　为什么？
　　　　你曾将负着重荷者的悲哀
　　　　医好过了么？
　　　　你将被虐者的眼泪
　　　　什么时候干燥过了么？
　　　　还是说，由我锻成男子的
　　　　既不是全能的时光，
　　　　也不是永远的运命，
　　　　而是我和你的主宰者呢？

还是你在想，

我的咒生存，

走旷野，

是因为绚烂的梦，

在现实还未全熟呢？

我坐在这里，

照着我的脸和模样，

在创造着人们。

在那精神上，

和我一样的火焰，

苦痛，哭泣，

快乐，欢喜，

而且像我一样，

一眼也不看你……。

我们加添几句在这里罢——比我更善，更多。问题不仅在生出和自己相等的生来，而在创造比自己更高的生。如果一切生活的本质，是在自己保存，则美的，善的，真的生活，乃是自己完成。无论那一件，自然，都不能嵌在个人底生活的框子内，而总得关联于一般底生活的。惟一的至福，惟一的至美，是被完成了的生活。

附　美学是什么？

美学者，是关于评价的科学①。人从三种见地，即从真，善，美的见地，以评判价值。惟一切这些的评价相一致之间，惟在其间，才能

---

① 这定义，是不普通的。普通总将美学定义为关于美的科学，但他们故意地讲着关于真理的永远之美，关于道德底美。美学之被看作关于评价一般的基础学的所以然的理由，是在这一章里，将被证明的罢。

够讲惟一而全体的美学。然而那些是未必常相一致的,所以作为原则,乃是惟一的美学,而从自己之中,派生了认识论和伦理学。

在怎样的意义上,这些评价得以一致呢,在怎样的意义上,他们是不一致呢,而且,此外还有怎样的评价存在呢——这是在这章里,我们所将研究的,当前的重要的问题。

从生物学的见地来看,则评价是自然只能有一个的,助长生活的一切,是真,是善,也是美,是凡有大抵积极底的,善的,魅惑底的东西;将生活破坏,低降,以及加以限制者,是虚伪,是恶,也是丑——是凡有消极底的,恶的,反拨底的东西。在这意义上,则凡从真善美的见地所加的评价,一定应该相一致。其实,由我们看来,是包括一切而无余的知识,和人类生活的正当的构成,和美的胜利的理想,容易融合于生活的最大限度的一理想的。

但是,在这里也自有其限制。一切这些理想之相克,我们见得往往过于多。在事实上,岂竟没有凭正义之名,而破坏雕像,咒诅快活的音乐,遁入荒野,在那里破坏着自己的生活,且自施鞭扑的么,因为以为美和生活这东西,就和难以割断的罪孽相连结的缘故?岂不见我们自己,我们的希求强大的意志,美底冲动,即常在贻害别人,破坏对于幸福的他们的权利么?

别一面,冷静的科学,不在将美的故事陆续破坏么?正义对于知识,没有以那教理为不道德,而加以反抗么?美的信仰者们,不在竭其精魂所有之力,以咒诅科学底的散文底的灰白的光辉和道德家们的禁欲底的非难么?

凡这些,都是无可疑的事实。而且常常发出使真和美来从善的理想,使善和真——来从美罢的声音。要统一这些理想的漠然的思想,也就在这些倾向中出现。

但是,将注意移到问题的别一面去罢。凡有机体,虽是人类,离完全之域还很远。只要就完全的一切特征之中,所最不可缺的,Sine que non(必至的)的特征,各个机能的调和去一看,大约就明白人类是还是怎样可怜的存在了。

那直接底的本能——大抵是纯然的动物底本能，在所与的瞬息之间，他要吃这食物，喝这饮料，伸手去拿这金色的苹果……，然而这食物是有毒的，于健康有害的，饮料使醉倒，使胡涂，金色的苹果是别人的东西，那是不和的苹果。防卫底思虑要成熟到变为本能，是很少有的事，一切有害的食物，味道全是不佳的么？喝到酩酊，开初不给与快乐么？人类是应该用理性来抑制自己的本能的。理性将将来的不愉快的，甚至于会有破灭底的结果的苍白断片的画，和那用了直接底的快乐，积极底兴奋所藻绘的明朗的画相对照。在理想的结论的根柢里，是横着同是情绪底本质，同是快乐的渴望，对于苦恼的恐怖无疑的，但那些的显现，却并不以直接底的活的形态，而是抽象底的形态，思想的形态。于是内底斗争便开始了。物，或行为，两样地被评价，就是，从直接底的快乐的见地，和从较远的结果的见地。这——是欲望和睿智的斗争。倘我们一观察正在斗争的两面，就知道任何一面的评价，都是发于同是生物学底倾向的了，但欲望的评价，是不正确的，急遽的；理性的评价，则是由有机体的新的器官，能达观较远的过去和未来的可靠的器官所加的订正。

因为心理底活动的中心，逐渐移往无意识底或半意识底的习惯底动作发生较少，而优于意识底，顺应底反应的，高尚的脑髓机关去，于是随之而起的直接底的本能和抑压底观念的战斗，我们大抵称之为我们的"我"和欲望之间的斗争。

但在我们，有两种评价的根本底同一性存在，而且粗杂的冲动底的直接底的欲望，也必须渐次和人类的理性底要求相融和，则是明明白白的事。现在往往以理智的过剩为讨厌。我们常常帮助欲望，然而，这其实是因为理性考虑各种的事情，倾于妥协，倾于回避斗争和责任之所致，在理想上，理性是应该和欲望之声完全一致的。人类不但将不再希求不可致的东西，非常要紧者，是将由获得强大和智能，而领悟对于一切自己的欲求，给以满足的罢。理性恰如富于经验的老仆,常在抑制热情底而不是理性底的主人,他说,"主人,这欲望,是为我们的费力所不及的。"然而他的职务,却不只在限制主人的欲求的范围,也在发见新的源泉,使他更加富裕。

但是,在现今,确执还很厉害。是理智底的外交官,又是深心的财政家的——理性,能够冷却有机体的有时很狂暴,而常有着一分的存在权的冲动。凡是理性底的事,未必一定常常好。倘若这是带着引向自己否定的倾向的——那便是生活之敌,他是不但不应该回避问题而已,还必须发见那解决之道的。

我们在这举例上,已经看见,为欲望的利益而做的问题的解决,为理性的利益而做的问题的解决,同样是偏于一面的——这是会引向暗淡的生活否定,或小资产者底的独善主义,或完全的破灭底的无拘束去的罢。但是,倘将本能底和理性底评价的内底本质,得了理解之后,则我们便将以着眼于生活的向上和扩张,使满足要求的手段和那要求一同发达起来的努力,为最高目的,并且借此得到为事物的真的评价的确固的地盘,倘有一个时候,本能或理性的任何一面,迅速而又无误地洞察了一切助长生活的东西,并且惟有这样的现象和行为,渲染着积极底兴奋,那么,那时候,便将有调和底的性格,在我们的眼前了。精神和肉体可以达到这样的美的调和,是无疑的,人类正在自然底地向此努力于自己的发达,在那里,有着理智和情热的斗争的自然底的终局,情热将成为理性底,理性将成为欲望的坚忍而富于机智的实现者罢。达了这样程度的人类,我们可以称之曰美的人,因为他的欲望的调和以及使这满足的手段之丰富,就有强健的,健康的有机体,以作必然底的补足,人就成为美的,善的了。

如果对于理性和情热,我们屡屡较同情于后者,则这并非单因为未熟的,而且胆怯的理性的小商人底打算的界限性而已,也为了——他的偏狭的利己主义。

在历史的竞争场里,人类携了或种的超个人底性质而登场,例如母性本能,许多的团体本能,爱国心等,凡这些本能,在或种条件之下,是于个性有害也说不定的,但到终极,这些都为生活所必要,不过并非为了个人底生活,乃是为了种的生活。个的利益和种的利益,是未必常相一致的。两者之一,当才以半无意识底的精神底动摇的形态而发现的时候,则两者的冲突,不俟理性的干涉,而由两者的力的大小而解决。

但在具体底的生活差,能变形为抽象底的课题那样的,发达较高的阶段,则人类开始意识到自己的利害和那所属的家族,氏族,团体,国民的利害的对立。家族,氏族,国民,人类——凡这些的种的观念的代表者们——是有本身常在敌对之中,而利己底倾向和社会底倾向之间的敌对,大体尤为分明的。理性帮助了个性。他嘲笑那爱他的,即种的本能;他懂得了牺牲自己,是愚蠢的事,于是使团体底精神腐败了。

这个人主义底的理性,是必须克服的,否则,向理想的路,就将永远地闭塞。①

在事实上,作为认识的理想,理想底生活,以及个性的发达的自然底基础的正当的社会组织的达成,在个人底的生活的范围内,又由个人底的努力的方法,是不成其为问题的。将自己的运命和自己的目的,与种的运命和目的相结合的事,断然拒绝了的个性,即不得不将自己的课题,限制到最可怜的最小限度。自然,也许是因了全不顾别人对于幸福的权利,因了强制,人类才能够成为颇强的动物的。但是,虽然如此,由他所成就的认识,力,完成的程度,倘和由人类在和自然相斗争的几世纪的历程上的共同的努力所成就者,比较起来,却总是可怜得很。诚然,人类之间的斗争,是有力的进步的动

①　个人主义,是并非这般的理性里所固有的,因为理性发达于愈加成为个人主义底的社会中,所以就成了他的支配底性质了,特为声明于此。自然发生的,历史底性质的原因,经济底原因,是将集团解体,使个性自立,使他适当地武装起来的。

因，然而那是无意识底的，非打算底的动因，那损害往往过于利益。全人类的平和底的共同底的劳动，现在不成为问题，凡"远的"幸福的最热烈的信奉者，远的未来的透视者和拥护者，还有社会的最进步底的而且意识底的阶级，都应该和别的人们和别的阶级的利己，怠慢，自负相战斗，都应该和得着实权者的贪婪，痴钝，被虐待者的无智和奴隶底精神相战斗。在这战斗上，他们应该断然，而且竟是残酷，他们无论如何，为了以自己的路来导引人类，应该竭其全力，因为他们是从他们的见地看来，不得不信自己的路，为最近于理想的。种的睿智，真的爱他主义的精神，不在邻人爱之中，而在为了种的利益的断然的果决的战斗之中，发见其最鲜明的表现。

为理想的斗争——惟这个，是人类由此道而愈加分明地自觉到自己的任务的，必要不可缺的内底斗争。反之，我们能够想象那爱他底本能确是十分发达着的人们，也常常目睹，他们讲忍从，他们不侮辱谁，他们于什么事都决不负责任，反而安慰一切人，要对一切人说以少许东西而满足的必要，并且大约还要这样说罢——应该大家相爱呀，云。然而，言其究竟，这是正在寻觅那将要求引入渐次底的死灭，即引人类种族之力于渐次底的死灭的平安的，最弱的利己主义者。[①]

有一暴君，将自己的意志联结于国民，将都市武装起来，使人类种族相接近，培养着国家底意义和自己的臣民的智识底扩大，在他本心，也许是以为遵从着自己的利己主义的，他要他的国民强大，他要在文化的记念碑上留存自己的记念，等。然而，纵使他的努力的个人主义底形态，骗了他自己，也骗了像他一样，不能懂得为斗争和矛盾的世界的偶象崇拜所遮盖的人类底的真意义的，他的同时代者罢，但其实，从他的事业的本质说起来，种的睿智却在他的里面说话，觉得他是在为世纪建设，他是在加意于子孙的意见，他是在创造

---

① 在二十年前，著者幸由所讲的那些思想之助，他现在得以成为多数党员了。

历史。反之,在历史中看不见意义的人们,则即使他怎样善良,也不过是毫不将人类的特状提高一点的,单是曾经存在过了的利己主义者,在他死后,是决没有什么东西留下的罢。

社会底本能在未熟的理性的审判之前,往往见得好像非理性底,"空无而已",理性说,"荣誉于死者何有,一切往矣",于是理性还添着说道,"吃罢,喝罢,寻快活罢",但饱于这些了的时候,理性就什么也说不出来——而 taedium vitae① 于是将人类征服。

但是,倘若历史底意义,在人类里面成熟,人类的过去和未来,自然底地占了我们的心,出于我们个人底的过去和未来之上,则超个人底本能,就容易高扬到理性底的程度的罢。这何以没有实现呢?这不但并非不可能,我们还正在向此前进。我们愈加自觉着"我"的概念是怎样地不定,而且在我,极为明白的事,是我之所爱的史上的英雄们,例如乔尔达诺,勃鲁拿或霍典,较之从幼小时候的照像里,看着我这一面的穿着短衫,捏着大脚趾头的那个无疑的"我",或者很不愿意地学着读书写字的少年,都更近于我,也更其是"这我"。

一到种的本能,和个人底的本能合一,个性作为种的伟大的生活上的契机,而将自己加以价值的时候,那时候,非理性底的东西,就都将成为理性底的罢。和这相反,倘若种的利益,靠着道德,靠着所谓义务,总之是靠着外底的力,就是靠着刑罚,恐怖,良心(因为良心既然和个性的自然底的欲望不一致,全相矛盾,则在个性,便是一种没有关系的东西),而为个性所抵拒,倘若它们表现为理性底的思虑的形式,和我们的个人底的欲求相争斗,则它们之变为恰如母性本能一般的常住底的本能,不是不可能么? 自然,是这样的。

物和行为,是可以从个底见地,和大体是道德底的种底见地,给以评价的,但在任何评价的根柢里,都横着同一的评价,从生活的最大限度的见地的评价,而也不得不然,纵使个的利益,往往和种的利

---

① 生之饱满。

益不相一致,但在别一面,他们却全然同一,因为种者,除了现为个性以外,不是无从存在么?富于生活力而强大的种,不就是富于生活力而强大的个性的集合是什么?在现在,个人底的我的生活的最大限度的充实,和种的最大限度的利益,这两理想的妥协,是未必常是可能的,但既然智识底和肉体底两方面,愈加发达,我的生活也愈加充实了,则我于人类,也分明就愈加有益。而且在别一面,发达的要素之一的我的所在的环境,愈加发达起来,我也就愈加容易企及最大的发达。

这以上,我们不能研究着这些人生的大问题了,我们的思想,是明了的——个和种的评价,在本质上是同一的,然而个的评价不正当,太急遽,少看见过去和未来。倘若人类发达到不再愿为瞬息间而生活,却为了自己的全生涯计画底地生活下去的地步了,那么,他也就发达到以为自己的个人底生活,从种的生活看来,是一瞬息间的地步。因为我不从瞬间底的冲动,而要毕生健康,强壮而且快乐,所以我的生存的各个的具体底的瞬间,不至于贫弱——而适得其反。因为人类会将超个人底的理想,看作什么比个人底的生活较为高尚的东西,所以这生活也将不至于贫弱,要发达起来,直到充满着创造底的斗争和伟大的努力,充满着结合一切世纪和民族的为理想而战的战士的协同和同情的欢喜,为个人主义者所万想不到的,如此之美的罢。

美和正义的理想,为什么不能一致,现在是理解了,美的生活,即充实而强有力的丰富的生活,须购以别的生活之破灭的代价,而想立刻在现在之中,来要求美的狭窄的美学底见地,又锁闭了进向理想的门。为了未来的较大的美,往往非牺牲现在的较小的美不可。但倘若我们立在狭隘的道德底见地上,则将视一切文化为罪恶,并且恐怕破坏那一个可怜的小资产阶级底幸福,而至于停止了我们的前进,也说不定的。惟有最高的见地,即生活的充实,全人类种族的最大的力和美的要求,正义等,自能成为美的基础那样的未来的渴望的见地,给我们以指导的线索,而凡是引向人类的力的成长,生活的昂扬者,是全底的惟一的美和善。凡有使人类羸弱者,是恶,是丑。为了一把寄食者而牺牲全国民,是文化的进步,而要求破坏这样的秩序的事——也许见得好像以正义之名,将美来做牺牲罢,但矛盾不过是外观,自由的民众,创造无限地强有力的美。

在各个的时会,必须从人类的力的进步的见地,来评价现象。有时候,这自然是困难的。然而这也还是灿烂的光,在这光中,较之凭着毫不念及人类的生活,而仅为现存的个性的权利设想的绝对底道德之名,或凭着为了一时底的贵族主义底文化的装饰,令活的精神萎于泥土而不顾的绝对底美之名者,错误要少得远。

美的,因而在自己的欲望上是调和底的,创造底的,因此也常在为人类希求着成长不止的生活的个性的理想,人类之间的斗争,带起由种种的路,来达目的的竞争的性质来了的,这样的人们的社会的理想,这——是广义上的美的理想。为什么呢,因为那美的感情,先就捉住我们,这目的,先就是美的的缘故。倘以为在这理想之中,美和善相妥协,倒不如说,是因了社会底无秩序而脱离着的善,回到美,即强有力而自由的生活的怀抱里来了。

看见了论理学和美学的亲和力,于任何问题,投以正的,尤其是新的光明的思想,给人美底快乐,纠纷的思想,则怀着困难和不满而被接收。正的思索——这首先是轻快的思索,即最小限度的力的消费的原理——是依照着美学底原理的思索。我们常常说,那一篇论文的条理"整然",那一个证明美,问题的"壮丽"的解决之类。围棋一般,思想底的问题的联络似的游戏,分明证明着美学和思索的接近,那些问题的解决,是毫没有什么实际底的价值的,那全然是思想的游戏,那目的之所在——是思想之练习所给与的那快乐,那美底情绪,和脑髓的经济底的作用相伴而起的积极底兴奋。[①]

---

① 于此还必须加添一事,即共同的满足。

认识，不但能够依从美学的法则，力的最小的消费或消费的最大的结果的原理——合目的性的原理而已——也非依从不可的。然而作为评价的标准的真和美的差违，也就发端于此。理性是决不柔软的，她不急急于嵌进理性底的体系的框子里面去。形而上学者总为企思索之完全的努力所率领，他们依据了不完全的归纳，急于要立起一种恰如永劫的穹隆似的，能够包括事实的全世界的法则来。但事实却和美的组织相矛盾。"精神"正在如此热心地追求着全底的思索时，经验则这样地为相互矛盾所充满，这样地纠纷错杂而困难万分。哲学者形而上学者，便不得不到这一个结论来，就是他的认识的源泉，清于现实的浊水，而且思索的结果虽然和自明之理相反，也还是对的。形而上学者于认识却特依美学底评价，将认识化为游戏，其实，在他们的建筑的各部分各部分之间，是主宰着调和和秩序的，但这些一切，作为全体，却在和现实的甚为矛盾之中了。

这矛盾，是触了不能不看现实者的眼睛的。想整顿形而上学底体系的许多彻底的尝试，终于在最强地感着现实的人们的眼前，曝露了先验底方法的完全破产，经验底方法便走出前舞台来。他的要求是这样的：理论应该严密地和事实相应，各个的理论不一致也不妨，不完成也不妨，但用了虚伪，即和事实相矛盾的贷价，来买理论的完成，是不可能的。

倘我们一观察这种的评价，那就看见，在那根柢里，是横着和力的最小限度的消费相同的原理的。真理的追求，无疑地就是依这原理的关于世界的思索的追求，科学和形而上学的不同，即在形而上学急于企望的结果，他向建设在那上面的基础的不当之处，闭上了眼睛，而科学却缓缓地，然而坚固地在建设。科学也受着一样的美学底原理的指导，不过在统一和明确的要求上，还要添上一个要求，是和事实的绝对底一致。科学不但建设，也批判自己，不绝地调查所建设的东西的坚牢，就是，建筑物的坚牢的事，已经成着令人认科学的殿堂为美之所不可缺的条件了。

这条件的要求一经成为本能，这一经成为"思想的本能底洁白"，美和真之间的确执就在这里收场。然而，不能活在未来之中，创造之中，努力之中的人们，是要离广场而去的罢，在那里，生活的大宫殿正在慢慢地增高，在那里，世代正在接着世代劳苦，然而在那里，还只看见一些石堆，塞门汀洞，支柱，铁版，地面上的基址的轮廓，在那里，全般底的计画不过才画在纸片上，在那里，豫约一切，然而悦目的东西，却一点也没有……。性急的人们，要离开这里的罢，他们要非难未成的工作为无效的罢，他们要指示激荡基址的水，必须炸破的磐石，人类的力的界限性的罢，于是赶忙用了云彩去建造如画的空中楼阁的罢。我们也许含了微笑回顾他们，对于他们的多彩的蜃气楼看得出神的，然而一到劝我们搬到空想的宇下去住的时候，我们便觉得希奇，而且我们再开手做工作。

当此之际，我们有着同样的矛盾，即直接底的个人底本能，为自己的思索的完整的要求，和向着永久不动的坚牢的真理的种的努力。在根本上，原是同一的统一的感情和企图明确的努力，指导着学者，学者也同是美学者，是艺术家，然而他并非无所不可的空虚，却应该将现实的坚石，变为真理的灿烂的形象，但他仍知道为他的真理所领导，人类不但在那鉴赏上，感到幸福而已，也将成为宇宙的帝王。真理在适用于活的生活时，乃再合一于充实的强有力的生活的理想，为什么呢，因为那是在人类和自然的斗争上的最良的武器的缘故。适用于社会组织的真理，只在研究社会发展的诸法则，和发见了要将社会引到由他的理想——生活充实的渴望，美的渴望定了方向的理想去，可以支配这些诸法则之道，这样，而真理的理想，即自然底地和正义的理想合致。但在现在——科学会将早熟的理想，主观底的建设破坏，也不可知，科学指示出支配着我们的铁似的必然性，科学确言了单是欲望是不够的，我们应该能认识历史的真的弹簧，于是顺应着它，而创造底地去活动。这使乌托邦人们站住的严肃的声音，看去仿佛是真理向着正义的领域，鲁莽地闯了进去似的，但在这里，我们也不过看见了一时底的矛盾，与真和美的外观底的矛盾全然相同。形而上学和乌托邦，是真理和正义的豫期，思想的洁白，禁止我们和宽慰我们的小说，或使我们成为走自己的任意的路，而不识现实世界的事物的梦游病者的小说相妥协。

所以，在现在，将本来底美学底评价，和科学底，社会底或道德底评价混同起来，是不行的。但在本质上，美学却包括着这些的领域，什么时候，总要完全地来做的罢。

美学底，科学底和社会底评价以外，别的怎样的评价，可以适用于任何客观底现象或人类的行为呢？

普通还举出实际底或功利底评价来。这评价，在本质上，自然，是归于和上列三种的同一的基础的。在事实上，评价的事，除了兴奋底色彩，由被评价者在我们内部所惹起的满足或不满足之外，什么也没有。这满足，有时是直接底的，当此之际，问题便和本来底美学底评价相关；这些也或由理性的判断所协助——就是，例如蚕和肥料的堆积，那本身是使我们嫌恶的，但理性，却在我们之前，作为这些对象的或种经营的结果，描出绸绢和腴田来，使我们给以评价，但是，这时候，加价值于这些东西者，是可以从这些东西发生出来的终局底快乐，即仅和所与的现象的"结果"相关联的同是美学底评价，是明明白白的。所以一切评价，在本质上，常是同一的，归结之处，就在关于由被评价的现象所惹起的生活的成长或衰退的判断，这判断，能以直接底感情的形式，即照字义的判断的形式而表现，和正在评价的个体，个人，或别的个人，或种相关——但在本质上，常是同一的。

凡是有益的东西，必须于谁有益，而实际，是往往意识底地或无意识底地，从终极的目的——即对于个人，其近亲或种的幸福的关系，来加观察的，这幸福，常如我们之所见，虽在生活被说为恶，并无被认为幸福之处，也还被解释为生活的成长的意思。

我们看见，真理的追求，往往和直接底的美底感情相矛盾，将美的，然而早熟的建设来破坏，使我们不得不念虑我们的世界观中，看去仿佛运进了不调和一般的事实。在将现实主义哲学的一切，悉数包罗的体系中的真和美的完全一致的希望，仅在远方给学者微微发闪而已。和这完全一样，正义也屡屡提出在个人的生活渴望，殊为困难的要求，惟在美的未来之中，我们能够豫想个性和社会的利害，完全调和的社会组织。还有，实际底的评价，表面底地看来，是和美学底评价很相矛盾的罢——如施肥所必要的肥料的例子那样——但这时候，矛盾更其小，物或行为的有用性，即刻地或飞速地，作为快乐而被现实化，或接近真理，或将快乐给与别的个体了。有用性还能有别的怎样的意义呢？

虽然如此，我们豫料着反驳。生存的意义，果在快乐么？快乐往往相反，于生活的充实所显现的精神力的生长，是有害的。确是如此，然而这意思，只在说或种直接底的快乐，也许减掉未来的较为强有力的现实底的快乐，谁会否定惟精神生活的充实，是最大的快乐呢，因为充实的强有力的生活和多样的强有力的快乐的行列——结局还是同一的东西。

然而，苦恼不是高度的昂扬底的么？自然是的，但只在这使个人或种的力成长的时候（因为必须记得，我们是将种的生活的成长，看作一部分是本能底地，一部分是意识底地被造成了的最后底的规范的缘故）。那意义不在给与怎样的快乐，而在排除苦恼上的有益的事物，是常有的。这之际，这些事物和在兴奋底或广义上的美学底评价的关系，就更加是间接底了，然而这也明明白白的。

这样子，美学，是可以想作关于评价一般的科学的罢，那使我们能够将种的生活的最高度的发展的规范，认为不能争而又不绝地活动着的了，但当在实际上，人们还很不将助成这目的者，即以为美，妨碍这目的者，即以为丑的时候，我们可以将美学定义为关于和我们的知觉和我们的行为相伴的直接底兴奋的科学。在这较狭的范围里,我们也将看见作为人类种族的成长的结果,必然底地到处出现的,愈高的特状的评价的规范的进程,即等级的。在发达低的个性以为美者,于发达较高的程度,即退往后方,在程度低的头脑之所难近的美,将为较发达者而辉煌罢。这等级,即将我们从瞬间底的动物底的快乐,一直引到由于以直接底兴奋的一切强度,为被选者所感的种的生活的发展的那快乐去。

> 《艺术与阶级——(日本)昇曙梦译 A. lunacharsky 的〈艺术论〉第三章》初载 1928 年 10 月 1 日《语丝》周刊第 4 卷第 40 期。全书 1929 年 6 月由上海大江书铺作为"艺术理论丛书"之一出版。

二十三日

日记　晴。上午收学昭代买之 *Petits Poèmes en Prose* 一本。下午内山书店送来『厨川白村全集』第五本一本。雪峰来。夜林和清来辞行,不见。

二十四日

日记　昙。上午收教育部二月分编辑费三百。得梁君度信。得高明信,下午复。得小峰信并版税百五十,编辑费五十。杨维铨来。

《关于〈关于红笑〉》补记

写了上面这些话之后,又陆续看到《华北日报》副刊上《关于红笑》的文章,其中举了许多不通和误译之后,以这样的一段作结:

"此外或者还有些，但我想我们或许总要比梅川君错得少点，而且也较为通顺，好在是不是，我们底译稿不久自可以证明。"

那就是我先前的话都多说了。因为鹤西先生已在自己切实证明了他和梅川的两本之不同。他的较好，而"抄袭"都成了"不通"和错误的较坏，岂非奇谈？倘说是改掉的，那就是并非"抄袭"了。倘说鹤西译本原也是这样地"不通"和错误的，那不是许多刻薄话，都是"今日之我"在打"昨日之我"的嘴巴么？总之，一篇《关于红笑》的大文，只证明了焦躁的自己广告和参看先出译本，加以修正，而反诬别人为"抄袭"的苦心。这种手段，是中国翻译界的第一次。

四月二十四日，补记。

原载 1929 年 4 月 29 日《语丝》周刊第 5 卷第 8 期。
初收 1935 年 5 月上海群众图书公司版《集外集》。

二十五日

日记 昙，晚雨。托广平送给张友松信并译稿。

面包店时代 *

[西班牙]巴罗哈

巴罗哈同伊本涅支一样，也是西班牙现代的伟大的作家，但他的不为中国人所知，我相信，大半是由于他的著作没有被美国商人"化美金一百万元"，制成影片到上海开演。自然，我们不知道他是并无坏处的，但知道一点也好，就如听到过宇宙间有一种哈黎慧星一般，总算一种知识。倘以为于饥饱寒温大有关系，那是求之太深了。

译整篇的论文，介绍他到中国的，始于《朝花》。其中有这样的几句话："……他和他的兄弟联络在马德里，很奇怪，他们开了一爿面包店，这个他们很成功地做了六年。"他的开面包店，似乎很有些人诧异，他在《一个革命者的人生及社会观》里，至于特设了一章来说明。现在就据冈田忠一的日译本，译在这里，以资谈助；也可以作小说看，因为他有许多短篇小说，写法也是这样的。

我常常得到质问。"你究竟为什么要开面包店的呢?"这事说起来话长了，但我现在来回答这问题吧。

我的母亲有一个伯母，是她父亲的姊妹，名叫芳那·那希。

那女人，年青时候是很美的，和叫作堂·亚提亚斯·拉凯赛的从美洲回来的富翁结了婚。

堂·亚提亚斯自己以为是老鹰，而其实呢，却不过是后园的公鸡。他一在马德里住下，就做各样的事业，然而真真古怪的事，是这样那样，都一样地失败了。一八七〇年之际，有一个叫作玛尔提的，从瓦连西亚来的医生，是曾经到过维也纳的汉子，讲解些维也纳所做的面包，和使那面包膨胀的酵母，并且夸张着说，倘若出手去做这生意，利益就如何如何。

堂·亚提亚斯大以为然，便依玛尔提的劝告，在兑斯凯什教堂的左近买了一所旧房子。这房子所在的大街的号数，是只有两个字——二号——的，便很以此自喜。那大街，名叫密绥里珂尔兑亚街，我想，现在还这样。

玛尔提便在兑斯凯什教堂旁边的旧房子里，设起炉灶来。而生意，却是意想之外的获利。本来好玩的玛尔提，在买卖确立之后的三四年，就死掉了。堂·亚提亚斯从此又一样一样地去出手，于是完全破产，一切所有物都入了质，到最后，只剩了开着面包店才够糊口的东西。

他在死掉之前，将这也弄得乱七八糟了。于是伯母寄信给母亲，叫我的哥哥理嘉图到马德里去。

哥哥住在马德里一些时，但无法可想，跑掉了。后来我就到马德里去，和我的哥哥一同努力，想改良买卖，使他兴旺起来。时不利兮，没有使他兴旺的方法。"面粉倘少，什么都成"这格言，是未必尽合于事实的。但我们是得不到面粉。

面包店刚要好起来了的时候，那时是我们的地主的罗马诺内斯伯爵来了一个通知，说是房子非拆掉不可了。

从此又遭了困难。我们只好搬到别处，另做买卖去，但这是要钱的，然而没有钱。因为要过这苦境，我们就开手买空卖空了，而买空卖空很顺利，尽了慈母的责任。直到我们的再起，都靠这来支持。我们在别处一开张，立刻遭了损失，我们就中止了。

因为这样，所以我将证券交易所看作慈善底制度，而和这相反，觉得教堂是阴气之处，从那地方的忏悔室的背后，会跳出身穿玄色法衣的教士来，在黑暗中扼住人的喉咙，捏紧颈子，也并非无理的。

原载 1929 年 4 月 25 日《朝花》周刊第 17 期。
初未收集。

新时代的豫感

[日本]片上伸

一

我到这世上来了，为着看太阳，还有蓝的地平线。

我到这世上来了，为着看太阳，还有山颠。

我到这世上来了，为着看海，还有谷间盛开的花朵。

我收世界于一眼里，我是王。

我创造梦幻，我征服了冷的遗忘。

我每刹那中充满默示，我常常歌唱。

苦难叫醒了我的梦幻，但我因此而被爱了。

谁和我的诗歌的力并驾呢，

没有人，没有人。

我到这世上来了，为着看太阳。

但倘太阳下去了，

我就将歌唱，……我唱太阳的歌，直到临终的时光！

这诗，是作为巴理蒙德（C. D. Balmont）之作，很为世间所知的之一。读这诗的人，大约可以无须指点，也知道那是和现实的政治问题以及社会问题，毫无关系的。在这诗里，不见有教导人们的样子；也没有咏叹着将现实设法改革或破坏之类的社会运动家似的思想。这诗，也未尝咏着愤慨于现实的物质底的生活之恶的心情，是不以使人愤慨现实之恶为诗人的工作的人所作的诗。在这里，有分明的自己赞美；有凭自己之力的创造的欢喜和夸耀；有将自己作为王者，征服者，而置于最高位的自负。要之，是作为任自然和人生中的胜利者的诗人的自己赞美。这诗的心情，离那想着劳动者的生活，那运动，革命等类的心情，似乎很遥远。是将那些事，全放在视野之外的心情。

巴理蒙德有题为《我们愿如太阳》这有名的诗。在他，太阳是世界的创造力的根源，是给与一切的生命者。日本之于巴理蒙德，是日之本，即太阳的根源。巴理蒙德又以和崇拜赞叹太阳一样的心情，咏火，咏焰。火者，是致净之力；美丽，晃耀，活着。而同时又有着运命底的力；有着不可抵抗的支配力。而这又是无限的不断的变化的形相。据巴理蒙德，则诗便是无限的不断的变化的象征。巴理蒙德爱刹那。那生活，是迅速的，变化而不止。将自己的一切，抛给每刹那。刹那也顺次展开新世界。"新的花永久地正在我的面前开放。""昨天"是永诀了,向着不能知的"明天""明天"而无限地前进。

巴理蒙德常所歌咏的,是天空,是太阳,是沉默。是透明的光。是已经过去者的形相。而要之,是超出一切有限者的界限的世界。那象征,是作为生命的根源的太阳。是火焰。而又是一首。

二

　　倦怠的,刻薄的大地,
　　但于我也还是生母!
　　爱你的,阿阿,哑母亲,
　　倦怠的,刻薄的大地!
　　五月的仓皇中,俯向大地,
　　拥抱大地是多么欢喜呵!
　　倦怠的,刻薄的大地,
　　但于我也还是生母!

　　爱罢,人们,爱大地,——爱大地,
　　在潮湿的草的碧绿的秘密里,
　　我在听隐藏着的启示。
　　爱罢,人们,爱大地,——爱大地
　　以及那一切毒的甘美!——
　　土的,暗的,都收受罢,
　　爱罢,人们,爱大地,——爱大地
　　在潮湿的草的碧绿的秘密里。

　　这是梭罗古勃(Fedor Sologub)的诗的一节。惟这个,真如俄国的诗人勃留梭夫(V. Y. Bryusov)所言,是不能在现实和想象的两世界之间,眼见的东西和梦之间,实人生和空想之间,划一条线的境地。仿佛是在我们以为想象者,也许是世界的最高的实在,谁都确认为现实者,也许只是最甚的幻妄似的——这样的世界里,住着的人的心情。在这里,并非种种分明的现实,而是造出着复杂的特殊的现实。而那不看惯不听惯的现实,甚至于竟令人觉得更其现实的现实一般。自然地深切地觉得这样。

一读这诗,就想起人借诗以求人生的神秘底的现实的意义;想起诗的目的,是在使人心接近那飘摇于看见的可现世界之上的神秘;想起诗中有着人生的永远的实相。

三

诗者,不是直接地为了社会问题,去作宣传的军歌的东西。自然也不是为了单单的快乐的东西,又不是只咏叹一点人们的思想感情的东西。诗者,总在什么处所带着神圣的光。在解放人类之魂的战争之际(人生是为此而生活的),来作那最锐敏而强有力的光者,是诗。人类之魂,永是反叛了地上之土而在战斗。诗便是在那战斗上显示胜利之道的光。彻底地是为了内面的法则的光。是照耀未知的生活的现实的光。——巴理蒙德和梭罗古勃对于诗的心情,就在这样的处所。

人类的思想和行为,是逝去,消亡的。但并不消亡而活下来的,却有一样。就是人们历来称为幻梦的东西。是神往于非地上所有的什么东西而在寻求的漠然的心情。是要到什么地方去的挣扎。是对于既存者的憎恶。是期待未存的神圣者的光。也是对此的如火的求索。惟这个,是决不消亡的罢。新的,未知的世界,在远方依稀可见。这还未存在,然而是永远的。——招致这样的世界者,是诗。是诗的魔术。自然仅给人以生存之核。自然之所造作者,是未完成的凌乱的小小的怪物一般的东西。然而这世界上有魔术家在。他用了那诗歌的力量,使这生存的圈子扩充,而且丰富。将自然的未完成者完成,给那怪物以美的容貌。自然的一件一件,是断片,诗人之心则加以综合,使之有生。这是诗人的力。——在巴理蒙德,有一篇《作为魔术的诗歌》的论文。

梭罗古勃和巴理蒙德,是从十九世纪末到二十世纪初二十年间的俄国新诗坛的先进。当这时代,在俄国文学是从那题材上,从那技巧上,都很成为复杂多样了。从中,由巴理蒙德和梭罗古勃所代表的新罗曼主义的一派,即所谓 Modernist(晚近派)的一派,在那思想的倾向上,是大抵超现实底的,从俄国文学所总不能不顾而去的政治底,社会底生活的现实,有筑成了全然离开的特异的世界之势。为了许多人们而做的社会革命的运动,和只高唱自己赞仰的巴理蒙德的心境,是相去很远的。为正义公道而战的社会运动,和赞美恶魔之力的梭罗古勃的心境,也大有距离。这些诗人,是都站在善恶的彼岸,信奉无悲无忧的惟美的宗教的。那最显明的色调,是个人主义底的自我之色,于是也就取着超道德底,超政治底,乃至超社会底的态度。

也可以称之为宣说惟美的福音的纯艺术派的这些人们的心境,是在十九世纪末的不安的社会底的空气里,自然地萌发出来的。千八百九十年代的俄国,见了急速的生活的变化了,生活的中心,已从田园的懒惰的地主们,移到近代底的都市的劳动者那面去。和生活的中心从农村移向都市一同,职业底的,事务底的,纷繁的忙迫,便随而增加,生活即大体智力底地紧张起来。于是机械之力,压倒人类之力的生活开始了。生活的步调,日见其速,个人的经验也迅速地变化,成为复杂。疲劳和借着强烈的刺戟的慰安,互相错综,使神经底的心情更加深。别一面,则向新时代而进的感情,也仍然在被压迫。以向新时代为"恶化"的压抑,使这些人们碰了"黑的硬壁"。由此便发生了回避那黑而硬的现实之壁的心情。而艺术乃成为超越于现实的斗争之上而存在的世界。为了憎恶,竭其灵魂者,是人类的生命的滥费。魂的世界应该守护。黑而硬的现实之壁的这一面,还有相隔的诗的魔术的圈。倘不然,就只好在那黑而硬的现实之壁的内部,寻出些什么善和美。靠着这,而生活这才可能。要之,真的价值，只存在于思想或空想的世界里。这是新罗曼主义一派的共通的主张。

四

还有一派，是虽然和新罗曼主义的一派几乎同时，却凭着大胆的现实的观察，而开拓了新天地的写实主义者。例如戈理基（Maxim Gorky），即是其一。戈理基的许多作品中，例如有叫作《廿六个男人和一个女人》的。饼干工厂的廿六个工人，在地下室里从早做到夜。每天到这二层楼上的绣花工厂来的女工，有一个名叫泰妮的姑娘。

一切人类，是不会不爱，不会不管的。凡是美的，虽在粗暴的人们之间，也令其起敬。自己们的囚人似的生活，将自己们弄成笨牛一般了，但自己们却还不失其为人类。所以也如一切别的人们一样，不能不有所崇拜。自己们——即廿六个工人们，除了叫作泰妮的姑娘而外，再没有更好的了。也除了那姑娘而外，实在再没有谁来顾及住在地窖子里的自己们了。——这是那工人们的心情。于是他们就样样地照管那姑娘。给她注意。忠告她衣服要多穿呀，扶梯不要跑得太快呀之类。但姑娘也并不照办。然而他们也并不气忿。他们样样地去帮助她。以此自夸，而争着去帮助。其实，正如戈理基之所说，人类这东西，是不会不常是爱着谁的，虽然也许为了那爱的重量，将对手压碎，或使对手沦亡。

廿六个工人在作工的地窖似的饼干工厂的隔壁，另有一间白面包制造所，主人是两面相同的，但那边做工的人是四个。那四个人，自以为本领大，总是冷冷的。工场也明亮，又宽阔，而他们却常常在偷懒。廿六个这一面，因为在日光很坏的屋子里做着工，所以脸上是通黄的，血色也不好。其中的三个是肺病或什么，一个是关节痛风，因此模样也就很不成样了。四个工人那面的工头，酗了酒，就被开除，另外雇来了一个当过军人的汉子，穿着漂亮的背心，挂着金索子,样子颇不坏,是以善于勾引女人自夸似的人。廿六个人在暗暗地想,单是泰妮,不要上这畜生的当才好。大家还因此辩论起来。终于是说大家都来留意。一个月过去了。那退伍军人跑到廿六个人的处所来,讲些勾引女人的大话。廿六个中的一个说,拔一株小小的柏儿,夸不了力,因为弄倒大透了的松树,是另外一回事。退伍军人语塞了,便说,那么,在两星期之内,弄泰妮到手给你看。两星期的日子已尽了。泰妮照旧的来做工。大家都默默地,以较平常更为吃紧的心情去迎她。泰妮惊得失了色,硬装着镇静,故意莽撞地说道,快拿饼干来罢。仿佛觉到了什么似的,慌忙跑上梯子去了。廿六个人料到那退伍军人是得了胜。不知怎地都有些胆塞。到十二点,那退伍军人装饰得比平常更漂亮,跑来了;对大家说,到仓库里去偷看着罢。在板壁缝中窥探着时,先是泰妮担心地走过院子去;接着来了那退伍军人,还在吹口笛。是到幽会的处所去的。是湿湿的灰色的一天,正在下小雨。雪还留在屋顶上,地上也处处残留着。屋上的雪,都盖满了煤烟了。廿六个人不知怎地都怨恨了泰妮。不久泰妮回去了。为了幸福和欢喜,眼睛在发光。嘴唇上含着微笑。用了不稳的脚步,恍恍忽忽地在走。已经忍不住了,廿六个男人们便忽然从门口涌到院子里,痛骂起泰妮来。那姑娘发了抖,痴立在雪泥里。满脸发青,瞪目向空,胸脯起伏,嘴唇在颤抖。简直像是被猎的野兽。抖着全体,用了粗暴的眼光,凝视着廿六个人这一面。

廿六人中的一个拉了泰妮的袖子。姑娘的眼睛发光了。她将两手慢慢地擎到头上去,掠好了散开的头发,眼睛紧钉着这边。于是用了响亮的镇静的声音,骂道,讨厌的囚犯们,而且橐橐地走过来了。好像并没有那廿六个人塞住去路似的,轻松地走过来了。廿六个人也不能阻住住。她绝不反顾,大声骂着流氓无赖等类的话,走掉了。

廿六个男人们,站在灰色的天空下,雨和泥的积溜里。默着,回到灰色的石的地窖去。太阳仍照先前一样,从不来一窥廿六个人所在之处的窗。而泰妮是已经不在那里了。

五

在戈理基的现实描写中,表现着民众——浮浪人和劳动者之所有的潜力。暗示着民众的生命力。他们也怀着对于生活的无穷的欲望的。虽遭压抑,而求生的意志,却壮盛地在活动。在《廿六个男人和一个女人》里,那生命力,是活动于非用纯粹的心情,真爱一个谁不可之处的;是表现于自己们爱以纯粹的心情的人,而竟容易地惨遭玷污,乃对于这丑恶和凉薄而发生愤慨和悲哀之中的。戈理基常所描写的饥饿的大胆的人,虽是世间的废物,然而大胆,不以奴隶那样的心情,却以人生的主人似的心情活着的人,为一切文明的欺骗之手所不及的自由人,既大胆,又尖刻,傲然的褴褛的超人,例如,说是倘对人毫不做一点好事,就是做着坏事(《绝底里》第二幕),说是应该自己尊敬自己,说是撒谎是奴隶和君主的宗教,真实是自由的人们的神明(《绝底里》第四幕)的《绝底里》的萨丁——在那些人们的心里,即正如萨丁之所说,都有着人是包含一切的,凡有一切,是因人而存在的,真是存在者只有人,人以外都是人之所作,大可尊敬者是人,人并非可轻侮可同情的东西,怕人间者将一无所有之类,大胆而深刻的人间的肯定的。在这里,有着相信生之胜利的深的肯定,同时也有着非将一切改造为正当的组织不可的革命的意志。由这一端,遂给人以与巴理蒙德和梭罗古勃的世界,全然各别之感。群集的侮蔑,在这里,竟至于成了对于在群集中的胎孕未来者的赞美了。巴理蒙德和梭罗古勃,藏在自己的世界中,看去好像要贯彻贵族底的个人的心境。而戈理基,则将潜藏于一切人类中而还未出现的生命之力,在廿六个工人里,在住在"绝底里"的废物里,都发见了。

这出现于同时代的两种倾向,一看简直像是几乎反对的一般。一是写实主义,是革命底。一是新罗曼主义,是超革命底。一是反贵族底,一是贵族底。然而,在这里看好像相对立的两倾向之间,也有一贯他们，而深深地横亘着的共通的精神在。戈理基的人类赞美，人类的潜力的高唱，生之力的胜利的确信，凡这些，和巴理蒙德的恰如太阳的心愿，如火焰如风暴的情热，和梭罗古勃的恶魔的赞美，合了起来，就都是对于向来的固定停滞的生活的反抗。都是对于凡庸的安定的挑战。都是对于灰色的，干结了似的现实的资产阶级的生活气分的否定。要之，都发动着为了一些正的，善的，强的，美的未现的生活，而向什么固定的无生气的暴虐在挑战的，热烈不安的精神。对于现前的固定停滞的现实的否定，对于凡庸而满足的现实的叛逆，就都是正在寻求较之停滞和满足的现实，生命可以更高，更远，乃至更深地飞腾并且沉潜之处的心的表现。纵使在个个的表现上，大有差异，但在这里，都有新的写实主义的精神在，即想在更其深邃地观察现实之处，寻出真的生命之力来。在这里，也有新罗曼主义的精神在，即想在超越了现实之处，感到真的生命之力。那都是异常的要求。是要在拔本底的异常之中，寻出生命之力求的要求。凡有像是空想，像是不能实现的一切事物，在站在这要求的心境里者，渐觉得未必不能实现，并非空想了，也正是自然的事。

在这样的意义上，新罗曼主义和新写实主义，是有共通的精神的。从一面说起来，这是锐敏的天才的心的深处，深深地对于当来的新时代所觉到的豫感。是对于新时代的精神的，生命的豫感。新罗曼主义的复杂的个性的表现，和新写实主义的大胆的多方面的现实的探求，凡这些，虽然粗粗一看，仿佛见得是并无中心的混沌似的，但在那一切的动摇和不安，反抗和破坏的种种形相之间，却分明可以觉察出贯串着这些的白金的一线。这便是，竟像最大胆的空想模样了的最切实的现实的豫感。是作为非将未现者实现，便不干休的意志的表白的，新时代的豫感。

这一篇，还是一九二四年一月里做的，后来收在《文学评论》中。原不过很简单浅近的文章，我译了出来的意思，是只在文中所举的三个作家——巴理蒙德，梭罗古勃，戈理基——中国都比较地知道，现在就借此来看看他们的时代的背景，和他们各个的差异的——据作者说，则也是共通的——精神。又可以借此知道超现实底的唯美主义，在俄国的文坛上根柢原是如此之深，所以革命底的批评家如卢那卡尔斯基等，委实也不得不竭力加以排击。又可以借此知道中国的创造社之流先前鼓吹"为艺术的艺术"而现在大谈革命文学，是怎样的永是看不见现实而本身又并无理想的空嚷嚷。

其实，超现实底的文艺家，虽然回避现实，或也憎恶现实，甚至于反抗现实，但和革命底的文学者，我以为是大不相同的。作者当然也知道，而偏说有共通的精神者，恐怕别有用意，也许以为其时的他们的国度里，在不满于现实这一点，是还可以同路的罢。

一九二九年，四月二十五日，译讫并记。

原载 1929 年 5 月 15 日《春潮》月刊第 1 卷第 6 期。

初未收集。

二十六日

日记 晴。午前吴雷川来。得友松信。午后寄任子卿信。寄侍桁信。下午往内山书店买书两本，共泉四元六角。复友松信。

《近代世界短篇小说集》小引

一时代的纪念碑底的文章，文坛上不常有；即有之，也什九是大部的著作。以一篇短的小说而成为时代精神所居的大宫阙者，是极其少见的。

但至今,在巍峨灿烂的巨大的纪念碑底的文学之旁,短篇小说也依然有着存在的充足的权利。不但巨细高低,相依为命,也譬如身入大伽蓝中,但见全体非常宏丽,眩人眼睛,令观者心神飞越,而细看一雕阑一画础,虽然细小,所得却更为分明,再以此推及全体,感受遂愈加切实,因此那些终于为人所注重了。

在现在的环境中,人们忙于生活,无暇来看长篇,自然也是短篇小说的繁生的很大原因之一。只顷刻间,而仍可借一斑略知全豹,以一目尽传精神,用数顷刻,遂知种种作风,种种作者,种种所写的人和物和事状,所得也颇不少的。而便捷,易成,取巧……这些原因还在外。

中国于世界所有的大部杰作很少译本,翻译短篇小说的却特别的多者,原因大约也为此。我们——译者的汇印这书,则原因就在此。贪图用力少,绍介多,有些不肯用尽呆气力的坏处,是自问恐怕也在所不免的。但也有一点只要能培一朵花,就不妨做做会朽的腐草的近于不坏的意思。还有,是要将零星的小品,聚在一本里,可以较不容易于散亡。

我们——译者,都是一面学习,一面试做的人,虽于这一点小事,力量也还很不够,选的不当和译的错误,想来是一定不免的。我们愿受读者和批评者的指正。

一九二九年四月二十六日,朝花社同人识。

最初印入 1929 年 4 月上海朝花社版《近代世界短篇小说集》(1)《奇剑及其他》。

初收 1932 年 9 月上海北新书局版《三闲集》。

《捕狮》《食人人种的话》译者附记

查理路易·腓立普(Charles—Louis Philippe 1874—1909)是一

个木鞋匠的儿子,好容易受了一点教育,做到巴黎市政厅的一个小官,一直到死。他的文学生活,不过十三四年。

他爱读尼采,托尔斯泰,陀思妥夫斯基的著作;自己的住房的墙上,写着一句陀思妥夫斯基的句子道:

"得到许多苦恼者,是因为有能堪许多苦恼的力量。"
但又自己加以说明云:

"这话其实是不确的,虽然知道不确,却是大可作为安慰的话。"
即此一端,说明他的性行和思想就很分明。

《捕狮》和《食人人种的话》都从日本堀口大学的《腓立普短篇集》里译出的。

原载 1928 年 10 月 20 日《大众文艺》月刊第 1 卷第 2 期。原刊文译者附记最后一段话为:"这一篇是从日本堀口大学的《腓立普短篇集》里译出的,是他的后期圆熟之作。但我所取的是篇中的深刻的讽喻,至于首尾的教训,大约出于作者的加特力教思想,在我是也并不以为的确的。"

初收 1929 年 4 月上海朝花社版《近代世界短篇小说集》(1):《奇剑及其他》。

《一篇很短的传奇》译者附记(二)

迦尔洵(Vsevold Michailovitch Garshin)生于一八五五年,是在俄皇亚历山大三世政府的压迫之下,首先绝叫,以一身来担人间苦的小说家。他的引人注目的短篇,以从军俄土战争时的印象为基础的《四日》,后来连接发表了《孱头》,《邂逅》,《艺术家》,《兵士伊凡诺夫回忆录》等作品,皆有名。

然而他艺术底天禀愈发达,也愈入于病态了,悯人厌世,终于发狂,遂入癫狂院;但心理底发作尚不止,竟由四重楼上跃下,遂其自杀,时为一八八八年,年三十三。他的杰作《红花》,叙一半狂人物,以红花为世界上一切恶的象征,在医院中拼命撷取而死,论者或以为便在描写陷于发狂状态中的他自己。

《四日》,《邂逅》,《红花》,中国都有译本了。《一篇很短的传奇》虽然并无显名,但颇可见作者的博爱和人道底彩色,和南欧的但农契阿(D'annunzio)所作《死之胜利》,以杀死可疑的爱人为永久的占有,思想是截然两路的。

未另发表。

初收 1929 年 4 月上海朝花社版《近代世界短篇小说集》
(1):《奇剑及其他》。

《贵家妇女》译者附记

《贵家妇女》是从日本尾濑敬止编译的《艺术战线》译出的;他的底本,是俄国 V. 理丁编的《文学的俄罗斯》,内载现代小说家的自传,著作目录,代表的短篇小说等。这篇的作者,并不算著名的大家,经历也很简单。现在就将他的自传,译载于后——

"我于一八九五年生在波尔泰瓦。我的父亲——是美术家,出身贵族。一九一三年毕业古典中学,入彼得堡大学的法科,并未毕业。一九一五年,作为义勇兵向战线去了,受了伤,还被毒瓦斯所害。心有点异样。做了参谋大尉。一九一八年,作为义勇兵,加入赤军。一九一九年,以第一席的成功回籍。一九二一年,从事文学了。我的处女作,于一九二一年登在《彼得堡年报》上。"

《波兰姑娘》是从日本米川正夫编译的《劳农露西亚小说集》译出的。

原载 1928 年 9 月 20 日《大众文艺》月刊第 1 卷第 1 期。

初收 1929 年 4 月上海朝花社版《近代世界短篇小说集》(1):《奇剑及其他》。本篇附记中最后一段话,是入集时补写的。

波兰姑娘

〔苏联〕淑雪兼珂

美洲那边,咱们也还没有去走过。所以那边的事,老实说,是什么也不知道。

然而外国之中,如果是波兰呢,可是知道着。岂但知道,便是剥掉那国度的假面,也做得到的。

德国战争(世界大战——译者)的时候,咱们在波兰地方就满跑了三整年……不行!咱们是最讨厌波兰的小子们的。

一说到他们的性质,咱们统统明白,是充满着一切谲诈奸计的。

还是先前的事,女人呀。

那边的女人,是在手上接吻的。

一进他们的家去,

"Niet nema,Pan."(什么也没有,老爷——的意思。)便说些这样的事,自己想在手上接吻,滥贷!

在俄国人,这样的事是到底受不住的。

一说到那边的乡下人,可真是老牌的滑头哩。整年穿得干干净净,胡子刮得精光,积上一点钱。小子们的根性,现在就被暴露着呀。虽然还是先前的事,就是那上部希莱甲的问题呀……。

究竟为什么波兰人一定要上部希莱甲的呢，为什么要愚弄德国的国民的呢？我要请教。

成为独立国了，要决定本国的单位货币了，那自然也很好，但还要有那么不通气的要求，又是怎的呀？

哼，咱们不喜欢波兰的小子们……。

但是，怎么样？岂不是遇见一个波兰姑娘之后，便成了波兰的死党，以为没有人们能比这国度里的人们再好了么？

然而这是一个大错。

索性说完罢，是咱们的身上现了非常的神变，可怕的烟雾罩满了头了——只要是那个漂亮的美人儿所说的事，什么都奉行了。

还是先前的事，杀人，咱们是不赞成的——手就发抖。可是那时是杀了人了。自然并没有亲自去动手，可是死在自己的奸计里的。

现在一想起也就不适意，咱们竟轻率到以新郎自居，在那波兰姑娘的身边转来转去。还要将胡子剪短，在那贱手上接吻哩……。

那是一个波兰的小村落，叫作克莱孚。

一边的尽头，有一点小小的土冈——德国兵在挖洞，这一面的尽头也有一个土冈——我们在掘壕。这波兰的小村落，就成了在两壕之间的谷里了。

波兰的居民，自然决计告辞。只有身为家长，舍不得家财的先生们还留着。

说到他们的生活——想的也就古怪了。枪弹是特别呜呜，呜呜地在叫，但他们却毫不为奇，还是在过活。

我们是常到他们的家里去玩的。

无论去放哨也好，或是暗暗地偷跑也好，路上一定要顺便靠一靠波兰人的家。

于是渐渐常到一家磨坊去了。

有一个，可是年纪很大的磨夫。

据那老婆的话，这人是有钱——并且是不在少数的钱的，但决不肯说这在什么处所。虽然约定在临死之前说出来，现在却怕着什么罢，还是隐瞒着。

可是，磨夫先生——是真藏着自己的钱的。

话得投机的时候，他都告诉咱们了。

据那说明，是要在去世之前，尝一尝家庭生活的满足。

"唔，这么办，他们才也还将我放在眼里呵。倘一说钱的所在，便会像菩提树似的连皮都剥掉，早已摔出了。我是内亲外眷，一个也没有的呀。"就是这么说。

这磨夫的话，咱们很懂得，倒要同情起来。不过完全的家庭生活的满足，是什么也没有的。他生着咽喉炎，从咱们看来，连指甲都发了白，唔，总之，同情了。

实际家的人们，都在将老头子放在眼里。

老头子是含胡敷衍，家里的人们始终窥伺着他的眼色，希望也许忽然说出钱的所在来，真是战战兢兢的样子。

叫作这磨坊的家族的，是很上了年纪的老婆婆，和一个领来的女儿名叫维多利亚·迦叶弥罗夫那的波兰美人。

咱们前回讲过了关于上了年纪的公爵大人的，上流社会的事件——如果赤脚的强剥衣服是确确凿凿的事实，那么，我们的遭了木匠家伙的打，也就是真的。但那时，好看的波兰姑娘维多利亚·迦叶弥罗夫那还没有在……也不会在的。因为这姑娘的故事，是在另一时候，和另一事件相关……。

那是，咱们，那个，对不起，撒了一点谎了。

那个维多利亚·迦叶弥罗夫那，是很上了年纪的磨夫的女儿。

总之，就是到这姑娘那里，咱们去玩的是。

但是，究竟怎么会成了这样的事的呢？

首先的几天之中，两人之间的关系，就已经出色起来了。

大家坐着笑着的时候，在一座之中，维多利亚·迦叶弥罗夫那不是特别看上了咱们,挨着咱们么? 有时候——好么——是用肩,有时候,是用脚呀。

"唔,来了。"咱们大大地惊喜,"好,得了——实在是好机会嘘。"

但咱们还是暂且小心,离开她身边,一声也不响。

过了些时之后,不是那姑娘总算拉了咱们的手,看中咱们了么。

"我呀。"就这么来了。"希涅布柳霍夫先生,就是爱你,也做得到的(真是这样说了的呵)。心里还在想着好事情呢。即使你不是美少年,也一点不碍事的。

"不过,有一件事要托你。请你帮帮我罢。我想离开这家,到明斯克,否则,就是什么别的波兰的市镇去。我在这里,你瞧,弄得一生毫无根柢,只好给鸡儿们见笑。家里的父亲——那很老的磨夫,是有着一宗大款子的。藏在那里呢,总得寻出来才好。我没有钱,就无法可想。于父亲没有好处的事,我原也不想做的,只是一想到会不会一两天死在咽喉炎上,终于不说出钱的所在来的呢,便愁起来了。"

一听这,咱们也有些发怔。然而那姑娘岂不是并非玩笑,呜咽到哭出来了么? 而且还窥探着咱们的眼睛,在心荡神移的。

"唉唉,那札尔·伊立支,喂,希涅布柳霍夫先生,你是在这里的最明白道理的人,还是你给想一个方法罢。"

咱们于是想出了一条出色的妙计。为什么呢,因为眼见得这姑娘的花容月貌要归于乌有了。

向那老头子——我这样想——那很老的磨夫去说,有了命令,叫克莱孚村的人们都搬走罢。那么,他一定要拿出自己的财产来的……那时候,就大家硬给他都分掉。

第二天,到老头子那里去。咱们是剪短了胡子,么,换上了干净的衣服,这才简直好像是漂亮的女婿的样子,走进去了。

"维多利亚·迦叶弥罗夫那,现在立刻照你托我那样的来做。"

装着严重的脸相,走近磨夫的旁边去,

"为了如此如彼的缘故，"咱们说。"你们得走了。因为明天作战上的方便，出了命令，叫克莱孚的居民全体搬开。"

唉唉，那时候，我的磨夫的发抖，在床上直跳起来的模样呵。

于是就只穿着短裤——飘然走出门去了。对谁都不说一句话。

老头子走到院子里了，咱们也悄悄地在后面。

那是夜里的事。月亮。一株一株的草也看得见。老头子的走路模样，看得很分明。浑身雪白，简直骸骨一般。咱们伏在仓屋的阴影里。

德国兵的小子们，至今也还记得，在开枪呀。但是，好的，老头子在走。

然而，岂不是走不几步，就忽然叫了一声啊唷么。

一叫啊唷，便将手拿到胸前去了。

一看，血在顺着白的衣服滴滴地淌下来。

阿，出了乱子了——是枪弹呀，咱们想。

看着看着，老头子突然转了方向，垂着两只手，向屋子这面走来了。

但是，看起来，那走法总有些怕人。腿是直直的，全身完全是不动的姿势，那步调不是很艰难么？

咱们跑过去，自己也栗栗地，一下子紧紧捏住他的手，手是冷下去了，一看，已经没有气儿——是死尸了。

被看不见的力量所拉扯，老头子进了房。眼睛还是合着的。可是一踏着地板，地板便瑟瑟索索响起来——这就是，大地在叫死人往他那里去。

于是家里的人发一声喊，在死人前面让开路。老头子就用死人的走法，蹩到床前，这就终于完事了。

就这样，磨夫是托了咱们的福，死掉了。那一宗大款，也烂完了——唉唉，归于永久，亚门。

维多利亚·迦叶弥罗夫那就完全萎靡不振了。

348

哭呀哭呀,哭了整整一礼拜,眼泪也没有干的工夫。

咱们走近去,便立刻赶开。连见面都讨厌。

不忘记的,恰恰过了一礼拜去看看,眼泪是已经没有了。她还跑到咱们的旁边来,并且仿佛很亲热似地说。

"你做了什么事了呀,那札尔·伊立支?什么事都是你不好,所以这回倘不补报一点,是不行的。便是到海底里去也好,给我办点钱来罢。要不然,在我,你便是第一名的坏人,我要跑掉了。那里去呢,那是明明白白的,辎重队呵。拉布式庚少尉说过要给我做情人,连金手表都答应了我了。"

咱们完全悲观了,左右摇头。像咱们似的人,怎能弄到整注的钱呢。于是那姑娘将编织的围巾披在肩上,对咱们低低地弯了腰。

"去哩。"她这样说。"拉布式庚少尉在等我哩。再见罢,那札尔·伊立支,再见罢,希涅布柳霍夫先生。"

"且住,且住,维多利亚·迦叶弥罗夫那。请你等一下。因为这是,不好好地想一想,是不行的。"

"有什么要想的?到什么地方去,便是海底里也好,去偷了来。无论如何,如果我的请托办不到。"

那时候,咱们的头里忽然浮出妙计来。

"打仗时候,是做什么都不要紧的。大概德国小子就要攻来了罢——如果得着机会,只要摸一摸口袋就可以了。"

不多久,接连打仗的机会就到了。

咱们的壕堑里有一尊大炮……唔唔,叫什么呀——哦,名叫诃契吉斯的。

海军炮诃契吉斯。

小小的炮口,说到炮弹,是看看也就可笑,无聊的炮弹。但是,放起来,这东西却万万笑看不得。

镗地开出去,虽是颇大的东西,也不难毁坏的。那炮,有指挥官——是海军少尉文查。少尉呢,是毫不麻烦的,颇好的少尉。对于兵丁,也并不打,不过是教扛枪站着之类。

咱们都很爱这小小的炮,总是架在自己的壕堑里的。

譬如这里是有机关枪的罢,那么,这一面就有密种着小松树一般的东西——还有这炮。

德国人也很吃了这东西的苦。也打过一回波兰的天主教堂的圆屋顶。那是因为德国的观测兵跑在那上面了。

也打过机关枪队。

所以这炮,在德国兵,是很没办法的。

但是出了这样的事。

德国的小子们在夜里跑进来,偷了这炮的最要紧的东西——炮闩去,还将几架机关枪拿走了。

怎么会有这样的事的呢,想起来也古怪得很。

那是很寂静的时刻。咱们是在维多利亚·迦叶弥罗夫那里。哨兵在炮旁边打瞌睡,换班的小子(这没法想的畜生)是到值班的小队里去了。在那里,正是打纸牌的紧要关头。

于是,好罢,就去了。

只因为打牌的开头是赢的,这畜生,就连回去看一看动静的想头也没有。

可是这之际,就成了德国兵的小子们偷去炮闩那样的事了。

将近天亮,换班的到大炮这里来一看,哨兵是不消说,死尸一般躺着,岂不是什么都给偷去了么?

唉唉,那时的骚扰,真不得了呵!

海军少尉的文查是虎似的扑向我们,教值班的小队全都扛了枪站着,个个嘴里都咬一张纸牌。换班的小子们是咬三张,像一把扇。

傍晚时候,将军骑着马来到了——大人是很兴奋着。

不,那里,很好的将军。

将军向小队一瞥,即刻平了气了。不是三十个人,都几乎一样地各各咬着一张纸牌么?

将军笑了一笑，

"去走一趟罢。老鹰似的勇士诸君，飞向德国的小子们去，给敌人看看颜色。"

至今没有忘记，那时五个人走上来了，咱们也就在里面。

将军大人还有高见，

"今夜就去飞一遭，老鹰君。割断德国的铁丝网；就是一架也好，还带点德国的机关枪来罢。如果顺手，就也将那炮闩呀。"

是，遵命。

咱们就乘夜出发。

咱们半玩乐地进行。

因为第一，是想起了一件事，况且自己的性命之类，咱们是全不当作什么的。

咱们是，先生，抽着了好运了的。

不会忘记的十六年（一九一六年——译者）这一年，皮色黑黑的，据人说，是罗马尼亚的农夫，巡游着来到了。那农夫是带着一匹鸟儿走路的呀。胸前挂着笼子，里面装着也不是鹦哥（鹦哥是绿的），不知道什么，总之是热带的鸟儿。那鸟儿，畜生，真是聪明的物事，不是用嘴抽出运道来么？——各人不同。

咱们是得了忘不掉的巨蟹星，还有豫言，说要一直活到九十岁。

也还有各样的豫言，但是已经都忘掉了。总之，没有不准，是的确的。

那时候，也就想到了那豫言，咱们便全像散步一般的心情前进。

于是到了德国的铁丝网的旁边。

昏暗。月亮还没有出。

沉静地割开路，跑下德国的壕里去。大约走了五十步，就有机关枪——多谢。

咱们将德国的哨兵打倒在地上，就在那里紧紧地捆起来……。

这实在是难受，可怕。因为恰像是半夜的恶梦般的事件呵。

唔,这也就算了罢。

将机关枪从架上取下,大家分开来拿。有拿架子的,也有拿弹匣的。咱们呢,至今还记得,倒运,轮到了其中的最重的东西——是机关枪的枪身。

那东西,真是,重得要教我想:唉,不要了罢!别的小子们身子轻,步步向前走,终于望不见了影子。可是咱们呢,肩着枪身,哼哼哼呀地在叫。真要命。

咱们想走到上面去,一看——是交通路呀——于是,就往那边去了。

忽然,角落里跳出一个德国兵来。吓,那是高大得很,肩膀上还肩着枪哩。

咱们将机关枪抛在脚下,也拿起枪来。

但是德国兵觉到了要开枪——将头靠着枪腿在瞄准。

要是别人,一定吃惊了罢,那是,真不知道要吃惊到怎样的。但咱们却毫不为意地站着。一点也不吃惊。

倘若咱们给看了后影,或是响一声机头,那是咱们一定就在那里结果了的。

咱们俩就紧紧地相对了站着。那中间,相差大约至多是五步。

大家都凝视着,是在等候谁先逃。

忽然,德国兵的小子发起抖来,向后去看了。

那时候,咱们就镗的给了一下。

于是立刻记起那条计策来了。

慢慢地爬近去,在口袋里摸了一遍——实在是不愉快的事。那里,这有什么要紧呢,自己宽着自己的心,掏出野猪皮的皮夹和带套的表(德国人是谁都爱将表装在套子里的)来,就将枪身抗在肩头,即刻往上走。

走到铁丝网边来一看,并不是前回的旧路。

在昏暗里,会被看见之类的事,是想也不想到的。

于是咱们就从铁丝之间爬出去——呵呀，实在费力。

大概是爬了一点钟，或者还要久罢。脊梁上全被擦坏了，手之类是简直一塌糊涂。

但是，虽然如此，总算钻出了。

咱们这才吐了一口放心的气。并且钻进草里，动手给自己的手缚绷带——血在汩汩地流呀。

这样子，咱们竟忘却了自己是在德军那面了——这多么倒运——可是天却渐渐地亮了起来。

即使逃罢，那时德国兵们却正在骚扰起来。大约是看见自己营里的不像样了，对着俄军开炮。自然，那时候，如果爬出去，是一定立刻看见咱们，杀掉了的。

看起来，这里简直是空地，前面一点，连草也几乎没有的，到村，是大约有三百步。

唔，没有法子，那札尔·伊立支，希涅布柳霍夫先生，还是静静地躺着罢，有草在给遮掩，还要算是运气的呀——就这样想。

好。静静地躺着。

德国的小子们大概是生气了，在报仇罢——无缘无故乱放。

快到中午，枪是停止了，但看起来，只要有谁在俄国那边露一点影子，就又即刻对准那里开枪。

那么，小子们是警戒着的，所以便非静静地躺到晚上不可。

就是罢。

一点钟……两点钟，静静地躺着。对于皮夹起了一点好奇心，来一看——钱是很不少，然而都是外国的东西……咱们是看中了那只表。

可是太阳竟毫不客气地从头上尽晒，呼吸渐渐地艰难，微弱了。加以口渴，那时候，咱们记起了维多利亚·迦叶弥罗夫那。但是，忽然之间，看见一匹乌鸦要飞到咱们的头上来。

咱们用了小声音，嘘嘘的赶。

"嘘,嘘,嘘。那边去,这畜生。"

这样说着还挥了手,但乌鸦大概是并不当真罢,忽然停在咱们的头上了。

鸟儿之类,真是无法可想的畜生——忽然停在前胸了。但是即使想捉,也不能捉。手是弄得一塌胡涂,简直弯不转。而乌鸦畜生不是还用了小小的利害的嘴在啄呀,用翼子在拍呀?

咱们一赶,它就一飞,不过就又并排停下,于是飞到咱们的身上来。而且还飞得呼呼作响。畜生,是嗅到咱们手上的血的了。

不,已经不行了——心里想。唔,那札尔·伊立支,喂,希涅布柳霍夫先生,至今倒还没有吃枪子,现在是这样的下贱的什么鸟畜生(虽然是说出这样的话来,也许要受神的责罚的),却不当正经,要糟掉一口人儿。

德国兵现在也一定要觉到在铁丝网对面所发生的事件的。

发生了什么事件呢——是乌鸦畜生想活活地吃人。

就是这样,咱们俩战斗了很久。咱们始终准备着要打它,不过在德国兵面前动手,是应该小心的,咱们真要哭出来了。岂不是手是弄得一场胡涂,还流着血,并且乌鸦畜生还要来啄么?

于是生了说不出的气,乌鸦刚要飞到咱们这里来的时候,蓦地跳了起来,

"呔。"这样说了。"极恶的畜生。"

这样吆喝了,德国兵自然也一定听到了的。

一看,德国兵们是长蛇似的在向铁丝网爬过来。

咱们一下子站起,拔步便跑。步枪敲着腿,机关枪重得要掉下来。

那时德国兵们就发一声喊,开枪来打咱们了——但咱们却连躺也不躺下——跑走了。

怎样跑到了面前的农家的呢,老实说罢,是一点也不知道。

只是跑到了一看——血从肩膀上在流下来——是负了伤了。

于是顺着屋子的隐蔽处，一步一步蹩到自家的阵里，忽然死了似的倒下了。

到现在也还记得的，醒过来时，是在联队地域中的辎重队里。

只是，急忙将手伸进口袋里去一摸，表是确乎在着的，然而那野猪皮夹呢，却无踪无影。

咱们忘记在那里了么，乌鸦累得我没有藏好么，还是卫生队的小子掏去了呢？

咱们虽然很流了些悲痛之泪，但一切都只好拉倒，其间身子也渐渐好起来了。

不过由人们的闲话，知道了在这辎重队的拉布式庚少尉那里，住着一个标致的波兰姑娘维多利亚·迦叶弥罗夫那。

好罢。

大概是过了一星期之后罢。咱们得到了若耳治勋章。便挂上这物事，跑到拉布式庚少尉的宿舍去了。

一进屋子里，

"您好呀，少尉大人。您好呀，漂亮的波兰姑娘维多利亚小姐。"

一看，两个人都慌张了。

少尉站了起来，庇护着那姑娘，

"你，"他说。"你早先就在我的眼前转来转去，在窗下蹩来蹩去的罢。滚出去，这混帐东西，真是……"

咱们挺出胸脯子，傲然地这样对付他。

"你虽然是军官，但因为这不过是民事上的事，所以我也和别人一样，有开口的权利的。还是请那个标致的波兰姑娘，在两人里挑选一个罢。"

于是少尉突然喝骂咱们了。

"哼，这泰谟波夫的乡下佬！说什么废话。咄，拿掉你这若耳治罢。我可要打了。"

"不，少尉大人，你的手虽然短，我却是曾在战场上像烈火一般，

355

流过血来的人呀。"

这么说着,咱们就一直走到门边,等候那女人——标致的波兰姑娘说什么话。

然而她却什么也不说,躲到拉布式庚的背后去了。

咱们很发了悲痛的叹息,呸的在地板上吐了一口唾沫,就这样地走出了。

刚出门,不是就听到谁的脚步声么?

一看,是维多利亚·迦叶弥罗夫那在走来。编织的围巾从肩头滑下着。

那姑娘跑到咱们的旁边,便使尖尖的指甲咬进手里去,但自己却一句话也不能说。

似乎好容易过了一秒钟的时候,忽然用标致的嘴唇在咱们的手上接吻,一面就说出这样的话来了。

"那札尔·伊立支,希涅布柳霍夫先生,我真要诚心认错……请你原谅原谅罢,因为我就是这样的女人呀。可是,运道是大家不一样的。"

咱们倒在那里,想说些话了……然而,那时候,突然记起了乌鸦在咱们上面飞翔的事……心里想,吓,妈的,便将自己的心按住了。

"不,标致的波兰姑娘,你,无论如何,是没法原谅的。"

　　　　　　未另发表。
　　　　　最初印入 1929 年 4 月上海朝花社版《近代世界短篇小说集》(1):《奇剑及其他》。

二十七日

日记　晴。午后杨维铨来,并同柔石及广平往施高塔路看パン·ウル个人绘画展览会,购《倒立之演技女儿》一枚,泉卅。晚在中有天请王老太太夜饭,并邀昌群,方仁,秀文姊,三弟,阿玉,阿菩及广平。夜夏［康］农，张友松来。雪峰来。

二十八日

日记 星期。昙。上午潘垂统来，不见。白薇，杨骚来。下午同广平访梦渔未遇。晚孙席珍来，不见。达夫来。

二十九日

日记 晴。上午得淑卿信。从商务印书馆由英国购来 *Animals in Black and White* 四本，共泉五元六角。下午得侍桁信。

三十日

日记 晴。晚张友松、夏康农招饮于大中华馆［饭］店，与广平同往，此外只一林语堂也。

本月

《艺苑朝华》*

　　虽然材力很小，但要绍介些国外的艺术作品到中国来，也选印中国先前被人忘却的还能复生的图案之类。有时是重提旧时而今日可以利用的遗产，有时是发掘现在中国时行艺术家的在外国的祖坟，有时是引入世界上的灿烂的新作。每期十二辑，每辑十二图，陆续出版。每辑实洋四角，预定一期实洋四元四角。目录如下：

　　1.《近代木刻选集》(1)

　　2.《蕗谷虹儿画选》

　　3.《近代木刻选集》(2)

　　4.《比亚兹莱画选》

　　　　以上四辑已出版

5.《新俄艺术图录》

6.《法国插画选集》

7.《英国插画选集》

8.《俄国插画选集》

9.《近代木刻选集》(3)

10.《希腊瓶画选集》

11.《近代木刻选集》(4)

12.《罗丹雕刻选集》

朝花社出版。

未另发表。

最初印入1929年4月上海朝花社版《近代世界短篇小说集》(1)《奇剑及其他》版权页后。

五月

一日

日记 晴。上午得季市信。下午得小峰信并杂志。晚雪峰来。

二日

日记 晴。上午得有麟信。同广平往内山书店买书三本,共泉二元二角。下午曙天来,未见,还泉二十。小峰来并交版税泉三百。

三日

日记 晴。上午望道来,未见。午后复有麟信。复季市信。以期刊等寄季市,淑卿。寄还陈瑛及叶永蓁稿并复信。夜濯足。

四日

日记 晴。午后内山书店送来『世界美術全集』(9)一本。下午张友松,夏康农来。晚张梓生及其子来。夜冯雪峰,姚蓬子来。

致 舒新城

新城先生:

惠函今天奉到。"猹"字是我据乡下人所说的声音,生造出来的,读如"查"。但我自己也不知道究竟是怎样的动物,因为这乃是闰土所说,别人不知其详。现在想起来,也许是獾罢。

鲁迅 五月四日

五日

日记 星期。晴。午后往内山书店。下午得舒新城信，即复。小峰令人送《壁下译<u>丛</u>》来，即复。晚倪文宙，胡仲持来，赠以《译<u>丛</u>》。夜雨。

六日

日记 雨。夜张梓生来。

七日

日记 昙。午后得韦素园信片。下午寄侍桁信。寄季市及淑卿《壁下译丛》。托方仁买来《一九二八年欧洲短篇小说集》及 *Peter Pan* 各一本，共泉十一元六角。

八日

日记 晴。上午得侍桁信。得刘衲信。午后同真吾，方仁及广平看各书店，因赛马多停业者，归途往内山书店买书两本，泉五元半。

《关于〈关于红笑〉》补记二

这一篇还未在《语丝》登出，就收到小说月报社的一封信，里面是剪下的《华北日报》副刊，就是那一篇鹤西先生的《关于红笑》。据说是北平寄来，给编辑先生的。我想，这大约就是作者所玩的把戏。倘使真的，盖未免恶辣一点；同一著作有几种译本，又何必如此惶惶上诉。但一面说别人不通，自己却通，别人错多，自己错少。而一面又要证明别人抄袭自己之作，则未免恶辣得可怜可笑。然而在我，乃又颇叹绍介译作之难于今为甚也。为刷清和报答起见,我确信我也有将这篇送给《小说月报》编辑先生,要求再在本书上发表的义务和权利,于是乎亦寄之。

五月八日。

本篇连同《关于〈关于红笑〉》、《补记》均印入 1930 年 10 月商务印书馆版《红的笑》。

初收 1935 年 5 月上海群众图书公司版《集外集》。

九日

日记 晴。无事。下午日食,因昙不见。

十日

日记 晴。上午得有麟信,下午复。复刘衲信。复唐依尼信。访友松,交《奔流》稿。往内山书店买『新兴文学全集』一本,一元一角。得董秋芳信并稿。得张天翼信并稿。

《奔流》编校后记(十)

E. Dowden 的关于法国的文学批评的简明扼要的论文,在这一本里已经终结了,我相信于读者会有许多用处,并且连类来看英国的批评家对于批评的批评。

这回译了一篇野口米次郎的《爱尔兰文学之回顾》,以译文而论,自然简直是续貂。但也很简明扼要,于爱尔兰文学运动的来因去果,是说得了了分明的;中国前几年,于 Yeats,Synge 等人的事情和作品,曾经屡有绍介了,现在有这一篇,也许更可以帮助一点理解罢。

但作者是诗人,所以那文中有许多诗底的辞句,是无须赘说的。只有一端,当翻译完毕时,还想添几句话。那就是作者的"无论那一国的文学,都必须知道古代的文化和天才,和近代的时代精神有怎样的关系,而从这处所,来培养真生命的"的主张。这自然也并非作者一人的话,在最近,虽是最革命底国度里,也有搬出古典文章来之势,编印托尔斯泰全集还是小事,如 Trotsky,且明说可以读 Dante 和 Pushkin,Lunacharski 则以为古代一民族兴起时代的文艺,胜于近来十九世纪末的文艺。但我想,这是并非中国复古的两派——遗老的神往唐虞,遗少的归心元代——所能引为口实的——那两派的思想,虽然和 Trotsky 等截然不同,但觉得于自己有利时,我可以保证他们也要引为口实。现在的幻想中的唐虞,那无为而治之世,不能回去的乌托邦,那确实性,比到"阴间"去还稀少;至于元,那时东取中国,西侵欧洲,武力自然是雄大的,但他是蒙古人,倘以这为中国的光荣,则现在也可以归降英国,而自以为本国的国旗——但不是五色的——"遍于日所出入处"了。

要之,倘若先前并无可以师法的东西,就只好自己来开创。拉旧来帮新,结果往往只差一个名目,拖《红楼梦》来附会十九世纪式的恋爱,所造成的还是宝玉,不过他的姓名是"少年威德",说《水浒传》里有革命精神,因风而起者便不免是涂面剪径的假李逵——但他的雅号也许却叫作"突变"。

卷末的一篇虽然不过是对于 Douglas Percy Bliss 的 *A History of Wood-Engraving* 的批评,但因为可以知道那一本书——欧洲木刻经过的大略,所以特地登载了。本卷第一,二两册上,还附有木刻的插图,作为参考;以后也许还要附载,以见各派的作风。我的私见,以为在印刷术未曾发达的中国,美术家倘能兼作木刻,是颇为切要的,因为容易印刷而不至于很失真,因此流布也能较广远,可以不再如巨幅或长卷,固定一处,仅供几个人的鉴赏了。又,如果刻印章的人,以铁笔兼刻绘画,大概总也能够开一新生面的。

但虽是翻印木刻,中国现在的制版术和印刷术,也还是不行,偶而看看,倒也罢了,如要认真研究起来,则几张翻印的插图,真是贫窭到不足靠,归根结蒂,又只好说到去看别国的书了。Bliss 的书,探究历史是好的,倘看作品,却不合宜,因为其中较少近代的作品。为有志于木刻的人们起见,另举两种较为相宜的书在下面——

The Modern Woodcut by Herbert Furst,published by John Lane,London. 42s. 1924.

The Woodcut of To-day at Home and abroad,commentary by M. C. Talaman, published by The Studio Ltd., London. 7s. 6d. 1927.

上一种太贵;下一种原是较为便宜,可惜今年已经卖完,旧本增价到 21s. 了。但倘若随时留心着欧美书籍广告,大概总有时可以遇见新出的相宜的本子。

一九二九年五月十日,鲁迅记。

原载 1929 年 6 月 20 日《奔流》月刊第 2 卷第 2 期。

初收 1935 年 5 月上海群众图书公司版《集外集》。

十一日

日记 昙。午后达夫来。杨骚来。下午雨。望道来。晚雪峰来。

十二日

日记 星期。雨。下午衣萍及曙天来,各赠以《木刻集》之二一本。托真吾寄李小峰信。托广平寄张友松信。略集行李。

十三日

日记　晴。晨登沪宁车,柔石,真吾,三弟相送。八时五十分发上海,下午三时抵下关,即渡江登平津浦通车,六时发浦口。

十四日

日记　昙,下午雨。在车中。

十五日

日记　晴,风。午后一时抵北平,即返寓。下午托淑卿发电于三弟。紫佩来。

致 许广平

乖姑!小刺猬!

在沪宁车上,总算得了一个坐位;渡江上了平浦通车,也居然定着一张卧床。这就好了。吃过一元半的夜饭,十一点睡觉,从此一直睡到第二天十二点钟,醒来时,不但已出江苏境,并且通过了安徽界蚌埠,到山东界了。不知道刺猬可能如此大睡,我怕她鼻子冻冷,不能这样。

车上和渡江的船上,遇见许多熟人,如马幼渔的侄子,齐寿山的朋友;未名社的一伙;还有几个阔人,说是我的学生,但我不识他们了。那么,我的到北平,昨今两日,必已为许多人所知道。

今天午后到前门站,一切大抵如旧,因为正值妙峰山香市,所以倒并不冷静。正大风,饱餐了三年未吃的灰尘。下午发一电,我想,倘快,则十六日下午可达上海了。

家里一切如旧,母亲精神形貌仍如三年前,她说,害马为什么不同来呢?我答以有点不舒服。其实我在车上曾想过,这种震动法,于乖姑是不相宜的。但母亲近来的见闻范围似很窄,她总是同我谈八道湾,这于我是毫无关心的,所以我也不想多说我们的事,因为恐怕于她也不见得有什么兴趣。平常似常常有客来住,多至四五个月,连我的日记本子也都打开过了,这非常可恶,大约是姓车的男人所为。他的女人,廿六七又要来了,那自然,这就使我不能多住。

不过这种情形,我倒并不气,也不高兴,久说必须回家一趟,现在是回来了,了却一件事,总是好的。此刻是十二点,却很静,和上海大不相同。我不知乖姑睡了没有?我觉得她一定还未睡着,以为我正在大谈三年来的经历了。其实并未大谈,我现在只望乖姑要乖,保养自己,我也当平心和气,渡过豫定的时光,不使小刺猬忧虑。

今天就是这样罢,下回再谈。

五月十五夜

十六日

日记 晴。晨寄三弟信附致广平函一封。下午李霁野来,未见。

十七日

日记 晴。午后陶望潮来。下午往未名社,遇霁野,静农,维钧。访幼渔,未遇。夜濯足。

致 许广平

小刺猬:

昨天从老三转上一信,想已到。今天下午我访了未名社一趟,又去看幼渔,他未回,马珏是因疮进病院多日了。一路所见,倒并不怎样萧条，大约所减少的不过是南方籍的官僚而已。

关于咱们的故事，闻南北统一以后，此地忽然盛传，研究者也很多，但大抵知不确切。上午，令弟告诉我一件故事。她说，大约一两月前，某太太对母亲说，她做了一个梦，梦见我带了一个孩子回家，自己因此很气忿。而母亲大不以气忿之举为然，因告诉她外间真有种种传说，看她怎样。她说，已经知道。问何从知道。她说，是二太太告诉她的。我想，老太太所闻之来源，大约也是二太太。而南北统一后，忽然盛传者，当与陆晶清之入京有关。我因以小白象之事告知令弟，她并不以为奇，说，这是也在意中的。午前，我就告知母亲，说八月间，我们要有小白象了。她很高兴，说，我想也应该有了，因为这屋子里，早应该有小孩子走来走去。这种"应该"的理由，和我们是另一种思想，但小白象之出现，则可见世界上已以为当然矣。

不过我却并不愿意小白象在这房子里走来走去，这里并无抚育白象那么广大的森林。北平倘不荒芜下去，似乎还适于居住，但为小白象计，是须另选处所的。这事俟将来再议。

北平很暖，可穿单衣了。明天拟去访徐旭生。此外再看几个熟人，另外也无事可做。我觉得日子实在太长，但愿速到月底，不过那时，恐怕须走海道回了。

这里和上海不同，寂静得很。尹默风举，往往终日倾心政治，尹默之汽车，昨天和电车冲突，他臂膊碰肿了，明天拟去看他，并还草帽。台静农在和孙祥偈讲恋爱，日日替她翻电报号码（因为她是新闻通讯员），忙不可当。林卓凤在西山调养胃病。

我的身体是好的，和在上海时一样，据潘妈说，模样和出京时相同。我在小心于卫生，勿念；但刺猬也应该留心保养，令我放心。我相信她正是如此。

附笺一纸，可交与赵公。又告诉老三，我当于一两日内寄书一包（约四五本）给他，其实是托他转交赵公的，到时即交去。

迅　五月十七夜

十八日

　　日记　昙,风。上午韦丛芜来。下午幼渔来。李秉中来。寄广平信附与柔石笺。夜得广平信,十四日发。

十九日

　　日记　星期。晴。上午冯文炳来。下午紫佩,冬芬来。

二十日

　　日记　晴,风。上午得广平信,十六日发。午后访兼士,未遇。访尹默还草帽。赴中央公园贺李秉中结婚,赠以花绸一丈,遇刘叔雅。下午访凤举,耀辰,未遇。访徐旭生,未遇。寄柔石书四本,三弟转。翟永坤来,未遇。李霁野来,未遇,留赠《不幸者的一群》五本。

二十一日

　　日记　晴,风。上午得韦丛芜信。午后寄广平信。访陶望潮。访徐吉轩。下午往直隶书局,遇高朗仙。往博古斋买六朝墓铭拓片七种八枚,共泉七元。得广平信,十七日发,附钦文信。得三弟信并汇款百元,十七日发。

致 许广平

小刺猬:

　　听说上海北平之间的信件,最快是六天,但我于昨天(十八)晚上姑且去看看信箱——这是我们出京后所设的——竟得到了十四日发的小刺猬信,这使我怎样地高兴呀。未曾四条胡同,尤其令我放心,我还希望你善自消遣,能食能睡。写给谢君的信,是很好的,但说得我太好了一点。看现在的情形,我们的前途似乎毫无障碍,但即使有,我也决计要同小刺猬跨过它而前进的,绝不畏缩。

母亲的记忆力坏了些了,观察力注意力也略减,有些脾气,近于小孩子了。对于我们的感情是好的。也希望老三回来,但其实是毫无事情。

前天马幼渔来看我,要我往北大教书,当即谢绝。同日又看见李秉中,他是万不料我也在京的,非常高兴。他们明天在来今雨轩结婚,听听口气,两人的感情似乎好起来了。我想于上午去公园一趟,今天托令弟买了绸子衣料一件,价十一元余,作为贺礼带去。女的是女大的学生,音乐系。

林卓凤问令弟,听说鲁迅有要好的人了,结过婚了没有?但未提那"人"是谁。令弟答以不知道。这是细事,不足深考,顺便谈谈而已。她往西山养病,自云胃病,我想,恐怕是肺病罢,否则,何必到西山去养呢。

昨晚探到你的来信后,正看着,车家的男女又来了,见我已回,大吃一惊,男的便到客栈去,女的今天也走了。我对他们很冷淡,因为我又知道了车男寓客厅时,又曾将我的书厨的锁弄破,开开了门。

(以上十九日之夜十一点写。)

二十日上午,小刺猬十六日所发的信也收到了,也很快。但老三汇款之信,至今未到,大约因为挂号之故罢。小刺猬的生活法,据报告,很使我放心。我也好的,看见的人,都说我样子比出京时稍好,精神则好得多了。这里天气很热,已穿纱衣,我于空气中的灰尘,已不习惯,大约就如鱼之在浑水里一般,此外却并无不舒服。

昨天午前往中央公园贺李秉中,他很高兴。在那里看见刘文典,谈了一通。新人一到,我就走了。她比李短一点,并不美,但也不丑,适中的人。下午访沈尹默,略谈了一些时,又访兼士,凤举,徐祖正,徐旭生,都没有会见。就这样的过了一天。夜九点钟,就睡着了,直至今天七点才醒。上午想理些带出的书籍,但头绪纷繁,无从下手,也许终于理不成功的,恐怕《中国字体变迁史》也不是在上海所能作罢。

今天下午我仍要出去访人,明天是往燕大讲演,我这回本来不想多说话,但因为在那边是现代派太出风头了,所以想去讲几句。倘交通如故,我于月初要走了,但决不冒险,千万不要担心,因为我是知道冒险主权,并不是全权在我的。《冰块》留下两本,其余可送赵公们。《奔流》来稿,可请赵公写回信寄还他们,措辞和上次一样。小刺猬,你千万好好保养,下回再谈。

(以上二十一日午后一时写。)

你的小白象

二十二日

日记　晴。上午得广平信,十八日发。下午凤举来。晚往燕京大学讲演。

现今的新文学的概观

五月二十二日在燕京大学国文学会讲

这一年多,我不很向青年诸君说什么话了,因为革命以来,言论的路很窄小,不是过激,便是反动,于大家都无益处。这一次回到北平,几位旧识的人要我到这里来讲几句,情不可却,只好来讲几句。但因为种种琐事,终于没有想定究竟来讲什么——连题目都没有。

那题目,原是想在车上拟定的,但因为道路坏,汽车颠起来有尺多高,无从想起。我于是偶然感到,外来的东西,单取一件,是不行的,有汽车也须有好道路,一切事总免不掉环境的影响。文学——在中国的所谓新文学，所谓革命文学，也是如此。

中国的文化，便是怎样的爱国者，恐怕也大概不能不承认是有些落后。新的事物，都是从外面侵入的。新的势力来到了，大多数的人们还是莫名其妙。北平还不到这样，譬如上海租界，那情形，外国人是处在中央，那外面，围着一群翻译，包探，巡捕，西崽……之类，是懂得外国话，熟悉租界章程的。这一圈之外，才是许多老百姓。

老百姓一到洋场，永远不会明白真实情形，外国人说"Yes"，翻译道，"他在说打一个耳光"，外国人说"No"，翻出来却是他说"去枪毙"。倘想要免去这一类无谓的冤苦，首先是在知道得多一点，冲破了这一个圈子。

在文学界也一样，我们知道得太不多，而帮助我们知识的材料也太少。梁实秋有一个白璧德，徐志摩有一个泰戈尔，胡适之有一个杜威，——是的，徐志摩还有一个曼殊斐儿，他到她坟上去哭过，——创造社有革命文学，时行的文学。不过附和的，创作的很有，研究的却不多，直到现在，还是给几个出题目的人们圈了起来。

各种文学，都是应环境而产生的，推崇文艺的人，虽喜欢说文艺足以煽起风波来，但在事实上，却是政治先行，文艺后变。倘以为文艺可以改变环境，那是"唯心"之谈，事实的出现，并不如文学家所豫想。所以巨大的革命，以前的所谓革命文学者还须灭亡，待到革命略有结果，略有喘息的余裕，这才产生新的革命文学者。为什么呢，因为旧社会将近崩坏之际，是常常会有近似带革命性的文学作品出现的，然而其实并非真的革命文学。例如：或者憎恶旧社会，而只是憎恶，更没有对于将来的理想；或者也大呼改造社会，而问他要怎样的社会，却是不能实现的乌托邦；或者自己活得无聊了，便空泛地希望一大转变，来作刺戟，正如饱于饮食的人，想吃些辣椒爽口；更下的是原是旧式人物，但在社会里失败了，却想另挂新招牌，靠新兴势力获得更好的地位。

希望革命的文人，革命一到，反而沉默下去的例子，在中国便曾有过的。即如清末的南社，便是鼓吹革命的文学团体，他们叹汉族的被压制，愤满人的凶横，渴望着"光复旧物"。但民国成立以后，倒寂然无声了。我想，这是因为他们的理想，是在革命以后，"重见汉宫威仪"，峨冠博带。而事实并不这样，所以反而索然无味，不想执笔了。俄国的例子尤为明显，十月革命开初，也曾有许多革命文学家非常惊喜，欢迎这暴风雨的袭来，愿受风雷的试炼。但后来，诗人叶遂宁，小说家索波里自杀了，近来还听说有名的小说家爱伦堡有些反动。这是什么缘故呢？就因为四面袭来的并不是暴风雨，来试炼的也并非风雷，却是老老实实的"革命"。空想被击碎了，人也就活不下去，这倒不如古时候相信死后灵魂上天，坐在上帝旁边吃点心的诗人们福气。因为他们在达到目的之前，已经死掉了。

中国，据说，自然是已经革了命，——政治上也许如此罢，但在文艺上，却并没有改变。有人说，"小资产阶级文学之抬头"了，其实是，小资产阶级文学在那里呢，连"头"也没有，那里说得到"抬"。这照我上面所讲的推论起来，就是文学并不变化和兴旺，所反映的便是并无革命和进步，——虽然革命家听了也许不大喜欢。

至于创造社所提倡的，更彻底的革命文学——无产阶级文学，自然更不过是一个题目。这边也禁，那边也禁的王独清的从上海租界里遥望广州暴动的诗，"Pong Pong Pong"，铅字逐渐大了起来，只在说明他曾为电影的字幕和上海的酱园招牌所感动，有模仿勃洛克的《十二个》之志而无其力和才。郭沫若的《一只手》是很有人推为佳作的，但内容说一个革命者革命之后失了一只手，所余的一只还能和爱人握手的事，却未免"失"得太巧。五体，四肢之中，倘要失去其一，实在还不如一只手；一条腿就不便，头自然更不行了。只准备失去一只手，是能减少战斗的勇往之气的；我想，革命者所不惜牺牲的，一定不只这一点。《一只手》也还是穷秀才落难，后来终于中状元，谐花烛的老调。

但这些却也正是中国现状的一种反映。新近上海出版的革命文学的一本书的封面上，画着一把钢叉，这是从《苦闷的象征》的书面上取来的，叉的中间的一条尖刺上，又安一个铁锤，这是从苏联的旗子上取来的。然而这样地合了起来，却弄得既不能刺，又不能敲，只能在表明这位作者的庸陋，——也正可以做那些文艺家的徽章。

从这一阶级走到那一阶级去，自然是能有的事，但最好是意识如何，便一一直说，使大众看去，为仇为友，了了分明。不要脑子里存着许多旧的残滓，却故意瞒了起来，演戏似的指着自己的鼻子道，"惟我是无产阶级！"现在的人们既然神经过敏，听到"俄"字便要气绝，连嘴唇也快要不准红了，对于出版物，这也怕，那也怕；而革命文学家又不肯多绍介别国的理论和作品，单是这样的指着自己的鼻子，临了便会像前清的"奉旨申斥"一样，令人莫名其妙的。

对于诸君，"奉旨申斥"大概还须解释几句才会明白罢。这是帝制时代的事。一个官员犯了过失了，便叫他跪在一个什么门外面，皇帝差一个太监来斥骂。这时须得用一点化费，那么，骂几句就完；倘若不用，他便从祖宗一直骂到子孙。这算是皇帝在骂，然而谁能去问皇帝，问他究竟可是要这样地骂呢？去年，据日本的杂志上说，成仿吾是由中国的农工大众选他往德国研究戏曲去了，我们也无从打听，究竟真是这样地选了没有。

所以我想，倘要比较地明白，还只好用我的老话，"多看外国书"，来打破这包围的圈子。这事，于诸君是不甚费力的。关于新兴文学的英文书或英译书，即使不多，然而所有的几本，一定较为切实可靠。多看些别国的理论和作品之后，再来估量中国的新文艺，便可以清楚得多了。更好是绍介到中国来；翻译并不比随便的创作容易，然而于新文学的发展却更有功，于大家更有益。

原载 1929 年 5 月 25 日《未名》半月刊第 2 卷第 8 期，记录稿（吴世昌记）经作者审订。

初收 1932 年 9 月上海北新书局版《三闲集》。

致 许广平

小刺猬：

二十一日午后发了一封信，晚上便收到十七日来信，今天上午又收到十八日来信，每信五天，好像交通十分准确似的。但我赴沪时想坐船，据凤举说，倭船并不坏，二等六十元，不过比火车为慢而已。至于风浪，则夏季一向很平静。但究竟如何，则须俟十天以后看情形决定。不过我是总想于六月四五日动身的，所以此信到时，倘是廿八九，那就不必写信来了。

我到北平，已一星期，其间无非是吃饭睡觉，访人，陪客，此外无事可为。文章是没有一句。昨天访了几个教育部旧同事，都穷透了，没有事做，又不能回家。今天和张凤举谈了两点钟天，傍晚往燕京大学讲演了一点钟，听的人很多。我照例从成仿吾一直骂到徐志摩，燕大是现代派信徒居多——大约因为冰心在此之故——给我一骂，很吃惊。有些人说，燕大是有钱而请不到好教员，说我可以来此教书了。我答以我奔波多年，现已心粗气浮，不能教书了。小刺猬，我想，这些优缺，还是让他们绅士们去占有罢，咱们还是漂流几天再说的好。沈士远也在那里做教授，全家住在那里，但我并不去访他。

今天寄到一本《红玫瑰》，陈西滢和凌叔华的照片都登上了，胡适之的诗载于《礼拜六》，他们的像见于《红玫瑰》，真是"物以类聚"。

云南腿已经将近吃完，是很好的，肉多，油也足，可惜这里的做法千篇一律，总是蒸。听说明天要吃蒋腿了，但大约也还是蒸。每天饭菜，大同小异，实在吃得厌烦了，不过饭量并不减，你不要神经过敏为要。鱼肝油带来的已吃完，买了一瓶，这里的价钱是二元二角。

吕云章未到西三条来，所以不知道她住在何处；小鹿也没有来过。

这里很热,可穿纱衫了,雨是久已不下,比之南方的梅天,真是大不相同。所有带来的夹衣,都已无用,何况绒衫。我从明天起,想去看牙齿,大约有一星期,总可以补好了。至于时局,若以询人,则因其人之派别,而所答不同,所以我也并不深究,总之,到下月初,京津车总该是可走的,那么,就可以了。

小刺猬,这里的空气,真是沉静,和上海的动荡烦扰,大不相同,所以我是平安的;但只因为欠缺一件事,因而也静不下,惟看来信,知道小刺猬在上海也很乖,于是也就暂自宽慰了。小刺猬要这样继续摄生,万勿疏懒才好。

转告老三:汇票到了,但取款须用印章,今名字写错,不知能取出否。两三天内当去一试,看结果再说。

小白象　五月廿二夜一时

二十三日

日记　晴。上午北京大学国文系代表六人来。午后寄广平信。往伊东寓拔去一齿。往商务印书馆取三弟所汇款。从静文斋,宝晋斋,淳菁阁蒐罗信笺数十种,共泉七元。

致 许广平

小刺猬:

此时是二十三日之夜十点半,我独自坐在靠壁的桌前,这旁边,先前是小刺猬常常坐着的,而她此刻却在上海。我只好来写信算谈天了。

374

今天上午，来了六个北大国文系的代表，要我去教书，我即谢绝了。后来他们承认我回上海，只要豫定下几门功课，何时来京，便何时开始，我也没有答应他们。我总结的话，是今之 L，已非三年前之 L，我有缘故，但此刻不说，将来或许会知道，总之是不想做教授了云云。他们只得回去，而希望我有一回讲演，我已约于下星期三去讲。

午后出街，将寄给乖而小的刺猬的信投入邮箱中。其次是往牙医寓，拔去一齿，毫不疼痛，他约我于廿七上午去补好，大约只要一次就可以了。其次是到商务印书馆，将老三的汇款取出，倒也并不麻烦。其次是走了三家纸铺，搜得中国纸的印笺数十种，化钱约七元，也并无什么妙品，如此信所用这一种，要算是很漂亮的了。还有两三家未去，便中当再去走一趟，大约再用四五元，即将琉璃厂略佳之笺收备矣。

计到北平，已将十日，除车钱外，自己只化了十五元，一半买信笺，一半是买碑帖的。至于旧书，则仍然很贵，所以一本也不买。

明天仍当出门，为侍桁的饭碗去设设法；将来又想往西山一趟，看看素园，听他朋友的口气，恐怕总是医不好的了。韦丛芜却长大了一点。待廿九日往北大讲演后，便当作回沪之准备，听说日本船有一只叫"天津丸"的，是从天津直航上海，并不绕来绕去，但不知向沪的时候，能否相值耳。

今天路过前门车站，看见很扎着些素彩牌坊了，但这些典礼，似乎只有少数人在忙。

我这次回来，正值暑假将近，所以很有几处想送我饭碗，但我对于此种地位，总是漠然。为安闲计，北平是不坏的，但因为和南方太不同了，所以几有世外桃源之感，我来此虽已十天，几乎毫无刺戟，略不小心，确有落伍之惧。上海虽烦扰，但也别有生气。

再[下]次再谈罢。我是很好的。

小白象　五，二三。

二十四日

　　日记　晴。晨寄三弟信附致广平函。寄钦文信。上午郝荫潭，杨慧修，冯至，陈炜谟来，午同至中央公园午餐。下午得广平信二封，一十九发，一二十发。晚张目寒，台静农来。

二十五日

　　日记　晴。午后寄侍桁信。寄广平信。往孔德学校访马隅卿，阅旧本小说，少顷幼渔亦至。下午访凤举，未遇。往未名社谈至晚。

致 许广平

小刺猬：

　　昨天上午寄老三信，内附上一函，想已收到了。十点左右有沉钟社的人来访我，至午邀我到中央公园吃饭，一直谈到五点才散。内有一人名郝荫潭，是女师大学生，但是新的，你未必认识，她说，马云也在回校读书了。这一类人，偏都回校来读书，可叹。中央公园昨天是开放的，但到下午为止，游人不多，风景大略如旧，芍药已开过，将谢了，此外"公理战胜"的牌坊上，添了许多蓝地白字的标语。

　　从公园回来以后，未名社的人来访我了，谈了一点钟。他们去后，就接到小刺猬的十九，二十所写的两函。自然，看来信，小刺猬是很乖的，鼻子不再冻冷，也令我放心。不过勒令我的鼻子垂下，却未免专制。我的鼻子，虽然有时不免为刺猬所拉下，但不至于常如橡皮象那样也。

　　我毫不"拼命干，写，做，想……"至今为止，什么也不干，写……昨天因为说话太多了，十点钟便睡觉，一点醒了一次，即刻又睡，再醒已是早上七点钟，躺到九点，便是现在，就起来写这信。

达夫们所说关于北新的话，大概即受玉堂们影响的。北新门市每日不到百元，一月已有一千余元，足够上海开支了，此外还有外埠批发，不至于支持不下。但这是就理论而言，至于事实，也许真糟，我在此所见的人，都说北新不给版税，不给回信，和北新感情很坏，这样下去，自然也很不好的。

　　至于开明之股本，则我们知道得很明白，号称六万元，而其中之二万五千，是章雪村弟兄之旧底子；一万是一个绍兴人的，他自己月取薪水百元，又荐了五个人，则其余之二万五千，也可想而知矣。大约达夫不知此种底细，所以听到从绍兴集了资本来，便疑为大有神秘也。

　　绍原的信，吞吞吐吐，其意思盖想他的译稿，由我为之设法出售，或给北新，或登《奔流》，而又要装腔作势，不肯自己开口。我是决不来做这样傻子的了，拟不答复，或者胡里胡涂的答几句。

　　此地天气很好，已穿纱衫。我是好的，能食能睡，加以小刺猬报告她的近状，知道非常之乖，更令我放心。今天尚无客来，这信安安静静写到这里，要说的也大略说过了，下次再谈罢。

　　　　　　　　　　　　　　　　五月廿五日上午十点正

二十六日

　　日记　星期。晴。下午紫佩来。

致 许广平

小刺猬：

　　此刻是二十五日之夜的一点钟，我是十点钟睡着的，十二点醒来了，喝了两碗茶，还不想睡，就来写几句。今天下午，我出门时，将寄你的一封信，投入邮筒，接着看见邮局门外帖着条子道："奉安典礼放假两天。"那么，我的那一封信，须在二十七日才会上车的了。所以我明天不再寄信，且待"奉安典礼"完毕之后罢。刚才我是被炮声惊醒的，数起来共有百余响，亦"奉安典礼"之一也。

我今天的出门，是为侍桁寻地方去的，和幼渔接洽，已有头绪，访凤举却未遇。途次往孔德学校，去看旧书，遇钱玄同，恶其噜苏，给碰了一个钉子，遂逡巡避去；少顷，则顾颉刚叩门而入，见我即踌蹰不前，目光如鼠，终即退出，状极可笑也。他此来是为觅饭碗而来的，志在燕大，但未必请他，因燕大颇想请我；闻又在钻营清华，倘罗家伦不走，或有希望也。

傍晚往未名社闲谈，知道燕大学生又在运动我去教书，先令韦丛芜游说，我即拒绝。丛芜吞吞吐吐说，彼校国文系主任（幼渔之弟，但非马衡）早疑我未必肯去，因为在南边有唔唔唔……。我答以原因并不在"因为在南边有唔唔唔"，那是也可以同到北边的，我之谢绝，只因为不愿意做教员。因即告以我在厦门时长虹之流言，及现在你之在上海，惟于那一小白象事，却尚秘而不宣。

丛芜因告诉我，长虹写给冰心情书，已阅三年，成一大捆。今年冰心结婚后，将该捆交给她的男人，他于旅行时，随看随抛入海中，数日而毕云。

丛芜又指《冰块》之封面画告诉我云："这是我的朋友画的，燕大女生……很要好……"

明天是星期日，恐怕来访之客必多，我要睡了。现在已两点钟，遥想小刺猬或在南边也已醒来，但我想，因为她乖，一定也即睡着的。

（二十五夜）

星期日上午，是因为葬式的行列，道路几乎断绝交通，下午是可以走了，但只有宋紫佩一人来谈，所以我能够十分休息。夜十点入睡，此刻两点，又醒了，吸一支烟，照例是便能睡着的。明天十点要去镶牙,所以就将闹钟拨在九点上。

看现在的情形,下月之初,火车大概是还可以走的,倘如此,我想坐六月三日的通车回沪,即使有迟到之事,六日总该可以到了罢——如果不去访季黻。但这仍须俟临时再决定,因为距今还有十来天,倘觉不妥,便一定坐船。总之,我必当筹一稳妥之走法,打听明白,决不冒险,你可以放心。

明天想当有信来,但此信当于上午先行发出。

(二十六夜二点半)

你的

二十七日

日记 晴。上午寄广平信。往东亚公司买插画本『項羽と劉邦』一本,泉四元六角。往伊东牙医寓。李秉中,陈瑾琼来,未遇。得张凤举信。下午得三弟信,廿一日发。得广平信,廿一日发。得北大国文学会信,约讲演。晚再往伊东寓补一齿,泉五元。凤举,旭生邀饮于长美轩,同席尹默,耀辰,隅卿,陈炜谟,杨慧修,刘栋业等约十人。

致 许广平

小刺猬:

今天——二十七日——下午,果然收到廿一日所发信。我十五日信所选的两张笺纸,确也有一点意思的,大略如你所推测。莲蓬中有莲子,尤是我所以取用的原因。但后来各笺,也并非幅幅含有义理,小刺猬不要求之过深,以致神经过敏为要。

阿ブ如此吃苦,实为可怜,但是出牙,则也无法可想,现在必已

379

全好了罢。编辑费可先托老三取出，那边寄来之收条，则暂存，待我到时填写。你的大妹的头痛，我想还是身体衰弱之故，最好是吃补剂，如鱼肝油之类（我所吃的这一种），你可由这回的来款中划出百元之谱，买而寄之，我辈有余而她不足，补助亦所当为。寄以现款，原也很好，但大抵是要移作家用，不以自奉的，但倘能使之精神舒服，则听其自由支配，亦佳。一切由你酌定就是。

姑母来沪，即不发表亦将发见，自以发表为宜，结果如何，可以不必顾虑。我对于一切外间传言，即最消极也不过不辩，而大抵以是认之时为多，是是非非，都由他们去，总之我们是有小白象了。

计我回北平以来，已两星期，除应酬之外，读书作文，一点也不做，且也做不出来。那间后房，一切如旧，而小刺猬不坐在床沿上，是使我最觉得不满足的，幸而来此已两星期，距回沪之期渐近了。新租的屋，已说明为堆什物及寓客之用，客厅之书不动，也不住人。

今天已将牙齿补好，只化了五元，据云将就一二年，须全盘做过了。但现在试用，尚觉合式。晚间是徐旭生张凤举等在中央公园邀我吃饭，十时才出寓。总算为侍桁寻得了一个饭碗。同席约有十人，他们已都知道我因"唔唔唔"而不肯留北。

旭生说，今天女师大因两派对于一教员之排斥和挽留，甲以钱袋击乙之头，致乙昏厥过去，抬入医院。小姐们之挥拳，似以此为嚆矢云。

明天拟往东城探听船期，晚则幼渔邀我吃饭；后天北大讲演；大后天拟往西山看韦素园。这三天中较忙，大约未必能写什么详信了。

此刻小刺猬＝小莲蓬＝小莲子不知是睡着还是醒着。计此信到时，我在这里距启行之日也已不远了。这是使我高兴的。但我仍然静心保养，并不焦躁，小刺猬千万放心，并且也自保重为要。

你的小白象　五月廿七夜十二时

二十八日

日记 晴。上午马隅卿来。得望潮信,即复。午后寄侍桁信。寄广平信。往松古斋及清閟阁买信笺五种,共泉四元。往观光局问船价。晚访幼渔,在其[寓]夜饭,同坐为范文澜君及幼渔之四子女。李霁野来访,未遇。孙祥偈,台静农来访,未遇。

致 陶冶公

明日已约定赴北大讲演,后日须赴西山,此后便须南返,盛意只得谨以心领矣。

望潮兄

周树人 上 廿八日

二十九日

日记 晴。上午得子佩信。杨慧修来。李秉中遣人送食物四种。午后寄广平信。下午往未名社,晚被邀至东安市场森隆晚餐,同席霁野,丛芜,静农,目寒。七时往北京大学第二院演讲一小时。夜仍往森隆夜餐,为尹默,隅卿,凤举,耀辰所邀,席中又有魏建功,十一时回寓。

致 许广平

小刺猬:

廿一日所发的信,是前天收到的,昨天写了一封回信(由老三转的)寄出。昨今两天,都未曾收到来信,我想,这一定是因为葬式的缘故,火车被耽搁了。

昨天下午去问日本船,知道从天津开行后,因须泊大连两三天,至快要六天才到上海。我看现在，坐车还很可以，所以想于六月三日动身，带便看看季黻，而于八日或九日回沪。如果到下月初发见不宜于坐车，那时再改走海道，不过到沪又要迟几天了。总之，我当看最妥当的方法办理，你可以放心。

昨天又买了些笺纸，这便是其一种，北京的信笺搜集，总算告一段落了。晚上是在幼渔家里吃饭，马珏还在生病，未见，病也不轻，但据说可以没有危险。谈了些天，回寓时已九点半。十一点睡去，一直睡到今天七点钟。

此刻是上午九点半，闲坐无事，写了这些。午后要到未名社去，七点起是在北大讲演。讲毕之后，似乎还有沈尹默之流邀袭，拉去吃饭。倘如此，则回寓时又要十点左右了。

小刺猬和小莲子，我是好的，很能睡，饭量和在上海时一样，酒喝得极少，不过壹小杯蒲陶酒而已。家里有一瓶别人送的汾酒，连瓶也没有开。倘如我的豫计，那么，再有十天便可以面谈了。小莲蓬，愿你安好，保重为要。

　　　　　　　　你的 　迅　五月二十九日

三十日

日记　晴。晨目寒，静农，丛芜，霁野以摩托车来邀至磨石山西山病院访素园，在院午餐，三时归。冬芬在坚俟，斥而送之。得广平信二函，廿三及廿五日发，下午复。得小峰信，廿五日发。晚静农及天行来，留其晚餐。

致 许广平

小刺猬：

此刻是二十九夜十二点，原以为可得你的来信的了，因为我料

382

定你于廿一日的信以后,必已发了昨今可到的两三信,但今未得,这一定是被奉安列车耽搁了,听说星期一的通车,还没有到哩。

今天上午来了一个客。下午到未名社去,晚上他们邀我去吃晚饭,在东安市场的森隆饭店;七点钟到北大第二院演讲一小时,听者有千余人,大礼堂为之满,大约北平寂寞已久,所以学生们很以这类事为新鲜了。八时尹默风举等又为我饯行,仍在森隆,不得不赴,但吃得少些,十一点才回寓。现已吃了三粒消化丸,写了这一张信,便将睡觉了,因为明天早晨,便当往西山看素园去。

听说,燕大的有几个教员,怕学生留我教书,发生恐怖了。你看,这和厦门大学何异?但我何至于"与鸡鹜争食"乎?

今天虽因得不到来信,略觉怅怅,但我知道迟延的原因,所以睡得着的,并遥祝小刺猬在上海也睡得安适。

二十九夜

三十日午后二时,我从西山看韦素园回来,果然得到小刺猬的廿三及廿五日两封信,彼此都为邮局送信的忽迟忽早所捉弄,真是令人生气。但我知道小刺猬已经得到我的信,略得安慰,也就稍稍得到安慰了。

今天我是早晨八点钟上山的,用的是摩托车,并霁野等共五人。素园还不准起坐,也很瘦,但精神却好,他很喜欢,谈了许多闲天。据丛芜说,关于我们的事,他闻之于马季铭(燕大国文系主任),马则云周作人所说的。其实不过是怕我去抢饭碗,即我们不住一处,他们也当另觅排斥的理由。然而我流宕三年了,何至于忽而去抢饭碗呢,这些地方,我觉得他们实在比我小气。

今天得小峰信,云因战事,书店生意皆不佳,但汇给(由分店)我二百元,不过此款现在还未送来。

你廿五的信,今天到了,似交通尚好,但四五日后,却不一定了。三日能走则走,否则当改海道,不过到沪当在十日前后了。总之,我

383

当择最稳当而舒服的走法,决不冒险,使我的小莲蓬担心的。现在精神也很好,千万放心,我决不肯将小刺猬的小白象,独在北平而有一点损失,使小刺猬心疼。

你的　　🐎　五月卅日下午五点

三十一日

日记　晴。午后金九经偕冢本善隆,水野清一,仓石武四郎来观造象拓本。下午紫佩来,为代购得车券一枚并卧车券,共泉五十五元七角也。